大師名作坊

大江健三郎

再見，我的書！

許金龍——譯

さようなら、私の本よ！

目錄

第一部 寧願聽到老人的愚行 005

第一部

寧願聽到老人的愚行

我已不願再聽老人的智慧
而寧願聽到老人的愚行
老人對不安和狂亂的恐懼
——T・S・艾略特

序章　看呀！他們回來了

1

雖說已經步入老年，但長江古義人還是因暴力原因身負重傷後住進了醫院，常有一些出乎意料的客人前來這家大醫院的單人病房探視，這讓他經常感到不知所措，甚至想自費在床下安裝一截避客用的大口徑管道。不過，多年未見的椿繁的出現，卻給他帶來了另一番感觸。其實，當他最近聽說此事時，對椿繁已經沒有什麼眞實感了。堆積起來的有關爭吵的記憶，使得古義人充滿懷念和喜悅。

「你的初期作品裏，有一段奇妙的開頭，預言般地寫著現在的咱和你的這種垂直與水平的對峙。」繁的話語中混雜著舊時語言和外國人的腔調。

「是什麼小說呀？只要頭部受到傷害，即使肉體上恢復了，也總覺得有什麼不放心，對記憶的喚起感到不安……」

「咱也在想，眞會有這種事嗎？就到成城你家裏和千樫說了這事，還從小眞那裏取來這冊舊了的文庫本小說。」

繁從美陸軍裝備式的外套裏取出書來，開始閱讀像是在地鐵裏預先確認了的開首部分。

> 一個深夜，他拿出勞泰克斯牌旋轉式鼻毛修剪器。儘管已經不再出入會讓腳沾上塵埃的小巷，所以自己的鼻子猶如猴子的鼻孔一般，裏面一根鼻毛也沒長，但他還是反覆修剪著。就在這時，一個不知是

從同一座醫院的精神病區跑出來的、還是路過的精神病人，總之，作為男人來說，他的個頭異常瘦小，猶如大鬍子不倒翁一般的面孔圓鼓鼓的，那傢伙隨即撇腿偏身坐在他的床邊，口角堆起泡沫，令人吃驚地叫喊道：

「究竟、你小子呀、是什麼、是什麼、**是什麼！**」

繁高興地笑了。

「現在，你還用那種誇張手法創造你的文體嗎？這是約翰的英譯本，那還是咱由於建築系的糾紛，跑到東洋研究所擔任語言學教師時的事了，咱把它作爲日英兩種語言對照使用的文本。來自日本的留學生也說呀，比起原文來，英譯文本更容易理解。

「不過呀，古義，對於咱這樣的讀者來說，你所創造的文體還算不錯，虛構和現實的糾纏更是有趣。至於勞泰克斯牌鼻毛修剪器，咱知道你喜歡那玩意兒，已經買下，給你作爲禮物了。」

對於這個把自己稱爲古義的人，也就是在共同擁有四國森林中的生活經歷的友人裏還存活著的繁，古義人以病後少有的敏捷應答道：

「關於猴子的鼻毛，最初告訴我的，也是繁你呀。在《紐約時報》上發表了文章，說是東京環境惡化，上野動物園的猴子長出了用於自衛的鼻毛。那還是你在美國和日本各半期間時的事。」

「後面還有哪，古義你在選舉中聲援過Minobe[1]的政策，說是在他的治理下，東京的空氣已大見好轉，就連猴子也不需要鼻毛了……」

然而，如此溫和開始的相逢——分別十五年還是二十年了？彼此在用老人的時間感覺摸索著，用那並不久遠的過去的曖昧的老人的時間感覺摸索著——隨即便進入深刻交談階段。

「這是有關你家裏的事。今天，小眞在寫給咱的e-mail裏說，古義的身體已經恢復了，但她擔心的是，你的心是否也回來了。她好像和你直接說起過此事。」

繁這樣提起了話頭。「就在千樫、小眞和咱談論這個問題時，在一旁聽著的小明突然問道：『爸爸會自殺吧？』」

「……我這不是剛剛生還過來嗎?!……」

「說的是呀，」繁說道，原本隱於那張非常熟識的面孔之下的、與年齡相適應的嚴肅顯現了出來，「咱呀，古義，雖說咱們都已來日無多，但咱相信，你是抱著繼續活下去的打算回來的。可是呀，你將要給予小眞和小明——千樫暫且另作他論，如果考慮到塙吾良的因素，就更具有殘酷的意味了——那樣一種懸念，這可就有問題了。在小明的用語範圍內出現『自殺』這個詞，也是因爲吾良之事吧。不過，以前你可是寫過，你是抱著爲了小明而對世間事物的各個方面進行定義的打算從事工作的。

「那麼，你爲了小明究竟是怎樣定義自殺的呢？是呼隆一聲把滿頭白髮的屍體推過去嗎？」

「不是說了嗎？我剛剛生還過來！」古義人聽到自己那歎息一般的聲音，「不過，如果說到眞木[2]在擔心，那還是因爲我自己老大無成且率性而爲的緣故吧……」

「因此，這個夏天，咱要在北輕井澤的別墅裏生活，與你比鄰而居。這是小眞、千樫和咱商量後得出的結論。關於房屋的買賣過程，古義你多少也聽說了吧？我還要回加州一趟，七月分再趕過來。當然，那也是因爲自己的事務，你無須過於考慮這個問題。至於具體細節，會與小眞——她無意從事與父親相似的工作，可是在e-mail上寫的文章卻很有趣——透過e-mail繼續聯繫。她該不是透過千樫而承續了舅舅的血脈吧？」

2

進入恢復期後，老年人的自覺理應變得遲鈍，但古義人卻自覺到身體中存在著具有某種怪異之處的另一個自我，猶如彩色印刷的重邊一般實實在在的雙重存在。那裏原先只有長年寫小說的自我，現在出現的另一人則是年輕時想要寫作卻未能如願的小說中的主人翁，或像是催逼自己寫那部小說的、年輕時期的自我。

從繁實際現身一事細想起來，他的名字最近確實出現在家庭成員間的談話中。最初是千樫介紹了繁的近況，但是古義人覺得，倒像是存在於自己體內的另一個自我把他召喚來的。

「聽說，繁叔叔辭去了在美國西海岸的工作。」千樫首先這樣說道：「在慰問信中，他是這樣寫的。還問道：『病人能夠和人說話了嗎？』」

過了一會兒，她接著說：「繁還說：『考慮將在日本度過獲得自由後的日子，但受不了東京的夏天，北輕井澤是否有合適的地方？』」

由於這個資訊是小眞用e-mail接收的，因此古義人記得當時答覆得比較緩慢。自從經歷過生死體驗生還過來後，他就養成了講話時斷時續的毛病，一直在看護著他的女兒從一開始就習慣了這個變化。

「繁……或許會來吧……已經多少年沒見面了？孩子他媽，你剛才說什麼？如果打算到北輕井澤，繁最初建的那房子，出院後我要用，另一處後建的房子嘛，無論借給他還是賣給他，都沒什麼不合適吧。」

「如果能那樣就好了。可是，」千樫又說：「可是，孩子他爸，你過去和繁叔叔嚴重對立，能這麼輕易地重歸於好嗎？」

「是啊，就我們的關係而言，從孩童時代起，就幹過不知多少仗了……假如繁不介意的話，我當然歡迎。」

古義人後來回想起，當作爲老作家的自我如此回答時，另一個自我卻說道：如果與繁重逢，一定會出現非同尋常之事，你要做好勇敢迎接的準備。

3

古義人認可了另一個自我——在歲月流變的過程中，他只是重複著並不增長的年齡，現在也還處於稱得上年輕的年歲——的怪異之處。他甚至在想，直至老年都在一直寫小說的自我，早已決意去過寧靜的生活，卻絲毫不想抑制那傢伙的怪異之處。

儘管如此，他還是在考慮，不要讓另一個自我的怪異之處過於顯眼，要過一種未曾有過的安逸生活，還要時刻警惕，不能讓別人注意到那怪異之處。他甚至想到，倘若與這個尚看不透其眞面目的傢伙纏在一起，餘生不多的自己或許也將迎來砰地迸裂開來的瞬間。在那個時刻到來之前，自己還需要在穩妥的生活中等待時機……

古義人忘不了從集中治療病房被送入單人病房後隨即陷入的苦夢。在夢境中，他睡在螢光標示淺淺映出「集體康復病區」的大病房裏。那張原本就窄小的病床越發狹窄起來，這是因爲雖然周圍一片黑暗，一個身材略胖的德國人還是躺臥在身邊，抬起兩隻臂肘看著書。他之所以能看書，是因爲那傢伙的眼鏡架上也安裝著螢光裝置。這時，那德國人口中呼出酒精氣味，猶如螃蟹噴出熱腥的氣泡一般，正朗讀著其中一段。

古義人回想起，三十年前，在哈佛大學的夏季討論會上曾出現相同一幕。

「這是以夢境形式再現當時的情景。」當古義人讓自己如此理解後，又想起了自己將那段英文詩翻譯過來的譯句，便和著那聲音吟誦道：

再見，我的書！猶若必死之人的眼睛那樣，
想像之眼遲早也必將閉合。
拒絕了愛戀的男人，會站起來吧。
「可是，他的創造之手已經遠去。」

剛意識到這一切，夢境中的德國人早已不見身影，古義人便獨自一人睡去。病床周圍的黑暗中，地板上躺滿了黑黢黢蜷縮著的身影，像是難以入眠般屏住氣息。

「這些全都是自己創作出來的人物。」古義人心驚肉跳地想著。自己應該要撇下他們大步走了出去，卻又回來了。而且，必須照看他們……

對於《蘿莉塔》，那個德國室友的藝術水準實在令人不敢恭維，在因此而受到圍攻的討論會上，他表示擁護納布可夫，說是早在自己和大家剛出生時，這位作家就已經是在柏林做出傑出成績的流亡作家了。話雖如此，他還是不為大家所重視，於是此人花費一整天時間，從大學圖書館裏找出這位作家俄語創作期的代表作《天賦》，並在深夜叫醒古義人，對他朗誦了這麼一段。

古義人借閱了這冊英譯本，儘管自己沒讀過納布可夫的其他作品，但他堅信，作品中那位在夜晚的菩提樹林蔭道旁對戀人吟誦這首詩的年輕作家，一定會有美好的未來。

另一方面，現在的自己是一個幾乎做完了所有工作的老作家，而且輾轉返回到一度離去的生的這一側。此外，還必須照看在「集體康復病區」黑暗的地板上睡了一地的、自己的想像力的產物。這種事情是否可能呢……而且，今後自己必須加以照看的，還不僅僅是想像之眼的產物……

4

古義人在康復期連續失眠的一個夜晚，對另一首詩也能夠有新穎而現實的解讀了。那次受重傷時，古義人曾爲要就這樣前往彼界還是要退回此界而冥思苦想，爲這個選擇耗盡了心血。至少，當時自己是這麼認爲的。前往彼界將會輕鬆快樂，相反，回到此界則將由自己來承擔肉體的痛苦。然而，讓守護在病床邊的親友們發出那大受震撼的哭喊，卻的確是出自於內心的苦楚。

返回到此界來的古義人所擁有的是確信，確信自己是在清醒且理智的狀態下一直前行到生死分界點的。但也不能因此就認爲，對於死爲何物、死後如何等問題，自己就眞的加深了哪怕是些微的認識……

終於來到通往彼界的入口處，面前聳立著黢黑如鐵板一般的東西，也知道只要等待那裏自行開啓，自己就不會有任何痛苦，可還是執意撞了上去。接下來，一如自己事先料到的那樣，咚地一聲被反彈了回來。這個經歷作爲鮮活的記憶存留下來了，古義人眞切地感覺到，今後，較之於生活在同一社會（世界）的人們，在生活中自己與死者將會更爲親近。

「原來是這個意思呀！」古義人覺察到，突然間竟深切領會了此前一直未能理解且難以忘卻的艾略特的一段詩，這詩與西脇順三郎的譯詩融會起來，存留在古義人難以入眠的頭腦裏。

我們與瀕死者偕亡。
看呀！他們離去了，我們也要與其同往。
我們與死者同生。
看呀！他們回來了，引領我們與其同歸。

5

就在這種自覺於古義人內部固定下來前後，家人注意到了發生在一家之長身上的異常變化，可是，她們一直試圖透過穩妥的方式來應對這個變化。

當家人在病房裏談話時，千樫對古義人這樣說道：

「小眞說，她感到爸爸好像和已經死去的那些人——也包括吾良——生活在一起……」

「我自己也覺察到了這一點。不過，在大白天的光亮中並沒有這種切實感受。一睡著就立即做夢，因此睡醒時，或在床上睜開眼睛時，曾在夢境中見到的那些死去的朋友，倒比活著的任何人都更有現實感。」

聽了這番回答後，平日裏畏首畏尾的眞木將她那連眼白也略微發黑、看似蔭涼處一泓積水般的眼睛轉向古義人，開始了像是經過準備的陳述：

「爸爸想起故去的那些老師和朋友時，感覺是在和那些人進行對話。我知道爸爸有這個習慣。吾良舅舅去世後，你不是一直在和答錄機說話嗎？我問了媽媽，媽媽說，這也許和爸爸長年從事小說創作的生活經歷有關……

「另外還有一個情況。我時常感到……爸爸好像打算和另一個自己生活在一起。夜已經很晚了，爸爸還在和像是年輕人的那個人說話，還把那年輕人稱作古義。

「有一次，似乎在安慰那個一面哭泣一面說話的年輕人，在我傾聽時，連爸爸也哭了起來，也不知怎麼回事，好像在模仿對方那年輕的哭聲……」

對於這個生性極爲謹愼、但一旦向某個方向開始前進後便不會猶豫半分的女兒，古義人閉口不語，於是千樫接過了話題：

「那麼，小眞你害怕了嗎？」

「我考慮過這個問題，天亮之後……以前，每當我和爸爸兩人單獨相處時，就會感到緊張，但這次卻沒有……我覺得，我的心情非常自然。接下去，即使是白天……」

「在大白天，你爸爸也看不到幻影吧。」

「不是這樣的。」眞木罕見地反駁母親。「就是現在，我甚至也能感覺到，爸爸似乎正和那年輕人在一起。」

古義人因此而知道，自己最近感覺到的事物已被女兒察覺。

「還有一個人，他與你那些故去的朋友不同，你還經常和繁叔叔談話。」

「是嗎？確實如此，繁竟然不可思議地出現在我的夢境中。」

「最近，小眞經常用 e-mail 和繁叔叔聯繫，是嗎？」

「我是躺下後才被告知那事的。但是我想到的，是小眞所說的、另一個自我現身了，就是同樣年輕的繁呀。」

「……既然說到了繁叔叔的話題，那我就說幾句。我與繁叔叔之間的商量，由於小眞幫著用 e-mail 溝通，因而進展比較順利，還談出了新的內容。

「關於家中今後的經濟問題，最近也在考慮出售北輕井澤的地皮和房屋。只是呀，暫且不說後來新建的房屋，最初那座小一些的房屋，是繁叔叔設計的，也算是當年的年輕建築家繁叔叔的代表作吧。我想把這處房屋留下來，可是透過大學村介紹來的那些買主，全都要連地皮帶房屋整體買下，然後拆除上面的舊房。大學村工會也表示，最好不要把地皮分割得過於零碎。

「以同繁叔叔就此事進行磋商爲契機，小眞開始和他互通 e-mail。現在對方希望，留下供你靜養的場所，也就是那座小一些的房屋，其餘部分就連同土地一起，作爲繁叔叔他本人和他那些青年朋友在日本的根據地。我們則支付地租，使用那座小一些的房屋。由於鄰居是繁叔叔……如果你們能夠回復到原來那樣的關係……我認爲是値得欣慰的……」

「在目前這個交涉階段，假如繁這麼提出來了，他那方面不就沒問題了嗎？在我來說，和繁已經是老相識了，相互間有一些盤根錯節的地方。」

眞木和千樫都從古義人的態度中得到鼓舞，把有關北輕井澤交易的資料搬到了病床邊。

「繁還沒從聖地牙哥大學建築系退休吧？他爲什麼想回到曾那樣憎恨的國家來？甚至還說出根據地這樣的話……」

「繁叔叔據說因九．一一紐約恐怖事件深感震撼，九．一一之後美國的政策走向也讓他討厭。而且呀，眞木甚至感到非常驚訝，繁叔叔竟然那麼擔心你的意外……說是他和爸爸的關係好像會就此了結，太多事情將變得徒勞……對於雙方來說，相互間的存在也將全都完蛋……」

古義人沉默無語，他不得不承認這一點。因爲，在重傷後的那些夜晚，無論如何也無法解決的諸多苦惱之一，就在於經過這麼一番「問題化」處理後，對於繁，自己有著與此相同的想法……

或許是注意到古義人因手中無事而空寂無聊的模樣，千樫遞過一柄大號手鏡，想讓丈夫看看自己那張手術後從未打算看上一眼的面孔。不管對於古義人還是對於吾良，倘若對他們有必要，千樫從不曾收回自己的主張。現在，她就以這種固執一直等待著古義人窺視鏡中的自己。

聽說，當時進行手術是爲了降低已經達到危險水平的顱內高壓。切割下頭蓋骨進行必要處置——小明恰巧也是如此——後，貼上塑膠板再將頭皮覆蓋回原處的部分，在朝西打開的窗子瀉入的略帶紅色的光亮映照下，表面出現明顯的高低不平。

千樫等待古義人放下手中的鏡子，她說道：

「聽說家門口有個帶著高級數位相機的人走來走去的，所以呀，出院後要注意些，以防出來散步時不留神被拍了照片。」

「或許呀，會像當時對付守在門口的那些自稱爲右翼的傢伙那樣，總能逃開吧。」

「你已經不年輕了……最好還是不要出門吧。」

「也沒什麼想要去見的人了，閉門不出倒也無妨。」

「北輕井澤的事進展得比較順利了，已經是現在這個歲數的爸爸，假如能夠與相同年歲的繁叔叔進行對話……那就太好了！」眞木在一旁說道：「我覺得，聽到你們倆年輕時的對話是很重要的，可是迄今爲止，爸爸並沒有談及有關繁叔叔的事吧？我認爲這很奇怪，透過e-mail和我聯繫的繁叔叔可是一個很有意思的人呀。」

「我覺得自己比小眞更瞭解繁叔叔，但我也認爲，情況確實像她說的那樣。」千樫說：「意外發生之後，我開始讀你的小說，曾一度感到不可思議。也不知從什麼時候起，你不是被批評爲『私小說』作家嗎？關於這一點，我覺得能夠以包括我本人體驗在內的經驗加以反駁。但是，與這個層次所不同的是另外一點——此前你也許只寫和自己有交往的那些人的事……

「儘管如此，你不是還沒寫過有關繁叔叔的事嗎？

「我確實感到不可思議，你爲什麼要從自己的小說中儘量抹去繁叔叔的痕跡？」

古義人運用躺在病床上的人慣用的權利，如同虛弱的病人那樣因疲勞而閉上雙眼。同時他在想，就算自己現在決定寫繁，也是難以簡單地對千樫和眞木加以說明的。古義人意識到，自己獲得了前所未有的自由。他認爲，這是在母親故去後才獲得的。更準確地說，是在顱內積滿淤血時陷入的那個痛苦夢境中與母親和解之後才獲得的。

6

戰爭結束前兩年的那年三月，比古義人大兩歲的椿繁雖說還是一個孩子，卻獨自一人從中國一路來到日本四國的森林中。古義人的母親一直趕到長崎迎接他的到來。母親顯出少見的蓬勃朝氣，走起路來如同裝了彈簧一般，這使得古義人不禁也抖擻起了精神。在當天剩餘的時間裏和翌日整整一天，古義人一次次地前往高崗上繁將要居住的屋子巡視，母親正在那裏做著清潔工作。那是一座擁有前院的房屋，從那裏俯瞰下去，峽谷裏的所有房舍盡收眼底。從峽谷裏仰頭看上去，那房屋竟似漂浮在盛開的白色桃花叢中。古義人揮舞著竹竿，不讓前來吮吸花蜜的栗耳短腳鵯把那桃花弄得凌亂不堪。

高崗上的房屋，是繁的母親的娘家，她在繼承這處房產時將其改建成了平房。那裏一直由古義人的外祖母照看，也是附近自稱爲古義人父親的弟子的那些年輕人聚會的場所。那還是在戰爭期間，他們都是一些因身體有問題而沒被軍隊選中的人。節假日裏，他們還經常接待來自駐紮在松山的聯隊裏的士官們。由於國家實行管制，父親無法繼續從事家傳祖業，便獨自住進那裏的書房，由遠房親戚家的女兒負責家務。

在繁即將回國爲升入松山的中學而做準備時，古義人的父親搬到了位於峽谷和松山的中間處、那幫年輕人利用古義人外祖父另一處宅邸改建而成的鍛鍊道場。

古義人的父親爲了繁而把房子交出去固然不錯，只是迎接他的準備就全是古義人母親的工作了。較之父親對有關繁的一切事務概不插手的態度，對於母親忘我地服務高崗上世家出身的繁的母親，古義人和妹妹阿朝倒是覺得理所當然。在古義人的母親來說，繁的母親是她非同一般的朋友。對於「上海阿姨」的兒子繁要到峽谷裏來，不僅母親，就連古義人和阿朝也熱切地盼望著。

薄暮時分，繁乘坐據說與其實業家父親有業務往來的那家公司的卡車到了。一條鋪石路通往高崗那邊，卡車在連接石牆的那個小小廣場上停下來。母親最先走下駕駛室，她戴著方格花紋頭巾，看也不看古義人他們一眼，就指揮峽谷裏的男人從車廂卸下行李。這時，繁緩慢地下了車，圓圓的皮鞋頭在夕陽下輝耀著光亮。繁目光敏銳地從人群中找出古義人，向他走近四、五步後便站下，隔著一段距離直盯盯地打量著他。繁敞開現出黑色光澤的羅紗外套的衣領，露出緊緊扣著鈕扣的學生服。淺黑色的長臉如同大人一般威嚴，可是眼睛和眉毛卻讓人聯想起女兒節陳列的偶人。面對因打怵而沉默不語的古義人，繁開口說道：

「你就是古義？從寫信的筆法上看，倒是和都市的孩子沒什麼區別，但見面一看，你就是深山裏的土著山民嘛！本來還說，將來，你要在必要的時候作咱的影子武士，但你卻沒有一點兒和咱相似的地方！」

說著這話時，繁像是惦記從車廂卸下的行李，隨即繞到那邊去了。古義人並不理睬因擔心而轉來轉去的阿朝，回到面向沿河道路的家中，經由黑暗的土間前往孩子房間。為了把自己那張因憤懣而赤紅的面孔在家裏所有東西中隱匿起來，他連燈也沒打開。

在母親的勸說下，當然，是為了從翌日起就要在同一所國民學校裏上學的繁，古義人還是幫了一陣子忙。阿朝後來回憶說，至少在剛開始的那幾周內，古義人和繁的關係非常親密。可是在古義人的記憶裏，自己卻始終沒有得到繁的平等對待。古義人還認為，繁在和自己說話時，從不曾用正眼瞧自己。

繁剛開始適應峽谷間的生活，母親就不再督促古義人關照繁的事務。緊接著，古義人與繁之間關係親密的時期便結束了。即使在國民學校的校園中，直到下課後感覺實在漫長的薄暮時分，在孩子們遊戲玩耍的峽谷空間裏，古義人也在繁的行動範圍之外。儘管與阿朝的回憶存在差異，但在古義人的記憶中，情況就是這樣的。不過，另一種情景——在排列著書籍的榻榻米上，自己和繁面對著面，兩人度過了充實的日子——不斷湧現在記憶裏卻也是事實……

自那以後，繁開始交往的人，是疏散到這裏來的關西一帶都市的孩子們。這些特權階層的四周，圍擁著爲他們跑腿的農村孩子，這使得古義人突然將迄今出於義務感而承擔的工作視爲卑賤的行爲。古義人開始尋找隱匿之所，一個不僅不會遇見繁和他的那些夥伴，甚至也不會遇見國民學校任何學生的隱匿之所。古義人揣上父親的植物圖鑑，放在母親於上衣內側縫上的類似口袋的袋子裏走進了森林，在那裏消磨自己的時光。

就在這一階段，發生了一起離奇、可怕的事情。「上海阿姨」讓繁捎來的禮物，是一架德國產雙筒望遠鏡。也不知放置在哪兒更爲妥當，就愼重地放在了佛龕上。在一個月蝕之夜，古義人帶著這架望遠鏡登上了可以俯瞰峽谷的陣之森林。然而，古義人很快便和母親一起被叫到相鄰小鎭的警察署。在陰暗的小房間裏，他們把雙筒望遠鏡放在滿是傷痕的桌上等待著。父親終於乘坐三輪卡車出現了，是從與峽谷村子夾裏著小鎭的另一側的鍛鍊道場趕來的。最終，只是沒收了那架雙筒望遠鏡。由於此時已經很晚，早已沒了公共汽車，古義人和母親只好走回村子。又過了幾天，在海軍飛行預科練習生於遠離峽谷人家的地方開設的採煉松根油的工廠旁，古義人被一個名爲「在」的小村裏農家的一位老人叫住，老人這樣問道：

「可幹了了不起的大事呀！你這傢伙，是要給從土佐灣飛到山這邊來的敵機發信號嗎？」

古義人明白，除了家裏人之外，知道「上海阿姨」所送禮物的，唯有繁一人。

那是繁在峽谷裏住下後的第一個冬天。國民學校的學生全體集中在操場上，這是一個被包圍在因積雪和污泥而顯得骯髒的田埂間的狹小操場，由顫抖著的瘦小身體擠在一起形成的團塊。在這之後，大家要行進在貫穿峽谷的道路上，最終要登上三島神社的石階，在最高處的正殿前整理隊伍，祈求戰爭獲得勝利。大家等待著領隊的校長到來，但是校長一如每當此時都會姍姍來遲那樣遲遲不至，教師們也不前去催促。

繁和他手下那幫跑腿的搡開並逼退因寒冷而顯出陰鬱、沉悶面容的孩子們，逕直向古義人走來。接著，繁這樣說道：

「你這傢伙的老娘，不是咱媽的朋友，只是被帶到上海去的女傭人，讓她在那裡當奶媽打工。工作幹完了，咱爹就讓你媽懷上了你這傢伙，然後，咱爸就把她送回這深山裏來了。儘管如此，你這傢伙假如喊咱叫大哥，咱可饒不了你！」

古義人向著比自己高出一個頭的繁猛撲過去，兩人扭作一團，在積雪融化了的泥水地上翻來滾去。原本用一顆陶質鈕扣繫著的上衣撕開後露出了胸脯，自己那沒穿襯衣的、瘦削的土黃色胸部，被繁那白嫩壯碩的肩頭緊緊壓住。儘管如此，也不知怎麼想的，古義人接住被繁的手下踢過來的石塊，調整了一下握姿，就往繁那個剪著齊眉短髮的腦袋上砸去……古義人成爲作家後曾多次寫到這個情景，卻沒有提及那個正在戰鬥的孩子想要殺死對手，也就是說，沒有提及自己存在著暴力衝動……

不久後，古義人在大橋的橋頭處再度遇上「在」裏那位老人。老人說道：

「你這小子，眞是個讓人害怕的傢伙！」

自那以後，直到升入鄰鎮高中而離開峽谷，古義人再也沒有被孩子們眞正接納爲夥伴……不過，繁在那個早晨大聲說的那些話並沒有在峽谷裏流傳開來，古義人也沒有就此事的眞僞詢問過母親。話雖如此，母親無疑已經知道了那天發生之事的詳細情況。這件事的一端牽連著自己，這讓古義人感到極爲羞恥。

古義人再度直視著母親說話——已經很久沒有這樣了——是在翌年三月。當時，繁順利通過中學的升學考試，正要搬離高崗上的家前往松山市內。相關手續也好，準備工作也好，全都由母親一手承擔。古義人無意間聽說，不僅繁在升學考試前使用的參考書，就連從上海帶回來的那些有趣的書，也全都被他分送給了這兩年間結交的朋友。阿朝告訴母親，聽說繁對別人講，如果那些書就那麼留在這裏，照看高崗上房屋的長江家裏的人就可以隨心所欲地使用了。而繁本人卻討厭這樣。

繁搬走後不久，母親把白米裝進軍襪並縫上襪口，帶著幾隻這樣的布襪去了松山。古義人在想，這大概是爲在戰時配給制度下開始借宿生活的繁送去的吧。古義人家雖說是在峽谷裏，但因爲家裏並不是農家，本身的糧食也很緊張。因此，當母親大清早出門時，古義人和阿朝都深切地感到自己受到了不公正待遇。

夜晚回到家裏的母親滿是塵土，身子縮得很小，神態疲憊且不愉快，卻從把米袋也放入其中的大提籃裏取出作爲禮物的書籍遞給了古義人和阿朝。在母親備好那頓遲到的晚餐的折疊式矮飯桌上，阿朝翻開自己得到的書看了起來，但古義人卻碰都不碰一下自己的書。古義人沉默無語地吃了那點兒可憐的食物後，正要回到自己的房間去時，卻被母親叫住了：

「那是我去了像是有書的人家，用米換回來的東西，所以，古義也要讀！從繁那裏要來書再交給你之類的事，我不做！」

於是，對於把《哈克貝利．費恩歷險記》和《騎鵝歷險記》拿在手裏的古義人來說，一個嶄新的讀書時代開始了！

《哈克貝利．費恩歷險記》是岩波文庫的兩卷本，市民懼怕松山再度遭到燒毀全城的空襲，以其交換大米也是可能的。不過，即使在孩子看來，塞爾瑪．拉格洛芙的譯本也不是尋常可以得到的那種裝訂本。古義人多年後得知，那個版本是篤學之人自學了瑞典語後研究、翻譯，並以私家版的形式發行的。或許是「上海阿姨」透過東京女子大學同窗會的關係先弄到手，然後把這書送給了繁，再輾轉到了古義人的手裏？……

其後，母親一度曾試圖在古義人和繁之間斡旋。戰敗之際，被鍛鍊道場那幫年輕人抬到城裏去的父親淒慘而悲壯地死去後，古義人升入松山的中學的希望便完全不可能實現了。不過，村子裏設置了新制中學，不僅古義人要升入這所學校，根據新設定的學區制度，就連正在松山的中學裏讀書的繁，也要轉學回到鄰鎮的新制高中。母親的斡旋設想，就開始於得到這個資訊的時候。從新制中學升到那所高中去的古義人和即將轉學回來的繁，終於要在同一所學校裏讀書，成爲朋友之事也變成可能……

爲了確認此事，母親去了一趟松山。可是，她回來時卻顯現出在峽谷內難以想像的、複雜的疲勞神情，躺下後一連睡了兩、三天。顯然，斡旋沒有成功。

第二年夏天，當繁的一家從上海撤退回來時，母親知道自己的構想完全落空了。伴隨繁的父親回國的女性，並不是生養了繁的那位閨中密友。因此，母親爲繁這一家子做的最後一件事，就是賣掉高崗上的宅屋，再把房款寄給繁的父親，作爲他在東京剛剛開始的事業的資本。然後，繁很自然地被父親接回東京。當時，母親被繁的父親告知，「上海阿姨」本人決定留在中國生活，但母親卻沒有對古義人和阿朝說出這個變故。

古義人與繁再度相會，是在他開始小說家生涯並與千樫結婚、小明出生一年之後。在一幫詩人和話劇女演員等新朋友的鼓動下，古義人在北輕井澤買下一塊從低矮的岳樺和白樺林中分割出的土地。圍繞頭部先天性畸形的新生兒小明的誕生，古義人曾寫過一部長篇小說，這部小說後來被評選爲某文學獎，他將那筆獎金用於這麼一個構想：修建一座別墅，供自己和將會出現智力問題的孩子一同生活。不過他還不打算立即就在那裏建造房屋。

湊巧，一家大型建築公司和該公司出資新創建的建築雜誌聯袂推出一項計劃，那就是舉辦一次競賽，以資助一些買入土地後缺乏建房資金的年輕藝術家。至於年輕作家，也可以在文章中描繪自己夢寐以求的別墅的模樣。倘若被選中，便以此爲基礎，由年輕建築家提出設計方案，然後再度舉辦競賽，由主辦這次活動的建築公司根據最優秀的設計方案進行施工。

古義人寫的，是題爲〈「小老頭」之家〉的文章，標題眞實地顯示出古義人生涯中第二次熱中於艾略特的時期。接下去，古義人順利入選，而將其文章化爲建築方案並因此而獲獎的，正是多年不見後突然在他面前現身的椿繁。

7

古義人同意賣出自家在北輕井澤的全部土地和建造在那裏的兩座房舍中的新房，眞木隨即將確定下來的條件寫成 e-mail，及時發了出去。出院後的七月中旬至整個八月都是酷熱難耐，小眞希望古義人在北輕井澤這個已經習慣了的環境中度夏養病，並請繁和他那些年輕朋友住在呼聲可聞的近處。這個希望的強烈程度，遠遠超出了古義人的意料。爲此，古義人詢問了千樫：

「小眞呀，她覺得從兒時起就很熟識的繁是個和自己很親近的人。要到這裏來的繁喜歡小眞……吾良也是如此，……在疼愛小眞這一點上，還眞是那樣。

「可是呀……他和我之間那些事的底細，暫且就不說了……自分手後經過很長時間，他因性騷擾被加州大學開除等等，這裏的周刊雜誌也登了有關消息。剛巧，那時她正好是對這類事情非常敏感的學生，肯定也是因爲這個緣故吧……」

「也是因爲吾良舅舅的事情，小眞並不依據新聞媒體寫的東西來判斷人，所以……關於你，無論網路上的回貼寫得多麼嚴重，她也不爲所動。」千樫說道：「而且，小明和小眞不是曾在四國老家度過夏天嗎？那時，老祖母對他們說了很多，說是繁叔叔當時是個非常有意思的孩子……據說，她甚至還講，看到你和他在一起，是她最大的快樂。」

「……就我的記憶而言，在峽谷裏，我和繁親密交往的期間非常短暫。在那以後，就一直是空白，即使我來到東京，兩人明明在同一所大學裏，也沒有任何聯繫……

「假如沒有『小老頭』之家那件事，也許這一輩子也不會有任何交往。」

「話雖這麼說，但你們一旦再會，不就馬上開始密切往來了嗎？因爲我就是當事人之一，所以記得非常清楚……吾良自不必說了，就連篁先生也被捲了進去……當時我就在想，對於你來說呀，他終究是個特殊人物。在那以後，發生了各種各樣的事情……」

古義人也詢問了真木，想知道她對繁的具體印象。也不知怎麼回事，真木好像從古義人的妹妹阿朝姑姑那裏、從吾良舅舅那裏收集到了不少有關繁的資訊。

「我曾問過阿朝姑姑：在爸爸描繪森林中的孩子們生活的作品裏，你認爲是否有以繁叔叔爲原型的人物？姑姑告訴我，無論繁叔叔還是『上海阿姨』，作品中都完全沒有寫到，這是非常奇怪的。

「我還問過吾良舅舅：在你和爸爸相識相交的高中生時期，他說過關於繁叔叔的什麼事嗎？吾良舅舅告訴我，他沒有直接聽說過有關繁叔叔的話題，但他認爲，爸爸覺得在自己的身體內部，有一個讓自己不停追趕的原型，因而絕不敢懈怠半分……當舅舅見了繁叔叔後，立即明白這傢伙就是古義人從孩童時代就仿效其生活方式的原型。

「結果呀，我從爸爸這裏直接聽到的、有關繁叔叔孩童時代的往事就成了中心。不過，這與老祖母講述的『自己的樹』那個傳說相關聯。峽谷裏的人，在森林裏都有一棵屬於各自的『自己的樹』，降生以前的靈魂，就棲息在那棵樹的根部，那人死亡之際，靈魂就會離開身體回到那裏。是這麼說的吧？說是峽谷裏的孩子只要在『自己的樹下』耐心等待，就會遇見上了年歲的自己。我覺得這一段特別有趣。

「於是我就對爸爸說，前往『自己的樹下』實際等待，是需要勇氣的。這是我在閱讀媽媽在爸爸寫的隨筆中畫上插圖的那本書時的事。於是，爸爸就告訴我：不，那是繁回到峽谷後不久，我們還是好朋友那陣子一起去的。」

在旁邊整理醫院的支付單據的千樫這時插嘴說道：

「我也讀了那篇隨筆，覺得其中似乎有什麼東西沒寫出來。於是，在著手畫插圖前，請你爸爸做了詳細說明。說是孩童時的爸爸和繁叔叔攀向高處森林之際，繁叔叔說，當上了年歲的爸爸過來時，就威嚇他，於是帶上了木棒……想起來了嗎？在我的插圖中，一個老人和一個孩子隔著一株大樹面對著面，但是，那孩子似乎在用什麼東西暗中保護著自己。是這樣的吧？從讀者那裏，我也收到了說是產生了這種印象的信件。

「我呀，並不認為孩童時的爸爸要攻擊已經成為老人的那個未來的自己。我覺得，儘管如此，在森林裏與陌生老人面對著面的孩子呀，如果說他是想要保護自己，倒是更現實一些……於是，孩子時的爸爸就請了繁叔叔一同前往，而繁叔叔則體諒到了爸爸的不安。」

「我也這麼認為。說什麼繁叔叔鬧出了各種糾紛……即便說不上是犯罪者，他的兇暴也至少可以把他送進精神病院等等，我並不相信這些……

「現在，即使我與繁叔叔透過e-mail交談，我也不相信……可是呀，我覺得，當兩個孩子進入森林時，為了自己和你爸爸而帶上木棒，也是很正常的吧。」

對於真木的這番話，千樫沒再說什麼。不過古義人也知道，真木與母親持有相同看法。她們雖然也知道繁叔叔非同尋常的生活方式，卻還是無保留地接受了老祖母對他的信賴。而且，她們還以自然而然的演變形式實行眼前這個計劃，這個讓古義人在整個夏季裏都和繁在相同處所一同度過的計劃。迄今為止，除了住在外國的大學提供的房間及教員宿舍，古義人還從不曾與家屬以外的人在一個房舍裏共同生活過。

雖說並不是隱於這個想法之後的算計，但她們大概認為，這個夏天，她們難以從小明長年就診的大學附屬醫院把他帶到遠處，陪同病後的古義人苦度避暑生活。在現今仍存活著的朋友之中，早已不存在既有閒暇一同避暑且非常好奇的人了，而從不曾在這個國家的大學裏任過教職的古義人，也想不出願意犧牲暑假來幫助自己的學生。

也就是說，繁主動提出的這個要求，與千樫和真木為北輕井澤的土地和房屋尋找合適買主的想法不謀而合，對於一家人來說，眞是撞上了求之不得的好運氣。

「儘管如此，繁呀……彼此都已經進入人生的最後階段了，那就攜手彌補最初沒能完成的友誼吧！」

養成自言自語怪癖的古義人確認千樫和眞木都已離開病房後，這樣出聲地說道。

8

第二天清晨，古義人很早就睜開了睡眼，等待著醫院的例行晨檢，做完這一切後，便再度沉沉睡去。將近中午時分因意識到什麼而醒來時，看到眞木憑依著床邊的椅子，挺直背部站在眼前。她那目不轉睛地凝視著自己的、平日裏總顯得憂鬱的眼白裏，滲入了血水般的色澤。古義人記得有一次曾看到同樣的情景，在漠然的同時，他感到某種危險正在逼近。

「與繁叔叔透過e-mail往來聯繫，一切都已經商定好了。可是……」眞木做好準備，這樣開口說道。

「繁又提出了新條件？」

「那倒沒有。是有關我的事……媽媽從一開始就知道……有一些情況，我覺得必須向爸爸彙報……

「如果爸爸也以爲，與繁叔叔之間的交涉只是始於偶然，那麼，就不覺得進展得過於順利了嗎？」

「繁和我的交往已經中斷很多年了，而且，我又處於目前這種狀態，因此，假如沒有小眞和媽媽，就不可能有人把這件事推進到現在這個程度。」

「從七月的第二周開始，和繁叔叔一起居住的那些年輕人就要到北輕井澤來了……他們現在應該已經到日本了。至於繁叔叔，他正在韓國出席以建築和政治爲主題的研討會，其後要回美國處理一些事務，然後再來日本。

「從那時起，就算啓動北輕井澤的專案了，所以爸爸出院的日子也要從那時開始倒數計時。」

「是兩組不同的人進行的共同專案吧，也許會有一些複雜之處的。」古義人說道，接下去，談話的氛圍使得他難以輕鬆地說出感謝的話。

眞木像是在點頭表示首肯，她提起精神說：

「有一些事，如果不對爸爸說出來，就不公平。自從必須考慮出院的事情後，媽媽和我就商量，想請一個靠得住的人協助我們。數來算去，吾良舅舅也好，篁叔叔也好，從事編輯工作的金澤叔叔也好，全都死去了……媽媽就提起了繁叔叔的名字。於是，我就用 e-mail 詢問繁叔叔：『最近有計劃來日本嗎？』這就是事情的發端。繁叔叔說是正巧他想結束大學裏的工作，目前正在考慮幾個方案，恰好在這時收到了我的 e-mail。然後，他就開始認眞考慮回日本來幹一番事業。與此同時，爸爸康復的情況也很好……媽媽甚至說：『眞是不可思議呀。』」

「我可沒意識到這一切。」懷著因自己的遲鈍而引發的不安，古義人這樣說。

「現在，終於到了最後決定的時候，當然也想得到爸爸的認可，就重新閱讀了此前發送給繁叔叔的所有 e-mail。我覺得，讓爸爸在不瞭解我對繁叔叔所說內容的情況下和他會面，這對爸爸是很不公平的。」

「好吧，明白了。」古義人說：「我總是用這種說法先聲奪人，小眞你倒是學會以子之矛攻子之盾了。怎麼樣？你把列印好的 e-mail 帶來了嗎？就是以前發給繁的那些有關我的 e-mail。我覺得，閱讀了那些東西後，事態就會清晰起來的。」

「……繁叔叔一直在收看我的 e-mail，然後作了回覆。我更想讓你看他的回覆。」眞木用怯怯的聲音回答說：「只是很長……」

小真，你與千樫無論怎麼商量，還是不能對古義述說，結果還是一個人獨自苦惱。我在想，大概是這麼一回事吧。

據你所說，古義或在夢境中，或在即使醒來也會被拖曳到此前所做之夢的夢境中，與似乎出現在他眼前的人物說話，頻繁地訴說般地說話。說是六隅許六先生呀、篁君呀、吾良君呀，這是他的主要訴說對象。好像我也會出現……

古義像是回到了年輕時的自我，當然，小真也不熟悉的那位年輕的古義會用嘰—嘰—的聲音訴說，甚至還會流下眼淚，所以呀，在他身邊旁聽大概會很辛苦。深夜裏，只有小真一個人！難道古義就沒考慮過，自己所說的內容可能被小真聽了去？

透過小真的 e-mail 知道這個情況後，我之所以感到膩煩，是覺得古義又開始了。你在補寫的內容中也提到在吾良突然死去後，古義借助田龜進行的通訊。就在那事的翌年，我在德國參與波茨坦廣場再開發的收尾工程，知道他來柏林自由大學任教職，也沒前去見他，在回美國的中途順便去了東京。毋寧說，與古義保持這種衝突狀態倒也不壞，我順便去東京，就是為了向千樫表示對吾良的哀悼之意。那時，也看到了已經出落成大姑娘的小真和沉穩如成年人一般的小明……

我聽了千樫的介紹，說是深夜裏，正和吾良說著話的古義的聲音，如水滴般——這是最貼切的比喻了——從二樓飄了下來，她感到非常苦惱，也為古義本人擔心。那時也是這樣，我就在想，這古義又開始了。從以往的孩童時代起，古義就曾這樣。那是我去了村子後不久的事，是在和古義還是好朋友那陣子。說是老祖母曾告訴你，只是看見我和他，就讓她很高興了。這都是非常真實的啊，只是古義裝出一副忘卻了的模樣。

那陣子，秋天的颱風季節來臨了。從一個到我在上海的家裏來的中國青年那裏，我曾聽過他講家鄉那場可怕的洪水。所以呀，峽谷裏的大水就同那青年講述的內容重疊起來，我因此而感到恐懼。

連日來都是大雨滂沱。由於大都市都因空襲而燒毀了，因此峽谷裏把木材拉往山外的卡車往來不斷，那是一個濫伐森林的時期。峽谷裏的河流馬上就漲水了。接著，大水終於沖了下來。古義的妹妹阿朝不願離開她母親，於是古義獨自來到高崗上的我家借宿。我們把枕頭併在一起睡，我因此而高興得難以入眠。但是，我剛覺得古義睡著了，他便像醒著時那樣，不，更像是長篇大論似地說了起來。

我也從老祖母那裏聽過這個傳說，說是峽谷裏的人死去後，其靈魂馬上就會飛上森林中那棵「自己的樹」的根部，就在那裏停留下來，然後還會飛下峽谷轉世投生……於是我就擔心，他該不是被那個靈魂附體了吧？又是大雨，又是大風，我家有三面被森林包圍，所以暴風雨的聲音就非常可怕……河裏水流的聲音，從房屋正面被風颳了過來。但話雖如此，對我說個不停的古義的聲音呀，卻更加可怕。

古義呀，當然，他的話語中帶有當地口音……現在還有這種口音吧？儘管如此，他還是像朗讀寫在書上的文章那樣敘說著！該不是從那時起，古義就在考慮離開山村，到東京去用那種語言幹下去吧？不過當時敘說的內容呀，都是村裏發生的逃散[3]啦，曾祖父殺死被大家推舉為暴動領袖的親弟弟啦，等等。或許，他在透過這種敘述方式，來訓練想要成為小說家的自己。雖然我感到恐怖和生氣，但他還是讓我就這麼聽著！

颱風過去後，峽谷裏的河水也清澈起來，一閃一閃地反映著太陽的光亮，那天白天，我讓古義把逃散和暴動的傳說再講一遍，他聽了這話卻猛然一哆嗦，生氣地說，那是從老祖母那裏聽來的，是不可能對我說的。我覺得，這也是我和古義的關係開始變壞的一個起因。就像是找了一個意想不到的挑釁藉口似的，他那大耳朵變得血紅，當真就生起氣來了！

假如小真告訴古義，他現在仍然一面睡覺一面敘說，而且，當古義知道小真以他遺傳下來的記憶力記住了夢話的內容時，他還會猛然一哆嗦吧？

大家都知道小真是個生性謹慎的人，即使對我說了古義如此這般一面睡覺一面說夢話，也不會講他說了如此這般的內容，從不曾在e-mail裏引用夢話中的任何一句話。我覺得這樣做是很辛苦的。因為，在我的記憶裏，那位又小又老實的少女，總是獨自一人面對古義說出的所有話……

但儘管如此，我還是覺察到在你的e-mail裏，唯有一句話明顯暗示了古義在夜裏所說夢話的內容。因此，就從我的嘴裏把這句話說出來吧。假如被我言中的話，那大概就是作為古義的女兒無論如何也難以說出口的話了。

小真，你不是取代整天忙這忙那的千樫而在管理寄給古義的郵件嗎？在那之中有一封，不，更準確地說，是有一類信函對於古義的意外幸災樂禍，說是即使頭部的傷治癒了，心裏的傷也難以治癒。所以，在古義於並不久遠的未來自殺之前，他們會持續這種批判和聲討。你在e-mail中寫道，很多封這類信函一直不斷寄來，對方甚至還描繪了配有說明的插圖，說是古義與妻兄這兩個人或前或後地排在一起吊著腦袋……

如果我的臆測與小真所擔心的事情相同，那你在e-mail中無意洩露出來的自殺這個辭彙，就是小真你從古義的夢話裏聽到的核心內容了。我認為，實際上這並不是一件很容易的事。

那麼，該怎麼辦呢？那就把小真的不安，與千樫同我正在洽商的處置建築物的問題聯繫起來，把我在日本生活的根據地就選在北輕井澤，如何？如果我和我的朋友們在相同地界內的那所大房子裡起居，而古義則生活在原來那處「小老頭」之家，我們就可以在時隔多年後重新比鄰而居，每天不都可以在一起說話了嗎？

9

古義人抬起眼睛，看著仍像剛才那樣如同凝凍起來一般的眞木。只見她低俯著紙張般缺乏光潤、白裏泛黃的圓臉，面頰上流淌著淚水。不知從何時起，千樫也出現在病房裏，她走到眞木身後，宛若纏繞在年輕卻是堅挺的樹幹上的常春藤一般，緊緊抱住那顯得僵硬的肩頭。古義人知道，千樫準備從自己或許會表現出來的蠻橫中保護女兒。其實，這只是她在顯示她所具有的那點兒物理性對抗力而已。這時她開口說道：

「由於小眞的努力，繁叔叔才會到這裏來，我對此感到很高興。不過，就像我們對吾良幫不上任何忙那樣，繁叔叔也好，我也好，小眞也好，或許對你也幫不上任何忙。話雖如此，我們還是希望事情能夠順利進展。

「所以呀，小眞，假如你對讓爸爸閱讀的繁叔叔那些e-mail很介意的話，那就給目前還在韓國的繁叔叔發一個新e-mail去，詢問他是否可以在會議結束後回美國時順便到東京來一趟。在北輕井澤的共同生活開始之前，先讓爸爸和繁叔叔他們兩人晤談一番，怎麼樣？」

就這樣，儘管有所預期，還是讓古義人感到突兀的、繁的那次探視，終於塡補了長年的交往空白。

---

1 喻指美濃部亮吉（1904-1984），此人於一九六七—一九七九年間被選爲東京都知事，是最初提出改革的東京都知事，在任上推進福利政策和公害對策，其政治傾向偏左。

2 眞木是小眞的本名，後者爲暱稱。

3 在日本的中世和近世，農民和山民爲逃避年貢和徭役而採取的一種抵抗形式，人們捨棄土地逃亡至其他領地或城鎮。

第一章 「小老頭」之家

1

出院那天，在書房的床上躺下休息過後，古義人走進隔著走廊的書庫，隨即感到一陣眼花[1]，他卻仍然站立不動，品位著眼花這個辭彙的語意。

迄今爲止，古義人一直把眼花這個辭彙理解爲眩暈，大多以目眩或是耀眼爲主。但古義人現在感覺到的則是黑暗。在一片漆黑中，他一動不動地站立著。然後，他只取過一本書，便重又回到床上。這是有生以來購買的第一本在原詩旁配有譯文和解說的艾略特詩集，是由深瀨基寬翻譯的。

書上包裹著防塵書衣，古義人拆開這書衣，細細端詳著當年並不多見的布質封皮。原先的淡淡綠色早已褪色，茶色污漬從上端邊沿處往下滲透……這書還是古義人十九歲那年冬天，在大學的學生協會書店購買的。他兩手捧著書，翻開開頭部分的頁碼——那裏的頁碼被翻起了卷邊，就像自然打開的一般——後，隨即便被深瀨基寬譯詩的文體所吸引，甚至覺得透過這詩歌，看見了五十年前的自己。

這就是我，無雨月分裏的一個老頭兒，
讓那小童念書給我聽，企盼著天降甘霖。
我從不曾站立在激戰的城門，
也不曾沐浴雨水，

更不曾在沒膝的鹽鹼沼澤地裏，揮舞著大砍刀
在飛蚋的叮咬下，進行戰鬥。
我的住處，是破屋爛房，

自戰爭結束到那時，只有九年時間。以戰敗之日爲折線，把自己有生以來的歲月對折起來比較一下，就會發現戰後這段時間還是要短一些。從戰敗那天起，古義人便從被作爲士兵送上戰場的噩夢中解脫出來。然而，他也經常感覺到，在獲得自由的內心裏，持槍戰鬥的那種默然的夢想卻也開始萌發。這是因爲他意識到，自己已經失去了這個機會。而且，他與那位在詩歌中感慨自己沒能參加戰鬥的敘述者之間，存在著深深的溝壑。古義人認爲，只能把自己比作那個朗讀書本的小童角色……

當初購買艾略特這本書的最大理由，就是印刷在頁碼下端的原詩。現在，古義人注視著那裏的原詩，同時在想，無論是當初試圖全力解讀這首詩歌之際，還是十年後寫出〈「小老頭」之家〉那篇文章的時候，其實自己並不眞正具有解讀原詩的能力。爲了建築雜誌而前往業已完工的別墅拍攝照片時，古義人爬上尚未拆去的木架，在剛去掉型板、沒有進一步打磨混凝土表面的壁爐煙囪上，他被要求用原文寫上〈小老頭〉開首部分那一節詩，用的是試燒壁爐時燒剩的焦木樁。

爲了拍攝深夜播出的簡短文化新聞，草創期的電視臺人員也一同前往，台裏的工作人員希望古義人朗讀剛剛寫下的那節詩句。在他練習了一兩次之後，繁要求換他上場，並出色地朗誦出來。尤其是電視臺的那位工作人員，不加掩飾地表現出對古義人的輕視，使得他爲之意氣消沉。

彷彿依偎著四方形煙囪修建的、細高細高的二樓那個小房間，原本設定爲古義人的工作間，可是在那間三鋪席房間裏放進一張書桌後，就顯得狹小局促了。於是，繁便寫實地設計出這麼兩行詩：

我的住處，是破屋爛房，
而且，房主是蹲坐在窗臺上的猶太人，

不管怎樣，就在古義人、千樫和剛出生不久的小明這個三人小家庭來這裏過第一個夏天時，吾良和繁造訪了這座難以居住的房屋。那是因爲吾良看了電視節目後，要求千樫把建築師介紹給他。吾良這樣對繁表達了自己的感想：第一次看到的實景中，「小老頭」之家二樓部分和煙囪之間，飄溢著一種微妙的不自然。第二周他們又來了。吾良前不久曾在好萊塢電影中飾演配角，並因此而記住某種特殊製作技術。這次他們一來，吾良便花費時間爲自己的臉部化妝，然後將穿著燈心絨上衣卻沒打領帶的上半身從窗口顯露出來。爲他拍攝這幅照片的攝影師，是由繁來擔任的，在多才多藝方面，他與吾良頗爲相似。據說，後來吾良在英國電影《吉姆老爺》中應邀飾演部落首領的兒子，就是因爲這幅照片的緣故。

2

古義人一家每年夏天都要到這座別墅來，可是隨著孩子相繼出生成長，「小老頭」之家便顯得越發局促了。也曾經擴建過一次，並在擴建時努力不損害原有樣式和風格。又經過一些年頭，當古義人獲得國外的一項文學獎後，便在那塊地皮的深處建造了一座更爲寬敞的小樓。這小樓被命名爲「怪老頭」之家，源自對古義人非常重要的另一位詩人葉慈的詩句。

七月初，古義人獨自——或者說，與有著怪異之處的另一個自我一同——來到北輕井澤。這三十年間，除了前往墨西哥、美國及德國的大學從事教學工作的那些年頭外，古義人的每個夏天都是在這座別墅裏度過的。至於去年，則從春季就和小明生活在四國的母親遺贈的屋子裏，到了夏天，就因傷住進了醫院。

千樫和眞木暫時住進了「小老頭」之家和將交付給繁的「怪老頭」之家，對這兩座屋子進行兩年以來的第一次大掃除。在這期間，古義人和小明留守在東京的家裏。古義人確認了千樫母女返回東京時將要乘坐的特急電車後，把小明留在家中，自己則前往北輕井澤。在車站前，從北輕井澤別墅區趕來的千樫和眞木把計程車轉交給古義人，古義人在續乘前與她們大概說了幾句話。

輕井澤雖說天空陰沉，不過並沒有霧氣，眞木那穿著夏用外套的肩頭處卻被濡濕，這讓古義人感到不可思議。但當他乘坐計程車往上駛向淺間的途中，霧氣卻濃密起來，在車子往群馬縣那邊下行時，這霧氣就變成了綿密的細雨。越過縣境之後，在坡道緩下來的地方，溫度計顯示為十七度。這一帶的別墅區在戰前由法政大學相關人員組成的工會所創建，所以被稱爲大學村。通往位於別墅區邊緣的「小老頭」之家的道路上，有幾個大面積的水窪。從道路兩側延伸過來的枹櫟葉片，彷若厚厚地抹上了綠色油漆，衰弱的古義人覺得自己受到這精氣的壓迫。

由繁設計的「小老頭」之家剛建成時，地界內除了四、五株高大的紅松外，岳樺、白樺及水楡都還很弱小。彷彿依偎著那座木結構二樓的混凝土四方形煙囪，就從那些小樹叢中脫穎而出。

紅松在二十年前的一場颱風中倒下了，剩下的落葉喬木卻一個勁兒地飆長，長得令人驚異地高。混凝土煙囪和二樓的屋頂也因而顯得低矮了。一些被折成約兩公尺長的松樹枝堆積在一處，把這些樹枝弄成適合放入壁爐燃燒的長度，是古義人每個夏天的工作。樹枝幾乎已經燒完了，可是古義人已難以勝任這項工作了。剩餘的幾根樹枝從接近地面之處開始腐爛，體積並不很大的殘骸暴露在外面。目前正處於病後恢復期的古義人，站在闊別已經整整兩年，總體上已經陳舊不堪的房屋前面……

古義人沒有很多時間沉溺於悠長的感慨之中，他覺察到有人而回身看去時，卻只能仰視那位長著一個大腦袋、頭髮濃黑、皮膚白皙的三十多歲男子。那人略微低下頭說道：

「是長江先生吧，您在路上遇見夫人了嗎？我是佛拉季米爾，爲給繁先生打前站而來到這裏。只是夫人她們一離開這裏，配電盤呀什麼的就搞不清楚了。夫人她們爲這裏做了大掃除，臨走前，說是有關別墅的文件放在長江先生的工作間裏了……要讓您費心了……」

確實是外國人的語調，不過，頗有氣勢的說話姿態和古老辭彙，卻讓人產生了一些聯想。面對默默點了點頭的古義人，那人得體地繼續說道：

「原本應該等繁先生到達後再向您作介紹的，卻突然冒昧地打了招呼。早在學生時代，我就著迷地閱讀先生的作品。」

總之，儘管和對方握了手，古義人卻連寒暄的話也沒說，就走進了千樫她們沒有鎖上的「小老頭」之家。

改建時，樓梯上包括木材已經翹曲的地方也都原樣未動。現在，古義人踏著這樓梯，進入猶如塔一般的那個三鋪席房間尋找文件。找出那本用合成樹脂封皮裝訂的文件冊後，他便向外推開沒有拉上窗簾、由中間向左右對開的窗扇，在塵土中探出了上半身。聽到這動靜後，那個走進陽臺旁的草叢、站起身來的人，仰起了從正上方看下去如同孩童一般的臉。

古義人晃動著手中的文件以便讓他看清。從這三十多歲男子浮現出的表情可以看出，他正忍著不讓自己笑出來。這個看似聰敏的人物，當然會知道「小老頭」之家的由來。他大概會這樣告訴繁：長江先生向我展示了：「而且——房主是蹲坐在窗臺上的猶太人」這一演技。不過，目前自己實際上離那樣的人物也不遠了……古義人就以這樣的姿勢把文件扔向下面那人，而對方則在空中準確地接住了文件。

「謝謝您的關照！」言過謝後，那人就大步往地界深處走去。在相同平面上，由於枹櫟林的遮擋而不可能看到，即使在小塔上，從這個高度望過去，也只能看見「怪老頭」之家和粗野地駛入這一側樹叢繁茂處的黑色客貨兩用車。一位也是三十來歲的東方人——不過，看上去似乎不是日本人——女性正要從碰巧打開的駕駛座下來，她向這邊揮動著如同圓棒一般的胳膊。古義人也大幅度地回禮致意，目送那男子踏著在略顯紅色的茶色落葉上新飄落的今年黃色落葉離去。女子從車上下來向那男子迎去，同時注意腳下不會滑倒。並不見走近她身旁的男子回過身來，向她指示古義人的方向。兩人隨即開始從客貨兩用車上往下卸貨。

3

兩天後，繁到了。古義人在起居室的壁爐前放置了扶手椅，從椅子處伸手可及的範圍內配置了輔助書桌和低矮的書架，並安置好了眞木送來的字典和有關艾略特的書籍及卡片盒。他抬眼望去，只見那輛客貨兩用車從這片地界的入口處逕直開進來，在陽臺前讓繁下車後，以和前進時相同的速度往後倒車。繁面對房屋一動不動地佇立著，毋寧說，像是要將自己的身體暴露在「小老頭」之家整棟建築前似的。雖說他身材高大，身肥體壯，卻不見他站在醫院病床旁時讓古義人感覺到的壯年的精氣神，確切透出的那種上了年歲的、平靜的舉止，使得古義人感受到心理上的衝擊。

爲了不使繁受到意外驚嚇，古義人發出聲響打開玄關大門，又歇了一口氣，來到用圓溜溜的小石子覆蓋住混凝土地面的陽臺上。

「前一陣子，你去醫院看望我，謝謝。你介於眞木和我之間，把她作爲互通 e-mail 的對象，多虧了你的幫助，眞是太好了。」

「還不到一個月，你就精神多了。」繁將原本向上仰著的腦袋轉而面對正前方，意外地顯出不設防的微笑。「不是病人了，該不是想要著手幹些什麼了吧？」

「不、不……包括學生時代在內，面對工作如此振作不起來，這還是第一次。」

繁岔開古義人坦率的感慨，把小型旅行提包放在陽臺的木質架構上，然後再度環顧著「小老頭」之家。

「在那裏，把像陽傘的六等分那樣的屋頂鑲上去，使一樓顯得開闊起來。負責擴建工程的那傢伙，是咱在美國教過的學生。他在寫給咱的信上說呀，你讓他留意對咱設計的建築要『保存和再生』。

「在晃到這裏來之前，還去看了對面的房子，那傢伙幹得不賴呀。構想是有內在聯繫的，從整體上看，擴建工程並無不妥之處。尤其是這邊的改建，算得上是麻煩的工程，把施工隊整得服服帖帖的吧。」

「除了負責自來水管線工程的傢伙外，其他人員還是你施工時的那個班子。後面那座小一些的樓房後來不是不能用了嗎？雖說建了兼作書庫的工作間，可是每年來到這裏時，自來水管都會破裂。那傢伙既沒有修理能力也缺乏誠意。於是，千樫在說明時就表示，那座房屋只能廢棄了，因此需要改建，讓施工隊把那傢伙剔除在外。在建那座新家時也是這樣。」

「因爲千樫和吾良很相似，因此咱認爲呢，她甚至可以成爲建築家。處理人際關係時，她自有一套懲戒的規矩，肯定會有一些同行看走了眼，被她狠狠地教訓過。那可不是咱的事！」

「爲你打前站的那些人也是有其規矩的，尤其清清更是如此。至於佛拉季米爾嘛，還沒有讓我看到他的眞面目。」

「咱對他們說了，在咱到達之前，他們只能與古義在最小程度內進行對話。」

「對了，千樫說呀，要原樣保留你們家與這裏之間那片可以遮擋視線的、繁茂的雜木樹叢，對我們雙方的生活都比較方便。她讓我把這個意思先對那兩人說一下，說完後她就回去了。於是，就由我出面說了這個意思。也只是說了個大概。先進來休息一會兒？」

「是啊，作爲重逢象徵的聚餐還要等上一陣子，就先進去一會兒吧。佛拉季米爾去了國道中途那家大超市購物，清清已經去接他了。」繁贊同地說道。

古義人到達這裏的翌日下午，覺察到「怪老頭」之家那邊已經開始收拾庭院，便想起千樫的叮囑，於是向這塊地皮的深處走去。最初，古義人買的地皮位於大學村的盡頭，在更深一些的處所，是每逢下雨便成澤國的一大片窪地，這塊窪地一直閒置在那裏。泡沫經濟初期，在從那窪地往上去的地方動工開發了與大學村沒有關聯的另一個別墅專案。看到這情形後，千樫預見到那窪地的邊緣將要修建道路。不過，倘若不是大學村工會的會員，是無權延長自來水管線的。因此，除了千樫，那塊窪地不可能出現其他買主。在這種情況下，她以低價買下了那塊閒置的地皮。十年後，在那裏建造了「怪老頭」之家。

那窪地目前仍有積存著雨水的水窪。古義人向那窪地走去，清清卻自上往下，使用鏈鋸砍伐而來，一直伐到枹櫟開始群生之處。圓錐繡球、五加、李樹等因其花兒而為千樫所喜愛的樹叢慘遭砍伐，開始枯萎的綠葉、葉背生有白色絨毛的樹枝堆了一大堆。古義人從清清那裏聽到關於施工計劃的說明——讓施工隊整平地面，把這裏修建為停車場——後，也只能告訴對方：這樣也可以，但下面包括澤地在內的那一帶則請不要沾手。

先前，古義人以老人的敏銳聽覺聽到鏈鋸的聲響，他整理著裝束，也不知出於什麼想法，連鬍鬚都剃刮一淨，在他來到這裏前的那段時間內，砍伐作業是肯定會進展到如此程度的。自從出院以來，當決定開始進行某種實際行動時，古義人總能感到自己那慢慢吞吞的作風。他嗅著瀰漫在周圍的青草和樹葉的氣味，清清則像是在為砍伐樹木這件事本身而得意。

一旦入秋後樹葉飄落下來，就會像千樫所擔心的那樣，枹櫟樹叢對面的「小老頭」之家肯定會裸露出來。從二樓小房間看過去，「怪老頭」之家大概也會同樣如此吧。以改建狹小的舊樓和新建那座新樓為契機，建築雜誌開始登出年輕建築家的照片。他在以冬季景色為背景拍攝的照片旁的說明文字中寫道，自己只是對同一個概念做了一些修改，然後重複運用這種手法建造了新舊兩座建築物——如同繁一眼就看出其實質的那樣。

古義人對清清說了那些要求後便打算返回，卻被清清挽留，她的工作剛剛告一段落，因而想多聊上一會兒，把牛仔上衣披在染有花樣的立領絲綢襯衣上走了過來，送上看來確實是中國人愛用、而在日本不常見的塑膠瓶裝名牌烏龍茶。

略顯外突的圓潤額頭和凹下去的下巴被柔軟的皮膚包裹著。對於這個因輕微勞動而面泛紅潮的小姐，古義人沒有與其繼續談下去的話頭，但清清卻在不斷尋找共同話題。於是，古義人再度說起先前曾來送還被借文件冊的佛拉季米爾說過的話。

「佛拉季米爾像是在為繁的衰老而擔心。還說，這衰老是從九・一一恐怖事件開始的。不過，繁來醫院探望我的時候，看上去非常健康呀。」

「不是那回事！」清清口氣強硬地說道，較之於日本女孩，她臉上浮現出的微笑顯出另一種魅力。「我所說的否定話語接續在文脈的哪兒？你並不清楚吧？這樣的日語就是不行呀。我也不認為繁先生是健康的。不過，並不像佛拉季米爾所說的那樣始於九・一一。這就是我要否定的地方。我在聖地牙哥剛開始師從繁先生時，他確實很活潑，根本不像是日本人！可是，自從夫人因患疑難病症去世後，繁先生就成為老人了。而九・一一，則發生在那以後。」

「可是佛拉季米爾卻說，當世貿大廈坍塌之際，繁因為過於靠近現場而負了傷，自那以後，身體一直都不好……」

「在日本的報紙上，有過關於那種事故的報導嗎？」清清從容不迫地予以否定。「繁先生很快就預見到大廈將會如此坍塌。在辦公室的電視裏，我們看到噴射客機撞進了大廈，於是繁先生就說，去見證將要來臨的坍塌吧！他還說，這場坍塌，將是世界大都市多米諾骨牌式的坍塌的開始。」

來到峽谷間的繁有編造假話的毛病，雖說古義人自己也有相同個性，但還是被繁騙得很慘。古義人不禁回想起自己被騙的不愉快經歷。

當繁接受古義人的邀請到家裏來的時候，曾說過下面這番話，以便布上一條防線，防止佛拉季米爾和清清之間那些不甚一致的話語分別傳到古義人這邊來。

「你閱讀了艾略特，用語言爲自己想要建造的家宅作了素描，而且，還取了〈『小老頭』之家〉這個標題。那時候咱呀，當然還沒對那首詩產生深刻的思考。只要在紐約看著地面行走就會很清楚，在那座被密密麻麻的建築物完全閉鎖的都市裏，當發現眼前突然出現了一個開口時，肉體性災難對我也產生了連動，我確實被擊垮了！

「……於是，〈小老頭〉中的一段詩句便大聲回響在咱這花白頭髮的頭腦裏。我洞悉這一切，現在，還有什麼理應赦免之物嗎？不妨考慮一下！就是這麼一些內容啊！你也是如此，受了那麼嚴重的傷害，當時，你的頭腦裏回響的不也是相同的這一段嗎?!」

古義人讓繁看了他建起後便沒再改動過的壁爐。建築家站在連接餐廳與玄關的狹小空間處，凝視著壁爐及古義人放置資料準備讀書的地方。然後，他在擱置在陽臺那邊的舊籐椅上略微坐了坐。古義人介紹道：

「千樫在輕井澤的舊家具店——你也知道那裏有不少這樣的店鋪，據說它們都是從東南亞採購來的——發現了這張椅子，覺得挺合適的。」

「做工確實不錯！這種用竹片纏繞細小木料的構造非常牢固，甚至會是一種特殊的木料吧。在發現這些物件的眼力上，千樫與吾良是共通的。」

「……今天早晨也是如此，就坐在這張籐椅上，閱讀以前你也曾讀過的那個版本的艾略特。一面緩慢地看著書中的文字，一面查字典……年輕時的自己呀，因爲心浮氣躁而難以理解的地方……在心裏存有很多。不過，竟難以想像地平靜下來了。我甚至聯想到老年人的墮落之類的問題。」

「是老年人的墮落嗎？」繁任憑身體躺靠在籐椅上說道：「應該說，那是咱的主題啊！假如是青年的墮落，迄今爲止看的可就太多了，可是，我覺得他們的墮落是有限度的。不過，若說起老年人的墮落，那可就完全徹底地沒了限度。」

接著，繁直直地挺起後背，如同去醫院探望時那樣有力地說道：

「和現在正說著的話沒什麼直接聯繫，只是年輕時知道的那些人都上了年歲……以前呀，在飛越太平洋的飛機裏，咱讀了夾放在《先鋒論壇報》中的英文版《朝日新聞》……發現上面有一篇寫你的文章，在引用素材時寫道：都知事蘆原[2]在接受記者採訪時這樣說：長江——而且用的是"that man"的說法，也就是那個傢伙——根本沒有朋友。那傢伙是個乖僻的人，只顧考慮自己的事情，……

「於是呀，咱眞就掰著手指頭數了起來。仔細一算，古義的那些朋友一個接一個地都死去了……當然，塙吾良也是如此。在咱與你沒再聯繫的那段時間裏，篁呀、從事編輯工作的金澤呀……這麼說來，就咱來說，和你遠隔太平洋，又沒有任何音信，對於你來說，不就成了死去的那些朋友中的一人了嗎？反過來說，我感到你也成了我那些死去了的朋友中的一人。因此，我覺得必須採取一個方法。聯想到最近遭遇到的這個飛來橫禍，實際上你不是險些送了性命嗎，古義？」

「……應該說，我感覺自己已經死了一回，其後又生還過來了。我還有一種感覺——也算是託福吧，此前積澱在瓶子角落的東西全都被沖洗一淨。

「……這次，你要在相鄰的屋子裏生活，對於我來說，也只理解爲就這麼一回事吧。可是這種態度對於千樫來說，她卻好像感到有些遺憾。因此她告訴我，是眞木在發給你的 e-mail 中向你提出來的。我還知道，在那個過程中，你以各種方式接受了眞木的提議。不過，要說我因此而對你覺得過意不去，那倒未必如此。現在正是好機會，能夠每天同你交談，我感到很高興。像這樣感知事物，在我來說還是第一次。總之，謝謝你……」

這時，繁並沒有等古義人繼續說下去，也沒有接過話頭想要說些什麼，而是爲自己與古義人共用這沉默而感到愜意。古義人也意識到，在繁和自己之間，還從不曾共同擁有過這種性質的沉默時間。

古義人前往廚房端回一個托盤，裏面有昨晚拔下軟木塞後還剩下大半瓶的加州紅葡萄酒，還有也是快遞公司直接送上門來的奶酪和麵包。當他再度前去取過酒杯回到這裏時，繁正在認眞查看葡萄酒標籤，像是曾那麼地生活過多年似的。而且，繁往兩人的酒杯裏斟注葡萄酒的姿勢，也算得上比較優雅。古義人在想，相隔多年之後，在這種氛圍中一同度過這時光，並朗誦已在內心湧起的艾略特詩句——就像繁剛才那樣——該是多麼愉快呀。對於繁來說，這理應不是唐突的引用，因此，他甚至會予以應和吧。在與繁中斷聯繫的這數十年間，古義人之所以熱中於不斷閱讀《四個四重奏》，是因爲這和自己的小說家工作有關，同時還有另一個與此不同的原因，那就是以人生各個不同時期的狀況爲基準來進行閱讀。繁也是如此，作爲美國好幾所大學的建築學教授，作爲調查世界各地村落的專家——把他推往那個方向的，是古義人的朋友、建築家荒博。雖然繁曾說過「與那個人比較起來，自己簡直就是外行」的話，可是在目前這個年齡上，應該不會拒絕被別人稱爲專家，並且以與此並行的、不斷豐富的人生閱歷，他一定能夠加深對艾略特的解讀。爲什麼？因爲那是古義人在自己人生中所確認的、上了年歲以及迎來暮年的內容，即使對於繁，他也不可能採用全然不同的面對老年的方法……

繁往正在如此思考、默默小酌的古義人的杯中加斟了葡萄酒，然後**大大方方**地也斟滿了自己的酒杯，接著開口說道：

「咱偶爾想到了這麼一件事，那就是清清有中譯版的——是簡體字譯本，咱多少也能閱讀，有清清在幫助咱嘛——你年輕時寫的長篇。咱在讀這長篇時有一個意外發現，以你在斯德哥爾摩獲得文學獎爲契機，中國一口氣出版了你的兩種小說選集。清清讓她在大陸的母親把書寄了過來，她閱讀了這篇作品。最初，她可是以Misima[3]爲研究對象的。佛拉季米爾同樣如此。早在前蘇聯時期，你的作品便曾被大量翻譯介紹，而有關三島的翻譯介紹則是從前蘇聯解體後才開始。他作爲比你要晚的文學一代被接受，似乎很有一些新的人氣。清清也是在與三島研究的對比中閱讀你的作品的。她母親當然支持她的閱讀和研究。

「那麼，你在那本書中寫道，曾被自己的父親這麼提點過：不可指望別人爲自己而死，那是人世間最爲邪惡的墮落。那究竟是你的創作？還是你在孩童時代確實被這麼提點過？」

「是父親突然這麼說的。那時我想起這件事，也沒有加以縝密的思考，只是當做自己孩童時代以來的謎寫進了作品裏。不過，在當時那場大學運動[4]中，一位在前線跑新聞的記者曾憫笑著對我說：『果眞存在著可以爲了長江而去死的人嗎?!』儘管我認爲事情並不是這樣的，卻還是滿面通紅。」

繁用銳利的目光注視著古義人，隨後將視線轉向虛空，用經過充分準備的口吻說：

「讀了那一段後，我想起了一件事。就是咱母親啊，每當咱情緒低落時就對咱說起的話：你的生命中有一個孩子，一個會代你而死的孩子。當你感到痛苦時，只要一想起這個孩子就會產生勇氣，所以你不要忘記。

「爲什麼那個孩子會代別人而死？由於咱難以接受，母親就反覆這樣說道：現在你是孩子，所以也是孩子的那個人……當你成爲大人的時候，同樣也成爲大人的那個人……因爲你和那個人呀，就是這麼一種同生共命的關係……

「咱乘坐上海丸到達長崎，與前來接船的你母親一同進入森林深處時，就見到你了。『啊，這傢伙就是可以代咱去死的那個人嗎？』咱感到自己的心情非常不好。咱母親和你母親啊，好像締結了這種密約，眞是一對實在奇怪的朋友。」

「我父親所說的，是代我去死的別的孩子。而你母親所說的，則是我代你而死。」

「儘管如此，事情的起因，該不是咱們的兩位母親有過這樣一個密約，那就是把各自的孩子培育成可以爲對方的孩子去死的那種人？

「在咱出生以前，咱母親把她從孩童時代起就親密交往的朋友、也就是你母親叫到了跟前，說是請她陪護自己直到生下孩子。可是過了一年後，母親還是不讓她回國，因此你父親就來中國接她回去。結果，他們夫妻倆去北京轉了一圈後再度來到上海，然後從上海回到了日本。就是在那次旅行過程中，他們有了你。」

「你曾說了一個不同於此的故事，所以才發生了我砸破你腦袋的風波。我一直不能忘掉那場砸傷你的風波，無論是在小明出生時，還是我這次受傷後，我都在思考那次風波。」

古義人這麼說著，繁對此卻是沉默不語。

「……讀了小眞的 e-mail 後，咱當時想到的，是擔負著兩位母親之間密約的兩個人，已經上了年歲，不久後就要面對面地生活，這倒也算是有趣。這就是咱所想到的。」

4

當古義人拿來另一瓶葡萄酒時，繁已經準備好了新的話題。

「佛拉季米爾和清清眞是厲害，古義。你多少也覺察到這一點了吧？咱嘛，就不用說了，你不也、古義、說起到日本來研究什麼的外國人，你不也見過很多嗎?!當然，他們和她們並不是日本人。

「可是呀，那些外國人都會像佛拉季米爾和清清那樣，斷然認爲即使日本消失了也無所謂嗎？

「你知道吧，咱本人給自己下了一個定義，一直自稱爲異日本人。話雖如此，咱只是在上海出生並度過童年，與現在的歸國子女並無二致。咱母親呀，不願回到戰敗了的日本，和中國青年一起消失在遠方了。也有一種說法，說是他們去了延安。在這一點上，我認爲她是很獨特的。

「而且，我也是從某個年齡層開始就長住美國，在生活中並不覺得對日本有什麼特別的思念。對於那幾位仍然想要把咱作爲日本人來對待的夥伴，我甚至還誇示過身爲異日本人的自己。可是，當咱把這樣一個自己與佛拉季米爾和清清加以對照時，卻發現在對待日本這個國家的態度上，咱與那兩人還是完完全全地不同。

「直截了當地說，佛拉季米爾和清清呀，認爲日本這個國家即使在不遠的將來不存在了，他們也不覺得有什麼大不了的。日本大使館和日本的簽證即使消失了，他們大概也感覺不到有什麼了不得的變化。這種事態即使在兩三年內發生，他們也肯定會無所畏懼。因此呀，有趣的是，他們卻還要學習日語，學習日本文化，還要主動到日本來生活……

「日本的保守政治家及保守派評論家，經常會危言聳聽地說一些歪理，不是說什麼『再這麼下去，日本就要滅亡了』之類的話嗎？但是，即使在他們的內心裏，就是在夢中也不曾想過這樣的事。在日本人來說，原本就沒有滅亡的想法。這就是咱的觀察報告。

「而且，進步派也沒有這樣的想法。不過也有例外，那就是年輕時代的咱母親和你母親呀，在追著來東京的中國作家的過程中認識的，好像和在上海與北京研究中國文學的日本青年也有來往。不久後，其中一位成了小說家，戰敗後，他在上海寫下了『曾有一個國家叫日本』的詩，據說還曾構想了相同內容的小說。不過，咱也不能因此而認爲他在內心裏確實就是這麼想的。因爲，他們還是回到了戰敗的日本。咱剛才說了，在這一點上，咱母親是很獨特的。

「總之，你現在去新宿，詢問過往行人『在不遠的將來，日本有可能消失嗎？』這個問題，咱覺得，是不會有人回答『yes』的。不過呀，假如你問的是佛拉季米爾和清清，他們大概會對你說：『爲什麼不可以這樣呢？』就日常感覺來說，就是這樣的。

「以這個發現爲發端，古義啊，咱也開始思考一個新的問題。咱打算把這個想法告訴你，在此之前，想先把咱的夥伴介紹給你。而且呀，古義，當你也感覺到他們是如何地獨特時，到了那個階段，還有一個要對你提出的構想……

「如果說，咱母親和你母親之間有一個密約……也就是說，她們呀，希望咱和你意識到彼此間是一種可以爲對方而死的關係。而咱們呢，則如此這般地成了老人，已經大致做完了在現世必須做的工作。在這種處境中，如果想要徹底嘗試並從事某種全新的事業，那不是很可能成爲一件趣事嗎？這可是由非常難得的緣分結合而成的二人組所要幹的事呀！

「……對了，清清和佛拉季米爾好像從超市買好東西回來了。從今天晚上八點開始，就在你爲咱提供的房子裏，舉辦正式介紹他們和你的晚餐會吧。今天早晨，咱給東京的千樫打了電話，據說出院以來，你好像還是第一次參加這樣的活動。不過，你沒有理由拒絕吧？咱們呀，咱再說一次，畢竟上了年歲，睡個午覺，去醒醒這葡萄酒吧。」

5

昨夜的大雨使得兩座屋子間的窪地成了澤國，古義人打消經由宅地範圍內的道路前往「怪老頭」之家後門的念頭，來到由大學村工會管理的道路，從建築用地的外側繞了一個圈，走上被雜木林圍擁著的道路。從客貨兩用車的停車處向右轉去，再往被砍伐下來的灌木堆積成小山的那面斜坡往上走不久，在半途中便隔著枹櫟樹叢看見「小老頭」之家。從那裏再往下走去，古義人就面對著建於八年前、與「小老頭」之家的設計思想相呼應的「怪老頭」之家的玄關了。清清好像正在廚房裏忙碌，前來迎接古義人的，是身穿泛著光澤的黑色長袖襯衫的佛拉季米爾，及沒有繫領帶、穿著深絳色夾克衫的繁。古義人一面在意著自己的短袖敞領襯衣，一面從佛拉季米爾手中接過斟上香檳的酒杯。這時，繁已經在醉態中顯現出笑鬧的傾向。

「以這個家爲主題對你說三道四會顯得很可笑，但現在咱正對佛拉季米爾進行說明。佛拉季米爾認爲這個家與你目前所在的那個家相映成趣，他爲此感到佩服，儘管他只從外部看過對面那個家。」

「最初，千樫是打算拆毀對面那屋子的，想要把『小老頭』之家的風格和感覺複製到這座屋子上來。在那過程中，因改建過對面那座屋子而熟識了的建築家承建了這邊的屋子，是他說服千樫把對面那屋子也保留下來，而且把那風格也反饋給了新建築的設計。」

「我請繁先生帶我到二樓的書庫和書房看了看。較之於我所認識的那些作家的住宅，這是一個繪畫作品比較少的家。」佛拉季米爾說：「取代繪畫作品的，是用柔軟的石材做成的古城堡模型及民間工藝品的……也有俄羅斯人偶……墨西哥金屬絲手工藝品，我說的是正在入浴的骸骨，挺有趣的。」

「當時覺得，與其把牆壁用來懸掛繪畫作品，還不如佈置更多的書櫃。」古義人辯解過後，轉向繁訴說道：「不過呀，這次出院後回到東京的家裏，卻發現自己對書庫中的藏書提不起興致。也有想要閱讀的書，可是抽出一兩冊後，就覺得看不下去了。雖說讓眞木送了一些書到這裏來，可是難道老人的欲望已淡薄到連看書的興趣都枯竭了嗎？」

「咱可不知道你其他的欲望，不過，今天下午，古義，你不還在認認眞眞地讀著書嗎?!」繁安慰道。

「剛才我說繪畫作品少了一些，不過，玄關的那幅銅版畫可是好東西呀。」佛拉季米爾說道。

三人各用一隻手端著玻璃杯，同去觀看那幅銅版畫。粗線條圍起的長方形內的大部分畫面，是一隻用力叉開兩條前腿的長毛獅子狗，它正向這邊伸出碩大的腦袋。看上去，它用更接近於人而不是狗的面部表情「嗷」地張開大嘴笑著。儘管如此，從它的眼睛——其中一隻像是受了傷似地現出白色——中還是可以看出威嚇的神情。壯碩的前肢沉入路面的沙礫之中，後肢則踏在散亂的報紙上。

在用軟芯鉛筆標注的印刷種類旁寫著：「1945」，然後是“D. A. Siqueiros”字樣的簽名。

「這是那位墨西哥畫家西凱羅斯嗎？」身著中國絲綢女裝的清清問道。

她送來的食物中，有切成薄片並抹上鯷魚醬的法國麵包，有墨西哥風味的調味醬，還有當地生產的、在超市廣告上被稱爲「高原蔬菜」的蘿蔔切成的細絲。

「那時我四十歲，因此已經是很久以前的事了。自從我上大學以來，六隅先生就一直是我的恩師，他的去世使得我心理失衡，就志願去了墨西哥城那座叫作『墨西哥學院』的研究所。」

「這其中的話說起來可就長了。」繁從清清手中接過托盤，幫著分置菜肴，並斟滿香檳酒，同時這樣說道。

「那就長話短說吧，我帶走了家中的一半存款以充作生活費用，所以當學期結束時收到薪水後，並沒有需要花錢的品項……因而就買下了這幅畫。

「這幅用西班牙語中“Perro”、也就是『狗』這個標題命名的作品，據說是爲抗議鎮壓新聞的群眾運動而創作的版畫。」

「比起所說的內容來，這個“1945”倒是更爲重要。因爲呀，對於古義來說，他這個人的一生都在執著於始自一九四五年的那幾年間。」

「那時，只不過是一個孩子吧？」清清敏銳地反問道。

「所以呀，總是……這麼一回事嘛。這些往事說起來也會很長。」繁說。

「那就請坐在餐桌旁吧，在那裏再向您討教。」清清從繁手裏接過托盤，顯出女主人的威嚴說道：「繁先生，您喝酒時可要適可而止呀。」

古義人在寬大玻璃窗的正對面入座，其他人也都在餐桌前坐下。透過玻璃可以看見的大學村與式樣新穎的小別墅形成鮮明對照。在與小別墅相連接的那一塊區域內，由於尚未到入住季節，四處還不見燈火，背後的樹林卻都已經暮色昏沉了。晚餐是由清清料理的加州風格的中國菜肴，古義人於席間就四國森林中戰敗前後的往事回答了清清剛才的提問。在聽古義人講述的過程中，繁詳細打聽出清清和佛拉季米爾在他們孩童時代的往事，表現出對古義人的關懷，讓他瞭解這兩位年輕人的情況。於是，談話便成爲兩位年輕人恰當的自我介紹。然而，當晚餐快要結束時，醉態越發明顯的繁用他那富有特點的口吻，反覆說起和峽谷中的古義人見面時的情形。

「在當時的中國呀，日本已經明顯露出敗色，咱就這麼個小孩子，獨身一人從中國前往陌生的土地，是去會見咱的那個叫作古義的分身。咱在上海被告知，只要去了日本那座叫作四國的島嶼，就會有一個可以爲咱去死的分身。母親眞是一個奇怪的人啊。」

「可是，見了我之後不久，毋寧說，繁你卻想終止這種彼此作爲分身爲對方而生而死的關係……我覺得，你這麼告訴過我。」

「那是因爲呀，古義，你過於樸實，期盼著咱的到來，在那深山裏度過了童年。你非常需要分身，在咱從上海來到山裏以前，你不也曾和別的分身住在一起嗎？至少你是這麼打算的，這可是從你妹妹那裏聽來的。」

說了這番話後，繁又說起古義人與另一個古義悲哀且滑稽地離別的往事。對於古義人來說，這段往事與其說是當時年紀尚幼的阿朝的親眼所見，還不如說是自己在小說中因細節描寫而引發的感覺。說上一陣子後，繁將自己的臉直直地轉向古義人：

「你已經覺察到當時是你和那個分身離別的時機，才上演了與那個回歸森林的分身離別的一幕。如此一來，不就可以祓除附著在你身上的惡魔了嗎？在斯德哥爾摩的授獎理由中，不是說到祓除惡魔是你的文學的根本性主題嗎？

「緊接著，下一個分身出現了。古義，那就是咱呀！可是，你很快地也完全看透了咱。咱這方面也有一些原因。不過，其後一直貫徹那個方針的，則是你，像是要把最初那個分身如同惡魔一般永遠祓除了似地。直到在『小老頭』之家重逢以前的這段時間，對於年輕人來說，這可是一段太長久的時間啊。在那之後，咱們兩人間的交往又一度中斷。在這個問題上，咱這方面也有很大的原因。

「不過，現在，險些死去又生還了過來，你呀，古義，在醫院難以入眠的那些夜晚，你向六隅先生、吾良、篁等死去的人以及咱發出了ＳＯＳ信號。小眞一直是這麼說的。在小眞看來，那些人中還存活著的，就只有我一個人了，所以，不就只能向咱發送e-mail嗎？咱也就不顧麻煩，回應了這個要求，於是咱現在就來到了這裏……就是這麼一回事。」

繁的這些話，即使說到這個程度，也不是可以輕易置若罔聞的。然而，剛才這些話實際上也是逗弄清清他們發笑的話引子。在古義人來說，唯有這一段時期無暇前往國外，不過，以前他可是每隔上幾年就要去外國的大學工作一陣子。而且，那裏的同事都是具有傲人成績的教授，他們那飽含知性微笑的談話，總會引起學生敏感的反應，而這種反應則是他們表現自己的接受能力的手段。對此司空見慣的古義人發現，繁的說話技巧也是如此。果然，他接下來的話語就讓那兩人也笑不出來了。

「咱在想呀，年過六十五歲前後的人，即使是醉酒後的自殺，大多也是因爲對老了以後——這已經在逼近了——的生活感到不安。」繁開始說道：「儘管在外人看起來，是多麼具有才能和成績的人物，也是如此。咱是從吾良的自殺中想到這些的。古義，你在生氣吧？咱可是知道的。不過，咱可是依據事實才這麼說的呀。

「就從最基本的事情開始說起吧。小說家和電影導演，在職業構成要素上存在著差異。小說家一旦登上文壇，即使後來他的書賣不出去——就算他對目前正寫著的東西最終能否成書都沒把握——但在他的自我意識中，不仍然認爲自己還是小說家嗎？也就是說，他可以獨自一人繼續寫作下去。

「但是，電影製作則需要某種規模的資金。必須雇請各種工作人員，必須進行演員角色分配。然後，在實際指揮團隊的過程中，需要攝影，需要編輯，等待作品製作完畢後，還需要展開宣傳活動。上了年歲後，即使下定『那麼，接下去就再拍一部電影吧』的決心，那可也是龐大的工程呀。

「他原本並不清楚在新生代中是否擁有自己的觀眾。受歡迎的年輕導演一部接一部地首映具有票房號召力的新作。目睹這情景，想到上了年歲的自己，今後還能夠繼續製作電影嗎？迄今爲止一直從事導演工作，其本身不就只能說是一種僥倖嗎？因而陷入了這種不安之中……」

「吾良呀，可以說，即使在壯年時期，他也是那種說話膽怯的人。」古義人認可道：「不過，我並不認爲這種趨勢不斷加劇並最終導致了他的自殺。」

繁反而表現出猶如天眞的老人一般不加掩飾的惡意：

「老夫子你自身又當如何？剛才咱說了小說家與電影導演之間的比較，下面要說的話會與之矛盾吧。比如說，三島又怎樣呢？倒是谷崎潤一郎年過七十之後，還有能寫出贏得讀者的小說的本事，這很明顯。可是，三島卻不是那樣聰敏的作家。」

繁用像是要繼續講下去的口吻說道：「你呀，進一步說來，」卻在緊接著的那個瞬間試圖作近乎自虐的轉換，這也是他的性格。

「上了年歲的建築家就不存在對老了以後的生活的不安嗎？應該說，這是一個值得探討的問題。怎麼樣？假如在這樣一座林子裏的、原本就說不上不時髦的別墅區，上了年歲的建築家和小說家，由於對生活感到不安而可憐地上吊自殺的話……與焦急等待果陀直到疲倦至極的愛斯特拉崗和佛拉季米爾的情形有所不同，在這裏呀，如果說起能夠懸吊老人身體的樹枝……還有細繩……一定會有很多。」

古義人無意中看到了探到眼前的玻璃窗近旁來的青岡櫟樹枝。在建造這座房屋時，關於是否要砍去這根眼看就要長到玻璃窗上來的樹枝，千樫與建築家的立場相互對立。最終，基於對當地樹木生長狀況所擁有的經驗而提出意見的千樫贏得了勝利。青岡櫟的樹幹長高了，正生機勃勃地伸展那樹枝，枝頭掛在玻璃窗邊，成爲窗外的一道風景。繁也抬起眼睛，像是在打量那樹枝合適與否。

「貝克特的對話超越其他想像，順利而現實地進入了這樣一個地點。」古義人說：「可是，貝克特卻沒有考慮從那裏進一步展開。但也可以說，唯有如此才能顯現出他的獨特。」

古義人的話讓繁感受到了其中的從容，繁好像開始焦躁起來，接著便顯得無精打采，他這樣說道：

「愛斯特拉崗和佛拉季米爾都是在第一幕和第二幕之間……應該是從昨天到今天之間……一下子老了許多吧？咱倆的對話也是如此，大概不會進展到眞的上吊吧。也是在此之間，咱們上了年歲。而且，該來的總會到來。就是這麼一回事。

「哎呀，從現在起，在這整個夏季裏，也讓這兩個來日方長的夥伴看著老年人的滑稽而開心吧。在咱們的能力範圍內，不也要拿出精神來好好地生活嗎？古義！」

1 在日語中，「眼花」（kuramu）和「黑暗」（kuramu）發音相同，故有下文的「黑暗」一說。

2 蘆原的日語發音爲Asihara，與東京都現任知事、右翼文人石原愼太郎名字中的「石原」之發音Isihara相近。

3 指日本作家三島由紀夫（Misima Yukio, 1925-1970），其代表作爲《豐饒之海》等。爲方便閱讀，此後將把Misima轉譯爲三島。

4 上世紀六〇年代末在日本、美國、法國和原西德等西方國家興起的學生運動。學生們以大學校園爲舞臺，向學校當局提出自己的訴求。在日本，則以一九六八年圍繞校園民主化而展開的運動爲高峰。

第二章　閱讀艾略特的方法

1

晚餐會開始不久，古義人就將圍繞在「小老頭」之家生活期間而考慮的方案具體化了，那就是學習，一節一節地正確朗讀艾略特的文本。清清接受了指導朗讀的任務。

「清清還很年輕，雖說英語不是母語，古義，在美國學習的中國留學生的那種努力，可真是不得了啊。」

「但我的年齡比看上去要大得多。而且，發音和努力也不是正比關係。」清清儘管把繁的話駁了回去，卻顯然對這個話題產生了興趣。

「我選修的學分，是來自南非的一位著名老師的講座。雖然我不太明白艾略特在表現些什麼，不過，那時我對文本的朗讀可是很出色的。

「我希望，能向長江先生請教有關您自己及三島等同時代的日本文學問題……」

「古義和我呀，一起確定一下條件吧。清清，夏天的東京並不是適合工作的場所。在這裏一面呼吸著山裏的空氣，同時，請扮演爲我們朗讀艾略特的書童……女童的角色。」

翌日清晨，清清一大早就過來商量相關事宜。這天上午十點，於古義人在壁爐前放置扶手椅的地方，第一節課開始了。

最先被選擇的詩當然是〈小老頭〉。清清用古義人提供的文本朗讀了開首部分那一節。古義人一面聽著，一面用紅色鉛筆在自己的文本上劃著記號，這是他長年以來在自學過程中養成的習慣。然後，他就遵循這記號——這是清清作為教學者而提出的方法——出聲地讀出這一節來。當清清表示此處不行時，古義人便據此糾正自己的讀音。然後，清清再度朗讀，往下一個小節而去……

在自學過程中，古義人無意間養成了帶口音的毛病，因而，現在首先需要意識到朗讀中那些沒有根據的口音毛病，而傾聽清清那質樸的發音對此是非常有益的。而且，這樣做本身也是一種令人高興的體驗。清清的英語是她十八歲去加州後開始學習的，可是在古義人聽來，卻是品質很好的發音。

然而，在第一天的授課中，清清卻對這種教學方法顯得厭倦。翌日上課時，她直率地說出了自己的感受。最初，包括繫在內，大家把每節課的時間定爲一個小時，可是清清卻認爲這很不合適，於是他們上課的時間便被改成了四十五分鐘。其間，已經用這方法上了四、五次課。

在這過程中，爲了上課，古義人與清清所坐的位置也發生了變化。古義人依然坐在扶手椅上，而清清則將餐廳餐桌旁的椅子調爲自由角度後落座。用這種方法集中地進行四十五分鐘的授課，每節課結束後，在其後的十五至二十分鐘內，清清四處任意走動並提問，而移坐到籐椅的古義人則開始回答她的問題，由上課轉爲優閒自在的對話。

在這樣的對話時間裏，清清從不言及先前出聲朗讀的艾略特的詩歌。古義人覺得清清的朗讀可以用美妙來表述，但正因爲如此，才更覺察到個中的奇怪。然而，一如在晚餐會上所表白的那樣，對於艾略特詩行的表現內容等問題，清清竟然絲毫提不起興趣，也不曾拿起古義人放在籐椅旁低矮窗邊上的那部平裝大開本艾略特研究專著來翻閱，那本書恰巧是清清所說的來自南非的學者林道爾·戈登（Lyndall Gordon）的專著。

古義人也從不曾向清清推薦那些研究書籍。對於這位充滿抱負從中國農村——位於從山東省青島市經由高速公路行駛一個小時的地方，據說那裏種植針對日本出口的蔬菜——遠渡美國，雖然以進入建築系爲目標，其興趣卻逐漸轉至日語和日本文化，專攻日本經濟並取得碩士學位後還在日本商社工作過的人來說，自然不可能去親近那些研究艾略特的書籍。

2

邀請清清領讀艾略特原詩的授課，在她和佛拉季米爾開車前往東京的日子裏便停課。不過，起初那些天卻是每天都在上。於是，相互間逐漸適應後，古義人便從清清那裏聽說了她開始對日本產生興趣的原因。那是因爲，她剛到美國留學不久，便觀看了塙吾良演出的、即使在美國也算成功的電影《蒲公英》。

清清還以她特有的直率對古義人說，她對長江古義人這位與塙導演有著私人關係的作家產生了興趣，而將他們之間的關係告訴她的人，則是繁。

「這次決定閱讀艾略特，是因爲我從繁先生那裏聽說，長江先生和塙導演都曾讀過艾略特。」

「如果是從繁那裏聽說的話，那你知道嗎？他最初在這裏建造這座房屋，也是與他和我對艾略特所抱有的興趣有關。在建造這座房屋期間，吾良也經常過來。包括繁在內，一起談論艾略特。

「最初，早在上高中二年級時認識了吾良，就從他那裏接觸了兩、三首韓波的詩，是用法語學習的。可以說，我就是從這裏開始對外國文學產生興趣的。」

「繁先生還說：那時，古義是在寫詩。」

「繁大概是聽吾良說的吧。上高中時，我們班裏有一位文藝部委員，讓我幫忙編輯文藝部的雜誌。我之所以接受這個邀請，是因爲吾良曾告訴我他會寫詩，我是爲了幫他獲得發表空間才去的。

「即將把稿件送往松山監獄裏的印刷廠時，我也向吾良催稿，卻被他冷淡地說道：你就眞的認爲咱會寫詩？

「於是，就由我來寫那一頁的詩。結果，我意識到自己並不適合寫詩。」

「爲什麼？」

「因爲，我覺得所謂詩人，都是一些特殊的人……韓波呀艾略特他們被稱爲特殊的人，那是理所當然的。但我說的並不是這個意思，而是更爲一般性的……能夠成爲詩人的人和不能成爲詩人的人是存在差異的，早在那時，我就很清楚地知道了這一切。

「我知道自己成不了詩人，但我覺得吾良卻是爲成爲詩人而生的人。」

「剛才已經說了，我之所以開始學習日語，是因爲看了塙導演的電影。每次看他的電影時，我都會認爲，這人就是詩人。但吾良爲什麼沒有寫詩？」

「……我也經常思考這個問題。」古義人說道。（從一開始就覺察到一種徒勞感，儘管如此，古義人還是被捲入久違了的、想要就吾良進行交談的氛圍之中。）

「在我的朋友中，除了作曲家篁透——你在由繁在大學裏主持的音樂會上聽過他的音樂吧？——之外，吾良是一個無人可比的獨特人物，也就是說，他是符合我的定義的詩人。只有在談到關於他和詩歌的話題時，我才能感覺到自己眞的很瞭解詩歌。長大成人後的吾良，再不曾像當年面對十六、七歲的我說起韓波時那樣熱烈地談論過詩歌……不過，比如說，就在這塊土地上說起過有關艾略特的話題等等，也是讓我難以忘懷。

「這個夏天，我來到北輕井澤，在與繁進行談論之前，試著和他小敘。可是在這個過程中，怎麼會沒想起吾良的那些事呢？我爲此而感到詫異。吾良曾那麼經常地對我說起有趣的話題，把我引向去幹某事的方向……」

「我聽說，塙導演也介入了『小老頭』之家的設計構想。」

「發現建設公司和建築雜誌的共同計劃，並聯想到艾略特的『小老頭』的，是我。將其變成建築計劃的，是繁。不過，在實際建造過程中一再爲繁提供啓發的，則是吾良……在那期間，較之於我和繁，還有我和吾良這兩對關係，我覺得更爲密切的關係，卻產生在繁和吾良之間。

「那時，我的妻子（吾良是她的哥哥，這你已經知道了吧？）也在說，吾良和繁的交往好像比較特別。這種看法與妻子對吾良的未來走向感到擔心重疊在一起……之所以這麼說，也是因爲吾良那時僅在外國的電影裏擔任過幾個角色，只是一個特殊的、具有獨特風格的演員而已……他決心成爲電影導演，則是在那很久以後的事了。我認爲，妻子內心裏有一種不安，擔心吾良與繁過於接近的話，有可能會不明白自己是怎麼一回事。」

然而，聽了古義人在陷入過度沉思中所說的這些話後，在返回地界深處的那座房屋之前，清清提示了一個有關繁的、出乎古義人意料的消息：

「繁先生呀，把自己的房間當成了後宮。他從周刊上剪下一頁頁裸照，扔得滿房間都是……《花花公子》及《閣樓》的裸照可眞是露骨。每次我來到這個國家，較之於產業界的任何新發展，給我留下更深刻印象的，是日本的攝影師在審查界限內如何努力地更新那些裸照。」

清清說這些話是出於什麼意圖？是想對古義人表示這樣的意思嗎？——雖說已是老人了，但在繁的身體裡，有關性的欲望還沒有絕滅。不過，自己並沒有從教授對學生這種師生關係中逃逸而出，並在與繁的交往之中開放那種性關係。

古義人在想，如果確實是這個意圖的話，那麼，她已經成功地傳達了自己的意思。

3

古義人來到北輕井澤後體會到的，是隨著自己上了年歲，每天如何早早就睜開了睡眼。每天清晨剛一起床，就用咖啡機煮咖啡，稍微吃上一些麵包、臘肉，以及奶酪，便開始閱讀艾略特。原本以爲已是早晨才從二樓臥室下來的，但透過飆長的喬木樹梢看見天際開始泛白的時候，卻已經讀了兩個小時的書，疑是曙光的光亮終於充溢在樹叢之間。

繼續閱讀下去，也就到了上午十點，於是開始動手整理四周。也要爲清清備上咖啡，等待她的到來。除了前一天夜晚下雨這個特殊情況外，她總是沿著被灌木圍擁著的後面那條小路前來。從她開始進入古義人的視野範圍，直到她意識到這邊的視線而有所準備，在此之間顯現出的中國女孩兒那種大膽神態倒是頗見情趣……

而繁呢，每當黃昏開始降臨，就前來邀約古義人一同散步。只有在古義人和清清一起朗讀艾略特的課程開課不久後的那天，繁曾與清清一道前來，從壁爐邊觀看著或許會有益於自己「聽覺想像力」的清清的朗讀，還帶走了包括〈聽覺想像力〉這篇論文在內的海倫．加德納（Helen Gardner）的專著。過了一個星期，他提起了與該書內容全無關聯的、有關艾略特的話題：

「自從和你一起閱讀艾略特，清清也在緊張了。咱可什麼也沒說。她今天說呀，她和你閱讀艾略特，與美國大學裏的氛圍可是不一樣啊。

「咱也覺得情況基本如此。讓對方舒緩地朗讀〈小老頭〉，然後對此進行提問，這不是非常重要的程序嗎？但是，清清卻說，古義簡直就是詩歌開首部分那位老人的素描——這就是我，無雨月分裏的一個老頭兒，／讓那小童念書給我聽，企盼著天降甘霖。

「因此咱呀，就這樣說了：古義當然不是在清清面前顯示演技。能夠如此靜心傾聽那首詩，恰恰說明他的態度虔誠。肯定是古義迄今的閱歷，讓他因爲剛才所說的，這就是我，無雨月分裏的一個老頭兒，這詩句而沉浸在感慨之中。

「因此，咱也試著重新閱讀〈小老頭〉。雖說咱自己並不是你，卻意識到咱是在用小說家的方式……那也是私小說家的作風……進行閱讀。即使從咱們議論『小老頭』之家那些事情時算起，也已經是經歷了漫長的歲月。

「在思考這些事情的過程中，我覺察到一個問題。那就是與你重逢的那個夏天，咱們和艾略特寫下那首詩時的年齡相差無幾。可是，咱們從不曾考慮過這樣的問題。至於對方是叫作艾略特的大詩人，咱們也不覺得有什麼不可思議。

「不過，吾良曾經發過你的牢騷，說是『對詩人如此頂禮膜拜，是古義人的弱點』。你便從吾良手邊取回自己非常珍惜的艾略特，回應說根本就不是這麼一回事，一如深瀨基寬在這裏寫著的那樣……

> 「就連艾略特的詩歌，年輕時也是……」之類的評語，唯有對這位詩人難以成立。作為詩人的艾略特，早在十九歲時就寫出了「無雨月分裏的一個老頭兒」這樣的詩，無論好也罷壞也罷，你都必須承認這個事實。

「你說，三十歲的自己無意顛覆身爲老人的深瀨基寬說出的如此這番話。

「可是，吾良和咱卻有著不同考慮。從那時起，吾良就開始用導演的眼光來看待問題了。他把小老頭視爲作品中的一個人物。吾良和西洋電影進口公司老闆的女兒剛結婚，就去了歐洲很多地方，他說，自己實際上偶爾邂逅過小老頭那樣的人物。他像是醉心於那種狀態。當然，咱在內心裏也有咱自己的小老頭像。反正，咱和吾良在心中描繪出的老人，是蹲坐在窗臺上的奇怪房主，在這樣的狀態中回顧著自己的生涯。吾良和咱呀，都在用各自的方法挨近那個狀態。也就是『你既無青春亦非高壽／只是在午睡的夢境中／邂逅了二者』。

對於年輕時代在心中描繪出的咱們，這倒也是挺適合的。

「不久後，吾良和咱都預感到將要苦度兇險的人生。結果，就成爲這樣的老人了。有了這樣的思想準備後，咱們便對比著小老頭，曾夢想能夠如此看待世界：這個老邁之身呦。／租住此屋的各位房客，／無雨季節裏一個枯澀頭腦的思想內容。

「就這樣，吾良當時呀，古義，經常批評你對詩歌的解讀。而且，那是對你的人生所進行的預言式批評。吾良曾這樣說起過吧：古義人呀，既沒能趕上戰爭，也沒有參加革命鬥爭，早在讀高中時他就對自己灰心失望了。如果是那樣的話，在那之後，在充滿不確定的人生中，就是打算把自己託付給那不確定性也無所謂。不過你呀，現在似乎爲艾略特而深受感動，爲其表現出來的出色的哲學思考而陶醉，如同撫今追昔一般深受感動。即使寫小說，也都是寫以此爲基礎的思想。如果不確定，那就不確定吧，你不是在過一種實在的人生。早在高中時就已經灰心失望。這樣的人生，終將成何物？

「即使如此，古義，看上去你仍然無動於衷，因此吾良就開始生氣，和咱一起去喝酒。於是呀，他就對咱說了：儘管這樣，可是古義人還是小說家，這傢伙還琢磨出某種獨特的寫作形式，確實有異於平常的私小說，打算大量引用奧登啦布雷克啦，來繼續書寫他那毫無情趣的人生；

「就是現在，也還在寫著有關小明誕生的那些事，不知膩煩；但那些事怎麼可能有趣？他爲什麼不優先考慮度過有趣的人生？千樫怎麼會選擇那傢伙爲人生的伴侶？我覺得實在不可思議。

「在那個夜晚，古義，咱的頭腦裏曾閃過一個念頭……都已經上了這個年歲，可不能發火生氣啊……咱在想，吾良這是在唆使咱奪走千樫並遠走高飛？吾良並不希望自己的才女妹妹成爲智障兒子和她的丈夫——只知道一味書寫有關那個兒子的一切——的犧牲品。這樣的事情也是有可能的吧？

「又過了一陣子，吾良看出小明身上獨特而有趣的地方，甚至爲此拍了一部電影。可是呀，那卻是因爲千樫憑藉她的才能和忍耐力把小明培養成音樂家，他才這樣的。對於吾良來說，絲毫不存在基於人道主義而對殘疾兒產生的同情。關於這一點，你古義比誰都清楚吧?!」

充分確認古義人的表情後，繁變換了攻擊手法，他說道：

「說到吾良對你的批判呀，我認爲有些還是準確的。這也是他喝醉的時候經常說的話。

「吾良說，你剛成爲作家，就開始寫隨筆和評論、尤其是政治性文章，他是無法相信那些東西的。長江古義人果眞關心那些政治性課題嗎？長江古義人恐怕不是那樣的人吧？說的都是這些內容。每當吾良這麼說的時候，咱也發自內心地表示贊成。

「而且現在呀，咱在考慮這麼一個問題。你的政治性或是社會性思考方式，更坦白地說，就是思想，在措辭方面——這麼說吧，古義，這裏所說的政治性、社會性、思想，不也就是措辭的問題嗎？——一切都源自於艾略特的那首〈小老頭〉。咱就是這麼考慮的。

「而且，咱這樣說，並不只是對你加以批判。曾那般徹底地在十九歲二十歲那個年齡上，接受了還是外國詩歌的影響，那可是非同小可！」

繁在薄暮時分的這次散步——其後半程的雄辯，其實是在「小老頭」之家陽臺上的小酌中進行的——之間所說的一些話，使得古義人頗爲心動。

那就是繁所批評的、在這個國家的媒體界生活了將近五十年的自己的**政治性、社會性思考方式、思想**，也就是自己的措辭，一切都源自於〈小老頭〉。

倘若情況果眞如此，那麼，自己目前在「小老頭」之家開始著手的工作，不也是合乎情理的嗎？剛一這麼想，自我嘲弄的想法便隨之出現。總之，古義人覺察到，自己並不情願和繁這麼個夥伴一同度過這個夏天。

4

過了三、四天，繁再度前來邀約薄暮時分一同散步。他說道：

「如此認眞閱讀，你是否有一個計劃，想要針對艾略特寫點什麼？」

「浸淫於詩歌的語言中，令人爲之茫然，當你想要瞭解『這個人在考慮什麼？』時，卻又說不出確切的東西來，便只能無奈地歎息道：『眞難啊！』」

「說是清清無意中忍不住笑了出來？她在擔心，你該不會因爲生氣而打算解雇她吧？」

「有那樣的事嗎？」古義人心不在焉地回答。

他的腦袋裏想的是，盡力想要滿足清清心願的繁，在這一點上顯得甚至有些可愛。

「我在爲清清尋找能夠做得久而有趣的工作。」繁從同未曾剃刮的白色鬍鬚相匹配的面頰到眼睛周圍都染上了紅暈，正因爲如此才更顯得可愛。

古義人回想起，早在課程開始不久，清清就像是用插圖進行說明一般說起過的、有關繁與她本人之間距離的話語。不過，僅就「繁先生的後宮」云云而言，並不意味著她在向古義人傳達超出這句話語本身的什麼弦外之音。

在此期間，古義人想起了那件事：

「她工作起來很認眞。當她指出我的發音及語調上的問題後，在進入下一節之前，我便調整自己在大聲閱讀時對其意義的理解。有時就需要查閱辭典，有時則沉默思考。值得慶幸的是，在這種時候，那人什麼也不說，只是一聲不響地等候著我。

「現在，我們從〈小老頭〉一下子跳了過去，開始閱讀《四個四重奏》了。已經對你說過，關於這首連綴而成的長詩對現在的自己之重要了吧？我們首先從〈燒毀了的諾頓〉開始讀起，直到最後部分。西脇是這樣翻譯那五行詩句的（古義人這麼說著，取出總是帶在身邊的卡片）：綠葉叢中孩子們的／隱藏的笑聲傳來／快呀，來吧，此地，立即，始終——／與過去和未來相連相延／這空虛而悲哀的時間荒唐無稽。

「也就是說，在現在這個時間點的前面和後面，寂寥而悲哀的時間正在擴展開來。孩子們隱藏起來發出的笑聲，迴蕩在我們老年人的胸中。在這裏，最初的主題……也就是現在這個時間的、所謂的唯一性，要以不過於依賴的感覺來理解。

「第二次反覆閱讀時，進展方法終於從那裏偏離而出，陷入了沉思。如此一來，清清就噗哧一聲笑了出來，說是"Ridiculous the waste sad time"[1]，但其中表示荒唐的ridiculous這個單字不正好與我的相貌相合嗎？這是美國學生愛說的話。說了這話並笑出聲以後，清清就老老實實了。」

「由於清清很在意它，咱也就重新讀了一遍。於是，就有了想要請教你的問題。那已經是很多年以前的事了。當時，吾良是個有人氣的電影導演，負有盛名，甚至還在洛杉磯開設了製片事務所。咱呀，那個時期因爲一件怪事而被趕出大學。來到舊金山的吾良和梅子收到了要求採訪的申請，咱就作爲這次採訪的翻譯而被雇用了。

「吾良開口就說，要拍一部以艾略特的詩歌爲題材的電影。提問的記者在吾良遭黑社會襲擊時寫過一篇很不錯的文章，這時他卻認爲，吾良所說的大概是日本式笑話吧。

「工作結束後外出吃飯時，咱就向吾良確認剛才的話題，知道他想要認眞地拍攝。他還說，在編寫腳本的過程中，肯定能得到古義人的幫助。」

古義人爲此作了說明。那個時期，吾良製作的電影每一部都非常受歡迎，對此，吾良打從內心裏感到厭煩，於是想拍攝一部讓觀眾難以接近的電影。

當然，不會用拍攝商業電影的方法來製作這部電影。他要製作出從未曾有過的新東西，來呈現這部電影。就這一點而言，古義人從中感受到了久違了的、吾良與生俱來的稍顯認真的勁頭。於是，古義人隨之也來了幹勁。

起初，在附近攝影廠工作的吾良溜達到古義人家，聊起了古義人當時正熱中於閱讀的《四個四重奏》，吾良便表現出興趣，回去時帶走了兩本書，一本是很漂亮的英國版，這本書是多出來的；另一本則是上田保、鍵谷幸信的《艾略特詩集》譯本，其中的四重奏只譯出了〈燒毀了的諾頓〉。下一周，吾良再度來到這裏，是爲了談論被喚起的電影構想。

「『這首詩的敘述方式無與倫比。』吾良這麼說（說話時的神態確實極爲坦率並充滿感佩之情），『這是要設計一個戲劇性鏡頭，把一個像是我的人物迅速放入其中。並不是個人性的我，而是具有高度普遍意義的我，並且不能損失我的鮮活和生動。倘若是表現這種我的詩歌的話，還是存在的。比如說，我們年輕時沉溺其中的〈普魯弗洛克的情歌〉，就是這樣的詩歌。不過，這首詩暫且另作他論。一開始，就明確地定義過去的時間、未來的時間及現在的時間，讓我走進庭園。就是這種技巧！雖說是我，卻又超越了我。那個我靜靜地移動，這就是眞正的電影技巧。而且，要超越迄今爲止拍攝的所有電影！

「『……你露出了懷疑的神情，那是因爲你不常看電影的緣故。你不也這樣認爲嗎？那就是在艾略特寫出如此走入庭園的我以前，還不存在能夠出色描繪出這樣的我之移動的詩歌。假如情況不是這樣的話，你是不可能推薦我讀這首詩的。

「『昨天夜裏，我夢見自己漫步於那座庭園，看見正在拍攝蓮花鏡頭的我自己的背影！』

「而後，吾良用軟芯彩色鉛筆劃上漂亮的旁線讓我看，那是他直至十五、六歲時充滿熱情畫出來的作品。

接著，水池中被陽光幻成的水溢出
於是，荷花嫻靜地　嫻靜地浮升而起
水紋成為光團的中心輝耀閃爍
接著，他們出現在我們身後　被池水所反映
不久，一片烏雲飄過　水池裏空空如也
去吧　小鳥說道　因為枝葉繁茂之處有很多孩子
帶著感動隱起身軀　抹去歡笑。

「『在拍攝這個鏡頭的過程——拍攝幻化的水面呀、荷花呀、光團中心水紋的閃爍輝耀的過程——中，在現在這個時間點我感受著這一切。也就是說，比目前生活得更好的我本身，也將被好好地拍下來。』」

「塙吾良導演竟有著這樣的初衷呀。」繁毫不掩飾他的驚異。

5

那個周末接近中午時分，古義人正要結束幫清清上課的時間，繁出現了。他說，在附屬於國道沿線那家超市的諸多店鋪的一角，有一家法國口味餐館；從東京遲歸的佛拉季米爾順道去了那裏，說是那兒的菜肴非常地道，建議花一些時間，就在那家法國餐館用午餐。清清興匆匆地打電話預約好座位，便沿著灌木間的小徑跑回去換衣服了。不多一會兒，佛拉季米爾就把黑色的客貨兩用車開到「小老頭」之家的入口處。繁坐進佛拉季米爾身旁的座位，把三島的《金閣寺》俄譯本和從古義人那裏借來的艾略特原文扔在身後座席的角落。清清穿著絲綢印花旗袍，由於裙裾的開衩較高，上車時從開衩處露出了大腿部位，在一邊坐下後迎入了古義人。

繁像是這一行的領頭人似地回首致意，用重逢以來第一次使用的英語說道：

「在咱們必須同日本人打交道的場所，要製造出語言障礙來。」

對此，清清用她那在閱讀艾略特的課程中、古義人聽習慣了的英語解釋道：

「繁先生本來就是一個不說日語的人。在聖地牙哥期間，也就是我最初前往繁先生任教的教室聽課期間，從不曾聽見他用日語與來自日本的特別研究員和留學生談話。而我則爲了學習日語，是請繁先生用日語和我談話的特別學生……佛拉季米爾也曾提出同樣請求。繁先生卻很自然地用日語和長江先生交談，對此，我甚至覺得吃驚。因爲，即使出席日本的學會，繁先生也是說英語。

「來到東京後，我明白了一件事：如果同爲東洋人的我不想被日本人歧視，那就最好說英語。在東京與來自中國大陸的朋友重逢並用中國話交談時，我會感到對方的眼神是中性的，可是一旦用日語交談，就覺得自己被視爲低一個等級，尤其日本女性更是如此看待。

「至於佛拉季米爾，他說，只要對方知道他是俄羅斯人，再聽他用日語進行交談，便會顯出充滿親切感的敬意。即使如此，佛拉季米爾考慮到我的境況，前往東京時還是用英語進行交談。我想，這就是繁先生提議今天在餐館仍然用英語說話的原因。」

「但我的英語卻會成爲你們的負擔……」

「古義，這些年來你不也一直在提高自己的英語程度嗎？倒是與葉慈的手段相似呀。」繁接著說：「For men improve with the years.」[2]。

「可是，那後面還有一句"And yet, and yet."[3]。所以呀，儘管如此，儘管如此。」古義人答道，並沒有什麼不愉快的情緒。

聳立著兩株高大栗樹的那一大片地界上，排列著拉麵店、書店、土特產鋪、販賣一百日圓雜貨的店鋪，以及在這些店鋪後面的餐館。繁為大家點了胡蘿蔔湯、罐裝花椰菜、烤牛肉套餐。接著，繁面對寫在明信片般卡片上的加州葡萄酒的品牌和價錢，哼哼唧唧地咒罵——在這一點上，使用英語是妥當的——過後，選擇了其中兩瓶。不過，佛拉季米爾隨即表明，這個午餐會的焦點將不會放在吃喝上。

「關於三島的問題，我想向長江先生請教。我擔心的是，三島這個問題的設定，對於這個國家的文學研究者而言，是否只是一般性問題……」

「很明顯，咱一直用那種說法指導佛拉季米爾他們。」剛剛愁眉苦臉地試嘗了葡萄酒的繁說道：「與其說是有關三島的文學評價——因為佛拉季米爾也知道，古義對此持否定態度——不如說，是有關三島試圖發揮作用的社會性鼓動，以及政治性和文化論性質的依據。佛拉季米爾想對你說的就是這個問題。不過，首先還是由咱和古義來展開緒論吧。」

「是呀。」古義人應承道。

「咱們呀，在初次見面後的將近二十年間隔裏，既有保持著緊密關係的時期，也存在音信不通等各種狀態。當然，事情緣於咱移居到美國，在洛杉磯的紀伊國屋書店發現了久違了的你的短篇小說集——那些系列短篇寫的是布雷克的詩，以及那些詩在你和小明共生過程中帶來的覺醒——之後。由於那部小說集題名為《跳蚤的幽靈》[4]，看來三島的問題果然出來了。

「在那部作品裏，你提到『三島和長江的暴力和性』……說的是從事那項研究的普林斯頓大學的女大學生的來訪，她首先就向你問起對三島的肉體的印象。

「你在作品裏說，從照片上看，他是一個肌肉發達的壯漢，但實際上呀，即使在日本人中也只是一個小身量、矮身材的人。在你這麼回答時，小明卻在一旁大聲說：『那確實是一個很矮的人呀，那人就這麼矮！』他一面說著，一面伸出擺成水平狀的手掌，放在離地板約莫三十公分高度的地方比劃著……

「你在小說中設計了這個情節，那時咱就在想，這個情節來自於咱到你家談起有關三島的話題時，當時只有六、七歲的小明擺出的姿勢。」

「的確如此。我們談話時，一旁的小明突然說出的那些話，給我留下了強烈印象，就把它寫進小說中去了。」

「當時咱也感到震撼。那是小明——與智力發育遲緩沒有關係——以幼小稚童的獨自感受來理解的。」

儘管古義人覺察到佛拉季米爾和清清曉得事情原委，卻還是大致作了說明。——三島闖入市谷的陸上自衛隊東部方面總監部並在那裏切腹，剛被砍下的腦袋在地面滾動著。把那腦袋立在地板上拍下的照片，便出現在報紙被限定的版面上。小明看了那照片，就存留在記憶裏了。

那是三島事件的第二年、天氣還比較寒冷的時候。繁承接了札幌的體育館建設工程，把在機場買下的毛蟹作爲當地特產，順便帶到成城的長江家來了。三島對螃蟹抱有異常的恐怖感，即使高級餐館的餐桌上出現的是河蟹，也還是引發了一場大騷亂，後來很多人都知道了這段經歷。於是，一邊品嘗毛蟹一邊談論三島似乎是一個不錯的主意。

古義人和繁面對放置在桌上的毛蟹相向而坐，撇腿偏身坐在旁邊地板上的小明也從自己的盤子裏取過毛蟹吃著。在那過程中，小明突然開口插入大人的談話，同時富有效果地用沾滿毛蟹肉片和三杯醋的小手掌，比劃著被立在地板上的三島那剛剛被砍下的腦袋的高度。

「那天晚上，咱和古義針對三島展開的談話，囊括了咱們的所有三島問題。咱就是這麼告訴佛拉季米爾的。」

「你好像很清楚三島事件，不過，」古義人直接對佛拉季米爾說：「大概你也讀了不少三島的小說吧？那麼，我們就首先透過小說來討論三島問題，怎麼樣？至於關於在社會上廣爲流傳的那些疑問，反正隨時都可以回到那上面去的。」

「我也正想這麼辦。」佛拉季米爾答道：「我首先想向小說家長江先生請教的是，三島在構思長篇小說的時候，說是如果不能決定最後那一行，就無法開始寫作……這是眞的嗎？」

「你本人讀了三島的小說後是怎麼想的？比如說，你讀了《豐饒之海》全卷，會怎麼想啊？」

「我覺得，第二卷《奔馬》的最後一行非常出色地爲該卷收了尾。」

清清也探過小小的圓腦袋加入了討論。

「我不認爲三島僅僅以寫下那一行爲目的而創作了整個第二卷。儘管我也能理解，作家設定好故事結構後，有時會決定『好吧，就用這一行來確定基調吧！』

「如果是想出確定最後部分的那一行，並完成了所構想的故事，那與有關三島創作的傳說並不矛盾呀。」佛拉季米爾說。

「在動手寫小說之前，作家就要確定事物呀、時間和場所呀，以及最初情節的展開。通常不都是以這種方式起筆的嗎?!在如此這般地往下寫的過程中，這個往下寫本身就會發揮作用，引導作家選擇寫作內容。這樣一來，可以說他的創作方法也是很常見的。

「如此一來，作家才開始把握故事的展開。而且，還將調整此前已經寫好的內容，這種事例也是常有的。」

「繁先生說過，這就是長江先生寫小說的方法。但他還說過，三島不同，因爲作爲一個小說家，那人是天才……

「接下去我想要問的，是這麼一回事：三島連自己的人生都規劃好了，尤其在他生涯的後半期，該不是首先設定好作爲主人翁的自己所要說的最後臺詞，然後便走向那裏並創作了人生的故事吧？」

「說到三島人生的最後臺詞……不是有報導說，是切腹之際發出的吆喝聲嗎？」

「繁先生還告訴過我，說是長江先生對三島可是經常爲所欲爲地加以 derisively[5]……」

「古義，說到咱們這一代人，也就是 mockingly[6] 呀，就是經常愚弄人，就是這個意思。」繁說道。

「我認爲，三島的最後臺詞，是對集合在指揮部廣場上的那些自衛隊員發表的演說。」佛拉季米爾繼續說。

「如果是那樣的話，三島事先不就必須準備兩個演說文本了嗎？也就是說，與剛才所說的確定最後一行之後再進行寫作的話不是自相矛盾嗎？」清清說道。

佛拉季米爾對此卻不予理睬，於是她轉向古義人說了起來：

「我們曾針對這一問題討論過多次。說到三島發表演說並唆使自衛隊員發動政變，恐怕他本人也不會樂觀地認爲，聽他演說的自衛隊員當眞就會當場發起政變吧。不過，他不也要考慮到演說成功，自衛隊員奮起政變的可能性嗎？都說三島是一個計劃周詳的人，看來還是傳說化了。」

「但是，假如政變成功的話，作爲那場政變的領袖，三島的人生還要繼續下去……因此在那種情況下，還遠遠談不上所謂結束人生的話語。」

「……那麼，你想向我提問的重點在哪裏？」古義人向顯得比較從容的佛拉季米爾問道。

「我想要問的是，三島在構想自衛隊的政變時，是認眞的嗎？也就是說，是作爲可能實現的計劃而加以構想的嗎？

「三島當初開始推動『盾會』運動時，他是怎麼想的？以『盾會』爲基礎，今後號召自衛隊發動政變，但這一計劃卻不被接受，從而導致自己切腹自殺這樣的結局？如果說，是沿著這個脈絡思考而在內心裏寫下那最後一行，我覺得那種人簡直就是病態了……」

「你本人，不那麼考慮嗎？」

「我更接近於長江先生有關小說的看法，不過，這是從三島決定成立『盾會』這個私人軍事組織及其後的幾個活動而開始的。借助隊員們的訓練與自衛隊建立聯繫後，由於是東京大學法學部出身的著名作家，於是和高層也開始有了來往。尤其當時正值七〇年代反對安保條約期間，學生的街頭運動也很激烈，三島便由此而產生了危機感。

「據說，個別自衛隊幹部對此抱有同感，在行動方面也與他們步調一致。因此，我覺得不能把由『盾會』主導的自衛隊政變這種構想說成是荒唐無稽。我還曾閱讀過這位幹部的手記，他是一面考慮『退出之時』一面與三島接觸的。然而，三島卻沒有『退出之時』的概念。大概是到了那個階段，最後一行才浮現在腦海裏的吧。

「參加『盾會』的青年情緒開始過激，這是三島從思想上和感情上加以煽動的結果。與此同時，被繁先生稱為頭腦聰敏的三島也清楚地知道，由『盾會』獨自發動的政變是不可能獲得成功的，便將計就計地利用此前與自衛隊交往的關係，把那位幹部本人扣為人質並發表演說，試圖煽動自衛隊發起政變，其後切腹自殺。

「只要『盾會』運作起來，對於小說家來說，歸納這個故事恐怕並不困難吧？而且如果切腹自殺，日本的輿論就都會猛地轉而一致認為那是認真的！據繁先生說，拉上英俊青年一起切腹自殺，原本就扎根於三島的美學。」

「那麼，佛拉季米爾的想法，與以長江先生為首的那些批判三島的日本人的想法不是沒什麼差異嗎？」

「不，不一樣！清清，你應該清楚我接下去要說的意思。」

佛拉季米爾表現出強烈的感情，不過，喘了一口氣後他又冷靜地繼續說道：

「長江先生，我在想，三島既然計劃得如此周密，另一個故事的構想也是可能的吧？那就是這麼一種積極意義上的構想：在『盾會』的主導下，挑動自衛隊進行政變，而且遭到第一次失敗，卻沒有因此而氣餒，甚至將計就計地利用因失敗而招致的國家鎮壓。

「按照這種構想，雖然有了進展，也還是遭到自衛隊隊員們的嘲笑和喝倒彩。假設三島把總監扣爲人質並退守到總監室內，與企圖救出總監的自衛隊隊員戰鬥，最後被逮捕的話，事態將會如何發展呢？相應地，一些民眾不就會認爲『他的想法和行動是眞心而認眞的』並能夠理解嗎？

「另一方面，思想犯／政治犯三島在審判時所作的陳述將被報導，即使是有罪判決後的獄中生活，也是會不斷報導的。在這過程中，他不是可以作爲政治領袖而獲得不可動搖的認可嗎？當刑期結束後，三島將滿頭白髮，但他即使在服刑期間也不曾中斷的肌肉鍛鍊卻收到明顯效果，氣宇不凡地回到獄外的自由世界。

「三島回歸到因泡沫經濟而使得整個日本沉浮不定的社會，並再度組織起『盾會』。假設事態發展到了這一步，情況又將如何？就在新組織的『盾會』積蓄力量之時，泡沫經濟開始崩潰。你想像到這種事態了嗎？在這個基礎之上的第二次政變計劃還會遭到自衛隊隊員們的嚴肅拒絕嗎？」

在古義人整理思路、準備回答之前，繁插嘴說道：

「佛拉季米爾，對於這個問題，咱的看法是這樣的。在現實中，三島一如大家所知道的那樣死去了，因此，制定出這個現實性構想並予以實踐的人，就不可能是三島。因此，你所提出的三島問題，也就必須更爲一般化之後再展開論述。這個問題暫且如此，佛拉季米爾，對你來說，也是有意義的吧。即使剛剛討論到這裏，不是已經很有意思了嗎，古義？」

「倘若離開那樣死去的三島而在此基礎上討論三島問題，今後仍繼續探討下去確實是有意義的。」

佛拉季米爾興奮起來，淡藍色的眼睛和粗黑的眉毛、剃刮過鬍鬚的深色皮膚上泛起紅潮的面頰、被唾液濡濕後閃耀著光亮的大嘴唇……與此同時，他身邊從之前就沉默不語的清清那彷彿抹了粉一般白皙、卻血色不勻的小臉上，淡然的眼神也在飄忽、閃爍……

繁認爲話題已經告一段落，便抓過那兩瓶葡萄酒，然後把其中一瓶中的少許殘酒倒入玻璃杯中，細細凝望著。杯中懸浮著的沉澱物清晰可見，繁搖了搖頭，示意清清再要一瓶酒來。

---

1 前文詩句中「這空虛而悲哀的時間荒唐無稽」之意。
2 英語，意思是：隨著年歲增長，人們也在進步。
3 英語，意思是：儘管如此，儘管如此。
4 大江健三郎曾於一九八三年出版短篇小説集《新人啊，醒來吧！》，其中包括〈跳蚤的幽靈〉等七部短篇小說。
5 英語，意爲挖苦、嘲笑、奚落。
6 英語，意爲嘲笑、譏諷。

第三章　回到三島問題上來

1

下一周，繁剃去鬍鬚，身著套裝，抱著鼓脹脹的紙袋出現在陽臺上。他說道：

「在東京的飯店住了兩天，咱以前的學生介紹了兩個年輕的日本人來見我。」

臉上雖然露出與年齡相若的疲憊，卻也顯出生氣勃勃的神情。

「向千樫報告了古義你在北輕井澤的生活，還帶來了這瓶愛爾蘭麥芽酒。已經是吃晚飯的時候了，喝上一杯吧！」

古義人從廚房裏取來水、冰和酒杯，又返回去用盤子端來奶酪，繁則打開用圓柱形紙盒包裝的酒瓶。兩人小酌著威士忌，眺望著黃昏中樹身高大的岳樺和白樺樹叢。在這個時分，只要不下雨，就如同高原上似的，黃昏中略顯白色的光亮總會瀰漫開來。

「還見到了小眞……小明當時正在作曲，是大提琴組曲，說是目前正在創作『快步舞曲』。」繁說道：「看樣子，千樫是想透過咱把各種事實轉告給你。那咱就開始向你報告吧。」

「大概她在電話裏對你說，因爲有些話不好直接對我說，便讓你前來轉述的吧？」

「重要的是，那問題對咱是必要的，畢竟連地皮帶屋子都已經是咱的了。」

「這麼說來，繁現在可就是我的地主了。」

「不讓你考慮經濟上亂七八糟的事，這是千樫的原則。咱到這裏來也試著過了一陣子，估計此處可以作為咱和佛拉季米爾及清清的根據地，甚至能夠過冬。如果重新修改一下取暖設備的方案，應該比較容易。開往東京的新幹線的乘車時間縮為一個小時以來，有一次，咱在電車上曾向坐在一起的熟人詳細打聽過這事。

「那麼，至於你的經濟問題，上次得到的那筆獎金，你好像和編輯金澤一起商量並決定了用途。你不是把那筆錢分成了三等份嗎？一份是你想捐獻出去的，另一份打算投入小明的基金中，還有一份則修建了目前被咱買下的那棟屋子。

「然後，你受了重傷，千樫修改了原先的方案，總之，說是為了維繫東京家裏的生活開銷，需要動用新書和文庫本加印時的版稅及翻譯版稅。咱看了最近三年的所得稅申報資料，純文學的驟然冷卻也眞是夠徹底的。

「前景比較嚴峻，你出院後只能回到社會，繼續你的小說創作。在這一點上，千樫和咱的看法完全一致。

「如此決定下來後，千樫可是一個務實的人，說是如果咱打算在這裏落腳的話，就讓咱激勵古義重新開始寫小說，並讓咱校對古義你寫的原稿。還說，假如古義開始寫原先說要在晚年寫的那部魯賓遜小說，只有咱，才最適合接下校對工作……魯賓遜小說！千樫現在的唯一指望就是這個吧？想到這裏，咱的心一下子就收緊了，古義！魯賓遜小說，你還記得嗎？」

古義人不記得了！

「起初，咱也對千樫的話感到困惑，就請小眞把千樫所說的寫在紙上。是Robinson……這是在用法國方式說《魯賓遜漂流記》呀？我說了一句俏皮話，卻在那個瞬間想了起來。

「咱和女學生之間出了問題從而惹出麻煩來，就是在那稍前一些時候，把那女學生帶到東京時的事！古義，當時你正在閱讀塞利納（Louis-Ferdinand Céline）。在學生時代，你一直是沙特的弟子，對於他的敵人塞利納你從不看上一眼。這大概是你從六隅先生的遺物中得到那本法國伽里瑪出版社出的七星叢書版後才開始著迷的吧？

「在那種情況下，你這人呀，對咱這裏的那些事不予理會，只是一味地談論塞利納。女學生那時正在讀《個人的體驗》，說是想要見你，咱就把她給帶去了。她是猶太人，而且，就像當時的大多數美國學生那樣，說到塞利納，就認爲他不外乎是寫了反猶太人小冊子的法國反動派。

「於是，她就因爲你癡迷地大談特談塞利納而生了氣，要把咱拉回旅館去，但咱正在喝酒，就沒搭理她。

「她獨自回到旅館，隨即就吸食了在加州暗中流行的毒品，然後想再到你家來找咱，途中卻和計程車司機發生了糾紛，被警察追問那毒品的來源，便說是從你這裏得到的！

「她擔心如果說出是從美國帶來的，就有可能不准再度進入日本。當時一家剛創刊的《藝能周刊》雜誌報導了這件事。咱那時已經回到美國，沒去替你洗清冤屈。其實，咱呀，包括她在內，都招了很大罪。

「可是，至少在那個夜晚，咱們卻是做夢也沒想到會演變爲這麼一個事件，還在繼續談論著塞利納。漸漸顯出醉態的古義就宣佈說：是的，自己要寫魯賓遜小說，那是自己晚年的工作。你還說，那部小說中將出現一個重要的配角——繁……

「千樫對你提出了質疑：你在小說中寫了我們家成員、吾良、還有四國的母親，卻從沒寫過比所有朋友都更早相交的繁叔叔。這事有些不可思議，不過，你是在考慮那部魯賓遜小說吧？

「你是這樣回答的。自己肯定將會繼續寫小說，不過，如果上了年歲並在創作上走到盡頭的話，就去寫那部獨具風格、波瀾壯闊的冒險小說。憑藉這部小說，從書寫自己和家庭成員因而不知不覺走進死胡同的現在脫身而出。那部小說，就是以繁爲不可或缺的重要人物的魯賓遜小說！

「自己的一生雖說不會發生什麼趣事，不過也有一件奇特的事情，那就是關於我誕生的來龍去脈，而繁便和這件事有關。從那時開始，繁將出現在與自己一生相關的各種場合，總之，他被扯進既有痛苦也有快樂的各種事情之中。那些痛苦和快樂今後也還會有吧。把那些體驗聯繫起來，繁和自己那糾纏不清的一生便會浮現而出。你說，將會寫成這樣的小說……

「而且，古義很可能喊叫出來，說那是自己和椿繁的共同著作也未嘗不可。我們有一部魯賓遜小說！

「千樫記得那時的往事。說是你這次能和咱在北輕井澤相鄰而居的契機固然不少，但最重要的那個契機難道不就是魯賓遜小說嗎？不曾說起共同著作之類的古義人卻說到這是與繁叔叔的共同著作，這是非常特殊的。她還說，假如這次古義人重新寫小說，也就是魯賓遜小說，假如與相別多年後再度邂逅的繁叔叔每天對話後進行創作，然後請繁叔叔閱讀那寫好的部分，這兩人就算是居住在最理想的環境之中了。

「針對魯賓遜小說，那天晚上你自己熱烈辯說的情景，古義，你想起來了嗎？」

儘管如此，古義人仍然想不起來！

繁終於斷了念頭。

「想不起來了是吧？古義，哎呀，咱覺得也許有這麼一件事……聽小眞說，你頭腦中有一個以往好像從不曾想到的洞穴……咱和她曾談論過此事。

「此前不久，小眞開始閱讀你那些未發表的原稿和筆記，似乎還用電腦整理。說是那裏面列有魯賓遜小說這一項，因此她對照筆記中的相關記述重新加以核對。也沒限定到什麼時候爲止，只說讓她把調查結果送到北輕井澤來！古義，咱們就先等那材料來了再說，好嗎？」

2

繁還帶回另一個工作計劃。在越南戰爭期間，一批科學家協助美國政府進行軍事研究，他們模仿希臘神話中的勇士製造了一個被稱爲「賈森機關」的裝置。大學裏出現一些批判那些科學家的青年學者。古義人負責製作報導這些活動的電視節目，繁則作爲平等合作夥伴參加了這項工作。節目播放後，發現尙未播映的錄影帶中有一部分下落不明，便懷疑被繁提供給了大學當局。事情一直懸而未決，這也是古義人與繁後來長期不睦的一個重要原因。

這一次，繁和那個電視攝製組的製片人在東京見了面，並不提及剛才那問題的黑白是非，那個製片人說是想向自那次分手以來再無往來的古義人提一個建議，繁便將這個計劃帶了回來。

製片人本人也已經遠離拍攝現場的工作，成爲節目製作公司的老闆。那傢伙對於經歷了重大事故後正在恢復之中的老年人古義人產生了興趣，說是提出了如下建議：幹嘛不嘗試拍攝長江古義人的獨白——或是與繁的對話？慢吞吞地做也沒關係，如果能夠考慮製作這個節目的話，可以提供攝影機和其他相關器材。

繁對這個計劃產生了興趣，他還說，先前剛就此事加以說明，佛拉季米爾和淸淸就興奮起來。其實，當俄羅斯或中國本土的電視攝製組來到加州時，佛拉季米爾和淸淸便參與了他們的拍攝工作。他們兩人原本對電影就有興趣，也正在學習攝影的具體技巧。因此，一旦攝影器材和錄影帶送到，他們就想以古義人爲對象加以攝製。

古義人卻認爲，目前自己與繁他們剛剛開展的關係，也僅限於和淸淸之間的閱讀艾略特的課程而已。在得知古義人應承此事後，前製片人的公司隨即將其公司的攝影器材——似乎不是新式的——送了過來。一台攝影機、用於燈光和錄音的器材，還有大量錄影帶，被裝在便於在外景地搬運的幾個輕金屬提箱裏。

顯而易見，當繁與佛拉季米爾和清清開始商議準備工作時，繁比任何人都積極地想要取得領導權。「在吾良從事電影攝製的初期，咱是他的工作人員。《葬禮》的佈景，是在湯河原他的家中，而那房子本身是咱設計的。那時，吾良攝製的電影還只有一個短片子，與其說是導演，大家倒是更自然地覺得他是具有個性的電影演員。不過，吾良早就預見到要在那所屋子裏拍攝，說是要注意讓攝影機能夠自由移動。咱按他說的那樣設計了。因此，一開始拍攝，就一直緊跟在導演的身旁。古義，就由咱來拍你吧。」

打開攝影器材箱的那天下午，繁就已經進入了工作程序。

古義人坐在安樂椅上，繁從清清開課以來就坐的固定位置開始，把一切都順序向東移動了一公尺以設定佈景。沿著壁爐右後方混凝土煙囱的縱向長窗透入的光亮，與起居室東面鑲嵌固定住的玻璃窗中射入的光亮一起灑在古義人身上。錄影用的攝影機安放在壁爐臺面上，當古義人在椅子上坐下時，他的上身立即占滿了鏡頭。當然，僅靠這些自然光還是略顯陰暗，便將燈光設備佈置在椅子右側的地板上，貼著鋁箔的反射板也豎立在玄關對面的空間。

繁確實顯示出了年輕時的經驗，縝密地一一確認了應當予以固定的機位、角度，還有燈光和錄音。負責錄音的佛拉季米爾把屁股落在鋪在爐灰之上的木板上，伸出了手中的錄音麥克風。清清站在燈光設備後面，繁則面對監視器調整好了攝影機。

繁的意圖，是要把設置在壁爐周圍的那些器材原樣定位，以便每天進行攝影工作。古義人坐在扶手椅中，按照正看著監視器的繁發出的零星指示而調整，清清和佛拉季米爾也針對並不很自然的姿勢熱心地予以糾正。

在那過程中，一旦將剛才的錄影倒帶播放，古義人便也會被拉去觀看。就在這時，他受到了衝擊。

「這可是大病以來第一次拍攝的活動畫面呀！所受到的傷害超出了這個年歲所能承受的程度。被痛打了一頓……事實就是如此……眞是一個令人悲傷的老人。」

古義人實在擔心，清清接下去會針對自己額頭稍上位置的那個窪陷處再說上些什麼。那個窪陷如同用小型魚糕板壓出來的一般。

然而，清清只說了以下這句話：

「我覺得，視線的方向有問題。」

「是呀，」繁說道：「你沒再使用目線[1]之類奇怪的日語，在這一點上，我也表示贊成。」

「長江先生，你一人說的那部分有些僵硬，不妨由繁先生叫一聲，長江先生則將面部轉向那裏，那樣就會自然了。」佛拉季米爾說：「至於視線方向的問題，如果繁先生叫一聲並引導長江先生說話，這個問題也是可以解決的。」

「咱也在考慮這樣做。假如這個系統能夠固定下來的話，古義想要說話時，一個人就可以錄影了。那麼，這樣還能拍攝把篁先生呀吾良呀、還有亡故的那些人都叫回來進行對話的鏡頭，雖然實際上鏡頭中只有古義一個人。」

古義人不禁爲之感到一陣近似於驚異的心動。

「……現在呀，古義，剛才所說的一個人就可以錄影，說起來，還是從你那裏得到的啓示。

「你每天晚上看完書後，臨睡前都會坐在那張椅子上喝酒吧？咱也在大致相同的時間喝睡前酒。可是呀，在廚房裏嘎吱嘎吱地發出聲響會妨礙清清的睡眠，咱可不願意那樣，就把酒倒進杯子裏，在咱們的地盤上一邊走一邊喝。那時候呀，咱經常在周圍看著古義的模樣。你差不多都是對著誰在攀談哪。」

「你這麼一說，我倒是想起有一天，感到繁你就依靠在那株高大的粗齒櫟上往這邊打量。不過，深夜裏在家喝酒，因爲看誰都像是從彼界歸來的人……繁也是如此……因此我也沒感到多麼驚訝。」

「最重要的是，沒覺察到老夫子你自己曾一度死去然後又活轉過來嗎？」

「我是這麼認爲的，繁先生是受長江先生的夫人之託，才來看看情況的。」清清說道。

「與其說受千樫所託，還不如說是因爲聽小眞說起她在醫院裏於夜深之時所看到的反常情景。」

繁的這番話語，較之於回答清清，更是在向古義人作說明。

3

然而，正式開始攝影後，繁卻奇怪地僵硬起來。當然，古義人在一個人說話時就更不自然了。於是，佛拉季米爾建議把清清假設爲聽眾。清清毫不猶豫地接受了這個角色，她這樣問道：

「長江先生曾經不無遺憾地說，從年輕時起，就曾和哪位作家、哪位學者見過面、說過話，卻從不曾談到任何本質性的話題……這究竟是怎麼回事呀？」

把她作爲談話對象後，也是因爲閱讀艾略特那個課程的緣故，古義人流暢地回答起來：

「我很早就涉足媒體界，因此經常與各種有趣的人直接會面交談。我所說的就是那種人。尤其是經常與文科類學者交談。不過到了現今這個年歲，那些人中的不少人已經去世了。我覺察到那個時候終於來了，便開始重新閱讀他們的著作。

「我深切地認識到，儘管此人曾與自己那般頻繁地交談，但確實沒有說起任何重要的內容。這樣一來，便覺察到內心裏好像冷卻下來。那位學者在其人生中，就因爲與我談話而浪費了相應部分的時間。我是說，是我讓他徒勞了……」

「清清，我們替換一下。」繁隨即插入進來，「古義，這一番話語中又顯現出了你思維方式的片面性。

對方呀，如果並沒有要對你說重要話的心情，你就不必因此而獨自煩惱。

「但事實上，在迄今爲止的長時期裏，在大學的會議上遇見的那些廢物中，你和那傢伙談得很深。時至今日還惦記著此事的傢伙雖說不多了，但畢竟還有那麼幾個人。而且，咱呀，惦記此事的那些傢伙大多和咱一樣，也都上了年歲。」

「是啊。從年輕時我就知道那傢伙的事，由於把他看成是半瓶子醋，也就一直沒去認眞解讀他的工作。這就是此事的起因。」

「交往的朋友中的這個那個，也都會有這種事。咱並沒有因爲彼此是朋友關係，自以爲非常瞭解對方而忽視他的研究內容。咱可是知道，那傢伙呀，在他的領域裏從事著領先於時代的工作。不過，可悲的是，由於對那個領域咱是外行，咱不可能完全精通他們的所有新工作。」

「是的，而且，得知他們中有誰死去時，比如，當知道某個英國文學學者的研究確實具有獨到之處時，自己就會很痛苦，尤其是那些對自己非常重要的人，更是讓我感到心情沉重，癱軟無力。」

古義人現在正顯出癱軟無力的表情，繁用銳利的目光打量著他，同時繼續說道：

「這裏的老建築家，確實總是失敗，愚蠢至極……還因爲暴力行爲而被視爲狂人，甚至差一點兒被做了腦白質切除手術，但儘管如此，總算恢復了原先的職位。這樣的人生，迄今究竟希求到了什麼？咱的極限之處，你並不眞正瞭解吧？這裏所說的希求這一詞，可是你母親在寫給咱母親的信（咱父親怎樣才能把這信寄到連下落也不明的母親那裏去呢？）中，說這是古義經常使用的詞。正因爲你有一種自覺——並不瞭解咱情況的那種自覺，才沒把咱寫進小說裏去的吧？

「想到這裏，你才感到痛苦，心情沉重，癱軟得站不起來了吧？在你說出魯賓遜小說時，咱就在想：古義這是第一次要眞的開始解讀咱的人生了。但現在看起來，古義你呀，已經完全忘了魯賓遜小說這個概念本身！在這次機會中，面對把話筒伸到面前來的咱而接受採訪，你意下又如何？」

古義人對此並沒有表示異議，只說了一句：「佛拉季米爾，就像現在這樣接著做下去吧。」

於是，也可以說是繁的個人演出的這段錄製工作便開始了。

「咱這次小住日本，打算試著重新審視古義與自己的關係。」衝著古義人正笨拙地面對著的話筒，繁擺出一副巧妙回答的模樣。

「咱在戰爭時期前往四國的森林，在那裏遇見了古義。說起來，起初關係還是比較親密的，但後來咱漸漸把你當作一個用來被欺負的角色。不過呀，當時咱也意識到你對咱是重要的，因為在那個村子裏，除了古義，再沒有別的孩子能像咱希望的那樣來認識咱自己。假如咱不能以那樣的形象被你接受，就會把你視同部下的那些蝦兵蟹將一樣相互嘻皮笑臉，那樣的話，你就不會與目前就在這裏的咱繼續交往了吧。

「貝克特經常引證英國哲學家柏克萊的這樣一句話——『存在就是被感知』。對於孩子來說，這句話尤為正確。如果沒有你，咱就不可能作為咱而存在。然而，咱卻一味地傷害了你。

「在承認這一切的基礎上咱繼續說下去。如果沒有咱，你也不會是現在的你吧。古義，你不會懷疑咱說的這些話吧？那時候，咱作為你母親在上海的朋友的兒子出現在四國的森林裏，剝奪了此前你在森林中獨自享有的特權。假如沒有這一段經歷，古義，當時你還會認為在那片土地上沒有自己的場所嗎？我覺得你不會那麼想。正因為如此，咱們倆才是貝克特所說的互補的一對呀！

「雖說是因為咱最初所做的那些事引起的，古義，後來自從你開始無視咱的存在以後，咱就陷入了痛苦之中。在貫穿那條峽谷的簡陋國道上，沉默不語地與咱錯肩而過並因此而傷害了咱的孩子，古義，除了你以外不會再有第二人。當時，咱甚至想殺了你。

「再往後，咱三十來歲的時候，因為『小老頭』之家那件事和你再度相逢，很快就和吾良相交相識。後來我看出來，這個青年才俊（雖然他當時只演出過兩部外國電影，但全身都洋溢著那種才氣）儘管和古義人同樣是互補的，卻也是互相傷害的一對。可以說，這就是咱後來和吾良成爲朋友的動機。

4

這天一直拍到夜幕降臨，稍微吃了些東西後又繼續拍攝起來，因而就停了清清翌日的授課。然而，第二天剛過晌午，繁便獨自一人出現在「小老頭」之家。針對昨天的拍攝，他提出了包括自我批評在內的嚴厲批評，認爲最大的失誤在於參與拍攝的這幾個人在考慮想要製作的錄影內容時，其想法過於曖昧了。

「拍攝計劃本身要重新制定。最初談起拍攝內容時，說的是這麼一個設想：你在與那些人交談，你覺得他們是和自己一同從彼界回來的，而我們則用錄影帶攝下這個談話場面。就這麼拍吧！這樣一來，首先是和吾良。」

「說的是啊，不過，恐怕會很困難吧。」

「即使有困難也要克服，這可是演員在表演時的工作。」繁斷然說道。

繁再度和佛拉季米爾及清清一同回到「小老頭」之家，此時他已經準備好了新的拍攝計劃。攝製工作開始之後，佛拉季米爾的作用尤其顯眼。在昨天的工作中，覺得他像是繁上課時的助手，只提出了很少的意見。今天，他只是依據新確定的方針俐落地工作著，甚至讓人懷疑他本人才是這個新計劃的策劃者。

首先更正的，是原本將攝影機固定在壁爐臺上的基本做法。不過，這有一個附帶條件，那就是早先那種方式如果更爲便利的話，就要恢復到原有狀態。攝影機被放置在佛拉季米爾的肩膀上，他肩膀的角度在身體結構上與日本人有所不同。

繁就現場的佈置提出了新的想法。由於此前攝影機是固定在壁爐臺上的，古義人也就只能面向那壁爐。

因此，繁採取了另一種方式，要讓被拍攝的人物可以在那裏自由活動，於是把扶手椅挪到了壁爐東端近前處，讓古義人坐在那個能從細長的高高窗口直接看到粗齒櫟樹梢的位置。接著，剛準備從古義人耳後拍攝他的頭部，起居室東側的空間裏，一張用圖釘把蒙皮釘在大圓弧木結構上的椅子就顯現在畫面中心。

「這張椅子本來是放置在千樫寢室裏的，」繁說：「也貼著輕井澤二手家具店的標籤。如果在歐洲，這樣的椅子好像到處都有。不過，在這裏確實難得一見。對這張椅子，吾良一定也很滿意。

「假如從這個角度拍攝古義的獨白，那張椅子上愁容滿面的吾良……他也像你說的那樣，一度死去，後來又和你一同回到了這個世界。就是這麼一個人，正坐在那裏……咱想把這個場景拍得滲入到觀看錄影帶的那些人的想像力之中。」

拍攝開始之後，繁專司把話筒棒伸到古義人面前去的工作。對於繁裝腔作勢的演出，負責燈光的清清不以爲然，露出嘲諷的表情，一直沉默不語。不過，在工作的認眞程度上，她卻是絲毫不遜於佛拉季米爾，因此，這種作法或許是她這個年齡層的人與人共事時的類型吧。

古義人投入到繁的演出中了：

「倘若從彼界返回到這裏來的吾良坐在那裏，我當然有想和他繼續交談的話題。如同繁看穿的那樣，自從住到北輕井澤以來，之所以喝酒喝到很晚，就是因爲一直在和吾良說著那些話……

「我想要說的是，希望在繁正爲我製作的、喚起這種心情的場面中繼續就這個話題說下去。那就是大醉之夜的自己，同時確實沒有醉倒——也許，只是因爲安眠藥的效用而感受到了相同效果——就是在病房裏仍然不停敘說並因此而讓女兒擔心的那個自己，與白天那個老作家的自己應是兩個人而不是同一人。因爲，深夜裏喋喋不休的我覺得被一個年輕人纏住了，被自己此前從不曾想到過的、說起來宛如執著於狂想一般，或者說，執著於狂想是其常態的、有著怪異之處的年輕人纏住了。

「現在，我並不在那種狀態之中。在明白這一點的前提下，處於那種狀態中的我，面對一同歸來的吾良進行了多次談話……就在繁從粗齒櫟的那一側一面喝著杯中酒一面看著我的那些個夜晚……我想再度提起那個話題，並用錄影設備錄製下來。因為，我記得非常清楚。而且，如果那個錄影設備能夠放映出這場景來的話，白晝裏的自己，也許還會憶起一些更為清晰的事情。

「其實，近來一直如此這般地面對吾良這麼說，是出於一種悔恨，那就是自己為什麼不曾為吾良的電影創作腳本。於是，便對著不再拍攝電影、也許正坐在那裏聽著遲來的構想的吾良，敘說著自己現在能夠寫出的電影腳本。

「這是那次身受重傷之前一天的事。朋友們在離我出生的老屋不那麼遠的一個業主的度假村裏，同早年的熟人聚在一起，進行了一場後來導致我身受重傷的那場老人們不自量力的遊戲。這就是那場老人遊戲前一天夜裏的事。

「當時，一家雜誌上刊出了一篇敘述當年我和吾良在高中時代經歷過的一件事的文章，以此為契機，我發現了連自己也感到意外的另一種解讀。這就是事情的發端。

「第二天，我的腦袋就塗滿了鮮血，徘徊於生死邊緣。然後就是住院。在那期間，由於老人的腦子容量有限，一些新的構想隨即就消失了。白天躺在病床上，我絲毫不去考慮那一切。

「然而，隨著住院時間的延長，我確實展開了關於那傢伙的構思，那個從老人的身形中分身而出、有著怪異之處的傢伙在深夜裏湊上前來說出的構想。終於，完成了展示給吾良看的電影腳本。現在來到北輕井澤，每當深夜裏喝酒時，電影腳本的話語就會完整地浮現而出。

「當時戰敗還不到十年，聯合國占領軍在松山附近也建立了基地……也就是在結束占領前不久，我和吾良經歷過的那件事。多年來，我和吾良一直把那件事稱之為那事。也就是說，未能將內容語言化，我們在將其語言化前逃了出來。關於這個事件，繁也不可能從吾良那裏聽說過。

「那事的舞臺位於叫作奧瀨的地區，離峽谷並不很遠。說起這個地名，繁或許還有一些印象。之所以這麼說，是因爲在你從上海回來住進可以俯視峽谷的那個高臺上的家裏時，曾住在那裏的我父親便移居到了原爲我外祖父所有的那塊土地。

「父親後來被奧瀨的鍛鍊道場的弟子們抬了出去，在戰敗後的混亂中死去。他是居住在農村的超國家主義者，說起這種稀奇古怪的男人，在戰爭期間的日本倒也不算稀罕。

「繼承了父親遺留下來的鍛鍊道場的人物制定了一個計劃，要在媾和條約生效前一天，武裝襲擊將於那天關閉的占領軍基地。道場的中心人物爲此盯上了我，當時，我還在松山高中讀書，與吾良是好朋友。那事就這樣開始了。

「攻擊需要武器。基地裏有武器。當時，我和吾良在美國文化中心結識了一位從事外語教育的軍官，打算從他那裏弄出曾在朝鮮戰爭中使用過並故障了的自動步槍。

「至於那以後的進展情況，我將從寫過的小說中加以歸納。因爲那樣更易於理解。

「我在小說裏這麼寫著：在交涉的過程中，兩位少年把美國軍人彼得約到了奧瀨農場。彼得用車子帶進去的故障的武器被道場的夥伴們搶奪過去，彼得被他們殺害了。兩位少年從此一直痛苦地生活在那個罪惡感之中。

「然而，在那次身受重傷的前一天夜晚，湧現在我頭腦裏的梗概卻與此完全不同：只是武器被騙搶，彼得本人並沒有被殺。彼得和兩位少年中的吾良向美軍通報了襲擊基地的計劃。集結在基地大門口的美國大兵，擊斃了用故障的自動步槍擺出攻擊模樣的襲擊者。營養不良的農村青年們的屍體，躺倒在基地的大門前

……

「爲何要用故障的自動步槍進行攻擊？那是因爲，只要擺出一副游擊隊發動進攻的架式，美軍基地的守備部隊或許就會將他們全殲，假如實際進攻後再遭到全殲，就將成全攻擊一方的大義。因爲指揮那些年輕人的頭目，只是認爲在聯合國軍隊占領日本期間，假如從不曾進攻過一次基地，就將是事關日本這個國家的歷史恥辱。

「來到北輕井澤以後，我每每於深夜飲酒，是在把寫下的劇情梗概化爲電影腳本，向從彼界歸來、坐在那裏的吾良——現在，坐在那張椅子上聆聽著的所謂的吾良，確實在出色地演出——進行敘述。

「我記得，這個奇怪故事中的構想……也就是彼得和吾良向基地司令部進行通報及游擊隊被殲滅的構想……在身受重傷的前夜和翌日清晨，還存留在自己的腦海之中。可是，身受重傷以後，唆使我把這個構想從頭到尾完全加工成令人絕望的自殺式爆炸的那人，就是纏住老小說家的那個有著怪異之處的傢伙，也是個年輕的傢伙。」

5

繁做了一個示意動作。古義人的話很長，其間已經更換了兩次錄影帶。佛拉季米爾小心翼翼地把攝影機放置在地板上。由於運轉著的攝影機並不發出聲響，在覺察不到被拍攝的眞實感受中，古義人覺得自己一直是在對著空椅上的吾良述說著。

繁也第一次喊了聲「好！」，感到心中有了底。

「……現在還有另一個電影腳本，原本是想讓吾良拍攝的。就是這麼一個鏡頭：美軍基地大門前，身著海軍復員時穿的制服的同夥們，被經歷過朝鮮半島戰事的那些美國大兵擊斃。觀眾應該明白這是一場手持故障的槍支進行的突擊，吾良大概會把這個可怕的假象拍攝成充滿力度的鏡頭。

「這個鏡頭，還有被你剛才說到的自殺式爆炸這句話所喚起的各種想法，兩者糾纏在了一起。清清，咱說話時會提高聲音，讓你在廚房裏也能聽得到，你能去廚房給咱們弄點兒紅茶或咖啡什麼的嗎？

「說起自殺式爆炸，就當下世界的用語而言，是指巴勒斯坦人把炸藥綁在身上，針對以色列軍隊及普通老百姓發起的恐怖行動。

「但是，作爲這同一世界的語言而爲大家所熟知的，還有曾用於特攻的『神風』。兵營裏的美國大兵一定覺察到了仍然存留在記憶裏的『神風』的威脅。

「但實際上，那些青年抱著的是損壞了的自動步槍，他們只能竭力喊出乓乓乓的聲響。我想，從頭到尾拍攝下那個突擊場面的影片，一定具有很強的表現力。如同模仿戰爭遊戲的孩子們發出嘶喊一樣，他們揮舞著不能發射的槍支發起衝鋒。迎接他們的是美國大兵的槍口。從那些槍口中發出的是吾良所喜歡的巨大音響，還有立刻就降臨的絕對的靜寂……殘血由頸動脈流出來，滴答滴答地響……咱覺得，這個畫面抓住了觀眾的心。然後，難以計數的日本人肯定會將其視爲自己的『神風』特攻般的自殺式爆炸恐怖行動來接受。

「實際上，直至占領期結束，這個歷史事實（『不，在我和吾良的想像中，這種事情只是或許存在。』古義人憑藉白天的老人所具有的辨別能力予以訂正，繁卻根本不予理睬。古義人於是意識到，繁現在正取代那張空椅上的吾良述說著。）由於日本媒體對審查懷有難以克服的恐懼，一直未能予以報導。不過，超過一千萬的觀眾會產生這樣的認識：啊，還發生過這樣的事情呀……至少，這種事情是可能發生的。這不就給日本人帶來了一個巨大的衝擊嗎？在世界範圍內都會大受歡迎的，如此一來，你不就和吾良一起被全世界接受了嗎？

「而且，因此而受到煽動的日本青年中，難道就不會出現一些年輕人利用前往沖繩觀光的機會，攻擊把士兵送往伊拉克的美軍基地嗎？

「咱之所以喚起這種妄想，是咱剛才在想，在日本這個國家裏，現在有許多可能採取類似於自殺式爆炸恐怖行動的年輕人。擁有健全身體、大學畢業後不謀取固定職業而靠打零工生活的年輕人人數規模究竟有多大？他們可曾做過模擬試驗？

「咱想詢問吾良的是：吾良兄，你使用長江的腳本，只是要在拍攝你那當屬一流的電影時，把這個不可思議的殘酷的自殺式爆炸恐怖行動的鏡頭，放在這個故事的結局嗎？或是要把它放在電影題名之前……那種情況下，吾良採用的是黑白新聞片的色調吧……？大概那時就會拍攝成面向現在的故事吧？

「如果是後者的話，咱就打算對吾良這麼說：如此一來，吾良兄的電影不就恰好表現出這個國家的政治狀況和社會實情了嗎？而且，還是在面向不遠的未來的情況下恰好表現出來的。也就是說，吾良兄，在你的電影首映後的很短時間內，不就會發生影片中的場景被置換爲現實的事件嗎？」

清清爲大家送上咖啡後，目不轉睛地看著繁。佛拉季米爾則將視線從繁和清清的身上移開，眺望著樹葉因被久違了的雨水沖刷而顯出的勃勃生機。繁意識到其他人比自己更不願意打破這沉默後，轉向古義人說道：

「就咱現在的心情呀，咱想說的是，某一天，在東京，從那些畢業後只做臨時工、外表上和紐約的年輕人一模一樣的青年中，出現一個有膽識並願意進行自殺式爆炸恐怖行動的實踐者……咱想說的是這樣的時代。

「古義，關於這一點，你是怎麼考慮的？今天拍下的這些錄影，是你針對新方案進行的談話，那是你從吾良或許能夠拍攝的電影中、也是從你身受重傷前一天夜晚得到的資訊中設想出來的新方案。現在，咱像是圍繞吾良來展開這個新方案。不過，怎麼樣？今天晚上你假如仍繼續對吾良敘說你的新腳本的話，恐怕很難把咱剛才說過的話從頭腦中抹去吧？

「咱並不是說長江古義人在期待著那種恐怖期望論。如果能夠假定吾良回到此界並坐在那張椅子上，那麼六隅先生也會在附近，因爲你可能會有這樣的感受。你是不會讓六隅先生看到你違背他的人道主義的！

「不過，就你重傷之後的感覺而言，身爲老作家的你雖然不服從管制，不是仍然被無疑就是你自己的那個年輕人纏住了嗎？你不打算讓那個有著怪異之處的傢伙評論一下咱的看法嗎？」

佛拉季米爾把攝影機牢牢扛在肩頭並找好位置，清清則隨著他的動作把話筒伸到了古義人面前。古義人開口說道：

「我也不得不思考，假如眞的像繁所說的那樣，這個國家出現一個不曾有過的煽動家，在他的身邊，集結起同樣不曾有過的那種類型的年輕人……我會遭到那個有著怪異之處的年輕傢伙的催逼，尤其從自己的內部。我將在那傢伙的搖晃下睜開睡眼，重新喝起睡前酒並不得不開始思考。

「那個年輕的實踐者，不管他屬於革命派還是反動派，都不可能是出於大義而有所行動的那種類型。我覺得，他只是對煽動家所指示的恐怖手法有興趣才付諸實踐的。

「而且，我還覺得，那個恐怖實踐大概也只局限於自殺式爆炸。因爲，想要幹點兒什麼的年輕人，在電視裏每天都能看到那些眞實的恐怖行爲的報導。如果收看電視衛星的世界新聞，確實可以看到不分晝夜地進行的報導。他們知道，成功率最高的恐怖行動，正是自殺式爆炸。

「某一天，他們被上級所賞識。於是接受了任務並行動起來。看準了被指定的目標後，便興奮且周到地準備起來。他們並不是頭腦愚蠢的傢伙，也不是粗暴的傢伙，而應該說，是一些時尚的年輕人。在那過程中，即使煽動者失去了蹤影，實踐者也將自行負擔費用並提出新的行動方案。甚至會是這樣一種情形吧……

「接下去，這些同夥便任意挑選他們中意的汽車，然後在盜來的汽車上裝滿炸藥飛速行駛。這有可能發生很多次。就在我們所在的東京，連續發生自殺式爆炸恐怖行動的日子該不是就要來臨了吧？

「在這個國家裏，畢業後只做臨時工的、憂鬱的年輕人集中在大都市裏，但到目前爲止，爲什麼還沒有發生那種恐怖事件呢？正如纏住我的那個有著怪異之處的年輕傢伙用純眞的眼神對我說的那樣：應該說，唯有這種情況，才是在不可思議的日本這個國家應該發生的。」

古義人停下了話頭。等候在一旁的清清撤回正對著古義人面部的話筒，轉向仍扛著攝影機的佛拉季米爾說道：

「像這樣無組織無紀律的個人恐怖行爲，究竟具有什麼意義呢？」

較之於被催促著回答問題，佛拉季米爾更像是深思熟慮地將攝影機放在身旁，然後向古義人詢問起來：

「還是要回到三島問題上來。不過，比起長江先生所懼怕的個人恐怖行爲，不是更應該考慮具有明確主張的有組織的恐怖行爲嗎？比如說，爲什麼不考慮自衛隊的政變呢？自從三島在市谷毅然決然地行動以來，已經過去了三十年之久，自衛隊爲什麼到現在還沒有發生政變？

「在這個國家——駐日美軍暫且另作他論——裏，不存在像自衛隊那樣強有力的武裝集團。政界、官界、企業界的腐敗現在不是正讓大家都吃驚地說：『竟然如此嗎』、『竟然如此嗎』？目前的現狀存在著能讓自衛隊員滿意的深奧理由嗎？如果長江先生的各位朋友能從彼界回到此界，那麼，爲什麼三島就不能回來？」

「現在日頭還很高，那個有著怪異之處的年輕傢伙大概也還沒纏上古義吧。」繁說：「佛拉季米爾，假如你所說那種事態成爲現實，首先必須尋找逃亡之所的，就是古義這樣的民主主義者呀。在那過程中，他大概也是要考慮的吧。」

1　在日語中，目線亦有視線之意，易被初學日語的外國人作爲視線這個詞使用。

第四章 被攝影機所撩撥

1

攝影錄製完畢後，清清用事先備好的材料俐落地爲大家做出一頓中餐。除了這中餐，大家還喝了一點兒從加州用木箱寄給繁的葡萄酒。當「小老頭」之家只剩下古義人獨自一人時，面對放在餐桌上的、此前四人每人只喝了一杯的高純度葡萄酒，他甚至沒有繼續喝酒，只是坐在扶手椅中。

從孩童時代起，古義人就顯現出一種性格，那就是很少什麼也不做。尤其是成人以後，在工作以外，會依不同的時間和場所事先準備幾種書籍，以便隨時隨地都能讀書。作家的生活對此倒是正好合適。不過，從這次結束住院生活後的情況——千樫和眞木最先覺察到這個變化，好像還曾商量是否要向他本人指出——看來，有了一個新的習慣，那就是什麼也不做。而古義人則認爲這顯然與自己步入老境有關。

古義人就那樣開始打起盹來，並且一直睡了過去。當感覺到聲響而睜開睡眼時，室內早已漆黑一片，窗外則是月光滿地。接著，就發現陽臺上站著一個像是老人的身影，正咚咚咚地敲打著窗子。

古義人起身——因膝頭撞在旁邊書桌上而發出呻吟——走過去，按下室內外照明燈的開關，把左手端著酒杯敲打窗子的繁迎了進來。當他爲繁——也是爲自己——準備好杯子和水，並把餐桌上的威士忌酒瓶拿過來時，繁已經占領了那張扶手椅，古義人便坐在鋪陳於壁爐內並放上椅墊的木板上。這地方原本是清清操控麥克風時的工作場所。

「佛拉季米爾把攝影機放回到咱最初確定好的位置上，清清也把話筒放在了那裏。」繁環視著周圍說道

（他的聲音顯出了醉意），「打算讓咱倆重新錄影嗎？」

「我可是很疲倦了。」

「那麼，就由咱來說吧。把攝影機的開關設定爲自動狀態，至於話筒嘛，那就拜託你了，先拍一點兒試試看，咱事後負責核對監控器。剛才，佛拉季米爾剛剛換好錄影帶，清清就對古義你說的話潑了冷水，攝影工作便因此而告結束。所以呀，機器裏肯定還剩有錄影帶。」

繁本人在鏡頭前稍稍試了試，並略微調整攝影機的方向和高度。他先喝了一口杯中的酒，然後把杯子擱在一邊，開始調整自己的坐姿，而古義人則端著酒杯，用另一隻手支著話筒。拍攝就這麼開始了。

「古義，咱之所以決定在北輕井澤住上一陣子，其目的之一（即使不是最重要的目的，也是與它有所關聯），就是爲了讓你寫出長篇小說。你身負重傷以後，小眞在e-mail中也在擔心，古義你還能重新開始寫小說嗎？咱與千樫談過話後，才知道她對這個問題的擔心也非同尋常。於是，由她拋出的魯賓遜小說這個球呀，就踢到了古義你這裏。起初，咱以爲這個事沒什麼大不了的。因爲呀，那和你的魯賓遜也是一致的。可是，你根本回憶不出那個構思。現在，在東京你家的書庫裏，小眞肯定把你那裝著筆記和未發表的書稿的箱子翻得亂七八糟……

「因此呀，咱想出了另一個辦法，那就是在今天拍攝錄影的過程中，使其成爲具有現實性的構思。你呀，古義，首先就從你和咱這互補的二人組合出現在舞臺上這個場景開始寫起。就寫貝克特式的、你和咱之間的對話。作爲小說導入部分的鏡頭，則從描寫舞臺人物之處開始。

「首先，是你。一個重傷後剛剛恢復的老人，與年齡相稱的禿了頂的腦門上，如同雛鳥肌膚般柔嫩的皮膚上，刻著一道道長長的皺紋。老人坐在古舊的扶手椅上，在放置於膝頭的椅墊上，擱著一塊在柏林買的、鑲著木框的木板，手裏握著一桿鶺鴒牌鋼筆。是小說家。加州大學柏克萊分校的校報登過你的漫畫，那幅漫畫是由你身爲客座教授的肖像改編的。咱是很久以後才發現的。以"Owlish"[1]爲標題。也就是說，被錯看爲貓頭鷹的那副圓框眼鏡，現在也還戴著呢。

「在你身旁，咱躺臥在沙發——如此說來，這個房間倒是有必要擺上沙發——上，這個不服老的老頭腦袋裏浮現出粗魯的英文臺詞，因爲需要加以翻譯，便轉而以結結巴巴的語調敘說起來。他們周圍的舞臺裝置，完全是咱設計的『小老頭』之家。

「兩個老人在舞臺上的對話——話雖如此，卻不時出現沉默，也有脫離話題的饒舌——的整體將被記錄下來。

「因此，就把這裏作爲舞臺，錄下你和咱之間的交談。這也要拍好幾捲錄影帶呢！

「然後把錄影帶送給小眞，請她用文字處理機加以處理。如果你能從中整理出定稿的話，第一部也就算完成了。至於作品的精細加工，因爲那是你人生的習慣，所以咱大概沒必要催促了吧。

「至於第二部嘛，就是在剛才的舞臺上充當配角，用相互爭執不下的英語和日語引起話頭的那個老人的人生故事。而小說家老人則將這一切寫在鋪於膝頭木板上的紙張上……

「這個部分呀，轉而敘說咱在美國的生活，這也是通往第三部分的很有技巧的程序。小說家年輕的時候，在外國文學的影響下開始創作小說。當時的創作，顯現出反抗這個國家的私小說形式的那種風格。現在，實際上在用日本式的寫作手法，只寫家庭成員的生活。不過，這位小說家卻想成爲一個描述從不曾目睹的巨大事件的文學家！怎麼描述這個巨大事件？第二部將成爲探索這個問題的橋梁。

「面對小說家講述在美國度過辛酸的前半生的這位老人，現在，與同志們一起回到了日本，想要進行決定勝負的最後一搏。這最後一搏才是最大的目的，爲此才回到了曾一度捨棄了的國家。從準備階段開始詳細講述這大決戰的，是在第三部裏，由小說家去做。在目前這個階段——之所以這麼說，是因爲小說與現實的界線變得越發模糊了，不過，這正是你的技巧吧，古義，你承認嗎？——我還不能說，這大決戰究竟可以發展到什麼程度。因爲，從實際決出勝負的結果來看，出現低級差錯也是常有的事。雖說有可能使得東京都中心區出現相當規模的崩潰，卻也有可能如同孩子們在高級公寓間的草坪上燃放的焰火一般轉瞬即逝……

「正因爲有這樣的擔心，上了年歲的魔術師才把小說家老人作爲闖入未來的編年史作者……也就是說，是作爲書記員而錄用的，他將把寫於今天的日期，改爲稍微提前一些的日期。

「大決戰假如獲勝，全世界的讀者很快就會透過閱讀瞭解到發生在這個大都市的事件的總體形象。當那最後的戰鬥如同紙撚包火藥的小焰火那樣『劈哩啪啦——咻』地完結時，古義，你也會留下迄今沒能寫出的那種性質的長篇小說。即使在現實裏沒有發生這樣的事件，整個事件的全部過程，也會灌輸到小說家的想像力之中。作爲實施犯罪行爲的老人知道，因爲小說家擁有長達四十五年的人生習慣，應該能夠完成這部小說。」

繁從安樂椅上伸長手臂，試圖把古義人從壁爐中拖拽而出，卻抓到用安哥拉兔毛包裹著的話筒。同樣醉醺醺的古義人不由得向前撲倒，後背磕碰在壁爐的邊緣，然後被拽到了繁的身邊。

繁用一隻手撐持著古義人，另一隻手則往自己的酒杯裏斟滿了威士忌。古義人也是酒醉人不醉，仍不放下手裏的酒水。兩人臉靠著臉朝著攝影機乾了一杯。

2

當古義人想要重新站起身來時，繁這次不是運用腕力，而是把自己那占滿椅子的魁梧身體往一邊挪了挪，便把被揪住肩頭的古義人塞進了那個空隙。然後，他把從古義人那裏取過的長長話筒支在兩人面前，面對壁爐臺面上的攝影機調整著姿勢。

「那麼古義，你怎麼看待咱爲了讓你完成後期工作而進行的構思？」

「關於千樫她們委託你從旁協助的魯賓遜小說，標準並不一致呀……難以草率地答覆你。」古義人說道：「這麼說來，我倒是想起來了，魯賓遜呀，就是《茫茫黑夜漫遊》中那個不可思議的、雖不是主角卻也不可缺少的角色……

「不過，在談論那個問題之前，想請你把自己的一些想法告訴我。在美國，你還擁有終身教授資格，但你像是要捨棄這一切，加入了佛拉季米爾和清清的策劃中並回到日本來的。對於打算爲那個策劃而建立根據地之事，你也很清楚……這才把後面連房子帶土地全都買了下來。

「我想知道的是，究竟是什麼使得你做出如此重要的選擇？繁，你呀，是一個經歷過大起大落，最終卻獲得成功人生的人物。即使對於這樣的你來說，那也算得上是大決戰了，而且好像還不會回頭……是什麼讓你如此支持他們的行動的？

「今後，你仍然——在什麼程度上呢？——試圖把我也拉扯到其中去。圍繞這個圖謀，我感到你似乎還隱藏著更大的東西。

「我好歹從那個重大事故中生還——有生以來還是頭一次經歷——過來，制訂出在這個別墅開始自己的康復期的計劃。就在這時，繁你出現了，提出了一個讓千樫感到無比寶貴的建議。於是，事情就這樣開始了。

「接下去，你突然與佛拉季米爾和清清共同啓動了非同尋常的計劃。其根據地就在這裏，甚至還在期待著我的協助。

「繁，我所知道的僅此而已呀……我確實有一種想要協助你們的心情，可是心情也就僅僅是心情而已。

「繁，你是在認眞地對待你的同夥和那個大決戰嗎？究竟是什麼原因讓你積重難返地走到了今天這一步？或許不如說，是你首先有了獨自的世界觀和構思，然後才把他們拉進來的吧？

「不管怎麼說，我都不認爲自己能夠勝任像你這樣單槍匹馬的、非法運動組織的一個成員的角色……」

繁抬頭向細長窗子的外側望去，開始思量起來。月亮已經隱入雲中，即使在剛才爲迎接他而打開的燈光範圍內，黑黝黝的樹叢也因爲颳起的風而劇烈搖晃著。自從古義人開始每個夏季都到北輕井澤以來，樹身已經長高了三倍以上，從高處遮蔽住了天空。烏雲一旦開始翻湧，樹叢隨即就會充滿下雨的徵候。縱然在夜晚也是同樣如此，毋寧說，黑黝黝的樹木在黑暗之中的搖晃，有一種透不上氣來的緊迫感。聽著繁爲咳痰而發出很大的聲響，古義人卻認爲，較之於醉酒，繁更像是被痰困擾著。

「咱一直在考慮，你肯定會猜想到的。」爲了壓住簇擁著房屋的茂葉發出的聲響，繁提高了音量，「佛拉季米爾和清清，屬於一個在世界很多地方擁有據點的組織。

「因此，就從咱和清清、佛拉季米爾之間的關係是如何開始的……來講吧。

「在美國的大學教師裏，咱是個不多見的另類。咱一度在事業上陷入僵局，後來是從谷底爬上來。因此，與其說咱是一帆風順的教師，倒不如說咱與學生們一直非常親密。關於這一點，就是系裏也是承認的。

「然而最近十年以來，卻覺得這樣做毫無意義。不但對我，就是對學生也是如此。這種感覺轉變成大學生活中的不滿並日積月累，很難不再度引起爆發。咱事事都與建築學系的同僚發生衝突，成了教師中的麻煩製造者。不過，自第一次起就很清楚地知道，與咱衝突的對手從一開始就有妥協之意，也就是說，他只是讓我處於孤立境地。在那過程中，與教授建築學比起來，比較文化論的課程逐漸成了咱的工作。比起建築專業的同僚，咱倒是更常與批判人類學研究者往來，後來竟至成爲這種情景……

「那麼，咱的所謂不滿都是些什麼東西呢？假如讓咱從作爲教師而感到幸福的時候說起，那就是每年都會認識不少新生，在最初階段，都是一些毫無趣味的傢伙。那些學生很快就會有趣起來，漸漸開始擁有各自的語言，從其內部和外部的人際關係中挖掘出自己的語言。咱呀，就在一旁關注他們在此過程中逐漸形成自我特色的工作。不時的也會以議論的方法幫上一把，見證那些傢伙最終形成自己的語言風格。咱以爲這樣做很有意思。

「咱相信，這才是教育。假如每年都來一個這樣的學生，與咱結成教學關係，咱就感到幸福了。而且，實際上他們也確實來了。現在仍然活躍在大學裏和社會上。大學裏的學生運動掀起的餘波還在。加州的大學甚至就是這些運動的據點。與古義有著某種關係的加州大學柏克萊分校大概也是如此吧？

「不過從某個時期開始，那些擁有自己語言、正在形成自己文化的學生卻失去了蹤影。更爲糟糕的是，咱曾發現一個學生具有獨特的語言，咱關注他那獨特語言的形成，讓我吃驚的是收到他的本科畢業的論文，就把他送到了紐澤西州及麻薩諸塞州的研究所。後來那傢伙成爲一個有才華的人回來了。於是咱們進行了交談，卻發現那傢伙獨特的語言已經喪失了！

「他在外面學習時髦的語言後回來了，也可以說那是一種具有權威性的語言。然而，那不是因爲那傢伙而有了新意的語言。像這樣被當作有才華的學生竟然連續出現了兩三個，與其說咱感到失望，毋寧說是感到震驚……其實，那種具有權威性的語言，該不是咱在課堂上就爲他們備下的吧？爲他們做了這前期準備工作的人，難道不是別人，而恰恰是咱自己？

「聽了咱的這些話後，剛才提到的那位批判人類學研究者便告訴咱：西歐人在太平洋諸島發現了另一個種類的文化，就想把對該研究有幫助的那些優秀的語言學資訊提供者培養成學者。事情就這麼開始了，甚至還出版了與他們共著的專題研究論文，可是，果眞就因此而把他們改變成新人了嗎？繁現在感受到的苦惱，與西歐那些研究者一直在歎息的原因該不是相同的吧？如果那些研究者不算遲鈍的話。

「咱呀，於是醒悟到要讓那些新來的學生，也就是讓那些從自己的島嶼上帶來了獨特文化語言的傢伙，分別掌握自己的獨特語言和學院派的語言。這就是咱變化的開始。

「在那以後不久，佛拉季米爾和清清就來了。在咱和佛拉季米爾及清清之間，建立起一種在咱的課堂裏還從不曾有過的新型關係。針對咱曾學習過卻又忘卻之事……他們開始有意識地unlearn[2]。咱發現了能夠對咱教過卻不正確的內容予以unlearn的夥伴。

「而且呀，古義，就像咱先前說過的那樣，咱熱切希望與他們結成某種新型關係。對方也是如此，他們同樣希望接納咱。我想，情況如果不是這樣，也就不可能發展到今天這個地步。就拿佛拉季米爾來說，咱對他的好感也是顯而易見的吧？但是，在他的身上，卻也存在著咱難以窺見的另一面啊。

「清清也是……古義你已經看出來了吧……她確實是一個很獨立的傢伙。清清呀，起初就非常積極，從進入咱的課堂時開始，似乎就全身心地對咱開放。然而咱覺得，咱過去倒是有些小看她了。她是個內心非常堅定的傢伙。來到此地住在一個屋子裏後，就是大白天也不請咱到她的房間裏去。」

3

「現在呀，咱覺得回到了自己人生中最爲激進的時期，要把那些夥伴推向大決戰中去。因此，咱制定出力所能及的計劃。佛拉季米爾和清清在等待著來自世界某個地方、將於某個時刻送達的指令。但是，與咱和古義你似乎有著某種關聯的貝克特呀，在《等待果陀》中就已經做了證明，證明一味等待者的等待價值全然不存在。咱必須從自己的角度提出設想。

「於是，咱就向佛拉季米爾及清清提點了企畫案的寫法……話雖如此，並不意味著想要用權威性話語來引導他們，那是不可以的。關於他們的上級組織，咱可什麼也不知道。

「咱只是告訴他們，這樣的計劃是可能的，並向他們提示了製作過程。佛拉季米爾、清清，還有他們的同夥將如何處理？說實話，在現階段還沒聽到相關消息。

「可是，一旦開始實際運作，古義，在咱的計劃裏，你的參與將是非常重要的。剛才已經多少搶了你的話頭，咱認為你沒有完全拒絕。就剛才所說的那幾句話來看，你依然保留了意見。不過，早在孩童時代咱們關係還算親密那陣子，就算意見有所保留，卻總是比咱更早衝出去的，不正是古義你嗎？……

「因此，現在我就更詳細地繼續說下去。

「那麼，咱的策劃呀，有關這個策劃的敘述風格像漫畫一樣單純化。佛拉季米爾也好、清清也好，都是在漫畫時代成長起來的。最初讓他們著迷的來自日本的文化資訊，就是動畫片和卡通。咱首先就考慮到他們將向更年輕的朋友進行說明，便製作成漫畫一般單純的文本。

「現在，假如佛拉季米爾和清清的朋友來到東京的話，尤其是那些超高層大廈群，任何一座都將清晰地出現在他們的視野中。關於那些曾設計這些大廈的建築家集團和負責施工的技術家集團，咱都擁有相關情報。設計者也都曾把學生帶去參觀那些大廈的建設過程。

「咱呀，古義，倒不是以自己身為建築界的名人而自負。因為，唯有那些才是漫畫。咱不是那樣，這就開始漫畫一般單純的說明吧。在什麼部位安放多少爆炸物，尤其是超現代的建築才能輕易遭受損害？這並不是非常困難的計算。

「具體程序一旦開始啓動，計算組也好行動組也好，咱都會把他們訓練成優秀的成員。然後，古義，佛拉季米爾和清清的『日內瓦』——提到這個孩子氣的暗語，反正早晚也會這麼說的吧——把咱的戰術，作為在世界各地把戰略予以具體化的一個內容而採用，一旦發出實施這個計劃的決定……就會有一些打算請你負責的工作。

「古義，你並不是一個可以在行動現場工作的人。到目前為止，你經常因此而招致嘲弄和痛罵。現在更是如此，不要說參加行動了，身受重傷後，你不是自認爲你是正養著傷的『怪老頭』嗎？你就是這麼一個人，因此，正在考慮你能夠發揮作用的角色。

「而且那個計劃呀，也不會違背你的生活準則，你那自命爲六隅先生弟子的你，以人道主義爲核心的生活準則！爲什麼這麼說呢？因爲這個工作不是要殺死很多人，而是恰恰相反——挽救原本將要死去的那許多人！在目前這個階段，咱所能說的，也就這些了。

「因爲他們沒告訴咱將要幹什麼及如何幹，古義，你就期待著終將面對那個場合時的驚異和興奮吧。這事目前並不那麼急迫！

「不如說說眼前的事吧。咱想請你銘記於心的，是艾略特的這一小段詩句：我已不願再聽老人的智慧，而寧願聽到老人的愚行……

「因爲咱自身呀，古義，就經常這麼想。唯有老人對不安和狂亂的恐懼在撼動著咱這一句，請不要說出來。不過，在咱們這個年紀，假如眞有與那傢伙沒有緣分的人，咱可就敬而遠之了。」

說完這話後，從繁那毛孔醒目、面部肌肉黑紅且肥厚的臉上，昂揚之情瞬間便消逝殆盡。古義人從他業已失去力量的手指間抽出了酒杯。繁的腦袋往後仰去，喉嚨處鬆弛的皮膚暴露出來，發出了粗重的呼吸聲。怎麼處置這個龐大的身軀呢？

古義人自覺到病後體力的衰退，而且已經不可能再恢復了。爲了讓繁舒舒服服地繼續睡下去，也就只能讓他如此了。從稍早一些時候開始，古義人就已經感覺到清清或是佛拉季米爾站在陽臺外不遠處的黑暗裏。如果是前來接繁的話，他們應該收拾錄影器材，並把繁帶回「怪老頭」之家去。

古義人把自己從繁那沉重的身體上剝離開，就獨自上二樓的寢室去了。自「小老頭」之家落成之時就是自己寢室的那個房間過於狹小，古義人便使用了千樫的寢室。現在回想起來，剛才與繁乾杯時，在兩人的周圍，回來了的吾良、還有篁——與此人不時顯出的幽默一同——也是，好像都現出一副讓人難以對付的醉態，並把他們現出醉態的面孔靠在一起。而自己呀，並不是那個老人，那個畸形的、孱弱的、面露凶相的、有著傷疤的老人，而是有著怪異之處的年輕人，自己就把那年輕人的面孔與他們放置在一起了。

4

凌晨周圍還黑著的時候，古義人醒了過來。去了洗手間並喝了水後又回到床上，將要睡去的時候，卻聽見琉璃鳥在空中的高處——更準確地說，是在空中的深處——鳴啼。再度睜開睡眼來到樓下一看，已是將近正午時分了。古義人覺察到昨夜他們喝酒並操作攝影機的地方已經被整理過了。

但是，古義人甚至都不願意過去查看一下，就穿過餐廳，背起放置在玄關旁的旅行用小背包並戴上登山帽，離開了「小老頭」之家。他知道，做早餐的材料已經用完了。通往「怪老頭」之家的路上，可以看到人影在灌木和茂盛草叢深處晃動，即使沿著大學村私有道路開始往西走去，後面也沒有傳來招呼聲，於是古義人繼續往前走去。

越過大學村的地界，一條南北走向的寬幅鋪沙道路出現在眼前。一旦天降大雨，坡道就如同河流一般，沿著這坡道，古義人的雙腳在被水流沖刷出的溝槽裏打著滑往上走。從那裏穿越國道後，便走上一條被高大杉樹圍擁著的、略顯昏暗的道路。在這條坡度緩和的上坡路走上大約二十分鐘，就來到了超市和小店鋪蝟集的地方。剛才穿越過的國道在北輕井澤街區的盡頭繞了一個大彎，便往淺間方向而去，而蝟集著的超市和小店鋪正對著這裏。

先前剛剛越過國道、從背後那條鋪沙路趕上來的汽車，便沿著國道轉彎駛去。看上去，好像是佛拉季米爾的那輛客貨兩用車。如果開車前往超市的話，這樣選擇路線是很自然的。趕到超市時，古義人停下腳步，向聳立著的兩棵栗樹和圓木房屋的展示場之間望去。他在想，乘坐客貨兩用車而來的繁他們或許正在那一帶。

雖說旺季已經開始，但由於泡沫經濟冷卻後的不景氣仍在持續，超市中的顧客也是稀稀疏疏的。古義人購買了食材和飲用水，還買了一瓶貼有陳酒標籤、產於琉球的燒酒。這與昨晚和繁喝酒、交談直到深夜的趣事直接相關，只是下次要喝的，就是這瓶燒酒了。

古義人並不是有條理地回想起繁所說的那些話。毋寧說，說著話的繁那醉得疲軟無力的身體不時閃現出的狂妄勁，使得古義人回想起與壯年時代的繁喝酒時的情景，並為此而感懷不已。

不過，古義人認為，要將繁設想出的小說第一部分中兩個老人的對話歸納為貝克特風格，就顯得如同繁的作風那般粗糙了。有一次也曾對他說起過，除了貝克特，無論是誰，都不可能體現出貝克特風格。可是，如果那麼做——比如在用攝影機拍攝的同時，兩個老人互相交談，傾聽並反駁對方的意見——的話，不就可以與一度死去並已前往彼界的他們、覺得是和自己一同返回到此界來的朋友們自由對話了嗎？而且，還可以用錄影帶記錄下這一切……

當然，攝影機並不能攝下從彼界返回來的那些朋友的姿勢，也無法錄下他們的聲音。不過，我們可以看見他們的姿勢，可以聽見他們的聲音。儘管難以讓攝影機感應到這一切，但我們如果重複自己耳朵聽到的那聲音，再與本人的發言對照起來，就可以留下那「對話」了。在昨天與繁的對話中，自己不就聽到了吾良所說的聲音、看到了他一個個瞬間的表情了嗎？假如攝影機能夠拍攝下我這邊對此的反應……

在原本打算作為試驗的這次攝影錄製的最初階段，圍繞與已故亡友生前進行的對話，古義人述說了伴隨著恐懼的感覺。那時自己清楚知道的，就是那種恐懼是在重新解讀已故學者亡友的書時被引發的。在那次重大事故發生之前，一直與古義人同住在森林中家裏的那位研究古義人的美國女性，曾引用加拿大文學批評家諾斯羅普・弗萊（Northrop Frye）寫過的內容，說是重新解讀就是對文本結構的內在關係進行閱讀，要把徘徊於語言迷宮中的閱讀方法改變爲具有方向性的探究。

古義人要重新解讀已故亡友的書。假如他因此而受到強烈刺激，在有生之年就該主題提出質疑並被要求回答……他在品味這些頭暈目眩般的想法。與此相關的是，針對和先行故去的朋友們一同歸來的自己按現在的思路提出的質疑，朋友將會開拓出新的天地。古義人在想像著這樣的對話。

至於重新解讀亡友的書，情況同樣如此。正是現在，自己就有著關於亡友一生的展望。在此基礎之上，與歸來的朋友展開的對話，恰好就是具有方向性的探究。自己完全能夠理解朋友所說——即使那是一種連攝影機附屬的話筒也無法感應到的細微聲音——的話吧。而且，那將實實在在地引導自己來到僅憑一己之力所無法到達的前方吧。

昨天夜裏直到很晚，在與繁一同面對攝影機談話時，自己首先感悟到的，便是吾良的實際存在。而且，作爲正在重新解讀之人的、具有方向性的探究所查明的……

在那種實感中，與歸來的他們進行交談。用自己的聲音重複他們每個人對自己所說的話。是的，就把這種方法作爲深夜中面對攝影機進行對話的基礎吧。如此一來，與歸來的死者們展開的對話紀錄，將會接連不斷地存留下來……

接下去，從某個時候開始，如同繁所設想的那樣，把那些錄影帶交由眞木用文字處理機加以整理，自己再閱讀經過整理的內容。這也像繁所指出的那樣，已然成爲自己的人生習慣，在將近七十歲的人生中，這是唯一贏得的職業技能。假如將那些文章加以改寫，與一度死去後重又歸來的朋友展開的對話，或許就會顯現出一種不可質疑的現實感……

這樣一來，自己在身受重傷以來喪失掉的、開始重新寫作的線索，不就正好被自己找到了嗎？並不是喝醉酒的繁一時興起說出的那個草率想法……

在與超市主體建築隔著一個院子、設有烤麵包房的麵包鋪裏，古義人買了此前也經常購買的「鄉下麵包」，量卻是平時的三倍。那是因爲清清說過，這種麵包比舊金山的好吃。古義人重新整理旅行用小背包中買下的東西後把背包背在肩頭，也是因爲加了酒瓶的緣故，竟比平日裏重了許多，卻好像反而使得他的精神爲之一振。古義人覺察到，在自己的身體內部，比平日裏要積極的某種東西，自事故以來已經在開始恢復。

穿過國道並走上杉樹林中那條下坡路後，古義人有意識地回頭看去，現在還能清晰分辨出的客貨兩用車駛出超市出入口，正加速往大學村那邊駛去。

「這到底是怎麼一回事？」古義人思考時不覺說出聲來。倘若是佛拉季米爾的車子，在自己離開「小老頭」之家來到此處的這條路線上，像是多次預測到自己的前進方向並每每搶在前面的那個人，也就只能是他了。難道他們有了監視自己行動的必要？

緊接著，古義人清晰地回想起醉酒之後的繁對著攝影機說出的行動構思的後半部分！

昨天夜裏，自己眞正感興趣的，是繁在訴說長年生活在美國期間的那些充滿苦難的日子時，說出的有關那部長篇小說第二部的話。當然，繁傾注了最大熱情的，還是他因此而結束在美國的生活，與年輕朋友們一同回到日本，準備進行大決戰的那個構思。那確實顯示出了繁的魔術師風格，但在自己來說，並沒有眞心接受的打算，只是將其作爲醉話而覺得有趣而已……

然而，倘若那就是繁的眞心告白，情況會怎樣呢？雖然他說佛拉季米爾他們的「日內瓦」尚未採用這個構思，但如果實際展開相應研究，並被「日內瓦」所要求的話？

今天早晨醒來後，繁肯定會爲自己幹下的事而愕然吧。然而，繁因此而尾隨自己卻又是怎麼一回事呢？

古義人逐漸加快步子，行走在下坡的道路上。在他的頭腦中，昨夜裏繁那可怕的——話雖如此，卻也含有不少可笑之處。事實上，自己當時三番兩次地笑了出來——講話神態已經復活過來。古義人在想，倘若不透過錄影帶確認繁熱切表演的那場荒唐無稽的鬧劇，便無法確定其中一些東西。由於冬季漫長時日的積雪而延遲放暑假的當地小學放學了，在那些身著防交通事故外套的孩子們的眼睛裏，會怎麼看待這個陷入沉思、並顯出發呆模樣的老人呢？這倒是不妨予以關注的，可是……

5

趕到「小老頭」之家地界的入口處時，隔著略顯茂密的灌木看去，只見繁正坐在「小老頭」之家陽臺上的木架上。這時，還很少見到居住在別墅區的人們來來往往，在這一片寂靜之中，繁不可能沒注意到自己的腳步聲，但即使走到近旁，他那上身前傾的姿勢也看不出任何變化。繁穿了一件褪了色的細斜紋布襯衣，外面套著格子西裝背心，顯現出不曾見過的「老人二世」神態。面對向自己打招呼的古義人，他只是抬起了浮腫的、淺淺的暗紅色臉龐。

「在栗樹那裏的超市，看見了佛拉季米爾的車子，你和他們走岔了嗎？」

「不，」繁無精打采地回答：「咱留在家裏了……」

「進屋裏說話？」

「在周圍轉了一圈，正在這兒休息……能給一杯水嗎？」

爲了打開大門上下兩道門鎖，古義人費了一些周折。鎖門時也必須發出很大聲響並用力才能關上大門。在閒置的這兩年期間，大門早已鼓脹或是彎曲變形了。該不是古義人鎖門時發出的音響，使得佛拉季米爾他們尾隨監視的吧？

繁蠕動著鬆弛如口袋般的喉頭喝著水，隨手把杯子擱放在木架上後，用小心翼翼的語調說道：

「昨天晚上，事先把門鎖上就好了。佛拉季米爾和清清來這裏接咱，在咱坐在扶手椅上睡去那陣子，他們看了監視器。在那時，咱也醒了過來……」

雲塊在岳樺、白樺、還有高出一截的松樹的樹梢對面飄浮著，繁彷彿眩暈似地抬頭看著那些雲塊。昨天夜裏就已經感覺到，繁的大鼻子上的毛孔比較醒目，在古義人的眼裏，這個形象正與早年爲修建這座房屋而再會時他那白皙的容貌重疊在了一起。現在的容貌，倒是與因長年生活在美國而形成的攻擊性生活態度相匹配，不過，沒有依靠並看不到前景的這種表情竟會如此這般地表現在這張面孔上嗎？古義人的內心不禁爲之而觸動。

「不知古義注意到沒有……醒來後你去了趟洗手間吧？當時，咱們還在看著錄影呢。因此，在你更衣下樓來之前，就急急撤回去了。

「那時，咱和你喝了個痛快，在高談闊論——一個勁兒高談闊論的，只是咱吧——的錄影帶，被佛拉季米爾帶回去了。對於可能給他們的運動帶來毀滅性傷害的情報、被咱們洩露到電視公司的人可以看到的錄影帶上去這件事，佛拉季米爾和清清覺得受到了打擊。」

「不過，拍下的不就是你所說的構思嗎？讓我重新寫小說的那個構想。我並沒有聽說佛拉季米爾和清清的運動是實際存在的呀。」

「什麼？咱不是對你說得很清楚了嗎？咱說了佛拉季米爾他們試圖在東京幹的那個、以及正呈報給『日內瓦』那事……而且咱——用過去的老話說就是——作爲同路人想要提供的戰術。佛拉季米爾和清清看到那一切而感到緊張，毋寧說，那也是很自然的。」

「你說的話並不是政治運動現狀報告那樣的東西。轟轟烈烈大幹起來的有關大決戰的話語，還有如同紙撚包火藥的小焰火那樣完結所引發的恐懼，這才是漫畫的腳本。當眞相信這一切，並跑去報告新聞媒體和警方之類的，這事並不是那樣的性質嘛。」

「古義，你所理解的就是這麼一些玩意兒嗎？作爲大模大樣的知識份子，你就這樣在聽我說的話嗎？在紐約實際發生了九．一一事件以後，你們這種知識份子認爲東京不會有人策劃像九．一一那樣的大決戰嗎？認爲東京不可能發生像九．一一那樣的事件嗎？

「果眞有些夥伴在考慮那種大決戰，而且正在爲此做著準備。古義，你的想像力衰退到了如此地步嗎？竟全然不考慮那種夥伴們所做的事。不管怎樣，昨夜你在聽咱說那些話時，看上去倒像是一個孩子氣的勇敢老人！想要追趕並超越佛拉季米爾和清清他們的老人！

「暫且不說你是否具有把咱的話語與現實結合起來的魄力，面對從咱口中說出的那許多話，而且，面對將其作爲當事者的證言而洩露給新聞媒體的可能性，佛拉季米爾和清清爲之感到愕然。咱覺得他們的這種反應並不是沒有道理！」

繁站起身來，把已然燒紅了的面孔朝向正面的粗齒櫟。在他的眼角處，汗或是淚的小水滴泛著光亮。接著，繁說起了全然沒有關聯的其他話題。

「古義，你把杜斯妥也夫斯基的書第一次拿到手裏的那個瞬間，咱看見了。

「爲了從上海到森林峽谷的那次旅行，咱母親定做了一個打開箱蓋就成書架的箱子。對於孩子來說，那箱子是過於沉重了，在上下船的時候便請服務員幫忙。在那箱子裏，裝著岩波文庫的外國文學經典。當時咱十歲，一本也沒讀過。前來幫我整理行李的古義你呀，向立著書架的地方看了一眼，就不由得把你的手伸向了《罪與罰》的書背。咱未予理睬。

「就是借給你，在當時那個年齡上，你也是不可能讀下去的。可是從那以後，咱就經常焦躁不安地想，那傢伙也許正在閱讀杜斯妥也夫斯基。這種情緒一直持續到高中快畢業時。後來，當咱終於讀完一本時，你對咱說：把杜斯妥也夫斯基全部讀完！時至今日，咱可還在繼續讀著。

「因而，咱就要向古義提起《附魔者》了。就連佛拉季米爾和清清、還有前不久來到東京的年輕朋友，也總是說起有關《附魔者》的話題。你知道被杜斯妥也夫斯基用為作品原型的涅恰也夫事件吧？佛拉季米爾他們之所以把上級組織稱為『日內瓦』，就來源於涅恰也夫說是帶回來的『日內瓦指令』。就是來自於巴枯寧的『把世界革命的火種引發的動亂，在俄羅斯全境展開！』的那條指令。

「即使《附魔者》中的彼得．維赫文斯基的指令書是偽造的，『五人小組』裏的夏托夫也是要被殺死的吧。咱認為，九．一一事件以後，在世界所有地方都有人舉著自己那一夥兒的『日內瓦指令』開展運動。即使他們的『日內瓦』什麼的只是幻影，佛拉季米爾和清清的運動卻是現實存在的。」

「接受了『日內瓦』指令的、佛拉季米爾的手下，會像對待沙托夫那樣，以可能洩露情報為由前來殺我嗎？」

「咱可沒說《附魔者》本身就是現實。不過咱可是說了，佛拉季米爾和清清他們呀，是人類中一個新的種族。」

「你是要把我引誘到那個新種族的圖謀中去吧，假如認眞看待昨晚的談話。事實上，纏住我的那個有著怪異之處的年輕人對此倒好像很起勁。不過，對於繫是佛拉季米爾他們的同路人一說，作為想像力已經枯竭了的老人，無論是昨晚還是現在，我都無法信以為眞。」

「對於咱來說，清清是一個特殊人物。排除佛拉季米爾這個人，咱就無法把清清帶到這裏來。但是事情並不僅僅如此。因為咱從不曾忘記，自己想要成為建築家的動機，是廣島和東京的那幅大廢墟全景圖造成的衝擊。」

6

那是同爲古義人舊友、建築家石崎信年輕時創作的全景圖拼貼畫。古義人陷入沉思，沉默了一會兒，稍後說道：

「現在我意識到了，」他接著說道：「昨天晚上，繁你獨自返回來以我爲對象進行拍攝，那不是你個人的心血來潮吧。如果說，你是佛拉季米爾和清清他們那個運動的同路人，那麼在這裏看見你與我的關係，他們肯定會感到不舒服的。說到從孩童時代開始的交往這個話題，新種族是無法理解的。

「所以他們就告訴你，要把原打算一起住到秋天的我完全拉攏進來。佛拉季米爾幾次提出三島問題時都把話題往那方向引，這其中肯定存在著某種緣由。在『怪老頭』之家的討論會上，關於這個問題的爭論是可能取得基本一致的看法吧？於是，你就拿出了眞正的幹勁，爲了向我提出這個問題，這才折返回來的吧？」

「情況確實如此。說起小說家呀，就是安排好場景然後進行推理。」繁說道。

「然而，繁你卻對我說過了頭。看了錄影帶後，佛拉季米爾和清清想到我有可能成爲告密者。如果你所說的他們那個活動計劃確實存在的話，他們是不可能不如此考慮的。

「雖然沒收了錄影帶，他們仍然懼怕我今天回到東京對媒體說出這一切。於是就尾隨盯梢，觀察我的動態了，是嗎？」

「……情況確實如此。」繁反覆說道：「清清他們的反應非常激烈。咱和他們一起重新看了那錄影帶。他們確實有具體的計劃，由於咱根本不瞭解來自『日內瓦』的指令，因而也就不可能很具體地說到相關事項。咱對他們說了，確實沒那麼做。

「咱對他們說，咱所說的，只是咱正考慮的那些事，唯有那些才是『老人的愚行』之夢想，難道不是這樣嗎？……咱對他們說，即使長江洩露給媒體，也只能被理解爲另一個『老人的愚行』……

「對此，清清是這樣反駁的。在咱對你說的那些內容裏，包含了清清他們本身的『五人小組』及『日內瓦』實際存在這件事。即使長江只是把這些內容洩露給媒體，大概也是不會被忽視的。因爲在這個國家的媒體界，長江是受到重視的……

「佛拉季米爾比清清的看法更偏激，他認爲，如果長江現在就離開輕井澤前往東京的話，清清所懼怕的事態就會發生；這個根據地就必須放棄；在向『日內瓦』報告這個事態的過程中，自己這些人的運動就被日本媒體報導的可能性無疑也是存在的；答覆這個報告的第一個 e-mail，恐怕就是『對於業已逃亡的長江，已經無可奈何。要處理掉爲建立根據地而工作的那位美國大學教授』；等等……

「咱再說一遍，佛拉季米爾和清清可都是新種族。假如你在栗樹那裏的超市的計程車站乘車前往輕井澤，咱就肯定不會平安無事了。」

「去超市買了早餐用的那些零零星星的東西，就這樣回來了。」古義人說：「對於這樣的我，他們會採取什麼態度？」

「他們害怕你從這裏悄然離去，會繼續監視的。早在你還沒起床之前，佛拉季米爾就把這裏的電話線給處理了。因此，咱給小眞掛去電話，說是『小老頭』之家的電話故障了，如有急事需要聯繫，就給『怪老頭』之家發來傳眞。如果有必要的話，你也可以使用那邊的電話。」

「這意味著我已經被軟禁在『小老頭』之家了嗎？」

「咱已經告訴佛拉季米爾和清清，說是你不可能忍受這種狀態。不過，不也是毫無辦法嗎？佛拉季米爾他們在監視你的同時，已經與東京取得聯繫。他們的援軍很快就會趕到的。

「古義，你認爲這是咱的被迫害妄想症嗎？」

「不，我並不那麼認爲。」古義人看到一輛與往常那輛客貨兩用車不同的、車身沾滿塵土的車子擋在地界入口處並正往裏開來。不管怎樣，自從這次重傷以來，定居在自己身上的那個有著怪異之處的傢伙所期待的，不正是眼前的這種困境嗎？

一個中年男人和四、五個年輕人從車上下來後，在佛拉季米爾的引領下，向這邊走來。繁看著他們，像是要讓兩人間的私下交談就此結束似地說道：

「咱只能說出艾略特的原詩——Think/Neither fear nor courage saves us。深瀨基寬是怎麼翻譯這一句的？」

「考慮一下吧／恐懼也好勇氣也罷，全都不能拯救我們。」古義人答道。

---

1 英語，意爲貓頭鷹似的。

2 英語，意爲忘卻。

第二部

死者們的交流用火進行

死者們的交流超越生者們的語言，用火進行——T・S・艾略特

第五章　曖昧的軟禁

1

連續三天，無論從外部還是內部，古義人的生活都因此而發生了變化。不過，情況是否掌握在第一天出現的中年男人及其屬下手裏，則是難以確定。之所以這麼認爲，是因爲他們即使是在暗處進行監視，畢竟沒有再度出現在古義人面前。古義人甚至在想，或許是繁在乘機實現他自己的構思？難道他想借此將佛拉季米爾和清清的上級組織予以神秘化？倘若果眞如此，繁就有可能大笑著說「那全都是笑話」……

總之，若說起外部變化，那就是繁讓古義人也熟識的、卡車上印著公司名稱的那家建築公司前來搭建鷹架，用以修理「小老頭」之家的屋頂。

繁看清楚佛拉季米爾和他們的援軍進入「小老頭」之家的地界時，從落葉上跳起來迎上前去，和走在前頭的佛拉季米爾交談了幾句，並沒有讓大家走近古義人所在的陽臺。他獨自一人折返回來，說是要古義人回到屋裏去。幾天以來，古義人不曾走出「小老頭」之家，因此，聽到了搭建鷹架的那家建築公司的年輕老闆與繁在陽臺上的談話。

「小老頭」之家並不大，與壁爐煙囱組合修建的屋頂比尋常別墅要高出一截，因而需要搭建眞正意義上的鷹架。搭建材料中的單管（鍍鋅鐵管）和板、以及用金屬加強了的鋪底板材，用載重量爲一噸半的小卡車運了過來。「把這些東西組合起來的金屬構件有兩種……」繁卻接過話頭指著建築公司老闆正在展示的東西說：「那叫 klamp，我們也把它叫作直高夾具和活夾具。」繁的話中表現出專業知識的一個側面。

鷹架的強度——構造整體的強度自不必說——必須達到相當程度，因爲工程一旦正式開工，屋頂的瓦將被全部卸下，計劃鋪在瓦下面的土也需要搬上去。建築公司老闆開始熱心地說明，繁卻命令他說，最上面那層搭好後，就去地界深處那座樓房的小倉庫，那裏存放著兩塊鐵板，把那兩塊鐵板也給抬上去。

面對這位疑惑不解的老闆，繁維持著自己的權威，告訴他，自己在美國的大學裏教授建築學，想在這裏試驗新的技法。

建築公司老闆又說，這裏是降雪較多的地區，但這家屋頂鋪的卻是沉重的西班牙瓦，當時承包了這工程的父親就曾說了其中利害，卻根本就不被對方所接受。繁便推諉地告訴建築公司老闆，那時設計這屋子的建築師就是自己。

建築公司老闆接著說，七月很快就要結束了，在整個八月裏，大學村將停下所有工程，因此，現在即使搭建鷹架不也沒什麼作用嗎？繁只說了：「由於漏雨，需要在夏季裏應急修理。」然後就結束了談話。

在鐵管鷹架的包圍中，引起古義人從內部產生變化的，首先始自與兩個年輕人的同居生活。

鷹架工程剛一結束，繁便再次考察了「小老頭」之家。建有壁爐的客廳深處、洗手間和浴室在通往二樓的樓梯一側，而原先爲眞木所使用的小房間則在樓梯另一側，兩者對樓梯形成夾持之勢。在小房間的東面，有一個鼓突出來的大房間，裏面有小明的寢室部分，還有一部分如果鋪上床墊便可成爲兩張客用床鋪，繁請求把那裏提供給兩個年輕人使用。

他還要求，把眞木那個小房間也提供給將要來到的女性。那位小姐將照顧兩個年輕人和古義人的餐事。他說，那兩個年輕人將於今晚到達這裏，他們並不是曾被佛拉季米爾召到這裏來的那些人。

緊接著，繁對古義人說：

「你把大門鑰匙拿出來。那兩個年輕人來得如果也很晚，他們大概不好意思把你叫起來。今晚就不讓他們向你打招呼了，直接讓他們進來吧。咱會把屋內的草圖發給他們。

「說是叫作大武和小武，兩個名字的讀音都是Takeshi，漢字則都是武士的武字……爲了有所區別，把歲數小一些的那個用片假名叫作小武。大武二十歲，小武大概十八、十九歲吧。他們只有兩個人，卻意氣奮發地要進行自我教育。大武呀，在你讀大學那陣子叫文二……現在則叫文科三類，據說他考入東大的文科三類，後來中途退了學，還讓弟弟小武停止應試。

「這類事情在美國可是司空見慣，不過在日本這個考試意識強烈的社會裏卻是稀罕事。他們是獨特之人，奈奧似乎留下了這樣的印象。這裏說到的奈奧，就是剛才提到的那個小姐，是咱的學生。現在，她正在東京準備博士課程。至於他們的關係嘛，據說，她是那兩個年輕人的保護者。如此行事的小姐，在這個國家裏也是不多見的吧。」

「這裏有一些多出來的寢具，那還是兩年前的夏天，千樫爲來這裏訪問的編輯而準備的。就把這些寢具取出來吧。」古義人答道。

雖說事態發生了變化，古義人的生活依然是坐在壁爐前的扶手椅中閱讀艾略特。這一天也是如此，正當他閱讀艾略特之際，繁從超市買來了食物，並前來與他交談。古義人絲毫不抱希望地認爲，自己思考的內容雖然不少，但眼前，也就是在佛拉季米爾、清清及繁他們明確表明將來的前途之前，自己即使考慮那些具體事情也只能是徒勞。繁引自於〈小老頭〉並要求自重的恐懼和勇氣，其實都是自己所擁有的，但現在根本不認爲這些能爲自己的行動做出些微的引導。

總之，就在他從藏衣室裏取出對繁應承過的那些寢具時，使得蔥蘢的樹叢開始陰暗的雨水下了起來。古義人有心察看說是千樫曾對繁說起過的漏雨狀況。當初，改建——包括在不損壞原貌的前提下進行擴建——工程施工之際，尤其是壁爐煙囪的周圍未經任何改動。負責這個工程的年輕建築家曾說，屋頂的連接處並不合適。一旦出現漏雨現象，首先受到影響的肯定是正下方的那個小房間。

如此說來，十五年前也是如此。古義人想了起來。改建一事始自於千樫的新設想，那就是把舊屋完全拆掉，然後重建新屋。古義人於是勸阻說：不過，還是要考慮到那是建築家椿繁初期設計的作品。他本人前來這裏看了這屋子。當時已是秋季，下起了小雨，因而白天裏也燒上了壁爐。入夜後，古義人爬上竣工時曾作爲書齋的小房間，小房間連接著壁爐的混凝土塔（煙囪發揮著俄式壁爐的功用）。古義人在那裏喝著兌了水的威士忌，一直喝到很晚。在那過程中，古義人注意到略帶熱度的混凝土表面竟冒出了水氣。那不是混凝土壁在出汗，而大概是漏下的雨水流到了這裏。古義人於是查看低矮的天花板，卻發現挨著混凝土壁的地方都已經腐蝕，一經觸碰，就大面積地剝落下來。

古義人避開那裏，靜靜坐下，一動也不動，覺察到和那個秋天的夜晚一樣，在什麼也聽不到的樹林裏，唯有耳鳴，卻從那耳鳴的深奧之處，聽到了無聲的喊叫。古義人下樓取來深瀨基寬翻譯的艾略特，儘管遠未到黃昏時分，卻把昏暗起來的小房間裏那個沒有燈罩的電燈泡點亮。那時也帶來了同樣的書。在拆毀「小老頭」之家以前，之所以閱讀曾爲建築計劃之源的詩歌，是打算與這個屋子進行告別。

現在，古義人想要完整閱讀那一節——看到佛拉季米爾領著那幾個身強力壯的傢伙從車上下來時，繁爲警告自己而引用的——詩歌。

恐懼也好勇氣也罷，全都不能拯救我們。違背自然的
惡德
產生於我們的英雄氣概。諸般美德
也因我們犯下的無恥罪行而被強加。

看吧！從悲憤之果的樹上抖落而下的這些眼淚。

接著，古義人掘出了新的記憶。被終行裏眼淚那個辭彙所吸引，當然，也有威士忌帶來的醉意，十五年前的古義人流出了眼淚。

十九歲那年冬天，在大學的學生協會書店裏買下這本書時自不必說，即使三十歲那年寫出〈「小老頭」之家〉那篇文章——後來成爲建造這座房屋的契機——的時候，自己也未能理解題爲〈小老頭〉的詩歌。眼淚就是因爲這個想法才流出來的。雖然沒能理解，卻感受到這首詩歌中存在著預言般令人驚恐的力量。所謂感受，不同於理解個中意味。古義人甚至在想，十九歲的自己未能領會那詩句倒不失爲一種幸運。直至建造這座房屋時，自己和繁才開始領悟到，對於兩人各自的人生，這首詩具有預言性意義，從而一點點地領會了那詩句。

後來經過一些歲月，古義人意識到，早在十五年前，「小老頭」就已經定居在自己的內心裏了。他之所以打消拆毀這座房屋的念頭，並說服千樫把工程限制在略微擴建的範圍內，是因爲他在想，儘管不能據此認爲自己完全理解了這詩句，但這首詩卻將因此而在自己的內心裏扎下根來，它今後也肯定會像樹木那樣枝葉繁茂、樹幹粗壯。在自己前行的途中，倘若那一天、把下面這節詩果眞作爲自己的東西而接受的那一天到來——

新年又在等待春天
猛虎基督往這裏而來。

如此懷著可憐的期待並流淌著淚水，即使過去了十五年，

新年裏猛虎跳了出來。將我們，吞噬。

也從不曾有過如此體驗，現在，已然成爲一個沒有信仰的小老頭。古義人在想，在自己的內心裏，較之於五十來歲——那般帶著醉意哭泣、像是在苦口勸說遠方的某人——時的自己，現在更覺得淒涼。

2

這一天將近傍晚時分，兩個年輕人出現了，由於仍在下雨，周圍一片昏暗，卻還沒有黑透。古義人當時有所感覺，便從壁爐旁的窗子望去，只見在繁喝醉後時常站在那兒朝屋裏觀望的粗齒櫟前，他們正撐著雨傘注視「小老頭」之家。

其中一個是體格健壯、身材高大的年輕人。他穿著沒有衣領的深藍色夾克衫和灰色長褲，雖然融於昏暗之中，卻還是能看出一隻腳脫去了鞋子，正擱在另一隻腳的鞋面上……與其說是爲了長久站立在那裏，不如說他本身似乎就是這麼一種性格，藉這種方式享受愜意。

另一人肩膀寬壯，是一個中等身量的清瘦青年，濃密的頭髮竟使得額頭看上去窄了不少。此人看起來像兄長一般沉穩，正在那裏等待時機，以便開始他們的行動。他在暗紫紅色的T恤衫上罩了一件更顯黑色的長袖襯衫，下身穿著一條棉布長褲。

這時，身材高大的年輕人將原本倚靠在粗齒櫟上的後背——正因爲採取了如此姿勢，才可以單腳站立——抬了起來。看上去，這只是他依據自己的感受而做的相應調整，但其實是在配合另一人的動作。他想要

趕上先走的同夥，然而把那隻腳插進鞋裏的動作卻耽誤了些微時間。儘管如此，他還是拎起兩個旅行提包趕了上去。

在這兩人走上陽臺之前，古義人已經打開大門在等候了。身材高大的青年先於同夥脫去鞋子後剛進入室內，便放下旅行提包寒暄起來。

「我是小武。繁先生說是已經和您說好了。從今天晚上起，就要承蒙您關照了。」

緊接著，跟在他身後的那位年歲稍大的年輕人說道：

「我是大武。從八月開始，將在輕井澤的餐館工作。聽說您把房間借給了奈奧，只是奈奧要晚兩三天才能來……」

古義人把兩人讓了進來，從大武手裏接過濕漉漉的雨傘，俐落地收起雨傘後，插在已插有自己雨傘的傘架上。在這過程中，大塊頭的小武毫不掩飾自己的興趣，他看著古義人。在洗手間和浴室前，古義人對他們表示了自己的意思，說是在大房間裏，兩人可以自由選擇位置，他還指示了放有寢具的床墊。暫且把他們安頓在房間裏後，古義人便去關閉大門。大門上有因雨水而膨脹出來的地方，使得門扉在關閉時發出很大聲響。在被安排好的房間裏說著話的兩個人，似乎在爲這個安排而吃驚。剛才寒暄時還顯得悠然自得，但終究還是另有一種緊張。

古義人把事先用咖啡機煮好、加入滿滿咖啡的咖啡壺，還有繁送來的奶酪和火腿及麵包全都送到餐廳的餐桌上。那兩人在洗手間的洗臉室裏安靜地處理好了洗手等瑣事。

古義人在美國的大學短期停留時，大多是向學院或系的俱樂部借出小而整潔的房間，而且只有早餐可以在一樓或地下室的自助餐櫃檯取用。在那位名叫奈奧的小姐來到之前，自己只須發揮那種場所的管理人的作用就可以了。古義人這樣想著，同時等待新來的投宿者露面。

兩人出來時，大武身著淺黃色棉織長袖襯衣，小武仍穿著剛才的服裝，但扣上了罩衣上的鈕扣，顯得衣著整齊而俐落。古義人邀請兩人共進已經準備好的簡單晚餐，而他們兩人接受邀請的方式則自然且愉快。小武把疊在餐桌上的盤子分發在各人面前，然後把放著塗有奶酪的火腿的大盤子和盛著麵包的小籃，推到三人都方便取用的位置。這種順暢的動作使得古義人相信了他們是餐館打工人員的說法。

「我想，您已經從繁先生那裏聽說了，」大武說道：「我們和奈奥一同前來，用餐的事將由奈奥負責，所以，本來打算不給長江先生添麻煩的。」

「奈奧的烹飪可棒了！」小武不慌不忙地接著說道。

「繁大概已經說了我們之間的關係。不過，來到年齡差距如此之大、而且完全陌生的人身邊，你們剛才感到拘謹了吧？」

小武將充滿活力的視線投向大武，彷彿覺得這句話比較滑稽，因爲遭到軟禁的是對方，感到拘謹的不應該是自己一方。大武沒有理睬他的示意，轉向古義人說道：

「小武和我曾聽過您的演講。

「是那個叫作『駒場杜斯妥也夫斯基之會』的小組主辦的。我並不是學俄語的學生，而且，當時還是高中生的小武也受到了邀請，當時我以爲這是一場很專業的演講，因此感到有些緊張。但是，您提到了杜斯妥也夫斯基作品裏的人物中您所喜歡的那些人的話題，我也因此而輕鬆下來了。

「由於小武很喜歡讀《附魔者》，因而覺得您的話語特別有趣，我也因此而再度被吸引到《附魔者》中去了。」

「你們與佛拉季米爾比較親近嗎？最近，和繁他們吃飯時，佛拉季米爾提起了《附魔者》。」

「由於以前就很喜歡讀《附魔者》，所以我認爲小武的閱讀方法是獨特的。包括他喜歡的人物在內……」

的。」

「基里洛夫。」小武用挑戰的眼神回答。「曾經這樣問過佛拉季米爾，卻被他嗤之以鼻。在天眞的夥伴中，基里洛夫很有人氣，我們高中裏有的傢伙也公開宣稱喜歡基里洛夫。本來以爲你們不想問這個問題的。」

「那是誰？」

「不妨說說你自己究竟喜歡基里洛夫哪點。」大武建議道。

「斯塔夫洛金不是在那個住著好幾個家庭的大屋子裏訪問過基里洛夫嗎？在〈夜〉那一章裏。基里洛夫用紅皮球哄逗房東家親戚的嬰兒。因此，斯塔夫洛金就問他：『您喜歡孩子？』回答是：『喜歡。』『所以您也愛人生？』『是的，也愛人生。』經過這些對答後，斯塔夫洛金追問道：『您已經決定用手槍自殺，難道這也是愛人生？』基里洛夫便反問道：『但您爲什麼要相提並論呢？』這段對話簡直太棒了！

「接著，基里洛夫說到人們不知道自己是好人，因而人們就成了不好的人。他表示，人們有必要知道自己是好人。他還說，如果人們知道自己是好人，就不會去強姦幼女。這些話說得眞是光明磊落。然後，他對無法正面回答的斯塔夫洛金說：『請想一想，您在我的人生中具有何等意義啊！』對方卻只說了一句：『再見，基里洛夫。』……

「當基里洛夫終於要自殺時，彼得爲了掩飾他們那夥人的罪行，前來確認基里洛夫是否眞的被利用了而按照約定寫下假遺書……我認爲，即使在現實社會裏，也很難遇上這種駭人聽聞的卑鄙和下流……當時，基里洛夫不是對彼得說了嗎？……把那個寶貴的紅皮球、給我！」

「紅皮球呀，是啊，彼得把它放在屁股後的口袋裏出去了。」這激起了古義人新的興趣。

小武打岔說：「是那樣的……」

「我喜歡夏托夫。」大武說道：「他也喜歡孩子，當拋棄自己離家出走很久後又回家來的妻子要生下她與別的男人的孩子時，夏托夫盡心盡力地照料妻子。他也曾對斯塔夫洛金說過：『在我的一生中，你是一個具有重要意義的人。』說起來眞遺憾……他也和基里洛夫一樣，在斯塔夫洛金身上感受到了相同的不安。他對斯塔夫洛金說：『你是否引誘過少女並使她們墮落？這是眞的嗎？如果是眞的，我就殺了你！就在此時此地……

「夏托夫說他相信俄羅斯的未來，我認爲的確如此。長江先生，您在演講中卻說，夏托夫相信的俄羅斯的未來不曾到來，即使作爲世界的未來也沒有到來。您現在還這麼認爲嗎？」

「我認爲，至少在我死去之前，那個未來恐怕是不會來的。」古義人說。

「所以您才想到，要和繁先生……在死前……幹點兒什麼？」

「說起和繁幹點兒什麼，那個什麼還很不清晰。」

「不過，無論是讀過的情節還是曾聽到的話，你們記得都很清楚呀。」

「您在那次演講中不是還說了嗎？——不能正確地記憶，是一件極其糟糕的事。」小武說：「長江先生，您喜歡誰呀？」

3

「年歲和你們相仿時，對斯塔夫洛金產生了興趣，不過後來就討厭他了。那也是因爲一個簡單的事由……斯塔夫洛金的法語說得很巧，書寫俄語時卻對所犯的錯誤滿不在乎。就是這一點！

「關於那個斯塔夫洛金，不久前與妻子說起這個話題，卻發現一件意外之事。（『就是塙導演的妹妹。』小武說。）說是這個吾良呀，在高中一、二年級那些早熟的朋友裏設計了一個遊戲，就是把《附魔者》中的人物比作自己。她說，吾良對應的是斯塔夫洛金……

「吾良由於是才貌兼備的美少年，因而在朋友間受到特別對待，是有可能被委以斯塔夫洛金這個角色的。不過，我不認爲高中生吾良只是那種被動承受這個角色而沒有自我意識的傢伙。

「吾良自身存在某種東西，也就是他感到斯塔夫洛金與自己相近的某種東西。後來他意識到，是護士這個因素。說起來，對於杜斯妥也夫斯基來說，護士不是一個特殊的角色嗎？

「在《罪與罰》裏，一直跟隨拉斯科尼科夫來到西伯利亞流放地的蘇妮雅，就被拉斯科尼科夫身邊那些囚徒依賴著，雖然拉斯科尼科夫本人是個萬人嫌，但最終居然有人前來找蘇妮雅治病。我無法閱讀俄語原文，在借助英譯文本讀到那一段時，注意到蘇妮雅對他們的 tend to[1]。她扮演的不是醫生，而是護士。

「在《卡拉馬助夫兄弟們》裏，前來拜訪曹西瑪長老的貴夫人的對話中，作爲護士的奉獻志願這種信念，也有戲劇化的描述。

「你們當然也很清楚，斯塔夫洛金與母親的養女在瑞士逗留期間發生了性關係，後來又把她拋棄了。他對那個女孩說，自己如果走投無路的話，請她作爲護士到身邊來。事實上，他確實在窮困潦倒後從藏匿之處寫了一封信，要求她『到我這裏來！』。當養女和母親正要趕往那裏時，斯塔夫洛金已經在絲帶上塗抹肥皀後上吊自盡了……

「從十六、七歲那時候起，吾良在遇到很大麻煩的同時，邂逅了一位一直爲他扮演護士角色的女朋友，此人後來甚至成爲他一生中的女性形象。也就是說，吾良把那般需要護士的斯塔夫洛金與自己重疊了起來。我是這麼認爲的。」

「搞吾良導演的自殺，是因爲那位收到信件的護士沒能趕過來嗎？」小武問道。

「這不是說，把護士限定爲人生的最後一人了嗎？長江先生……」

大武這樣說道。他的話讓古義人再度感到新奇。在大武身上，似乎越發顯現出不可預測的性格。

「假如長江先生參加了那個遊戲，」大武把矛頭轉向古義人，「不僅在年輕時，包括已經步入老年的現在，假如被邀請參加那個遊戲，您將接受《附魔者》中哪個人物？」

「彼得的父親斯捷潘先生。」古義人隨即答道：「斯捷潘先生是貫穿《附魔者》全書的一個悲慘角色。也不知是儘管如此還是正因爲如此，我就是喜歡他。有人說，他是四〇年代的俄羅斯自由主義代表人物的典範，而彼得所代表的則是與其對立的、六〇年代的虛無主義者那一代。恰好作爲父親那一代……

「他終於感到絕望，從長年保護他的斯塔夫洛金母親的住宅裏逃了出去。當然是漂泊不定的生活，很快就發病，發現了可以看護他的人，連續幾個夜晚對那個販賣聖經的女人說個不停。就是這樣的梗概。說話的內容也帶有戲劇性。

「不過，我認爲其中卻表現出了杜斯妥也夫斯基很大的肯定性。《附魔者》的版本大多以斯塔夫洛金的告白爲最後章節，把讀者的內心弄得漆黑一片後再結束全書。我覺得，還是不採用這種閱讀方法爲好。

「尤其是斯捷潘先生請販賣聖經的女人爲自己朗讀路加福音書第八章的那部分……被群魔纏身的豬群溺死的那部分。緊接著，可憐的斯捷潘先生又繼續說話。你們如果再次閱讀《附魔者》，就仔細閱讀這個部分……」

「在長江先生看來，我們就是被群魔附了身的豬，」大武說：「而斯捷潘先生本人，由於是信奉自由主義的那代人，因而自覺到同樣是被群魔鑽進了身體的豬，是嗎？」

「作爲長江先生的自知，你自己也是自由主義——說是戰後民主主義的也未嘗不可——的人，但你是業已悔改的豬嗎？」小武說道。

「我認爲並沒有把群魔完全驅除乾淨。對於斯捷潘先生所說的以下這段話，我很有同感。

「我呢，或許就是走在最前面的那個領頭的。於是我們瘋狂，被群魔纏身，從崖頭跳入大海，全都溺水而死。那是我們理當前往的道路。為什麼？因為我們所能做的，充其量也就是如此。」

「長江先生，您可不是走在最前面的那個領頭的，如果說是繁先生的話，或許還有可能。」小武說道。

接下去，大武以仔細閱讀了《附魔者》的人所特有的、可稱之爲冷靜的沉著態度發言：

「斯塔夫洛金請求護士予以救助。而斯捷潘先生直至病危前請其爲自己朗讀聖經的那位販賣聖經的女人，也曾在彼得堡當過護士，書中是這樣寫著的。如此一來，斯塔夫洛金、塙吾良和斯捷潘、還有長江古義人的線不是也有相交之處嗎？假如長江先生擁有可以依賴的護士的話……」

雨繼續下著，窗外一片漆黑。小武機敏地把頭剛一轉向窗外就說道：

「繁先生的護士可是警告我們了，大武，我想起了她說的那句話——即使長江先生邀請你們喝酒，也不要接受。但我們本來就不喝酒。」

樹叢中的黑暗裏，有人把手電筒的光柱照向地面緩緩走來。打著手電筒的那人確實是清清。不過，就連這兩個年輕人竟也看出清清就是繁的護士！古義人這樣想著。

繁的根據地迎來的這些年輕人好像相當不好對付並擁有實力。可是，古義人體內那個有著怪異之處的年輕傢伙，卻發現自己樂於如此感受。

4

大武和小武返回他們的活動範圍——那裏有小明觀看古典音樂節目的電視機，還有音響裝置——後，古義人所要做的事就與此前毫無變化了。坐在壁爐前的扶手椅裏拿起了讀書卡片。然後喝了一個小時的酒，並沒有深醉，上了二樓便躺在床上。樓下的年輕人發出的響動及說話聲都很自然，不會妨礙自己沉入夢鄉。只是古義人滅了燈後還是無法入眠。在這過程中他注意到，深夜裏獨自躺在森林裏所感覺到的、像孩子那樣對黑暗產生的恐懼，此時卻不見蹤影。是那兩個爲監視自己而來的年輕人帶來了這份安心。這時，一個思緒卻出現了，那就是繁不把他們介紹給自己便出了門，這是爲什麼？

該不是因爲繁對糾紛感到厭煩，便把自己扔在這裏，而他本人卻回聖地牙哥去了吧？古義人遊戲般地如此想著。這種考慮使得對繁的、早已休眠了的懷念又復蘇過來。是啊，除了繁以外，目前還不曾對任何活著的人有這樣一種感情。

繁和自己確實是couple。這個英語單詞，是古義人在美國批評家用挑出他小說固定樣式的方法批評他小說的文章裏發現的，pseudo-couple，奇怪的一對。古義人還意識到，這個詞最初出於貝克特的小說《無名的人》。老年的自己躺在黑暗中安靜呼吸的處所，正是繁設計建造的「小老頭」之家。同時，如果不是繁，也不會有人使自己陷入這種奇怪的窘境之中。而且，與那兩個送到身邊來監視自己的年輕人之間，也會因爲不乏愉快且充滿令人擔心的、含帶譏諷的交談而忘記時間。難道每逢繁闖入自己的生活時，情況都是如此？從戰爭結束前他來到山谷裏的第一次見面時起……

古義人驀然感到一陣驚悸，不禁在黑暗中睜開了眼睛。

九歲那年夏天，古義人沿著自家屋旁那條圓石鋪就的狹窄坡道往下走向河邊，將身體沒在河水中。水流在撞擊岩石的地方沖刷出一個深潭，在岩石的水下夾縫內有一個明亮的地方，大群石斑魚在那裏逆著水流游動。聽年歲稍大的孩子們說起這事後，古義人也想去那裏看看。一天早晨，他下了決心，從上游順流而下，吸附在大岩石上，然後倒過光裸的瘦小身體，頭朝下向岩石夾縫裏窺去……在接下去的那個瞬間，頭頂和下巴驀然被岩石叼住，自己便手忙腳亂地掙扎起來。於是，一雙顯出強悍力量的手腕抓住雙腳擰了一小圈，使得自己回到了自由的水中……

從剛脫險時起，古義人就隱約感到那是母親在解救自己。不過，最終相信這確實是母親所為，卻是在去年身受重傷那生死懸於一線的關鍵時刻。當時，恰好也有一隻眼睛在自己的上方看到了這個情景。可是，那天早晨是誰看穿了古義人的意圖，並把這消息通報給母親的呢？難道正是這情報，才使得母親追趕那愚蠢兒子的嗎？

現在，古義人終於解開了長年以來的這個謎。那人一定是繁！一定是那年春天獨自從上海來到山谷裏、住在「上海阿姨」家裏的繁！

「上海阿姨」家位於可以環視谷地全貌的高岡上，可以監視從沿河的街道至河岸的岩石和沙灘上孩子們遊玩的場所。剛開始的時候，古義人和加入到村裏孩子世界中來的繁還保持著良好關係，但很快就結束了這種關係的古義人發現，倒是自己漸漸處於孤立的境地。山谷裏的所有孩子，全都成了繁的手下。

早在繁還沒有回到山谷裏之前，古義人就一直在收集以下情報：如何尋到那塊大岩石？把手指扣在岩石表面凹處後，如何確保準確的位置？還有，如何深潛下去並對準岩石上的夾縫？孩子們大概都知道古義人一心想要冒險的事。集中在「上海阿姨」家的孩子們監視從古義人他家下坡後通向河灘的道路，甚至也會是他們慣常的遊戲吧。

於是，在這誰都還沒下去游泳的大清早，少年用揉爛了的艾蒿葉片擦拭著模糊的潛水鏡片，同時邁著沒把握的步子往大岩石走去。看準這情景後，繁便讓手下的少年趕緊跑去古義人家通報……

然後，繁大概向孩子們發佈了禁言令。因為這樣做本身，足以讓他滿足對於權力的感覺。少年想讓這個將來會為自己而死的對手繼續活下去。每當在街道或運動場上看到這個可憐的傢伙時，也肯定會讓自己擁有一種優越感。而且，對於自己曾救助過的弱者，繁該不是一直自覺到一種保護意識吧？雖說長時間斷絕了交往，但繁還是爲古義人——前景尚不明了、剛剛起步的新進作家——送來了「小老頭」之家的計劃。在他的身上，依稀看到了這一切……

「或許確實如此。不，就是這樣吧！」因著獨自生活形成的習慣，古義人說出了聲。

彷彿在回應他的話一般，在嚀嚀作響的絕對寂靜中，又出現一個新的裂紋：

「啊——、啊——」是年輕而哀切的聲音。

另一個對其進行哄勸的穩重聲音在持續著。應該是小武被噩夢魘住，大武在一旁安慰。古義人這樣想道。於是，他第一次意識到了同住在一個屋檐下的其他人，在內心裏這樣說道：

「無論爲了吾良還是爲了篁，我豈止沒把自己置於險境之中，而且，我甚至不曾爲他們而犧牲過工作的進度。對於繁來說，情況就更是如此了……

「來到北輕井澤以後，與繁一起喝酒，並樂於聽他說出計劃的眞實情況，這是事實。不過，我那是認眞的嗎？活生生地接受了這一切的，是寄居於我體內的那個有著怪異之處的年輕人。」

古義人再度合上眼睛並翻了個身，肯定已然沉入睡眠之中，卻從內心裏盼望或許已經離去的繁和死去的朋友們一同歸來。

---

1 英語，意爲照料。

第六章　三島＝馮・佐恩計劃[1]

1

從豎在廚房窗外的鷹架的鐵管間，傳來了清清打招呼的聲音。開課閱讀艾略特的那些日子裏也不曾出現這樣的事。大武和小武前往輕井澤的店鋪上班後，古義人起床開始做早餐。猜想是清清先登上陽臺並從那裏招呼，後來還敲了大門，卻沒被古義人覺察，這才繞到後門來的吧。

古義人正在煎蛋，聽到動靜後便從平底鍋上抬起眼睛，於是看到了站立在枹櫟樹叢中的清清。也就是說，是有了急事。從大門出來一問，被告知是眞木來了電話。古義人趕緊走出屋子，追趕著快步行走的清清。她腳穿繫著皮繩的涼鞋，不同於日本人的、光潤的腳後跟上沾滿了草葉。

「小明需要接受泌尿科的檢查。」眞木說：「媽媽講了，希望帶他去醫院。已經和醫院預約了，是明天上午十點鐘。」

即使「能否及時趕回東京」這句話只是形式上的徵詢，但根本不問才是眞木的作風。古義人在考慮目前這種奇妙狀態下讓繁——也就是讓佛拉季米爾和清清——理解這事時的麻煩，但嘴上卻應承道：「今天晚上趕到東京。」

聽了這個回答後，眞木彷彿與她本人的不安作鬥爭似地報告了這幾天以來的經過。最先發現小明聽ＦＭ時半起半蹲著的，也是眞木。當向她細問小明爲什麼既不坐椅子也不坐在地板上時，眞木回答說：

「他感到睪丸裏面疼痛。因此就爲他感到擔心，反覆盤問之下，他就不高興了……後來到了晚上，小明去上廁所，卻突然『啊！』地一聲叫了出來……媽媽過去一看，便器裏一片血紅。因此就等待看病的日子，和伽傑特大夫(長期受其關照的主治醫生，與木偶戲電視節目裏的奇人相似，因而眞木和小明便這樣稱呼他)商量了血尿的事情。」

古義人接聽電話時，清清在肯定能聽到他說話的廚房裏準備茶水。然後，她便招呼二樓上的、像是也在窺探動靜的繁，放置好兩人份的紅茶後，就回到自己的房間去了。並不見佛拉季米爾及他叫來的那些援軍的動靜。

「小明需要到泌尿科，他不允許別人接觸他的性器。因此，今天我必須趕回東京去。」古義人單方面地這樣說道。從繁的面部表情可以看出，剛才他一直在伏案工作。古義人繼續對他說：「不一起去嗎？千樫和眞木會高興的。」

「……並不希望那樣吧？」繁說著，猛然把頭往後仰去，以表示對於清清和佛拉季米爾來說是那樣的。

「這兩個不知道要幹什麼的老人，假如像情人那樣挽著手臂出遠門的話，怕是難以讓人放心吧。」

「不過，我可是要回東京去。」古義人說道。

「Don't be terrifying.」繁說。古義人在想：說的是「別威嚇我」嗎？

「那麼，可以等到幾點鐘？」

「今天晚上只要從輕井澤坐上特快就行了。我可以服從你們軟禁我的想法，但這件事不同尋常。只要我不在場，如果有人想要觸碰小明的性器，即使那是醫院裏的人，也會非常麻煩。可是問題在於他們必須觸碰檢查，但小明卻不知道個中原由……」

「……讓大武和小武在午餐營業時間後收拾完店面就提前回來，做好與古義同行的準備工作。

「不過，古義，你可是沒接受過如何控制自己不發火的訓練，還是和在森林裏當毛孩子的時候一樣。已經將近七十歲了……眞是讓人吃驚。」

2

大武和小武透過網路向計程車連鎖店租來的車子……不會開車的古義人並不瞭解其中詳情，這是一輛本田新車。在離傍晚高峰期還有一段時間的高速公路上，小武以非同尋常的高超技術超越了前車。古義人猜測，這兩個年輕人或許有什麼動機而必須搶在警車前面，大概會是這種動機吧？

剛一抵達成城的家門前，古義人和大武便抱著各自的寬底旅行提包下了車。先前駛出高速公路時曾用小武的「手機」通知了眞木，現在眞木坐進助手席，引導車子駛向車站附近的計程車連鎖店停車場。關於兩個年輕人與自己同行的理由，千樫肯定已經從繁那裏聽說了他所能傳達的一切，因此古義人並未予以說明。剛才坐在起居室裏的大武及被眞木帶回來的小武，都向千樫自然而得體地表示了禮節。認生的眞木只是帶路前往停車場，她與小武大致算是同代人，表現出的那種同代人的交往方法令人覺得新奇。

不過，小明不僅對兩個陌生人，即使對父親也毫不掩飾自己的憂鬱。古義人落座於背對著庭院的那張扶手椅上，他在東京時總坐在那裏工作。左側的沙發上坐著大武和小武，千樫和小明則坐在往右側拐過去的沙發上。小明深深低垂著腦袋，對於端上茶來的眞木，他也只略微瞟了一眼。

「他就是小明，聽繁說起過吧。」說了這句話後，古義人便對兒子說了起來，「小明，明天早晨去醫院時，要請這兩人中的小武開車。爸爸和小眞也一起去。雖然是沒去過的醫院，但伽傑特大夫爲我們寫了介紹信。我們要去的，是泌尿科吧？」

「我想是的。」小明仍然擰著腦袋回答道，像是要把額頭貼在桌上一般害羞地低下頭。

「因爲是第一次去嘛，小明，」端著托盤站在旁邊的小眞鼓勵著，「爲了在醫院裏不會看錯，還記下了泌尿科這幾個漢字呢。不是還查看了字典嗎？因爲旁邊也標注著HITUNYOUKIKA[2]，小明不是還說了諧音的雙關語嗎？」

「說的是什麼笑話？」古義人也附和著問道。

「不是說了『我要HITUNYOU[3]。』嗎？」千樫從中周旋著。

只有小武像是感受到了愉快似地笑了起來。寒暄告一段落後，千樫便讓小眞把小明帶回寢室。

「眞是不得了啊。」收起笑臉的小武用充滿眞情的聲音說道。

「你們也讓我感到不得了啊。」古義人孩子氣地對應道。

「聽繁叔叔在電話裏說了，這兩位和你一同生活在『小老頭』之家，我想，兩位年輕人要多操心了，像這樣陪護著一起到東京來，也是如此。」千樫說：「晚餐以前，就請兩位客人在這裏休息。你要去二樓整理那些郵件及寄來的書嗎？明天還要返回北輕井澤吧？」

「是啊，就這樣吧。」古義人振奮起精神，接著說：「大武和小武他們對《附魔者》有興趣，小眞，你領他們去看書櫥裏與杜斯妥也夫斯基有關的書籍。如果發現了感興趣的書，帶到北輕井澤去也沒關係。」

3

古義人和小明、眞木還有小武共四人，來到大學附設醫院門診部，候診處位於溝通四面八方的交通要衝，四人在牆邊的長椅上坐了下來。小明低垂著大腦袋，顯出中年男人般的鬱悶神情，平日裏表現出的那種超越其年齡的不可思議的幽默，今天卻絲毫不見蹤影。

由於來得太早，原以爲會被最先叫到診療室去，因而感到一陣緊張。然而，廣播開始呼叫三十分鐘後還不見叫到小明，小武便前往掛號室窗口詢問情況。

這種精明靈活，與因事乘坐輕軌列車去了東京都中心的大武那種沉穩形成鮮明對照。不過，在昨天的晚餐中，就「小老頭」之家的設備等話題與千樫進行實質性對話的，卻是大武。至於小武，偶爾也會對眞木和小明說上幾句像是年輕人的話題，卻只引出對方極爲有限的應答。

「介紹信的收信醫生是一號診療室的名醫，說是正在收拾整理。」小武回來後向眞木報告，「要注意『小明君，請進一號診療室』的通知。因爲，如果喊的還是別的名字，我就去提意見！」

已經沒有這個必要了，廣播裏響起了小明的名字。由於要見的不是熟識的大夫，小明臉上露出了憂鬱的神情，卻還是帶著這副神情堅決地行動起來。眞木陪護在小明身旁，古義人也跟了上去，只留下小武一個人。

看診的醫生五十來歲，是個身材瘦小的男人，他身著白衣，在面對窗口的辦公桌前讀著介紹信。介紹信像是以商用便箋寫成，印著粗重的格線。桌旁有兩把並排放置的椅子，一個身量高大、胸背厚實的護士讓小明和眞木在椅子上坐了下來。古義人則多少離開一些，站立在他們後面。

醫生讀完介紹信後，並不理會古義人在點頭致意，將目光轉向了小明。他先簡單問了諸如情況如何之類的話語，然後便放低聲音詢問起了細節。小明擺出一副姿勢，想要認眞回答問題，但這似乎不是小明能夠準確回答的問題。

較之於小明本人，眞木顯得更爲緊張，她向大夫述說了小明身上的變化以及觀察到的情況。雖然是第一次來到泌尿科，但眞木的回答卻好像她早已在這裏往來二十多年了。古義人覺得，她已經向醫生述說了必要的內容。小明也熱心地傾聽著，不時點頭表示贊同。

依然沉默不語的醫生向護士做了一個手勢，在一間比診療室寬敞的房間的深處，護士走在前頭，把罩衣和長褲腿的褲衩遞給小明。在眞木的招呼下，小明異常俐落地脫去襯衣，露出寬厚的後背，向前彎下身子換上短褲。接著，他按照經眞木翻譯的護士的指示，躺倒在病床上。醫生照例不看古義人一眼，逕直走到病床前站住。古義人認爲這是在讓他回避，便俯視著樓下種有一株百合的方形院落。

這時，古義人覺察到某種不尋常。他轉過身來，只見躺在病床上的小明將左手從面對他的醫生腰側伸出來，握住了護士的右手手腕。護士彎下被醫生的背部遮住一半的上身，從裙下露出的兩腿用力挺著。

護士將左手移到右手手腕上，把小明的手腕從自己的右手上掰下來。接著，古義人好像聽見護士向醫生問道：「general anesthesia[4]……」。

熱血湧上頭腦的古義人走上前去詢問道：

「請問，要進行全身麻醉嗎？當然，你們會請麻醉師到場吧？」

醫生轉向古義人，只見留下明顯手術痕跡的那張氣得脹紅了的面孔逼近過來，醫生不知如何是好。倒是護士表現出滿臉抗爭的怒氣，向古義人反擊道：

「連預約都沒有，怎麼約定麻醉科的醫生？你，在想什麼呢？這個患者到泌尿科來，究竟打算治療哪裏？

「我呀，心臟有問題，一直在吃防止血液粘稠的藥物。明天我的手腕就會一片紫黑。那個什麼力氣的！」

「傻力氣與智障者之間，有什麼關係嗎？」眞木詰問了護士後，便向小明發出指令：「好啦，起來換衣服吧！」

走出診療室後，在走廊裏並未看到小武。對於小明來說，即使有未能接受診療的憤懣——其中也有針對他自己的成分——，還帶著因那種對待自己的方式而產生的憤怒。在走出診察室並穿過護士室前面的過程中，甚至都不讓小眞握住自己的手腕。有必要在尚未開始大發作前就趕回家裏。

只有眞木一人比較沉著，她要去繳費處支付費用，然後再回到長椅處等待小武，因此，古義人在留神不以手臂觸碰的前提下，在仍然不讓人握住手腕的小明四周圈出一個空間，乘坐電梯時儘量不讓他與其他患者碰撞。乘上計程車橫越多摩川駛向成城的路途中，小明依舊背過臉去，連一句話也不說。於是計程車司機便向小明問道：

「在醫院發生什麼事了，客人？」

「是發生一起讓我孩子感到不安的事。」古義人代小明回答。

「能夠醫治那種事情的，並不是醫院吧！」

小明那燃燒著鬱悶和憤怒的神情，經常誘發第三者無償的同情。小明剛進大門便與迎出來的千樫打了照面，這時他才以可怕的聲音說道：

「我什麼也沒讓他們給我治療！」

然而，外出歸來後正坐在客廳沙發裏的大武，也顯得很不尋常，一句話也說不出來，一副左思右想苦惱至極的模樣。小明從他面前橫穿而過，走進了自己的寢室，千樫也隨之而入。古義人在大武的斜對面坐了下來，同樣不說話，開始整理從樓上搬下來的書籍。大武也沒有對古義人說什麼。

大約三十分鐘後，眞木和小武回到了家裏。由於焦急再加上疲勞，小武的面孔變小了。從這張面孔及大武射向走進客廳來的小武身上的強烈視線中，古義人醒悟到，在小武和大武之間，此前肯定存在著某種東西。

在小武來說，他大概是估算了小明接受診治的時間後便到醫院外面抽菸什麼的去了，因此延誤了回到長椅處的時間。當他去傳達室詢問而被告知古義人已帶著小明回去的消息時，因自己必須監視的對象已然逃遁一事而驚惶失措了吧？

或許，當時正在市中心的大武接到小武用手機傳來的報告後，一定是以最快速度趕了回來，想像著在此期間，古義人很可能逕直前往報社去見自己的熟人，並說起了北輕井澤的事態。也許還會用電話與警察聯繫。在這段時間裏，大武大概既想責怪小武，又在思考如何應對這個局面，從而苦惱不堪吧。

眞木走進小明的房間，把醫院那事的來龍去脈向千樫一一說明。小明只是躺臥在床上，對眞木所說之事似乎多少做出了一些反應。現在，正狼狽地並肩坐在一起的大武和小武都顯現出與其年齡相稱的不成熟，古義人決定消除他們的擔心：

「即使在小武沒能監視的那段時間裏，我也沒做讓你們苦惱的事情。本來就沒必要讓你們充當監視我的角色。」

「明白了。」大武說。

無論是大武的面部，還是被滿院子裏那些茂盛的薔薇吸引住目光的小武的面部，都眼看著紅起來。落入如此絕境而給他們帶來的震撼，顯然更甚於就要哭出來的表情。

4

第三天，久未露面的佛拉季米爾現身於「小老頭」之家。

「在那以後，小明的情況怎麼樣了？繁先生、大武和小武都在擔心。」

「這是我女兒在發給繁的 e-mail 上說的，說是那以後沒再出現血尿，還要觀察上一陣子……」

「繁先生提醒我們，說是我們幹的那些事肯定給您帶來了不愉快，要請您原諒。還說，古義反倒會協助我們。

「他說，如果可能的話，打算把與長江先生的關係恢復到原先狀態……已經把『怪老頭』之家收拾爲適合於召開小型會議的場所，正在考慮舉辦一個討論三島問題的晚宴。能請您一起參加嗎？原自衛隊幹部羽鳥猛先生獲邀爲主賓，說是曾與長江先生在國際聯合大學舉辦的活動中談過話。」

翌日，黃昏尚未降臨，清清就前來迎接，古義人便出現在地界深處的「怪老頭」之家。確實放置了能坐不少人的椅子，餐桌重又被放回到早先的餐廳，佛拉季米爾他們都列席而坐，清清安排古義人坐在佛拉季米爾的右側。坐在對面的那位男子身穿裁剪合身、像是摻混著絲綢的襯衫，他向古義人點頭致意。

「我是羽鳥……久違了。聽說發生了非常嚴重的變故，這還是我作為演講者，參加一個集會——相當於老說法中的戰友會——去松山時，才聽說這事的。告訴我這消息的那個朋友，對於算是同鄉的你呀，似乎並不懷有善意……」

「就像現在這樣，正在恢復之中。」

「我們這些人呀，身體倒是比較健康，只是幹不了任何建設性工作。」

繁隨即想要把話題引到今天的集會預先設定的主題上去。好像這也是他長年在美國的教師生活養成的習慣。

「為什麼邀請羽鳥先生來這裏呢？那還是在大武和小武來到這裏之前，我們在超市旁的餐館吃飯，當時佛拉季米爾提起了三島問題。說得還算有趣，只是沒能充分展開。

「且說最近乘坐特快從東京回來，遇上了羽鳥先生，就說了長江先生目前正住在北輕井澤家裏的事。至於羽鳥先生嘛，從年輕時起，就和三島有某種關聯。在傾聽其中經緯的過程中，咱就在想，不如和年輕夥伴一起，將他與佛拉季米爾的三島問題聯繫起來好好聽聽。羽鳥先生還說到了長江先生。聽到這裏，咱就想到你年輕時曾經收到三島來信的事。也想請你給佛拉季米爾他們說說這事，便安排了這個會議。

「在會議的後半段，預定一面用餐一面自由交談。現在就首先請羽鳥先生開個頭吧。」

「三島先生和古義人先生雖說是不共戴天的敵人，不過，三島先生不也很欽佩古義人先生的文學嗎？當年，在倫敦的大使館裏，我從事的工作是向外國人做介紹，是被稱為military attaché[5]的那種工作。三島先生會見記者的內容被刊登在《衛報》周六版副刊上。那人在文章中特意表示，他非常討厭長江的政治思想。從國防這個角度來說，我的專業就是政治，因而我並不認爲長江先生的那些社會性發言——當著本人的面說這樣的話未免失禮——稱得上是政治思想。同時，我注意到其實這是三島先生的弦外之音，承認長江先生小說的弦外之音。」

「當時從事國防專業的羽鳥先生，你如何評價三島的軍事思想？」繁問道。

「我認爲類似於兒戲。」羽鳥像是抬起上半身似的用力說道（從他那尚不見贅肉的脖子到腦袋，都讓人聯想到了海鳥）。

「你怎麼看待他的整體政治思想？」佛拉季米爾提出質疑。

「那要聽了大家的討論之後，我再發表自己的看法。」

「在轉移到討論之前，」繁插入進來，「是否請長江古義人談談三島給他的信？」

「羽鳥先生當然瞭解將要說起的那個時代背景，」古義人開始說道：「但這裏還有幾個年輕人。在這一點上，羽鳥先生可能會感到不暢快，還要請你忍耐。

「二十六歲時，我借叫作《十七歲》的美國雜誌之名寫了一部小說，那封信就是對這部小說的回應。當時，我打算用題名本身來加以批判，對那位在演講會場刺殺了社會黨總書記的少年恐怖分子加以批判，這就是創作那部小說的動機。

「先是第一部，還算受到好評。刊載小說第二部的雜誌出刊的那一周，我在學生時代就曾第一個起用我的那位編輯（偶爾也擔任三島的編輯）拿著他的信來到我這裏。

「那可是一封非常熱烈的信函！他在信中寫道：『首先要全面肯定這部小說。』說是：『最重要的是，反映了你眞正的立場』……

「『報紙呀雜誌呀都寫道，你支持占領之下被製作出來的憲法。也就是說，你那作爲戰後民主主義者的政治思想，理當遭到唾棄。不過，對少年恐怖分子自我形成的描寫中，卻隱含你在最爲深奧之處所做的自我告白。

「『在現在這個社會上，標榜右翼思想的新進作家肯定很快就會遭到批判。因此，你首先詳細描述了熱中於手淫的少年。在此基礎上，這個奇怪的傢伙加入了右翼社團，而且還從事恐怖活動，最終在少年拘留所上吊自殺……社會上只能認爲，那傢伙是認眞的。你極爲巧妙地描述了這個過程！

「『我要指出三個可以證明這個策略的明顯證據。第一，你在東大學習的是法國文學，做出一副熱中於那個醜陋的沙特的模樣。我發現，你只要模仿那傢伙的〈一個領袖的童年〉，就能盡心描寫右翼少年自我形成的過程。

「『第二，是你描述少年在練馬少年鑒別所自殺的場面時寫下的那首詩。我認爲，『純粹天皇』這句話不會只是你心血來潮的話語。然後就是第三，你父親在戰爭結束後很快就離奇去世了，我透過在四國組建短歌社團的過程中結識了一位靑年，他曾接受過你父親的指導。我和他談了話，眞實的你隨即就浮現了出來……』」

「那封信目前還在你手上嗎？」佛拉季米爾迫切地問道。

「不在了。接到三島信函的第二周，右翼團體向刊載小說的雜誌社提出了抗議。就在出現那篇報導的晚上，剛才說到的那位編輯就來索取信函……」

「關於這一點呀，古義你從年輕時起可就是老奸巨猾了。當時，你喜歡六隅先生有關拉伯雷的課程，因此爲了複製從參加該課程的研究生那裏借來的課本，你就買了附有近拍功能的照相機。千樫可是說了，你肯定用那台照相機拍下了信函。那東西眞沒留下來？」

「關於三島的評價，當時，我和千樫看法不同。她確實對我那麼說了，可是……」

「那麼，長江先生寫了什麼回信嗎？」佛拉季米爾繼續問道。

「由於剛才所說的原因，已經沒必要寫回信了。」

「那樣就好。」繁說：「你對那封信產生了共鳴……不管怎樣，古義你畢竟對可憐的右翼少年竟如此投入了感情，即使那是對同一人物產生的雙重矛盾感情……假如你參加了三島路線，這個國家的文藝新聞不就會是另一副模樣了嗎？」

「在文壇上與三島比較接近的，不是蘆原嗎？」清清問道：「我不明白，爲什麼三島沒把蘆原拉到他那個方向去？」

「那時，與三島先生比較接近的，當然是蘆原先生。」羽鳥鄭重其事地回答：「不過，蘆原先生在政治上很高明，對於三島先生的狂熱，他直至最後也沒有跟他同行。雖然他口無遮攔，其實是個謹小愼微、非常實際的人。我曾一度被說成是這個人的智囊，因而非常瞭解這個人物。」

「剛才就想向你請教的，」佛拉季米爾接著問道：「羽鳥先生，如果從三島的……軍事性質的政變計劃進一步發展下去……你現在還會認爲，他的政治思想和行動類似於兒戲嗎？

「至於我本人的看法，已經對繁先生說了好幾次。就本質而言，三島的行動並沒有錯，只是太早了，他早熟於時代的潮流。也就是說，完全可以作爲今後時機成熟時起事的典範。

「採取闖入自衛隊東部方面總監部的行動過後，隨即就切腹自殺。現在不是這麼一種結束方式，而選擇在現場被自衛隊員逮捕的方式。我在想，假如接受以精神鑒定爲參考因素的審判，服刑幾年，然後再度回歸社會的話……因爲需要追趕時代，如果重新以其自身的先行事例爲範例而東山再起，就不會那麼孤獨了吧。」

「這可是很有意思的話題！」羽鳥仍然用力地回應道：「其實呀，我知道一些朋友，為了三島……早在市谷事件十年以前，他們就已經在考慮這樣的問題了。

「關於這個問題，我在長江先生也出席的，由國際聯合大學舉辦、世界各國有識之士參加的集會上做過報告。會議的反應只是『題材過於特殊』。」

「是『三島＝馮・佐恩計劃』吧。」回想起來的古義人說道：「尼日利亞代表生了氣，說是過於日本化了，是特殊事例……」

「說的是我哥哥和他的朋友們想要著手進行的一個計劃。這個計劃發端於一個想法——讓一個如此優秀的文學天才殉死於類似兒戲的政治思想是否合適？在剛才說到的假如給予三島幾年時間的順延這個想法上，我和佛拉季米爾君是有共通之處的。」

佛拉季米爾全神貫注地注視著羽鳥，卻全然不見羽鳥想要繼續說下去的跡象。於是，小武開口問道：

「所謂三島＝馮・佐恩計劃，都是些什麼內容呀？馮・佐恩計劃這個名稱有什麼特別意義嗎？具體來說，那是怎麼一回事？」

「你們新生代呀，今天不會去讀杜斯妥也夫斯基吧？」羽鳥表現出權威性的態度說。

「《卡拉馬助夫兄弟們》裏有一個情節，說的是老人用那個名字招呼朋友並招致厭惡。」大武說：「無論在《少年》還是《附魔者》裏，都只出現了名字，可是……即使閱讀譯注，那譯注也沒寫清楚……好色的老人在與娼婦約會的場所被殺，（『是被裝在旅行箱裏送去的，杜斯妥也夫斯基對這則報導產生了興趣。』小武插嘴說道。）我們所知道的，只有這些……」

羽鳥仍是一副與那些年輕人保持距離的態度，於是古義人為緩和氣氛說道：

「只知道這些，也就夠了吧。」

「我也不知道馮．佐恩是被什麼樣的怪女人迷住並大肆揮霍而被殺的。因為我對這件事本身沒什麼興趣。」羽鳥開始說道。

「我哥哥和他的朋友們做了各種設想，總之，是想把三島順延一段時期。那個構思的基點呀，就在於那人是同性戀這一點上。哥哥那些朋友的文學修養也是非同尋常，他們以作為翻譯家而自成一家的龍男為首，組成了對色情小說和怪異風格有深入瞭解並樂此不疲的小團體。我那時還很年輕，認為他們屬於業餘文藝愛好者，因而對他們感到厭惡。如果不是自己真正入迷的對象，是不可把它作為一生的事業並長久持續那種興趣的。

「我想對年輕人說，像我這樣辭官以後再來看，我呀，我的所謂專業也就是業餘文藝愛好者的水準。

「總之，在多方面具有奇特能力的他們想要幹的，是這麼一件事：三島所具有的希世絕代之才，被『盾會』等東西羈絆住了手腳，而他們則想結束這種被羈絆住手腳的無聊。

「可是，『盾會』早已不會因為三島念上一句『消失吧』的咒語便自行消滅。障礙繼續存在。政治性人際關係的障礙，朝向悲劇性結局開始了自我運動。在這過程中，三島被『盾會』成員平庸的政治行動所推動，走向毀滅。這個計劃，就是要從這種無聊的進程中將其解救出來。

「在東京，集中了頂級美少年……也就是從幼兒年齡開始，建造地下魔窟，再將三島誘入其中。然後向官方進行舉報。就是這麼一個計劃。」

小武想要譏諷饒舌的羽鳥，便向大武說道：

「也就是『嗯，這是真的嗎？您……』那句話吧。」

大武不置可否，羽鳥則像被學生的竊竊私語惹得心頭火起——儘管如此，他還是閉口不語，好像在思考剛聽到的話語。從他現在的神態中，可以窺見擔任自衛隊官僚時的模樣——的教授。古義人知道，這是熟讀了《附魔者》的兄弟倆想起了夏托夫詰問斯塔夫洛金的那些話語。「這是真的嗎？您在彼得堡成為獸性的祕密色情團體的成員？就連薩德侯爵也要對您甘拜下風？您誘惑了少女並使其墮落？這是真的嗎？……」

「實際建造那個魔窟並用於三島＝馮・佐恩計劃了嗎？」大武詢問道。

「你呀，那還是難以實現的吧，」羽鳥說：「哥哥他們死了心。後來，就是我們大家都知道的那個結局。就是這麼一回事。」

這一次是佛拉季米爾勁頭十足地加入進來：

「可以考慮另一個大致相同的方案。假設其他團體，把那個魔窟作爲『盾會』建立起來，將會如何？以那些美少年的魅力吸引三島，把他推向那個奮起行動。但是，計劃的主謀本人將志願爲切腹自殺後的三島砍頭。一無所知的三島於是切腹。聽說發出『呀——！』的叫聲後就把刀刺進了腹部。但是，僅僅如此是肯定死不了的。原定爲他砍頭的人於是按照計劃磨磨蹭蹭。自衛隊的突擊隊員趁機破門而入。扣押了人質那一方的指揮官已經把刀子切進腹部，因而這段時間不是可以不用擔心了嗎？

「三島在監獄待了十年後再度復活。就是這麼個程序……這樣做難道不可能嗎？」

「如此一來，也就是說，在三島先生待在監獄裏的十年順延期間，他的政治思想被原樣擱置，一直等到十年後的政治性復活。是這樣吧？但是，我哥哥他們是爲了守護住三島先生的文學天才……是爲了將其從政治性活動中剝離出來，這才構想了三島＝馮・佐恩計劃。

「動機正好相反呀。假如以猥褻包括幼兒在內的少年爲名逮捕他的話，三島先生就不會再有政治性復活的可能性了。因此，三島先生會像王爾德那樣生活在監獄裏。如果服刑期滿，爲完成天才而需要的寂靜時日則會等待著他。就是這麼一個計劃。」

「我所考慮的團體，正相反，是政治性的。『盾會』雖然開始活動，但政治之神所恩寵的三島卻遠未成熟，尚無在自衛隊發動政變的運氣，一如三島在市谷發表的演說所證明的那樣。

「但是，假如經過了十年，情況又會如何呢？自衛隊也好，這個國家的社會氛圍也好，不都發生了變化嗎？與此同時，經歷了獄中生活後，三島作爲其政治思想經過錘煉的角色回到獄外世界。這時，社會再也無法忽視身爲政治領導人的三島了吧。

「而且，『盾會』在其領導人服刑期間，也歷練得更爲堅定了吧。因爲，那個陰謀的幾個主謀當然會繼續運作。在新的情勢下，十年前曾是醜聞的『盾會』以獨自的歷史爲背景，開始提出新的主張！領導人才五十五歲！

「至於完成這個想法的基礎，最近向繁先生和長江先生都作了說明。現在，我一直在大力使這個想法完善！」

對於佛拉季米爾的這一番雄辯，羽鳥並未予以反駁。古義人感到，毋寧說，羽鳥甚至被這番話語給吸引了。包括這個羽鳥在內，大家全都沉默不語。在這片沉寂之中，一個年約三十的小姐第一次發現了發言的機會，就開口說了起來。此前，她一直忙於在餐桌上準備晚餐。

「說到三島還活著，並在監獄裏服了十年刑，那就是一九八〇年吧。從國際上看，入侵阿富汗的蘇聯軍隊占領首都喀布爾，發生在這一年的年頭。我們都還記得，爲抵制那年夏天在莫斯科舉辦的奧運會，日本人的社會生活也因此而發生了變化。在西德，提倡環境保護的『綠黨』成了全國性政黨。

「在美國，因日本汽車的進口量劇增而開始批判日本。到年底時，日本的汽車產量突破一千萬輛，成爲世界第一。而在韓國，則發生光州的反政府示威遊行。在波蘭，格旦斯克造船廠舉行了大罷工。也是在這一年，雷根被推選爲下一屆美國總統。

「長江先生應該記得很清楚吧，在中國，針對毛澤東的批評開始明顯起來。不知道是否與此有內在關聯，中國總理訪問日本，出席了昭和天皇在皇宮舉辦的晚宴。

「那麼，在這樣一種世界局勢中，三島和『盾會』即使開始他們的復權活動，結局又能怎樣呢？」

餐桌旁的每一個人都注視著這位小姐。餐廳和廚房分界處的隔板上掛著電話，小姐還負責著接聽電話的工作，現在她正站在電話機旁，把先前從身旁架子上取出的古義人那部年鑑抱在左臂中。她的目光逕直投向佛拉季米爾，等待著他的回答。

「不，我可沒有局限於一九八〇年。正如奈奧剛才所說的那樣，三島早在那個時間點的十年前就被砍頭而死了，我被羽鳥先生的話所刺激。之所以重新考慮政治性的三島＝馮．佐恩計劃，是因爲我在思考這麼一件事：一些人假如以那次失敗爲教訓，考慮著與那幾個主謀相同的問題，在那以後的三十年間，倘若不斷進行準備的話，又將如何呢？

「在這個國家裏，能夠承擔這種計劃的文化英雄，唯有三島一人而已。難道不是這樣的嗎？即使長江先生也難以勝任吧……」

大武和小武笑出聲來。古義人果斷決定接受這個挑釁：

「現在的文化英雄可不是小說家，而是動畫片導演，或是流行音樂的製作者，或是ＩＴ產業的創始人。」

「我認識自衛隊的一些幹部，他們比當時在市谷的指揮部裏工作的同仁要晚一代或兩代。」羽鳥說：「在他們針對將來所做的模擬試驗中，沒有把文化英雄的介入視爲必要條件。大體上，聽說主要是二．二六武裝政變與北一輝的關係。到了第三代，就覺悟到自己的計劃終究要靠自己來實現！」

「也就是說，有一種趨勢，認爲政治性的三島＝馮．佐恩計劃失去了必要性，他們有力量依靠自己行動起來……」

佛拉季米爾這樣說道，羽鳥卻不予答覆。

「在我來說，聆聽了羽鳥先生這番深刻的話語，已經超出了我的期望。」佛拉季米爾顯現出放棄的神色，「那麼，就開始吃飯吧。」

清清和奈奧用從當地買來的豬臀尖肉做出了酷似維也納肉排的菜肴。

「這可超越了相似的程度。」一直沉默不語的清清說道：「我們無論幹什麼，都不是模仿，而是以獨創性爲目標。」

5

三島問題討論會之後的晚餐結束時，還是無法看穿樹叢間的空隙，滿天的捲積雲令人產生火燒雲的感覺。佛拉季米爾希望坐上清清陪送羽鳥的汽車。爲了幫助在討論會和晚餐中一直勞動的小姐——她就是大家已經知道名字的那兄弟倆的朋友——從租住的輕井澤別墅裏搬出來，大武和小武也要開著他們自己的汽車出去。

在頭頂聳立著鷹架的陽臺——壁爐的煙囪也完全隱去了——上，古義人和繁坐在從地界深處的家裏搬過來的金屬管椅子上，小酌羽鳥作爲禮物送來的、兌了水的蘇格蘭威士忌。日漸增多的別墅住客們——面臨房租就要漲爲旺季租金的奈奧，應該會搬到這裏來——走在大學村的公路上，路過這裏時似乎都會仰視那鷹架。

「他們該不會把古義和咱，看作被軟禁在鐵管包圍著的居所裏的老人，以及因負責監視的傢伙不在而代爲監視的另一個老人吧。『Long hoped for calm, the autumnal serenity / And the wisdom of age?』或者還會認爲這是正在體會那種感覺的兩個老人？」

「我也想起了這段詩句。」

「西脇的譯文，是怎麼說的？」

「是長久企盼的靜寂或是秋日的晴朗／抑或老年的智慧？」

「你落入到截然不同的困境之中……咱感到對千樫負有責任呀。」

「繁你呀，曾給我們送來照片，當時我認爲，唯有照片上的景致，才眞的是靜寂或是秋日的晴朗。你還邀請道：難道不想抱著一起居住於此的打算到這裏來嗎？

「千樫從中感受到極大的誘惑。當時她正情緒低落，因爲小明被確定爲必須延期就學，也就是說，從健康兒童的教育課程中脫離了出來。」

「那地方是在調查中南美的村落時遇上的。被強制在哥倫比亞的太平洋沿岸勞動的黑人集體逃亡，在深山——可不是像四國那樣的森林，而是在綿延起伏的高山深處——裏建造起草葺屋頂的房屋並形成了村落。」

「是一個叫豐沙爾的地方。千樫告訴我，從粗獷程度上看，那裏的房屋與非洲熱帶雨林中的村落比較相似，是從那種地方用奴隸船販運來的黑人建造的村落。」

「是叫豐沙爾啊。千樫比較喜歡那裏……」

繁說完這話略微沉默了一會兒，然後又說起了那位叫作奈奧的小姐：

「她呀，在加州大學聖地牙哥分校本科學習建築史的過程中，針對日本法西斯時代的建築物，專攻日本的近現代史。一回到日本，就開始準備攻讀博士，因此與咱保持著聯繫。」

「從大武和小武那裏也聽到過奈奧這個名字。」

「父親是猶太裔美國人，母親則是日本人，戶籍上的名字也是與日本名字相通的Naomi[6]。說是自從上了橫濱的美國人學校以來，就一直沿用這樣的稱謂。」

「總之，你出席了今天的聚會，佛拉季米爾和清清都因爲有望與古義你恢復關係而高興。另一方面，他們臨出門前也曾告訴我，在他們回來以前，千萬不要從古義身上移開目光。

「假設你帶小明去醫院時甩掉大武和小武，向警方毫無保留地說出佛拉季米爾和清清他們到日本來的目的，如果事情發展到這一步，咱是不會平安無事的。即使佛拉季米爾和清清銷聲匿跡，爲了向『日內瓦』有所交代，不也是會處理了咱以後再離開嗎？因爲呀，就像咱對你說過的那樣，他們那些傢伙是新種族……古義你回到了這裏，就說明你也許眞的是咱的替身。」

「我倒不那麼認爲我們在按母親所認定的方式生活……」

對於繁的這種奇妙而深刻的表達方式，古義人依據自己的性格說了這句半帶詼諧的話。繁沒有應答。昏暗下來的天空轉換成了淡墨色，已經難以辨認就在自己眼前端著酒杯的繁的臉色。

1 此處的馮・佐恩典出於杜斯妥也夫斯基的《卡拉馬助夫兄弟們》第一部第二卷「來到修道院」一節，是作者杜斯妥也夫斯基取材於現實生活中的「馮・佐恩事件」。該事件的經緯大致如下：上了年歲的尼古拉・馮・佐恩是個七等文官，於一八六九年十一月在彼得堡失蹤，後查明是在嫖妓過程中被妓館老闆伊萬諾夫圖所殺，動機則是謀財害命。據兇手自白，馮・佐恩的屍體被塞入旅行皮箱，於翌日送上了開往莫斯科的火車。辦案人員後來在莫斯科火車站找到一個無人認領的旅行皮箱，打開一看，裏面果然裝著馮・佐恩的屍體。

2 泌尿科的日語發音。

3 泌尿的日語發音。

4 英語，意爲全身痲醉。

5 法語，意爲大使館武官。

6 與日本人常用的直美、尚美等名字的發音相同。

第七章　在狗和狼之間

1

一進入八月，截至秋季爲止，所有的施工工程都被凍結。這是大學村的規約，不過「小老頭」之家因屋頂漏雨，被批准每天下午可以修繕三個小時。

繁還說，從事這項工作的那些人將住在「怪老頭」之家。他們前來工作的那一日，古義人從包圍著房屋的鐵管鷹架內側向外看去，注意到領著幾個年輕人的那個中年男子，正是軟禁開始那天，自佛拉季米爾從東京召來的那輛車上走下來的人物。如此看來，那幾個年輕人該也是他當時的同夥吧。

繁說，他們中間有人在自衛隊裏幹過三、四年，非常熟悉用槍的技巧。頭頭利用在自衛隊培訓的木工技術，承包了平時活動——一本正經的使用這種語言，也是繁的作風——中的修理和拆毀工作。雖然「小老頭」之家的屋頂將在秋季全部換葺，可應急修理也打算進行到相當程度……

說起來，屋頂得以修理是因爲千樫向繁訴說漏雨才得以進行的。古義人也發現，連接著壁爐煙囪的那間如同瞭望小屋般的三鋪席房間裏，堆放在角落處的筆記和資料已有很多腐爛並硬結起來。

最初提起「小老頭」之家這個話題時，千樫和古義人一樣都還年輕，應該是與其兄長吾良稟性相似的緣故吧，當時她根據自己的喜好，表示希望使用西班牙瓦片。然而，繁在對屋頂工匠交代鋪葺這種瓦片的施工方法時並不徹底，因而對由此產生的不妥當，繁也是有責任的。

繁告訴古義人：「從那以後，東京的民宅中也經常可以看到西班牙瓦片的屋頂，只是出現了被颱風颳落瓦片的意外，現在已經有了特殊鋪裝方法，即使在局部修理中也會使用這種方法。那就是在屋頂每一排瓦片下都橫向固定一根木條，再把一塊塊瓦片的陰螺紋掛在木條上，因此，還要請你忍受打那個洞眼時的鑽孔聲。」

翌日，奈奧爲前往輕井澤工作的大武和小武準備了飯食，古義人將那飯食作爲早中餐吃了之後，便爬上二樓讀起書來，卻驚異地聽到就在頭部近旁響起了移動著的腳步聲。緊接著，更多的腳步聲移向屋頂。古義人想像著那些工作人員，在已然被埋入地下的自己上部的地面上的那些工作人員……

兩個小時過後，古義人坐在客廳的壁爐前讀著書，聽到修理屋頂的工作人員正在陽臺上交談：

「鷹架，牢固得驚人哩。」年輕的聲音說道。

「因爲，不單是要把毀壞了的瓦片拆下來，還要把那排瓦片全都拆下並堆放好。然後，再把爲鋪新瓦和拆下的好瓦所需要的碎土堆在那裏。」仍然是陌生的聲音在回答，只是覺得這聲音有些年長。

「不過，鷹架的作用並不僅僅是這些。即使秋天把屋頂修葺好了，希望還能原樣保留上一陣子……就是出於這種打算，才把鐵板給搬上來的……在鐵板上面還能攪拌水泥……」

「因爲，還設想要在這鷹架上進行提著機槍往來移動的訓練，以及把鐵板豎立在鷹架外側以作防護裝甲的訓練。」

「假如進入戰鬥狀態的話，那就是必要的。」繁也隨聲附和著。

古義人把放著卡片、書本和筆記用具的畫板擱在側書桌上，站起身來從大門旁的窗子向外看去。端著咖啡杯的繁坐在陽臺的木架上，站在他身旁的高個子中年男子也在喝著咖啡。上次見到正站在陽臺下的那兩人時，還覺得他們是年輕人，但要是和大武和小武比起來，他們可都算是有歲數了。

「所謂機槍云云，這話就過激了。」古義人開口說道。

繁不動聲色地勸誘道：

「不到外面來嗎？這裏有一個要介紹給你——其實，你們好像已經認識了——的人。」

古義人趿拉著木屐剛來到外面，繁便繼續說道：

「在古義你三十五、六歲時寫的小說裏，不是有這樣一段嗎？說是某團夥固守在原本是樣品屋的核子避難所內，受到機動隊的包圍。咱對此產生了興趣，就出了這個課題，讓本科班的學生設計出來。

「但是，其中有一個優秀學生——他是在越南服了兵役後進入大學的，非常認眞——爲此而感到苦惱，說是如果按你寫的那樣來設計，就沒有安裝螺旋樓梯的位置了。

「由於設定爲機動隊坐裝甲車從平地攻來，於是他以鐵板圍在避難所屋頂四周來應戰。

「咱想起了這個設計，便在搭建修理屋頂的鷹架時，順便把鐵板也運了上去。咱在想，如果進行以此對抗警察包圍的訓練，還會爲古義你構想的小說提供一個現實的範例哩。

「手提著機槍的年輕人在圍繞著『小老頭』之家的高高鷹架上奔跑的情景，不是會成爲一幅畫作嗎?!」

「即使是讓人『跑』，但很快就會跳起來吧。」此前一味注視著古義人的中年男子插嘴說道。

「古義，此人是木庭君，或許可以把他稱爲大武和小武的前輩，他對於在大學裏做的學問，失去了信心，改而按照自己的方式生活。算是一個理論家，一直以來卻也自己動手做這些工作，有鋪設西班牙瓦片的經驗。

「而且呀，咱可聽說他與古義你並不陌生。前一陣子，把他那一夥人從東京叫到這裏來的，是佛拉季米爾。不過，在他們把咱介紹給他們並談起來時，發現木庭君和你並不是毫無關係。既然如此，那就乾脆讓你們正式見個面吧。」

這一天，吃了早午餐後臨上二樓之前，古義人看到了那個名叫木庭的男人。當時，負責大學村這一片的郵差從位於長野原的郵局騎著單人摩托車來到這裏，古義人收取的，是寄到東京的郵件經眞木匯總裝入袋子後轉寄來的快遞。引擎聲逐漸挨近，爲了免去郵差來到門前再掉頭轉向的麻煩，古義人便迎出去收取郵件。

這時，木庭足踏鷹架上的橫向鐵管，低頭俯視著收取郵件後正往回走的古義人。他的身邊搭著一架輕金屬材料製成的梯子，若用於人員上下則顯得過於窄小。旁邊安裝了一台用小型馬達驅動的貨用升降機，像是要把堆積在梯子底部的西班牙瓦片和裝著碎土的袋子運上鷹架。看上去，木庭也好像在觀察裝運的狀況，可是修理屋頂的工匠對於委託他們工作的房主竟然不予理睬，只是一味注視，這卻是讓人難以放心的……

「木庭君曾到過古義你家好幾次，其中見到你兩次，還見到過千樫，尤其是與小明之間好像有一些過節。似乎發展到了很麻煩的程度。」

在繁如此敘說時，木庭從鷹架上俯視下來的強烈目光投在了古義人身上。於是，古義人知道了這是一個什麼樣的傢伙。

2

第一次前來會面時，還很年輕的木庭自我介紹爲在京都大學搞政治（「是學政治的？」古義人這樣想，結果卻不是）。但是，並不是捨棄了學問。要收集六隅許六的所有翻譯並加以研討，以觀察這個學者的法國文學翻譯文體是如何形成的。教授告誡自己，不得煩擾六隅先生本人，不過聽說府上收有先生的全部譯本。首先只想編出目錄，請允許觀看書庫。云云。

當被問及爲何選擇六隅先生時，對方回答說，因爲先生是從事中世紀到二十世紀縱向翻譯的學者。古義人也能夠領會比較文學領域內的構想。而且，古義人的書庫裏有對方想要查閱的那個書架。

無論木庭還是同他一起來的朋友，都穿著已經難得一見、解開了立領的黑色學生服。那天，木庭一直待在書庫裏。第二天古義人必須外出辦事，但木庭再度來到家裏。晚上他回去後，古義人查看了書庫，看樣子他是先取出六隅先生的書，然後又按順序放回了書架。

第三天，古義人爲處理尚未完結的工作又出了門。木庭則連午飯也不吃，只是悶在書庫裏製作卡片。於是，千樫便去一家新開的麵包鋪，說是買點三明治什麼的。就在千樫外出期間，木庭領著小明失去了蹤影。

被用電話叫回來的古義人徒然地騎著自行車四處奔走，從編有殘疾兒班級的高中，到曾與小明一同去過的唱片店、餐館及咖啡館。千樫前去向警察提交報案材料。到了晚間，第一天曾與木庭一同前來的那位始終沉默不語的學生掛來了電話，說是我在想，姑且還是告訴你們的好。

學生開始批判起來：府上是在媒體上一味從事買賣的反體制文化人，在實際上並不行動的大義名分下推出有智障的兒子。原本想在對那個兒子進行管理的狀況下與府上展開徹底的對話，卻又感到了厭倦，因此在東京車站內釋放了你兒子，然後就回關西去了……

古義人於是前往東京車站尋找，此時已是深夜，在因站內還有一處剪票口而先前沒能巡視到的新幹線月臺上的小店旁，發現長靴裏積滿尿液的小明正站在那裏。

過了十多年後的某一天，自稱在法律事務所工作的三十五、六歲的男子帶著一個女性來到家裏，說是長年來一直在批判古義人的那位新聞記者終於決定提起告訴，建議古義人還是準備對抗並起訴的好。

當古義人回答說此事沒有意義時，那男人指著正在一旁收聽電視中古典音樂的小明說，唯有那才不是沒有意義，對嗎？話說到這裏，古義人意識到這個男人就是木庭——卻也有些疑惑，難道這傢伙轉入法學系了嗎——，便將其從大門處推了出去。這時，那女性威脅地說，要投稿給那位新聞記者主宰的周刊雜誌，然後揚長而去……

當時，木庭穿著西裝，還是和穿學生服時敞開領口一樣，在解開了衣扣的襯衫上繫著一條領帶。而現在則是一副緊身打扮，穿著正式作務衣[1]，照例敞開領口，鼓著喉結。

「長江先生，」木庭招呼道，話語聲既顯得過分親昵，又像是要保持距離。「第二次見面的時候，爲什麼要發那麼大火，還把咱給趕了出去？跟咱一起去的那女人幾乎要歇斯底里大發作，咱可是沒反駁你，卻還是感到不可理解。

「起初那一次呀，咱的行爲幾乎就算犯罪了。夫人如果告發咱的話，咱大概就會有大麻煩了。不過第二次呀，咱可是心平氣和地在和你說話，你卻那樣衝動，甚至都有些暴力傾向了……」

這時，繁介入進來。

「也就是說，你們呀，並不是毫無關係的。咱與這具有暴力傾向的古義之間，也可以說是並非毫無關係。只是呀，兩人都錯失了理解對方的機會。

「因此呀，就把此前的那些事情全都一筆勾銷吧。古義啊，也許唯獨不能理解這樣的成語……」

古義人已然理解的是：對於繁——即或對於佛拉季米爾和清清也是大致如此——來說，木庭似乎是一個必不可少的人物。

在「怪老頭」之家與羽鳥的談話即使使得軟禁被相對化，但那也只是古義人的理解。對於佛拉季米爾、清清及繁來說，已經開始的進程就算是開始了，其現實表現，就是木庭和他的手下在「小老頭」之家的作用。

這種想法向古義人襲來。更有甚者，定居於自己身體內部的那個有著怪異之處的年輕傢伙也像是在挑唆著自己：唯有與木庭這種傢伙再會，才能爲現在的生活增添新的趣味！

略微沉默過後，木庭再度開口說了起來。即或在他身上，也可以看出想要繼續與古義人說下去的意願。

「長江先生，咱呀，對於學問這個問題早就看透了。早在邊緣學科研究開始流行以前，就知道京都大學有一個這樣的研究所，這才去了京都。但在那裏直接受到了本科學生的歧視。如果是這樣一種學究主義，那就乾脆毀掉它！這就是咱開始政治活動的契機。

「咱過早著眼於這一切了，不過，在當時也算是一個出類拔萃的領導人了。因此呀，咱在批判長江先生那種學究主義的自卑的同時，也在考慮是否可以利用作家的經濟能力。

「咱之所以邁出把小明君帶走的那一步，是深信長江古義人因獲得文學獎而過上了相當水準的生活。然而，在前往長江先生家的那幾天裏，咱明白自己的估計是錯誤的。先生的生活很簡樸。過了一段時間再去看，還是沒什麼變化……

「自那以後過去了三十年，目前在這個國家裏呀，超過戰前那些財閥規模的特權階層又出現了。在他們與天皇家族之間，還產生了新型的關係。你沒出席過他們那個階層的慈善音樂會嗎？哎呀，今後將會出現的，咱說的是在這個國家裏，理當被顛覆的實體的出現……

「長江先生，你沒能像蟹行君、織田君他們那樣深入到反對越戰的運動之中去。如同那位新聞記者所說的那樣，這就是長江風格的處世之術。認定這是你的處世之術的原因，也在於你被要求捐款時，只拿出一點點來應付了事。

「當時，中南美某國大使館曾傳喚與該運動相關的人員，說是可以籌劃附帶彈藥的自動步槍五至六支。聽了這消息的相關人員於是感到害怕。

「你聽說過這事嗎？不過，流氓無賴卻沒有感到害怕。在一個並不把這種傳說視爲荒唐之言的社會的縫隙裏，咱一路幹了過來，而且取得了相當好的實際業績，現在還贏得了佛拉季米爾的信任。」

「古義，在木庭君剛才所說的話中，有一些是不能相信的。比如說他在日本一直幹著可能存在的『死亡商人』[2]的工作，其實並非如此。佛拉季米爾和木庭君似乎同在曼谷工作過。我只能對你說這些了！「那麼，木庭君，就請你回到體力工作中去吧，咱想和古義徹底討論房屋內部受損的問題。」

木庭領著剛才一直在側耳聽他說話的那班三十來歲的傢伙向鷹架登梯口走去。古義人和繁則進入「小老頭」之家，那幫人蹬踏鷹架的聲響沿著鐵管把兩人封閉了起來。

「木庭所說的那些事有很多是無法驗證的，因此只能聽上四成左右。」繁說道：「但實際上，據佛拉季米爾說，好像經常可以得到那些難以穿越國境帶進來的東西

「剛才的談話裏曾經提到，在越南戰爭期間參加反戰運動的日本知識份子，不是若無其事地在雜誌上寫了那些非常危險的事情了嗎？這樣一來組織的機密還能保得住嗎？眞是不可思議。美國那邊是不可能不派遣間諜潛伏其中的。在這個國家裏，那些毫無戒備心的人的談論是無處不有呀……或許正因爲如此，才不想讓咱說的……咱眞是這麼想的。」

3

對於建築，繁是一個怪異的理論家。就連古義人也知道，無論他早在日本期間還是去了美國以後，都完成了得到很高評價的住宅建築，還在柏克萊周邊地區翻建了成爲文化遺產的木造民宅，並因此受到好評。繁毫不客氣地顯示了他的實力。

四處查看了屋頂的受損處後，他隨即確切地指出屋內的受損狀況。當千樫告知挨靠著煙囱的三鋪席房間會漏雨時，就有必要對平堆在那裏的書和文件進行大掃除了，但古義人當時只是將床單覆蓋上去而已。現在，在繁的提醒下剛一揭開那床單，就發現沿著牆壁流下的雨水已使得文稿和文件腐爛，地板的腐敗也很醒目，還維持著原型的可謂少之又少。

古義人決心進行整理，在輕井澤的餐館休業那一天，大武和小武都來幫忙。他們倆在挨近壁爐的地方鋪上舊床罩，然後從二樓的小房間裏把書和文件的殘骸搬運下來，古義人則將其投入壁爐中燒掉。那些都不是夏日裏要在此處閱讀、並將於秋天帶回東京的書，基本上都是美國的大學出版社出版的大開本平裝書。是關於布雷克的，關於但丁的，關於葉慈的……

在整理過程中，從堆積物的下方卻發現大量法語原著。簡單裝訂的書本經雨水浸泡過後，書頁已經無法揭開，由粗劣紙張印製而成的簡裝本等書籍，已經如同磚塊一般。早在從大學畢業後的數年間，他還經常閱讀法語原文小說。

把那些硬結而成的大疙瘩扯開或砸開後，最終現出裝在合成樹脂封袋裏、未曾受到損傷的書，是法國小說家皮埃爾．加斯卡爾（Pierre Gascar）的《野獸們》和《死人的時代》，以及岩波書店版「現代文學」中的《野獸們．死者的時代》……

由於投入壁爐中的書本燃燒起來的火頭漸大，火勢越發旺盛，古義人後退到擱在牆邊的扶手椅那裏，重新閱讀其中兩本畫有紅線及寫上注解的地方。

把所有理應處理掉的書本全都搬下來後，大武和小武蹲在繼續閱讀的古義人身旁，守望正燃燒著的火頭。一旦火勢減弱，便代替古義人，把還剩有一大堆的那些腐爛並硬結的紙疙瘩扔進壁爐。在焚燒廢紙的同時，兩個年輕人看樣子被古義人過於專注的樣子勾起了好奇心。終於，小武向古義人招呼道：

「那是法文書吧。」

「是的。對於我來說，這是兩本——原著和譯本——非常特殊的書，因為，這是我從唯讀法文原著轉而開始寫小說的轉捩點。而且，建起北輕井澤的這個家以後，我會懷著這麼一種心情回到這裏，那就是：即使只在夏季裏，也要回到這個轉捩點來看一看。

「剛才回過頭來讀了一些，覺得探尋到了這種情感的來源。在我開始寫小說的那個時期，確實受到這個加斯卡爾的文本和譯本的影響。我深切地認識到了這一點。」

「用日語寫小說而接受翻譯文本的影響，我覺得是很自然的，可是，還會被原先的法語影響嗎？」大武問道。

「那是我的特殊之處，作爲法文系的學生、而且開始用日語寫小說的人——恰巧處於和你們相當的年齡上——來說。最初，在教養系開始學法語，從那年秋天起，逐漸閱讀起小說作品來。又過了一年半以後，便升入位於本鄉的法國文學系。

「就在那次歡迎新生的儀式上，一位教授加斯卡爾和法語文典的老師告誡我們：『你們不要閱讀翻譯本。』我遵從了這位老師的教導。然而，不久卻聽說六隅先生好像在修改我們前輩中一位年輕研究者的翻譯……就在想，將來我也要從事翻譯，因此便弄來了這兩本書。細說起來，閱讀六隅先生有關法國文藝復興的書是個契機，由此決定繼續聽先生的課程。但在文學方面，卻只爲這個譯本所傾倒。後來，在把六隅先生的譯文與加斯卡爾原著一行一行地加以對比閱讀的過程中，自己也寫起了小說……」

「說是這位叫作六隅的學者的翻譯很了不起，但實際上究竟是怎麼一回事？」大武表露出了興趣。

古義人本身也來了勁頭：

「《野獸們》這個小說集裏，有一個題爲〈在狗和狼之間〉的中篇。這個題名源自一句意爲黃昏的成語。也就是說，在那個時刻，森林中的狗和狼已經難以分辨了。六隅先生將其翻譯成『日暮時分』。這難道不是出色的翻譯嗎？

「從這裏開始，在語言的層面上形成獨自的風格，文章的文體確實雄渾。當時是戰敗後的第十個年頭，對戰爭中的往事記憶猶新。這個中篇的敘述在很大程度上把我推往那段記憶。於是，我就開始寫了起來，寫戰爭末期和戰敗以來身爲孩子的體驗，這其中既有現實的體驗，也有內心的體驗……

「在這一方面，較之於翻譯帶來的影響，更應該歸功於加斯卡爾作品本身的魅力。德國國境附近的森林裏，有一座軍犬訓練所，那裏訓練著一百三十條軍犬。每當臨近拂曉或可疑之人接近時，這些狗便一同狂吠起來。」

「長江先生在大學的校報上發表的處女作中，有相同的主題，那是一個關於殺狗人和狗的故事。」大武說。

「是的，完全徹底地受到那個中篇的影響。現在回過頭來讀一讀這個中篇，我本人甚至都感到驚愕！

「加斯卡爾用前來視察的那位巴黎官吏的角度寫了這部作品。爲狗做陪練的人被稱爲人體模型。他身穿用馬鬃和軟木片縫合而成、裏面塞滿填充物、類似潛水服的訓練服，在像是競技場的地方承受那些狗的襲擊。

「就作品的結構而言，是那個充當人體模型的男人向官吏述說自己的內心世界。男人的國籍原本是波蘭，現在拿的是俄羅斯護照。這個失去了回歸之國的男人，充當的是被狗撕咬的人體模型。然而，要說他是無奈之下才這麼幹的，那倒不是，而是出於這個男人本身的文明觀……

「現在，就來引用他所說的話語。

「你也許把我想像成了瘋子或傲慢的傢伙。沒關係。情況是這樣的。我之所以留在這裏，是因為要履行自己那悲慘的任務，每天，不，可以說是每個小時，我都要接受『類似於戰爭的啓示』。（中略）所謂戰爭，就是一個血腥味的、歸根到底只能用那種含混不清的語言表述的、正向幾乎整個世界擴展著的『敵對關係』，其背後則是我們這個時代陰險的恐怖、難以名狀的格鬥、沒有名堂的苦惱和日積月累的壓抑。」

「因爲那男人是這麼考慮的，因而他呀，可以說是『我只是要盡己所能地履行作爲人的良心的義務而已。』

「話說在夜晚森林裏的訓練中，隊長想讓來自巴黎的那些客人看到他訓練的軍犬是如何了不起。然而，再次回到人體模型角色的那男人卻爬到樹上，或投石塊或使用木棒，反過來狠狠地把狗整了一頓。在他的意識裏，爲了不讓能夠『有效地、有耐心地、每天每日感受著現在以及將來肯定會到來的那個時代的恐怖的人』消失，打算把這個角色繼續扮演下去。

「敘述者終於抱有這樣的感想。當時，男人已經被那些訓練者從狗的身邊拉扯開來。

「『……那個模樣，與其說是被打垮了的男人，毋寧說，令人聯想到了極爲偉大極爲魁偉的原始人，在沉重地擔負著人類最初的使命，不，是在穿越沒有盡頭的大森林，向著將造訪世界的第一個清晨正等待著的森林邊緣行走而去時的模樣。』」

「能把那本書借給我嗎？只要日語版就可以了。」大武說道。

「大武看完後，請讓我也讀讀。」小武補充說道：「大武是對那男人的思想有興趣吧，而我則想知道用馬鬃和軟木片加強的、讓狗撕咬的訓練服……穿著這樣的東西，讓撕咬過來的狗也好、觀看撕咬的官吏也好，全都上個大當。對那樣的玩意兒，我很有興趣。

「這本書，如果還有其他被引用到長江先生第一部小說中去的作品，也請讓我一起閱讀。繁先生說，從發表處女作算起大約兩年之內，長江先生的小說很棒；後來那本連裝幀都請六隅先生幫忙的《我們的時代》則不行了，長江古義人先生也因此而認爲一切都結束了，但小明的出生卻使得情況出現了轉機。聽說，繁先生因而開始想要和長江先生重新交往，於是建造了『小老頭』之家。」

4

這一天，大武和小武將木庭的施工隊堆積在鷹架下方的西班牙瓦碎片撿拾回來，把收拾完書籍和文件的殘骸後顯露出的腐朽了的地板處完全鋪蓋起來。他們還把原本豎立在「怪老頭」之家地板下的木板搬來擱上去，做成了一個擱架。古義人也振作起來，整理了早先連腳也邁不進去的那個三鋪席房間，把小明少年時代使用過的床墊搬了進去。

躺在那裏望上去，只見與壁爐混凝土壁面相接並露出來的屋梁，像是惟此才能讓自己體味到「小老頭」蟄居在那裏的氣氛。實際上，年輕時的自己總是那樣。在長期獨自生活之後，即使結了婚並生下小明，仍然感到在心理上有這樣的需要，那就是蟄居在這種地窖一般的地方……

這段期間，和在樓下壁爐前時有所不同，大武和小武也逐漸頻繁前來，與在這間小小書齋中面對著書桌的古義人說上幾句。在這狹小空間，兩個年輕人的身體有著鑲嵌進自身的柔韌，只要古義人轉過辦公轉椅的朝向，這裏就成爲適合於聊天的場所了。

但是，木庭彷彿想了起來似的，領著那幫人爬上鷹架幹這幹那的期間，古義人卻好像被他們踩踏著頭頂一般。木庭也曾以繫爲媒介與古義人深入地交談，但在那之後，與其說想要接近古義人，毋寧說他旁若無人地在鷹架和屋頂上四處走動，也許是藉此炫耀自己的控制權。

大武和小武卻與此不同，儘管他們才是負責監視古義人的任務而住進來的，有時卻試圖讓古義人淡忘此事。

話雖如此，可能是放心不下哥兒倆自己的舉止吧，大武還曾向古義人詢問過：

「看到像我們這樣的年輕人，你會生氣地說：『現在這幫年輕的傢伙呀』嗎？」

「並不是最近的事，已經有很長時間了。正像你所說的那樣，確實存在讓我認為『這傢伙可是不行呀』的人。因為是在北輕井澤遇到其代表性人物的，所以一到這裏就會想起來。由於那種人是讓我時常引作例證並加以思考的類型，我還為他們取了『小船鋪裏的打工者』這個名字呢。

「小明那時才五、六歲，附近一個人工湖對外開放，還有用於乘坐小船的上船碼頭。我把小明放在船上划了一會兒，就想登上搭著跳板的下船碼頭。在那裏打工的兩、三個學生便固定住小船的船幫。我坐在小船裏，小明想先行走上那跳板，那小船卻由於跳板的彈力作用而搖晃起來，小明就感到害怕。我在小明身旁鼓勵著他，但他卻只是欠著身子在原處猶豫。

「於是呀，三人中那個身材高大、穿著學生服的傢伙就對其餘兩人招呼道：『這個樣子，不行啊！』說完就一同離開小船，上岸去了。他們走後，我奮鬥了大約二十分鐘，這才讓小明走上跳板。我想，假如頭腦在那段時間裏沒能冷靜下來，我會追上那幾個傢伙，惹起一場糾紛的。一看就知道是有智障的小孩，因懼怕搖晃不停的小船而難以行動，但他們卻拋下這個小孩揚長而去。

「那傢伙也該大學畢業了，或進公司或進政府機構了，現在大概有五十四、五歲了吧。而且，我覺得他還是『小船鋪裏的打工者』那個模樣。之所以這麼說，是因為我此後不斷偶遇外務省的傢伙、廣播電臺、報社和出版社的傢伙等諸多『小船鋪裏的打工者』。」

這麼說著的同時，古義人大致回憶一下，意識到此事已過去三十多年，卻從不曾對任何人說起過，唯有「小船鋪裏的打工者」這句話成為他判斷人的基準。說完這番話後，他甚至覺察到自己那滿是皺褶的面孔因激憤而紅了起來。與此同時，不僅大武，連小武的面孔也脹得通紅。一種異樣的衝擊使得古義人為之所動

——還是有一些懷著廉恥心的年輕人的！

5

名叫奈奧的小姐搬入「小老頭」之家後，除了大武、小武和古義人的餐事外，還負責打掃和洗滌，但這個女性並沒有給人留下獨自控制這個家的壓迫感。而且，她在很短期間內，便試圖決定這個家的生活基調。她重新規劃了一下空間，作爲另外三人和她本人的共同空間的一樓、廚房自不必說、餐廳和客廳——至於壁爐前取用讀書卡片的那個空間，古義人的自由沒有受到侵犯——的空間。大武和小武同住的房間以及奈奧的那個細長房間，古義人不曾進去過，並不瞭解其中情況。儘管如此，年輕人生活圈裏的過剩能量也沒從大武和小武的房間漫溢出來。大概是年歲稍大的女性針對小夥子的制約力在發揮作用吧。

奈奧搬到北輕井澤以來，讓古義人生活發生的變化，就是不能直至深夜過後還在壁爐前的扶手椅中喝酒了。回到二樓後，古義人仍會在千樫的寢室看書，然後將平底酒杯斟上五十毫升威士忌，再各來一個黑啤酒和三五〇毫升的罐裝啤酒，從廚房帶到三鋪席房間飲用。這就回到了住院以前的習慣。而奈奧雖說不知道東京的千樫所發揮的管理者作用，卻準確無誤地扮演了這個角色。

奈奧準備四人份的西式早餐。大武和小武用完早餐出門後，古義人再下樓。咖啡壺裏留有溫熱的咖啡。古義人雖然因上了年歲而早早醒來，卻先飲用枕旁的瓶裝水，然後就在床上看書，在大武和小武一面悄悄與奈奧說話一面吃早飯期間，古義人沒有下去。在那之後，再獨自一人享用奈奧爲自己做好的雞蛋、臘肉和火腿以及沙拉。

古義人已經多年不吃午餐，這個習慣只在住院期間被改了過來，但出院後隨即又變了回去。晚餐則是被告知已準備妥當之後，便下樓去用餐。奈奧本人要等待大武和小武遲遲歸來後，再一同吃先前做好後放在那裏的晚餐。

在早、晚餐之間，奈奧同樣不用午餐，她把下午三點定爲飲用茶點的時間，從客廳裏招呼古義人下來品用。爲飲茶而準備的茶點，由大武和小武從輕井澤的餐館裏帶回來。

備下的茶點有切得很薄的法國麵包、還有火腿和奶酪，在古義人看來，即使考慮到日本家庭的飲食生活而變化過，但這些食物還是以在美國經歷過的生活爲基調的。在家裏見到奈奧時，她身上顯出美國的大學裏研究生的韻味，但在飲用茶點期間坐在古義人對面時，挺著筆直腰背飲茶的奈奧穿著平針織就的淡茶色夏日毛衫和藍色牛仔布襯衣，下身則經常是和彈性燈心絨毛衫相同顏色的裙子，讓人爲之感到風雅俏皮。

飲用茶點將近結束時，繁從「怪老頭」之家來到這裏。說是被替換下的自己要去輕井澤休息一會兒，然後，奈奧——她肯定也是監視古義人的人員——便穿上仍是淡茶色的皮質長靴，其裝束非常和諧。

奈奧並不把正在下著的小雨放在心上，爲借用繁或佛拉季米爾的車子而走向通往深處的小徑。繁透過鷹架鐵管的縫隙目送她遠去的背影，說了下面這一番話：

「這個小姐的生活形式呀，就像看到的那樣，非常乾脆俐落。她規劃的研究專案中的程序也是如此。並不顯得急躁，卻是切實地進展著。不去考慮取得博士學位後要做什麼工作之類的事情。而且，這不是裝腔作勢。她沒從家裏得到經濟幫助，也沒向研究機關申請獎學金。是個全部自費做學問的人。因爲是同步翻譯的高手，不時去接一些同步翻譯的工作，其餘時間就自由地做研究。在這個家裏，她也是整天不停地做家事吧？

「而且，奈奧既會照顧古義你，爲了大武和小武，她也是會不辭艱辛的。因爲呀，她從心底裏爲他們好。以我看，奈奧早已成了知識份子，是個成熟的大人了。而大武和小武卻還帶有很重的孩子氣。奈奧曾經說過，若是爲了他們倆，即使放棄她人生中至爲重要的研究也未嘗不可。

「嗯，大武和小武也都是非常特別的傢伙……今天只因爲是大武和小武要提前收工的日子，奈奧就如此生氣勃勃！」

聽繁說了這番話的第二天，面對隔著桌子從容自在地邊吃餅乾邊喝紅茶的奈奧，古義人問道：

「你對一九八〇年的年表瞭解得非常詳細，那是因爲佛拉季米爾關注三島的緣故嗎？」

奈奧似乎正在思考其他事情，見古義人主動與自己談話，便顯出既詫異又高興——面龐也微微脹紅了——的神態，她斷斷續續地說道：

「臨搬到這裏來之前，在輕井澤參加了年輕的國會議員開辦的夏季研討班，而熟悉那個年表則是必要的。因此，就核對了年表。那一冊年表大概是長江先生的書，因爲是在『怪老頭』之家的物品……」

「會議上有什麼議論？」

「對議員們發表談話的，是哥倫比亞大學的教授，其主旨是公明黨當時爲了奪取政權，要重新解讀截至那時爲止的現代史。那年的一月，社會黨和公明黨就建立聯合政權的構想達成了一致意見。社會黨透過大會的形式對此予以承認，從而更改了有關日美安全保障條約的方針。那一年，也是社會黨和共產黨之間的關係徹底惡化的一年。

「原本那是社會黨和共產黨這兩黨間的問題，但美國的政治學者卻站在公明黨的立場上，對研究進行了歸納和整理……與社會黨和共產黨這兩黨間加深彼此對立相並行的、公明黨的動向是問題的焦點。黨內首腦剛死去的自民黨在此透過雙選舉獲得了穩定多數票。這一年的年底，公明黨決定了在八〇年代建立聯合政權的綱要，刪去了此前的反自民黨條款。那位學者表示，他對於自民黨在黨內首腦死去的困難時刻卻恢復了勢力而感到無法理解……」

「他或者她如果是美國人的話，」古義人說道：「對於同情票這種事，也許就超出其理解能力了。」

「假設三島出獄並重新組建了『盾會』，那時，他或許可以召集得到的支持，仍然可以說是同情票吧？因爲，十年時間，他在監獄裏待著……」

「不，出獄後的三島大概會情緒高漲吧，畢竟才五十五歲，你不認爲他會更積極地開展政治活動嗎？很快就進入泡沫經濟的時代，由於遭遇泡沫經濟崩潰……也許會形成一股相當大的勢力。」

「遇上這樣的機會，大武和小武又很關注，因而就查閱了長江先生的年表。」奈奧說：「當然，從年輕時開始，你就一直從事文學活動，有時也會在社會性聲明上簽名，可是……對這個國家的社會，究竟帶來了哪些影響呢？我曾被大武和小武這麼質問過，當時我沒能回答。

「再來談談三島，在或許存在可能性的這種設定下，佛拉季米爾提出了這個問題。三島畢竟是花樣不斷翻新的社會人物。」

「三島的亡靈呀，比起活著的我來，即使當下也在發揮著很大作用。」古義人坦率地說道。

「繁先生對於長江先生的自我約束呀，忽而焦躁不安，忽而又像是理解認同，不過……我很堅定地對大武和小武他們倆說，長江先生不是那種花樣翻新的社會人物。我對他們說，不要抱著任性的幻影了……」

奈奧並不介意古義人如何理解她的話，只顧把自己考慮已久的想法說出來。就是這種性格，也是一種生活準則。

因著那部收拾舊書和文件時發現的、成爲開始寫小說之契機的法文原文書，古義人浮想聯翩。而且，他有心對奈奧說起四十五年前的那些往事。那是因爲他回想起一個人物，一個與現在正和自己談話的年輕女性酷肖的人物。古義人在想，對這個甚至連家人都不是的年輕女性敘說那些往事，是從不曾有過的，畢竟還是上了年歲，已經難以區別判斷了。

「如果從外部看，奈奧就是一個追求自由生活方式的研究者。早在大武和小武這個年齡上，我曾遇見過一位相同的女性。之所以不曾和女兒說起此事，是因爲想不起對方多大年齡等細節，那時，她是一家在知識界享有較高地位的雜誌的記者……

「我的一篇作品在大學校報獲獎是事情的起因，當時，我在給好幾家文藝雜誌寫短篇。那人就領著攝影師來採訪我。

「我的大學畢業論文是以沙特爲主題的，但在此前一年，我閱讀了一位獲得龔古爾文學獎的作家，並受到他的影響。大武也說起過這事，作品中意象描寫與其相似到了重新閱讀時甚至爲之驚愕的程度。

「自那以後，我成爲專業作家開始寫起小說來，同時繼續閱讀這位叫作加斯卡爾的作家。但在那個過程中，加斯卡爾他本人改變了文章的寫作風格，像是爲了反覆加深印象而將文體寫得稍長。於是我又模仿他的文體，用日語緊隨加斯卡爾在文體上的構思，也開始寫那種文體的文章……

「作爲新銳作家，我參加了出版社於年底舉辦的晚會，正閒得無聊之際，那位記者走了過來。然後對我說：『我很清楚地知道，你起步之初的作品寫得乾淨俐落。現在卻是雜亂無章。之所以如此，並非如同批評家所褒揚的那樣具有豐富的資質，而是你不知道現在該寫些什麼，這才拉起形容詞的煙幕的吧？』說完這話後就離去了……

「那天夜晚，回到租住的房間後便取出採訪時得到的名片，當時我在想，如果明天往這裏打去電話，再度聽聽那些話，自己或許就能走出已經闖入的迷途……可是，我沒有那份勇氣，事情就這麼不了了之了。

「很久以後，那位記者用法語繼續學習，最後以法語寫了越南或柬埔寨在戰爭期間和戰後與日本的關係史。後來，聽說那位記者因病故去了……

「就是這麼一些往事。但我經常在想，假如我不是從森林裏出來僅四、五年，連給人打電話也不敢的鄉下青年，那麼，自那以後一直在寫小說的人生該不會變成另一種情形吧？」

奈奧以尚未從傾聽中回過神來的表情看著古義人。然後說道：

「不過，長江先生作爲作家度過的這大半生，不是挺好的嗎？」

「說是這樣說呀。」這麼說的同時，古義人覺察到依依不捨的烏雲正在自己的內心滾滾湧起。儘管如此，卻也時常考慮到此事稱得上是自己文學生涯中的最大分岔口。

「我很奇妙地與大武和小武他們倆邂逅相識，由於猜到他們想要打電話給我卻又畏畏縮縮，就從我這裏撥了他們兩人留給我的手機號碼。現在，我覺得長江先生是在說：『你做得對。』

---

1 僧人在禪寺從事雜役等體力勞動時穿用的外衣，以多層藍色棉布衲製而成，上衣爲筒袖，下衣爲長褲狀。

2 喻指軍火商。

第八章 魯賓遜小說

1

下一周剛開始，古義人就聽說佛拉季米爾因爲要去泰國與人碰面而要出國，便自然地想到此事也和佛拉季米爾的要緊事相關聯。繁則另有不少必須去做的工作，無法前來邀請古義人一同散步。他對古義人說，爲了保持運動，可以讓大武和小武陪著在大學村轉上一圈。說是從這個星期開始，大武和小武就不在輕井澤那家餐館工作了。實際上，他們倆已經不時在鷹架上做點兒這樣那樣的工作了。

在此之前，奈奧向古義人提出一個請求，是在繁因要事需出遠門、讓大武開車隨同出發的那天下午。古義人正在二樓躺著看書，奈奧破天荒地闖了進來，與平日裏的成熟穩重不同，她天眞而性急地開口說道：

「長江先生，這裏是大武和小武幫著整理出來的房間，但從現在開始，能借給小武和我使用嗎？在此期間，還要請你不要一個人外出。」

古義人原本想反問一句：到底爲什麼需要這個監視小屋一般的三鋪席房間？卻只是手忙腳亂地把正看著的書及辭典抱入懷中說道：

「當然，當然！」同時站起身來。

古義人在壁爐前的扶手椅中坐下時，傳來了小武被奈奧招呼著踏上樓梯、開門關門的聲響及奈奧的笑聲。

共同生活剛剛開始，奈奧就想讓她那個專事研究的房間獨立，顯出不打算讓其他合住者介入的架式。在大武外出期間，倘若又不屑因此進入屬於兩個年輕人生活圈的大房間，便只有眼前這個處理方法了。古義人是這樣理解的。

在那期間，只一度傳來奈奧「啊——！」的叫聲，其後便是兩個年輕人進入輕鬆假寐的安靜時間。大武開車載著繁回來的那個傍晚，小武在寢室裏一副獨自讀書的模樣。奈奧滿臉歡暢地照顧大家用了晚餐。過了兩、三天後，繁這次讓小武開車一同外出，大武和奈奧則度過了相同的時段。在自己的內心裏，古義人找到了對這三人中每一個人的親密感。

2

這一天，奈奧對古義人表現出親近的樣子，她向古義人問道，與讀書時做卡片的方式不同，眼下在這本包著厚厚封皮的大開本筆記上寫寫畫畫的，是在寫小說嗎？

「是啊……因爲要修改五、六遍才能出版，所以從出版後的小說中，就難以看出草稿上相應部分的痕跡了……」

「繁先生說了，他把這裏的夥伴們邀約到一起進行大決戰，而長江先生則從準備階段就同步寫下這一切。他認爲，即使對於古義來說，也是第一次用這種方法寫小說。」

「起先，我由於不可思議的原因受了重傷，在醫院裏躺了半年。因此，從年輕時起就一直寫小說的習慣便中斷了。當時就在想，即使不再寫小說，也會有老年的生活。

「但繁卻暗示說，那也會很寂寞。說是雖然不瞭解故事的整體，卻可以一點兒一點兒地試著寫構成其局部的細部呀。」

「在長江先生本人看來，有必要把繁先生他們要幹的那事寫進故事中去嗎？

「之所以這麼認爲，也是因爲繁先生曾說：大決戰只要一結束，古義筆下的故事的終篇也將寫完；咱們擁有任何實施者都不曾擁有的宣傳人員，他可是曾在斯德哥爾摩獲得大獎的作家呀……

「可是，去幹這種事，對於長江先生來說，究竟具有什麼意義呢？」

「是呀，」古義人一面考慮著一面說道：「作爲長年來一直寫小說的人，不管寫什麼，只要寫著草稿就會感到充實。至於那細節，只要是在改寫，就會感覺可靠了……」

「或者，作爲小說家來說，即使到了晚年，對於下一部作品也還會產生『這次一定要寫好！』的想法？倘若果眞如此，不就會產生一種此前完成的所有作品……就某種意義而言……都是失敗之作的堆積物之類的感覺了嗎？」

「我並不認爲此前的作品全都沒有意義。不過，說到以前從事過的那些工作的總量，我同樣不認爲現在正握著鋼筆的自己是徒有軀殼的老不死。

「對於還活著，進行著又一件工作的自己。這種說法倒是很有意思。

「在我因受傷而長期住進醫院、臨出院前後的那段日子裏，覺得自己什麼也不會寫了。」

「長江先生，聽繁先生說，你曾在病房裏低聲吟誦如同〈再見，我的書！〉那首詩歌似的文章。」

「當時，浮現在我腦海裏的我的書，用你的比喻來說，就是堆積在倉庫裏的全部小說。但現在一旦開始寫起草稿來，我的腦海裏就好像又浮現出另一部我的書。」

「如果把小說家一生所寫小說的總量比作A，」奈奧說：「那位小說家就像長江先生這樣，只要把草稿一直寫下去，他的小說的現有量就是A-α吧？那麼現在的長江古義人的評定是A-α。不過，在你本人看來，惟有α才是長江古義人嗎？」

「還沒什麼東西能夠確切地證明現在的草稿就是自己的α。但是，我覺察到迄今爲止，自己似乎一直在相當冷淡地說著：『再見，我的A-α！』」

「關於如此這般地透過寫草稿而創作小說，繁先生認爲，他們的行動大功告成之時，從肯定的角度加以理解並進行寫作的你呀，迄今爲止所獲得的所有社會好評可就危險了。說是『古義是在意識到這個問題的基礎上與咱們交往的』……」

「有一次繁曾說過這樣的事，但我卻沒有切實感受。」

「繁先生還說：『假如情況恰好相反，計劃徹底失敗的時候，古義則會寫出此前全部作品中所沒有的、也就是A-α中所沒有的那種有個性的小說。

『即使計劃失敗了，但在這個計劃的準備階段就同步記錄下全過程的草稿，則會存留在古義手邊，他可以將此當作素材來完成小說。雖說那是一個悲慘失敗的故事，但作爲防範規模巨大的恐怖事件於未然的故事，或許會成爲他創作生涯中難得一見的頭號暢銷書吧……

『那時，對於長江先生來說，哪裏是在從事對自己不利的工作？簡直就成了對他非常有利的獨家取材嘛。』

『如此說來，那個老朽作家會試圖把事情向讓我們失敗的方向運作嗎？』小武當時這麼問。繁針對他的疑惑說：『他不那麼做也可以。』但我……

「但那一點我必須考慮到，失敗時的善後。即使這種時候眞的來臨，佛拉季米爾和清清也會得到『日內瓦』的救援，因而可能在失敗之前就離開這個國家。就算是這位繁先生，也是一位擁有美國籍的人。

「然而在這一點上，大武和小武卻是毫無防備，因此我打算救援他們兩人。即使繁先生他們的構想成功了，情況同樣也是如此……」

3

古義人從奈奧本人的口中——儘管與繁所說的相重複——再度聽到了詳細的內容：

奈奧是爲報考研究所而來到這裏的，這三年間在日本的生活費用，將從事同步翻譯來賺錢維持。繁吩咐道，在此期間，要將生活場所遷往日本，並尋覓有意願的年輕人。

與大武和小武這兩人結交爲朋友時，奈奧的腦袋裏還是在想著這件事。然而對自己來說，這兩人的重要性很快就超越了結交之初的功利性目的。今年初夏，奈奧把兩人介紹給了來到東京的繁。大武和小武起先與繁、後來與佛拉季米爾和清清親近起來，也是因爲這兩人找到了夏天在輕井澤打工的機會，他們便和奈奧一起也在北輕井澤住了下來。

現在，大武和小武正要參加繁所構想的——奈奧尚不瞭解其眞實面目的——計劃。像是爲使奈奧理解而提供擔保書似的，兩人抬出了長江古義人的名號。奈奧曾詢問過繁，被告知是從孩童時代起就交情不凡的朋友。毋寧說，自己也想知道長江先生將發揮什麼樣的作用，因而決定與大武和小武一同照顧你的生活起居……

可是，自己原本認爲繁是一個可以完全信賴的人。直至高中時代都一直在這個國家與自己共同生活的父母遷到了美國，儘管沒有一個可以依賴的熟人，但自己仍然在研究工作中生活了過來。之所以能夠如此，是因爲，那個人雖然隻字不提那樣的事，但曾擔任自己碩士課程導師的繁，是他，爲自己介紹了一個大承包商。

即使在同步翻譯的工作上軌道以後，他還是以優厚的條件讓自己翻譯文件資料。佛拉季米爾和清清爲了生計而做的工作，也都是繁預先爲他們安排好了的。他對學生如此關照，但他自身的生活卻好像欠缺了一些重要的東西。

因此，當繁陷入窘境時，以往的同僚和學生是不可能不設法幫助他的。之所以接受繁和他的那些年輕朋友，或許也是這種情感在起作用吧？

這時，古義人對奈奧說道：

「不，不是這樣的。是因爲在長期住院之後的恢復期裏，自從孩童時代起就關係很深的繁提出了這個共同生活的建議……」

從這裏開始，奈奧把談話轉到另一個全然不同的話題：

「長江先生，你讀過波蘭科幻作家史坦尼斯勞・萊姆的《索拉里斯》吧？我轉入美國的中學後，曾看過前蘇聯導演安德烈・塔可夫斯基拍的老片子。上幼稚園時讓我感到懼怕的東京的高速公路，聽說被他用實拍手法攝入未來景象之中，就看了那電影的錄影。後來我讀了萊姆的原著，從此就喜歡上了那位叫作哈瑞的女性。也曾聽說萊姆對塔可夫斯基的這部電影不滿意，但我還是認爲：滿好的！

「名叫索拉里斯的行星上的海洋具有不可思議的力量，爲探索其秘密而來到空間站的宇航員庫利斯邂逅了一個女性，這是由索拉里斯海製作出來、與庫利斯業已自殺了的妻子姿容相同——就連內心情感也非常相似——的女性。庫利斯擔心自己被其所惑，便把她封閉在一人乘坐的飛船上，從太空站發射出去了。然而，哈瑞很快再度現身。這個哈瑞在和庫利斯交談的過程中，覺察到自己不同於庫利斯記憶裏那位自殺了的哈瑞。可是，她被製作出來就是爲了愛戀庫利斯的，因而只能感到非常痛苦，便喝下液氧……她呼出的氣息帶有的寒氣，使得雪花在肺和胃都燒壞了的身體周圍飛旋……嘗試著那種可怕的自殺。即使如此，過了一段時間後，被索拉里斯海製作出的肉體便又恢復了原有形態。如此下去，就只能永遠糾纏在庫利斯——由於庫利斯是個人，不可能永生——身上了，哈瑞無法忍受這種命運，打算借助微中子系統的物質毀壞裝置完全消失。

「由於哈瑞並不知道自己是如何被索拉里斯海製作出來的，因而也不知道該如何利用曾製作出自己的索拉里斯海來幫助庫利斯，爲此而感到痛苦的哈瑞決定結束自己的生命。

「我從未讀過這樣的小說，讓宇宙、世界和所有一切都變得可怕的小說。而且，哈瑞是那麼可憐。從這部小說中我讀到的，是沒有出現在任何一頁上的可憐這個詞語……

「而且，現在正要被捲入繁先生那個大決戰中去的大武和小武，也是可憐的。

「我並不知道繁先生、佛拉季米爾和清清他們那個計劃的具體內容。繁先生就把這樣一個我作爲工具，將大武和小武引誘入夥。那兩個人好像也不知道所要幹的內容。但他們還是孩子，僅僅是繁先生大決戰這一句話，他們就決定也參與進去。

「那兩人雖說還是什麼也不知道的孩子，但一旦決定幹些什麼，就決不會停下來的。如果你要問爲什麼，說是假如自己的人生中出現有意思的際遇，那就決不能錯過它。尤其是他們深信，倘若錯過現在終於發現的大決戰，就會度過如同窩囊廢一般的人生，那將無異於死去。總之，長江先生你不是書寫這個大決戰全過程的作者嗎？因此，由於希望你在寫作過程中不要矮化大武和小武，我才對你說了這些……

「直至剛才，那兩人還在鷹架上踏出『咯吱——咯吱——』的聲響。是木庭在進行訓練，要讓他們明白究竟爲什麼而爬上鷹架戰鬥。喂，他們是那樣純真，臉上洋溢著做完工作後的滿足神情，一隻腳踏著升降機下來……不是很可憐嗎？」

自佛拉季米爾去了曼谷以後，實際上繁本人也上過鷹架，同木庭——當時他領著大武和小武——談論有關作戰的話題。這樣做，是有意識地讓在二樓看書的古義人聽見，從而爲他寫作小說提供相關材料。古義人躺在室內，聽著近在咫尺的、繁和木庭在距地面五、六公尺高的鷹架上的談話，覺得這種戰爭遊戲式的談話既奇怪，又令人產生不安定的懸空感。

繁和木庭站在用鐵板圍住外側的鷹架上，像是在眺望「怪老頭」之家。聽他們談話的口氣，對於眼前的視野好像非常滿意，從這裏不僅可以環顧兩家中間那個生長著雜木林的窪地，就連包括周圍林子在內的所有地形都一覽無遺。倘若據守在這個高處，機動隊無論從大學村的公共道路、還是從北側開發出來的別墅區的私有道路攻打過來，都可以輕易將他們轟走！較之於在「淺間山莊」事件中固守抵抗的聯合赤軍進行的槍戰，自己所處的位置顯然遠爲優越……

聽了此番談話，古義人大致是這樣理解的：繁和木庭大概是在進行設想槍戰的訓練，讓同夥們設想槍戰的情形，在鐵板的掩護下往來移動於高高的鷹架上，狙擊隱身在樹叢間的那些進攻者。

在古義人的腦海裏，浮現出一旦發生這種訓練在現實中果眞發揮作用的事態時，自己在那個場面狼狽亂竄的景象。這顯然是荒誕無稽的想法。儘管如此，自己內部有著怪異之處的年輕傢伙，卻仍然興趣十足。

4

眞木寄來了魯賓遜小說的資料和用中規中矩的圓體字寫就的好幾個郵包。這一天也是如此，繁領著大武和小武出了遠門，古義人便獨自查看那些包裹。裏面計有：作爲六隅先生的遺物而得到的一九三二年初版的《茫茫黑夜漫遊》；七星叢書版的《塞利納小說集》全卷本和《塞利納筆記》八卷本；法國和美國出版的好幾冊研究書；國書刊行會版的《塞利納作品》全套；還有眞木依據古義人的筆記和卡片用電腦整理出來的有關塞利納的資料。

古義人最先拿起原本在書庫裏卻被自己遺忘的《塞利納評傳》，此書——意外的是，上面竟有寫給古義人的獻辭——是一位叫作帕爾代爾·佩爾吉雅的人寫的。書中甚至有一處將魯賓遜稱爲巴爾達繆的——這裏用的是法語——double[1]中的一人，這句話下面被用紅鉛筆劃上了記號。從即使自己也幾乎忘卻的很早以前開始，古義人就一直在考慮所謂的pseudo-couple[2]問題，那也是受《茫茫黑夜漫遊》中巴爾達繆和魯賓遜的影響。雖然，那是直至最近才發現的語言。

古義人寫在卡片和筆記上的文章，基本上都是引用《從一座古堡到另一座古堡》三部曲和《茫茫黑夜漫遊》，是自己一直思考的內容。就以這一張張的卡片爲線索，再度讀起了《茫茫黑夜漫遊》。

在這過程中，一如繁所主張的那樣，對作爲自己晚年作品的魯賓遜小說加以思考，甚至製作了備忘錄。

> 沿著魯賓遜之軸線重新加以閱讀，卻還是認為這是巴爾達繆的故事。這個巴爾達繆的故事裏有著簡直像魯賓遜小說般的獨特的調味料。但對於人生最後時期寫作的小說，我覺得現在將其理解為魯賓遜小說的方法是有效的，雖然它還只是模糊不清。
>
> 因此，將《茫茫黑夜漫遊》有意識地解讀為魯賓遜小說，是作此備忘錄的目的。

在此期間，對於自己被繁說起魯賓遜小說卻沒能回想起來這一事，古義人有一種異常感。接著，古義人驚悸地聯想到了頭部負傷的後遺症……

在一個比卡片上的紀錄寫得稍長的筆記裏，抄寫著魯賓遜之死的那段情節。巴爾達繆守護著處於彌留狀態的魯賓遜，同時認爲自己非常微小。因爲，自己不擁有對別人生命的愛憐。在這樣一個自己的面前，魯賓遜用雙手分別緊緊握住他與另一個人，像是突然間挺起來似的死去了……

接著，古義人把米蘭．昆德拉的小說中的人物所說的話語翻譯爲日語——對人世間的權利所進行的戰鬥，就是對忘卻所進行的記憶之戰——並加上注，然後繼續引用塞利納的話語：

言說忘卻，其實是最為慘痛的敗北。尤其是忘卻那些打垮了咱們的傢伙，若是不知道人將變得多麼骯髒而死去的話。雖然將被埋在墳墓之時，你做出像是知道一切的模樣，卻已經沒有任何意義。話雖如此，也絕不可忘卻所知之事。你必須不含絲毫謊言地說出在這個世界上曾見到的人類的所有墮落。然後，你就閉上嘴巴進入墳墓之中。作為人這一生的工作，只要做了這些也就足夠了。

在黎明前的偵察行動中，學生出身的新兵巴爾達繆被派往某小鎮偵察是否還有殘留德軍。不見任何蹤影。一個像是掉隊士兵的男子往這裏走來。那傢伙圖謀開小差。一同走在深夜的戰場上，然後，並不考慮再度相見的這兩人便分開了。那個男子，就是魯賓遜。

巴爾達繆後來成爲傷兵，去見一個想聽戰鬥情況的、戰死者的母親，那個絕望的女人卻已經上吊了。這時，將這個女人視爲教母的士兵前來造訪，巴爾達繆只覺得那士兵眼熟。

然而，即使此時交往也還不深，兩人就此分別。巴爾達繆從陸軍醫院出院後獲得自由，乘上前往非洲的輪船。在殖民地的港口小鎮，他得到在公司任職的機會，第一個工作是前去內地。爲了與正在怠工的公司駐當地辦事處負責人交接，他必須和那個男人一起在破屋子裏先過上一夜。那時，他覺察到此人可能是魯賓遜，剛想要加以確認，對方卻早已人去床空。

惡夢般的生活進一步降臨，最終巴爾達繆淪爲雙桅戰船上划槳的船工，被迫開始了前往美國的幻夢般航海。不久後雖然到達了美國，卻由於要在小海灣的小村莊裏度過檢疫隔離期，便從那村子裏逃走了。巴爾達繆在紐約旅館裏找到了住所，催促他前往市區的，則是不知何時潛入到他體內的魯賓遜的聲音。

咱呀，由於略微看穿了陰暗的事物，因而難以保持閒適的內心。既過度瞭解那傢伙，又有並不十分瞭解的地方。必須溜走！咱這樣說給自己聽。必須再次溜走！或許還能見到魯賓遜。當然，這是一個愚蠢的想法，但這就是咱說給自己聽的再次溜走的藉口。（下略）

總之，巴爾達繆在美國社會的角落裏開始了自己的生活，並被領事館的館員告知：魯賓遜是個正在被通緝的逃犯。自那時起，咱就整日裏想著與魯賓遜相遇。

果然，在一個拂曉時分的電車終點站上，魯賓遜叫喊著他的名字。在那以後，他又遇見過魯賓遜兩、三次。然而，巴爾達繆卻離開了在美國結識的女朋友和魯賓遜，踏上前往法國的行程。

在直至這裏的敘述中，巴爾達繆每次都在特殊的場所，與魯賓遜不尋常地相遇。不過也就僅此而已，兩者在小說中結合得並不十分緊密。這就是魯賓遜小說前半部分的寫法。

小說的後半部分剛一開始，曾在發作一般的愛國熱情下志願從軍的醫學院學生就把醫生頭銜弄到了手，在巴黎郊區開了診所。巴爾達繆懷有一種不安——是否還會與魯賓遜不期而遇？這個擔心不久便成了現實。現在正閱讀這部小說的讀者，恰好是在讀著魯賓遜小說……

與巴爾達繆重修舊好的魯賓遜和一個老太婆相知相識，又很快參與到兒子夫婦想要殺死這個老太婆的陰謀中去。然而，他自己的眼睛卻受到了傷害。後來就是在兒子夫婦照顧下的生活。搬遷到法國南部後的生活。在那裏結識了一個奇妙的女人，被那個女人一直追逐至巴黎，終於落得個被殺死的結局……

引用了魯賓遜死去時的情形之後，當時還很年輕的古義人在筆記本上寫下的，才是作爲自己的魯賓遜小說的構想。

在小說的最後一幕，死去的魯賓遜躺在中央。巴爾達繆恭恭敬敬地站立在一旁，在魯賓遜的引導下已經說完了整個故事，正要第一次面向自己的未來而開始茫茫黑夜漫遊……

假如能夠把魯賓遜引入自己那個魯賓遜小說的構想，就可以徹底以我國黑暗的現代史為背景，寫出我自己的分身巴爾達繆。在小說的結尾處，那傢伙將會把目光死死地投向自己這夥人所處時代的茫茫黑夜……

5

還是近午時分。這時，綠色輝耀在梢頭，陽光越過這綠色的樹冠直接射入屋裏。古義人把自己在二樓使用的被褥和毛毯抱下客廳曬太陽。他本人則躺在一旁，也算是在日光浴。他覺察到有人興匆匆地爬上了陽臺。繁透過鐵管空隙確認了古義人後，剛走進大門便大聲喊叫起來：

「佛拉季米爾從曼谷打來了電話。明天下午將到達成田機場。要讓清清開車送咱去迎接。因爲，有很多在電話裏不方便說的話！」

繁又對靜靜地從廚房裏出來的奈奧喊道：

「告訴大武和小武到這裏來！要進入狀態，進入實施佛拉季米爾帶回來的決定的那種狀態！」

「我來收拾鋪在這裏的東西。」古義人止住試圖出手幫忙的奈奧。自己內部那個有著怪異之處的年輕傢伙顯現出了活力。

勞動一番的古義人從樓上走了下來，繁已經獨自坐在餐廳的餐桌南端，直盯盯地注視著反射著陽光的鐵管。由於大武和小武坐在客廳一側，電話則早已被佛拉季米爾切斷不能使用了，古義人於是背靠具有物體實感的電話／傳眞兩用機坐了下來。奈奧爲大家送上紅茶後，在繁和古義人之間坐下。

「咱曾向你說起過，要在這裏建立根據地，咱對你是有用的，」繁開口說道：「就是喝得酩酊大醉、面向攝影機說的話。不過，那可是酒醉人不醉呀。爲了不流血地實施計劃，對於咱來說，那是必不可少的程序。

「古義你呀，像是把咱說的話，當作你要寫的魯賓遜小說的梗概來聽的。」

「你是圍繞六隅先生應該傳承給我的東西而展開談話的。爲了讓我對你的大決戰發揮作用，你說，決不能讓我背叛六隅先生那種人道主義的生活方式。

「你所說的僅僅就是這些。你可眞是酒醉人不醉，並沒有說出更多的東西。」

「現在，咱可以具體說出『日內瓦』業已認可的構想了。而且，對於大武、小武和奈奧，這也是第一次說起。」

繁一面這樣說著，一面像是估算似的打量著兩個小夥子和比他們略微年長的那位小姐。然後，他轉而注視著古義人，一變而爲鼓舞自己的口吻：

「咱對古義說起過在紐約九·一一事件中的經歷。咱還說，『日內瓦』那些人如果來到東京，首先引起他們注意的超高層大廈是顯而易見的，負責那些大廈的設計和施工的建築家和技術人員，是咱大體上都知道的夥伴。咱還提到，說起來，超現代建築都建立在極爲脆弱的這個基點之上。

「儘管如此，咱還是有兩點沒說出實話。其一，是咱爲什麼要參與佛拉季米爾他們的『日內瓦』行動。古義，咱呀，向來自『日內瓦』的那些人提供撼動東京都中心的破壞構想。該構想的提供者也將參加實際行動。大武和小武也會有相應的行動吧。正因爲是在基層，自立的頭腦和手腳才顯得重要。

「而且咱呀，並不很瞭解『日內瓦』這個組織本身。對於這一點，佛拉季米爾的口風也很緊。至於『日內瓦』如何把這個大決戰與紐約的恐怖事件聯繫在一起，咱也沒聽說過。毋寧說，那正是咱所期望的。

「因爲，咱的構想是更爲本源性的東西。當然，九．一一恐怖事件與今後將要發生的事件是不可能不聯繫在一起的。那些事件在二十一世紀的初始階段——咱認爲會——各自獨立，連續性地、每隔上一段時間便會發生。那一個個單獨的恐怖事件其意義會顯得曖昧不清，然而作爲整體，卻會指明方向性。也就是指明歷史！

「古義你大概想說：『基地組織』如何？咱認爲呀，它與目前正要發動的『日內瓦』行動同屬一列，是其中的一項。今後將相繼發生的巨大恐怖事件，其規模將遠遠超出單獨的政治黨派的控制範圍。而且，過了一段時期以後人們將會明白，在世界史的這個階段，這種巨大暴力的解放如果不在世界各地發生，人類就無法走向下一個階段。

「爲了這個目標，那些各自獨立、按各自的步驟在殫智竭慮工作著的人肯定爲數不少。咱以佛拉季米爾爲媒介偶然邂逅了其中之一的『日內瓦』。然後便向其提供最爲出色的構想。這就是咱的大決戰！

「古義，咱就用你所熟知的領域作爲例證來說明咱的構想吧。你關注核擴散這一課題。說到使用了核武器的恐怖事件的故事，你大概讀了許多吧。把裝在旅行皮箱裏的原子彈帶入大都市。這種構思當然顯得過時，是間諜電影的水準。更爲可能的是，將實際建成的大廈，用原子彈和氫彈完全、徹底地炸掉。

「可是呀古義，這是你與咱的看法相一致的地方：核武器的暴力，是屬於國家的。而咱，則想要提供另一種東西以對抗國家的巨大暴力。也就是說，是在履行選擇爆炸物構造的手續，選擇足以撼動超高層大廈、撼動國家的那種規模的、卻並非核武器的那個爆炸物構造的手續。如果是這樣的話，甚至可能獲得一定的支持。古義，你老夫子本人曾有過這樣的夢想嗎？

「其實，咱的手法很單純。咱先簽約包下特定的超高層大廈的幾個房間。然後以設立辦公室的名義著手進行內部裝修。只是改造這座超高層大廈那幾個 vulnerability ——你曾介紹說，這個單字呀，在用於核子戰爭的科學時，被翻譯爲誘發攻擊性的——房間，把經過精確計算的、具有巨大爆炸力的裝置安裝在整座大廈上。

「接下去，就是咱迄今從不曾說過的另一個問題。那就是你的具體作用了。古義，咱們要爆炸一座超高層大廈。即使沒能完全炸毀，爆炸也一定會使東京所有人全都目擊並承認發生了這個事件。爲此而進行的計算將由咱來完成，還要演示其方法。而訓練那些實施爆炸的人員，則由『日內瓦』負責。即使是咱們，也要做自費訓練的準備。

「可是，咱並不想把你牽扯到殺人圖謀之中。此前也曾說過，咱要做的與此剛好相反呀，古義。你不是六隅先生的弟子嗎？假如按照咱們的構想和技術而原樣實施，死者將高達千人甚至超過此數。讓人們從那個大爆炸的現場逃生，是咱的構想中的要點。因此，唯有在這一點上，古義，你的作用將得以發揮！

「佛拉季米爾回來後咱們將召開的會議，也要請古義你出席。與此相關聯的則是，古義你大概會被更爲嚴厲地軟禁起來吧。嚴厲的軟禁，哈——哈！如果你踐踏了咱們的友好態度，企圖逃亡甚至告密的話，『日內瓦』將會對你處以極刑。

「不過古義，咱們相信你不會試圖逃亡。假如你嘗試逃跑卻失敗並因此而被殺的話，就無法使得咱們策劃的大爆炸在不出現死者的情況下結束。可是呀，那也只是咱個人提倡的方針，對於佛拉季米爾來說，並不是什麼大不了的事。因此，大決戰仍是要斷然實施的。如此一來，將會有千人或超過此數的很多人死去。對於這種事態，六隅先生的弟子是不會視而不見的吧？

「那麼，現在就說你的任務。在大爆炸的開關被按下去的前一段時間——這個時間，在對實施爆炸做具體調查的基礎上加以計算——內，你呀，古義，出現在ＮＨＫ的臨時新聞節目裏，披露大爆炸的場所和時間。也就是說，呼籲大家疏散。僅僅如此而已！

「曾獲得國際性文學大獎的作家，來到NHK主樓的傳達室，說起正要發生的大爆炸。或者，即使向其負責人遞交『日內瓦』的聲明也行。然後，你就那樣在NHK的休息室裏等待。

「十分鐘後，會透過『手機』向你通知將實施大爆炸的那座超高層大廈的名字。然後，你自己或是播音員在電視畫面上勸導大家疏散。再往後，你也會在播放室裏看到實況轉播的疏散場面和令人無法相信的轟然坍塌的畫面，全世界的收視者很快就會看到的那個被反覆播放的畫面……」

繁結束了這個滔滔不絕的長篇大論，面部因興奮而佈滿斑駁的紅潮。古義人轉向繁的那張面孔——這時，古義人的腦海裏浮現出托馬斯·曼作品中的主人翁，那個裝扮得很年輕的老知識份子形象——回答道：

「在電視節目裏出鏡之事如果不經事先安排，出現在NHK傳達室裏的我呀，是不可能受到負責人接待的。繁把選人的方法給弄錯了。」

「是這樣的嗎？總之，廣爲人知的、大致還清醒著的老作家，揣著東京都中心的那座從NHK也能看到的超高層大廈將被引爆的情報出現在電視臺，卻在大門口吃了閉門羹。隨後很快就發生的大爆炸造成超過千人的死難者。假設事態發展到了這一步，作爲公共媒體來說，再也沒有比這更糟糕的醜聞了吧？」

「我認爲，長江先生最終會接受繁先生的勸導。」奈奧說道，左思右想不得其解、使其腮幫處稜角分明的面龐略顯黑色（日本人的血統非同尋常地顯現在表面，一副混血兒的表情）。「縱然我拚死反對，對於繁先生的大決戰，大武和小武也是不可能袖手旁觀的。我一直旁聽到這裏，自由選擇的空間也不存在了，可是……

「可是，繁先生爲什麼還要讓大武和小武在維修屋頂的鷹架上接受戰爭遊戲的訓練呢？這裏發生的所有一切，事後其實都會成爲被稱爲『那很滑稽』的笑料嗎？假設情況果真如此的話，長江先生暫且另做他論，大武和小武不是受到過分的愚弄了嗎？」

「只會要求他們做必要的事情。」繁說：「歸來途中的佛拉季米爾肯定會帶回來自於『日內瓦』的若干幫手。假如他們因某些蛛絲馬跡而被警察盯上，就會使我們剛一開始就遭受挫折。即使爲了爭取時間，大武和小武在防衛方面的動向也是值得期待的。」

奈奧沒有更多時間進一步質詢，清清連招呼都未打一聲就走進大門站在了那裏。與奈奧正好相反，清清那東方人冷峻的白皙浮現而出，她用急迫的聲調說道：

「繁先生，我一直透過e-mail和佛拉季米爾保持聯繫，他說，自己所說的話語與繁先生的理解好像存在分歧。『如果不儘早和繁先生直接對話，就會……』則是我們一致的看法。聽說他將立即前往機場等其他旅客退票。如果他搭乘今天晚上的航班到達的話，我和繁先生還是準備前去成田機場的好。」

1 法語，意爲一對或一雙。

2 法語，意爲配偶。

第九章 突如其來的虎頭蛇尾（一）

1

不到一個小時，佛拉季米爾就往清清的電子郵件信箱裏發來通知，說是已訂上末班飛機的機票。正在爲繁和清清備車的大武和小武就留在「怪老頭」之家，同時也好接收來自於佛拉季米爾的聯絡。

古義人心神不定，無法繼續從事曾在壁爐前的扶手椅裏一直做著的工作，他坐在餐廳頂端的籐椅中，思考著繁和盤托出的策劃方案。這時，奈奧離開自己的房間走過來，卻不像是送上咖啡的模樣，只是一動不動地坐在餐桌的頂頭。古義人突然湧起一個念頭，便向奈奧問道：

「繁在話語中，說是他的計劃一旦開始實施，我就會受到比此前的軟禁更爲嚴厲的處置。繁吩咐奈奧你要嚴加看守了嗎？」

奈奧挺直了正托著腮的身體上部，面部毫不掩飾地顯現出不愉快的陰影。

「沒有那種事。」她簡短地回答道。

過了一會兒，這次是奈奧開口問道：

「長江先生……整理三鋪席房間時，大武和小武幫了忙。當時你好像把被漏雨淋壞了的書放入壁爐裏焚燒。我還聽說，你從中發現年輕時閱讀的法語小說而非常高興。不過，長江先生的初版書有各種各樣，但你卻撕下封面、零七碎八地都扔到壁爐裏去了。大武說，這種做法像是把沒有價值的東西扔掉一般……他對你的舉止產生了興趣。

「繁先生則說，這是因爲長江先生下了決心，不惜把此前的所有好評全都扔到污水溝裏去。可是……與此有關嗎？」

「繁是那麼說的，因爲他是一個想當然的人嘛……不過，目前仍工作著的作家，把以往的作品非常珍惜地一件件存留起來的人，不也很罕見嗎？

「以前我也曾說起過，還是今後想要寫的東西，才是我眞正關心的對象。至於實際上能否寫得出來，則另做別論……

「只是，保存下來的那些初版書裏，就有最初的廣告和書評等夾在其中，在讀這些廣告和書評時，感受到了年輕的編輯爲我的作品傾注的心血。同時我還感受到，自己是將其作爲同時代的文學事件而接受的……最終我感覺到，現在，我是一個比年輕時更加孤立無援、只想再寫出一部作品來的老作家。」

「『我也目睹了長江先生焚書的場面，』小武這樣說道：『繁先生正要進行大決戰，是個勁頭十足的老人。上了年歲的人有兩種類型，』……

「聽了以後，我就在想，還是年輕人的感受方式不一樣呀。搬到北輕井澤之後，可以和繁先生進行久違了的從容交談。然而，他卻說了這麼一段話：

「『年輕時，每逢朋友因事故之類的原因死去，那已然死去的朋友好像就會湊到正好活著的自己的內部來，眞是個負擔。然而，現在自己成了老人，當爲數不多的那幾個還活著的熟人和老友中的誰死去時，自己所感受到的，則是徹頭徹尾的夢幻。因爲，有關那死者的記憶，也隨同他的死去而消失。實在是一場虛幻！

「『沉甸甸地眞切感受到這一切的，是在五年前，當時，在美國和自己結婚的妻子去世了。這並不是忘了或是沒忘她的問題，而是作爲記憶載體的咱本身，在不久前就已經被敲打壞了……』

「我回想起這一段話後，大武對小武這樣說道：『正因爲繁先生是上了年歲的人，才想要在這裏進行大決戰。』繁先生想要幹的事情是他作爲專家仔細思考和周密準備過的，因而越聽便越會爲其所惑。同時我在想，這果眞是『怪老頭』的心血來潮！

「『如果考慮到像長江先生這樣長年創作的作家也參與其中，曾與上了年歲的老友們再現示威遊行的場面，被扮演機動隊角色的人打傷頭蓋骨……仍然是奇怪的人才參加的活動，可都不是尋常之人啊……』

「確實像大武說的那樣。其結果，作爲繁先生和長江先生的晚年所迎來的悲慘的最後一幕，那是老人們的自由。不過，被身爲專家的繁先生的伎倆弄得暈頭轉向的那些年輕人會怎麼樣？『怪老頭』們的愚行難道就有將那些年輕人的犧牲予以正當化的理由嗎？」

「至於那種愚行的意義，」古義人（毋寧說，是纏住古義人的那個有著怪異之處的傢伙）說：「是繁雄辯地這麼說的嗎？

「這就像奈奧也說到的那樣，我之所以決定爲繁的大決戰做點事，只是出於那個原因，因爲，這好像是爲了避免在行動中出現大量死難者的一個手段。」

「你就那麼信任繁先生所說的話嗎？即使將要被牽扯到無可挽救的地步……

「繁先生和長江先生眞是不可思議的老人二人組！古老的動畫電影裏有阿爾發發老爺子，你們就是二人組的阿爾發發老爺子！」

2

第二天上午，古義人很晚才下樓來吃早飯，他從奈奧那裏聽說小武曾談起遲歸的佛拉季米爾他們的事情。在淺淺的睡眠中，古義人一度從夢境中醒來，那是一個與繁有著關聯、內容並不清晰的夢。醒來時，古義人也聽到了汽車的聲音。當時，三人疲憊地商議著像是比較麻煩的事情，與一直等待著的大武和小武只簡單地說了幾句話後便走進了各自的寢室。即使如此，繁還是要他們轉告古義人，說是明天一大早，佛拉季米爾和清清就動身前往東京，他們走後，請古義人到繁的房間裏來談話。

「我覺得，早在聽說清清收到那份e-mail時，長江先生就已經覺察到了，甚至說『日內瓦』的考慮，與曼谷之行以前的佛拉季米爾和清清及繁先生他們所期待的方向並不一致，因此，『怪老頭』之家那三人的情況就有些險惡了。

「聽說佛拉季米爾曾囑咐，在他們前往東京期間，要大武和小武其中一人留在後面那個家裏。這次不僅長江先生，連繁先生也被軟禁了嗎？」奈奧嘟嘟囔囔地說道。

早餐後，古義人在昨天放下的小說創作筆記上記下繁此前所說的大決戰的要點。倘若繁的構想被「日內瓦」駁回，那麼受他啓發的魯賓遜小說就將變成別的故事。不過，在整體進程尚處於模糊不清階段記下的筆記，將來反而不會成爲無用之物。

這時，大武從陽臺上把奈奧喊了出去，傳話說是繁正等待著古義人。

湛藍的晴空之下，幾個星期未從這裏通過期間，四處繁茂的葉叢早已失去新葉的嫩脆，古義人往坡上走去。黢黑的大鳳蝶原本停歇在潮濕的地面上，直到古義人前行到非常近的距離上才飛逃而去。古義人穿出樹叢時回首望去，只見被鐵管、鋪板和鐵板圍住的「小老頭」之家，宛如在陽光中閃爍著光輝的小城堡一般。

此前曾在無意中聽到繁和木庭的對話，說是要把那裏作爲堡壘與警察進行戰鬥，當時自己並沒有特別放在心上，但現在看上去，還確實存在一些現實性。古義人如此想著。

面向「怪老頭」之家的後門，經由斜坡上不曾修剪過的草坪橫穿而過時，一隻松鼠沿著白樺樹粗壯的樹幹跑向地面。牠叉開雙腿站立在落葉上，舉著空無一物的上肢，定定地看著古義人。古義人感到，自己已經進入業已歸屬他人的宅地範圍之內。

大武打開後門，請古義人前去繁的房間。小武正躺在沙發上守著面前的電話機。

繁正站在窗邊看著窗外——倘若果眞如此，則一定會俯視到自己在兩處宅邸交界處回顧被鷹架包圍著的家，以及因被松鼠盤詰而嚇了一跳的情形。

古義人覺察到，自己曾住過的這個房間處處可見建築家居室般的明顯構思。那裏擺放著古義人並不知曉、卻感到不捨的三把椅子。可能繁也順便去了千樫曾購買東南亞籐椅的輕井澤那間家具店吧。

在房間深處的書桌周圍，凌亂地堆放著文件、書籍、雜誌，還有好像是從美國寄來的郵件之類的東西，給古義人留下的印象與清清所說的裸照的後宮這個形容大相徑庭。這大概也反映了從中國前往美國苦讀的小姐在男性社會中的生活感受吧。

繁坐在富有情趣的、疑是義大利布料覆蓋的扶手椅上。爲了古義人，他把辭典及紙夾從那張塗了清漆的白坯木和布料製成的椅子上搬放在地板上。古義人把那張輕便的椅子移到窗前，打量著用大頭針固定在身旁的那面製圖用畫板上的郵件呀、剪下來的報紙呀之類的東西。顯眼之處有兩幀照片，其中一幀寫有被帶到一九〇四年聖路易斯世界博覽會去的「菲律賓高地的易隆高人」字樣的說明。

裸露著上半身的年輕人那如同平板一般的胸部，可見淡淡的對稱性紋身。給人留下強烈印象的，是迎視著照相機的那對滿是憂鬱和疑惑的黑眼睛，以及天眞爛漫、充滿挑逗性純眞的口唇。相鄰的那一幀，則是一個將近四十歲的日本男人的照片，他身穿的那件T恤上印著大學社團常見的標語。他的眼睛和嘴唇顯現出來的那種罕見的打動人心的力量，與另一幀肖像竟是一模一樣。

「一頁頁複印下來的，是以前曾對你說起過的那個批判人類學學者的書。」繁迎著古義人的視線說，

「另一個人，是大學裏的年輕同僚……這兩人相似吧？因此把他們並排釘在那裏。

「這個日本人呀，咱回到大學時，他還是個三十剛出頭的副教授，此人有著不可思議的經歷。早在還是個孩子時，好像就上茶道宗師家裏當了入室弟子。美國一個與東洋有關的財團有個建造茶室的計劃，便把建築師派到了京都，他就充當建築師的翻譯，抓住了這個機會。後來他被招到賓西法尼亞州立大學，經過刻苦學習，取得了建築學科的博士學位，在咱一度被趕出去的那所大學裏任了教職。

「爲了獲得終身教授資格，副教授一般都會在大學出版社出版英語專著。但他呢，卻只在日本的媒體出版。他在專著的腰帶還寫上了美國的大學副教授職稱，卻是用歐美的流行思潮來解說茶室的美學。這傢伙爲什麼會被咱老巢的系裏那些教授們青睞呢？

「在思考這個問題的時候，覺察到這些照片中的易隆高人的容貌與副教授相同。這可是有別於男同性戀那種影響力的層面呀。是人的一種特別的力量。

「話說咱之所以被趕出大學，是你也認識的那個女生告發咱性騷擾。結果，咱就被趕到農場去勞動改造了。然後呀，也像古義你所知道的那樣，發生了與夥伴使人致傷的事件，歸根到底，咱被送進了精神病醫院。

「在那裏，咱製作了被稱爲未來的精神病醫院的建築模型，在國際上獲得了多種獎項。後來就出現爲咱恢復名譽的運動，與那個女生也達成了和解。因爲剛返回去時，咱在大學裏是一個文化英雄嘛。當那個副教授和咱熟識到足以爲他所倚重時，他可能就有一些想法了吧。

「在同赴飯局之類的過程中，咱看準了一件事，那就是這個傢伙假如還這麼下去，是不可能取得終身教職的。爲了獲得終身教授資格，他有必要調整研究學問的方式，必須停下雜役式的各種瑣碎雜事。實際上，來自日本的那些客座教授全都受益於他的英語能力和辦事才能。只要他能獲得專心學習的時間並找到資助費用就能成功。於是咱就邀約了建築系有影響力的人物及大學裏研究日本的機構的頭頭吃飯，就說了這事情。假如僅止於此也就好了，但咱卻攻擊了他的茶道美學中的後現代文獻！

「當時他什麼也沒說。拂曉時分，傳眞機嗚嗚地叫了起來。然後，咱就被燃燒的眼睛和火舌所噴吐出的怨恨詞句給纏住了。咱在大學裏感到心冷的最初起因，就是因爲這麼一件單純的事。

「咱覺察到了。那個眼神，正是咱逃往美國時的、也就是三十五年前的咱自身的眼神！那個副教授和年輕時的咱倘若一起混過事的話，咱們這對pseudo-couple當時就會發揮出相當大的力量。就連巴爾達繆和魯賓遜這對二人組，恐怕也是要退避三舍的。哎呀，爲了將其作爲自我批評的依據，就把這些照片保存了下來。」

接著，繁突然沉默不語。古義人只得轉過話題，提起昨晚以來繁他們怎樣地接受了什麼。

「不過呀，」古義人開口說道：「還是轉入繁你叫我來的正題上去吧。你制定的大決戰的構想，是要擱置起來嗎？」

「非常漂亮的アンチクライマクス[1]如果是古義你的話，就會混雜著漢字寫成『尻すぼみ』，在標示爲アンチクライマクス的日語漢字注音片假名旁。」繁彷彿自言自語地說道。

「突然的虎頭蛇尾，就是這個意思。」

然而，在他浮腫且黑紅——或許是昨夜在不眠時刻飲酒過量的緣故——的面部現出傲然的神色，驅散了古義人在剛才那場憶及往事的談話時誘發的思念。

3

繁說起了他剛才提到的突然的虎頭蛇尾。

「咱們想要幹的那項計劃，從根本性視野看來，現在，無論在世界上的任何地方實施都沒有什麼可奇怪的。因此，咱和佛拉季米爾還有清清一直在不斷討論的，是爲什麼要在東京幹？然後，佛拉季米爾和清清就積極地接受了咱的提案。由於是這種背景之下的曼谷之行，佛拉季米爾當然把具體內容向『日內瓦』做了介紹。

「紐約的九．一一事件打開了潘朵拉的盒子，大規模破壞活動將會相繼襲擊這個世界，很多人對此已經有了心理準備。因此，美國的社會輿論對於布希接連攻打阿富汗和伊拉克沒能成功反對。毋寧說，即使是惡夢，大家不都在預測全面動亂的火苗將在整個世界被點燃嗎？

「咱透過佛拉季米爾和清清瞭解到，在這個轉捩點上，在想要重組世界秩序的各種勢力中，處於最前線的，就是這個『日內瓦』了。把他們主導的第一次大爆炸放在東京，這難道有什麼值得猶豫的理由嗎？

「準備爆炸的超高層大樓已經選定。爆炸的結構已經計算完畢，炸藥的獲取途徑已經開通。爆炸技法的手冊已經寫好，並出示給了『日內瓦』。對實施爆炸的主力進行訓練的工作，由『日內瓦』負責，但東京的部隊也已經準備停當。爲了迎接實施爆破的部隊進駐，還設立了根據地。

「接著，佛拉季米爾終於直接見到了『日內瓦』的幹部，向其請示決戰何時開始行動。也就是說，他們何時把實施爆破的部隊送過來。咱們在等待著先遣隊的到來。

「可是，『日內瓦』卻做了些什麼呢？駁回了佛拉季米爾的提案！倘若這是在巴枯寧時代，在臨時作爲會場的那家面臨湄公河、名爲『東方飯店』的室外餐廳，佛拉季米爾肯定會被扔到爲等待客人殘羹而蝟集起來的大群鮎魚之中。然而，佛拉季米爾卻安穩地回來了，只對清清和咱說了句『日內瓦』駁回了計劃。只有這麼一句話！」

從再度沉默的繁身上，古義人解讀到他內心裏因被佛拉季米爾所辜負而引發的鬱悶。在這種心境中，他說起了美國的大學裏他想要幫助的那位與菲律賓易隆高族人相似的日本人那些出乎意料的反駁他的話語。

在古義人來說，還有一個可以開口詢問的疑惑：

「那麼，今天佛拉季米爾和清清是爲幹什麼而去東京的？」

「由於『日內瓦』駁回了咱的提案，佛拉季米爾要對一直在做著的準備工作進行善後處理。清清之所以同行，或許是因爲帶著咱的銀行卡吧。」

「是要轉移到三島問題上去嗎？」

「不知道。」繁說：「也就是說，咱呀，滿腦袋都是突然的虎頭蛇尾。」

繁站起身來，重新走近窗前。那裏放著一張櫥櫃和桌面一體的桃花心木桌子，其寬度略小於窗框，櫥櫃則高至天花板。這也是古義人初次看到的家具。古義人靠近繁，看著他正俯視著的東西。在已經打開了翻蓋的桌面上放著好幾張圖，是用有色鉛筆和黑墨水在從寫生本撕下的畫紙上描繪的室內寫生，以及用規尺畫出的線條繪製而成的製圖。繁恢復了閒適的神態，任由古義人觀望那些圖畫。

「……這兩種類型都是爲建築而繪製的圖嗎？」古義人終於找到了話頭，「都很漂亮嘛！做這種工作……可以把這說成工作吧？在這裏，你一直在做這種工作……」

「讓他們從紐約寄來的桌子已經送到了……說起來，這也是有契機的。咱去成城你家同千樫說事那天，小眞正在客廳的桌上整理郵件。其中有一個色彩奪目、設計新穎的信封，是荒君的展覽會的邀請函。他正在南美實施他的新建築計劃『Discrete City』[2]，那個展覽會也包括新建築計劃的報告。

「回來路上順便去看了一下，荒君和夫人爲了重新安排展覽已經來到那裏。向荒君學習了分體型理論的學生正在智利建造村落的單元型樣品屋，把每天的進展的照片透過 e-mail 傳送過來。荒君和夫人當時正在做的，就是把這些內容也加進展覽。」

「說是由於那些父母把孩子藏起來不讓他們與荒君他們一行人接觸，沒人幫著引路以進行調查，說是感到很困難。這就是印地安人村落的類型。」

「是呀，受了重傷後，古義因此就像印地安人的孩子一樣不再露面，讓咱非常惦記啊。

「咱看了很多荒君讓學生們繪製的設計圖和工法素描，還有用暗紅色、黃色和同是暗調的藍色鉛筆繪製的圖畫。於是，自己原以爲早已死去的建築家的本能便被啓動了。因此，就開始用素描來繪製設計圖及細部的工程方式的圖解……

「荒君他們從事的，是作爲分體型村落的單元型住宅。而咱呢，如果使用發音近似的詞，那就是破壞型樣品。也就是如何把大廈中的某個房間建成可以確切進行破壞的一個單元。就是這麼一個研究。

「拆毀超高層大廈的工程是有專業公司承包的啊！咱要幹的可不是這種工作，而是施工指南，是向那些在短時間內避人耳目進行準備的人提供的施工指南。首先，需要在任意一座大廈的要地確保可供自己這些人使用的密室，要首先從這裏開始。要把那個空間建爲效果最好的、連同那房間在內的爆破裝置。

「爲此，咱要設計各種破壞型房間的樣品。還要進一步設計即使外行也不會受到傷害的安裝炸藥的工程方式及其工具。如果感到時間緊迫，自己無法製作那些工具的話，就一頁一頁地切割下來加以彩色影印，再去尋找大都市裏到處都有的量販工具的店鋪。

「最初，設想得到『日內瓦』指令後便立即開始大決戰而著手進行了設計。然而，由於圖面是以一個個房間爲對象的，甚至可以使用於小規模的大廈……也就是說，是具有普遍性的樣品。

「眼下，大決戰已是虎頭蛇尾，但這個樣品並沒有因此而浪費。實際上，大武和小武已經對這些畫面產生了興趣，從而喚起了咱的教師稟性，今天一大早，就爲他們講授解讀這些畫面的方法。作爲學生，他們的素質非常優秀！在看難以操作的小器具——的確很小，卻是很不好操作的危險傢伙——裝配圖時，會像手藝人向師父叮問那樣提問呢！」

「大武和小武也說，情況確實如此。」這時，古義人被涉及到奈奧的一個念頭佔據了思緒。

繁注視著陷入沉思中的古義人。

「今天到這裏來，你有什麼想要向咱打聽的嗎？難道你就不想向咱、向落入突然的虎頭蛇尾中的咱這樣打聽嗎？根據『日內瓦』的指令爆破超高層大廈這事，咱是認眞考慮的嗎？……

「如果被你這樣詢問的話，咱呀，與其答覆這個問題，倒是更想加以反問。古義，當時你是認眞的嗎？眞的打算前往NHK演出那場很可能把你此前作爲一生的事業積累下來的一切變成笑料的鬧劇嗎？」

古義人和繁互相對視了一會兒。當古義人生出想要離開的念頭並做出這種姿態時，繁追上一兩步說道：

「古義，你在生活過程中積累了大量工作成績。要說咱呀，辭去大學工作那陣子，學生和同僚們策劃了題爲『Unbuilt & Unbuild』的回顧展……儘管設計好了卻沒能建成的有很多，也就是Unbuilt。另外，也有已經建好了卻被拆毀了的情形。拆毀，Unbuild，也就是破壞。這就歸納了咱的建築論要點。

「咱的出發點本身，是廣島和東京大廢墟全景圖給咱造成的衝擊，目前正在做的，是在嘗試爲了破壞而繪製的設計圖。可是，即使是這樣的咱，在此前的生活中也曾積累了一些東西。在這積累的延長線上，咱也曾思考過自己的未來。

「然而，咱是在用倒數計時法進行思考，那是一種把咱現在的生、把咱確切死亡的時間點作爲終點，從那裏開始倒數計時的方法。醫生在告知癌症時，不也是會宣佈今後還有兩年或今後還有三年，以此來表示患者存活時間的長短嗎？咱也是如此，今後只有那麼一點點年月，也該考慮考慮將來了。

「既然如此，咱現在即使策劃任何破壞性計劃也都可以，把年歲相近的古義你捲入其中也未嘗不可。難道不是這樣嗎？」

對此，古義人同樣沒有立即予以回答。而繁本人，似乎也沒有期待他答覆。

4

翌日清晨，在前一陣子閱讀艾略特時定好的時間，清清出現了。她並不提及軟禁事件開始以來的諸事，只問了一句今天有時間上課嗎？

「今天早上，繁先生問我課上到哪裏了？我告訴他〈東科克〉已經讀到第二節了，於是他就說，古義大概會表現出特殊感慨的。

「這是怎麼回事呀？」

古義人沉默不語，如果是繁想起的詩行，他隨即就能猜想到。古義人讓清清重新大聲朗讀第二節的後半部分。尤其在聽到非常熟悉的這一小節時，西脇順三朗的譯文便宛若音樂一般在腦海裏鳴響。

我已不願再聽老人的智慧，
而寧願聽到老人的愚行，
老人對不安和狂亂的恐懼
老人厭惡被纏住的那種恐懼
老人懼怕屬於另一人、懼怕屬於其他人
懼怕屬於上帝的那種恐懼。

古義人在想，自己並非是想要講解老人的智慧的合適人物，關於這一點，繁比任何人都清楚。而自己幹下的愚行的來龍去脈，你也早已知道。但是，若是說起老人的恐怖之心，無論再多我都可以說給你聽……

在繁的主導下想要實施的大決戰計劃，試圖把自己也給牽扯進去，如果說這是另一個愚行的話，則是繁的主意。

「我擔心的是，對於繁先生所說的話，長江先生認眞去理解了嗎？」清清用唐突的強烈語氣說道：「繁先生所說不是of his folly[3]嗎？」

「如果尊重艾略特文本的話，這裏應該是of their folly[4]……」

「佛拉季米爾和我並沒有把繁先生的思考視爲folly，雖然我們非常認眞地接受了『日內瓦』的決定。

「長江先生決不會反對繁先生那個方案……長江先生本人也早已深陷其中……不過，當時是否眞心要和繁先生一起幹，實際上我們也不很清楚。

「當佛拉季米爾把繁先生的方案帶去曼谷卻在那裏被駁回時，他就想回到一直在考慮著的三島問題——那也是朝向由贊同自衛隊武裝政變的年輕人發起混亂的起義這一方向——上來。

「另一方面，繁先生好像開始關注起大武和小武來了。他是一旦想起什麼新的東西，就會熱中於此的人。於是這一次，他就伺機把長江先生也給拉攏進來。請你爲繁先生認眞地考慮。」

說完這些話後，清清改變身體朝向，回到朗讀艾略特的課程上來。是從〈東科克〉第三節開始的。

一旦由文字轉爲聲音，就明顯感覺到了詩行中的黯淡。經歷了這十多天之後，清清的髮型、化妝、身著的中國女裝雖說都是原本看慣了——唯有她帶來的那個裝有教科書等、是佛拉季米爾作爲禮物從泰國帶回的金湯普森泰絲牌大提包讓古義人感到新奇——的東西，可是說話的態度也好，眼睛裏的表情也好，現在都有一種毫無保留地全部傾訴出來的強硬。

O dark dark dark. They all go into the dark,
The vacant interstellar spaces, the vacant into the vacant,

朗讀聲中的迫切，較之於西脇的譯文，更深地沁入古義人的心裏。

啊黑暗黑暗黑暗。人們全都去往黑暗之中，
那個空空如野的星辰的空間，空曠前往空曠，

「到目前爲止，長江先生一直透過我的朗讀來糾正自己發音中長期形成的毛病，但現在並不是這樣，」清清說：「似乎是在仔細考慮詩行中一個個單詞。這種方式今天就先到這裏爲止，還是一點點地回到以往的方式上去，好嗎？」

「也就是說，清清你還想按照規則上課，是嗎？」

「因爲對我來說也是如此，從長江先生這裏得到的收入是很重要的……拜託了！佛拉季米爾也說了，要過來恢復被他破壞了的電話系統。」

奈奧把紅茶和小甜餅送到餐廳的餐桌上。先前，她應該是在廚房裏聽了這邊的上課內容以及與此不即不離的話語。端上茶點後她並沒有返回廚房，而是加入了談話的行列。

「剛才，清清說自己不清楚古義人先生是否在認眞地對待繁先生的方案，是嗎？我也在考慮相同的問題，只是思路與清清的考慮正好相反。

「雖說這是在反覆對長江先生提出相同問題，還是請讓我再問上一次。像長江先生這樣的人，爲何想要

參與繁先生這個或許是老人所說的大話的計劃？而且，你是眞心接受分派給自己的那些工作嗎？假如你從一開始就洞察到該計劃不可能實現的話，你就是不認眞，即使爲了繁先生，我也要表示憤慨。但事情並不是這樣的吧？」

「如果繁的大決戰得以實現，我會按照自己的風格竭盡全力往前走的。因爲，在自己的內部，有一個把我推向那個方向的、有著怪異之處的年輕傢伙嘛。說實在的，關於繁今後將要幹的事，我不認爲自己會採取不同的態度。」

奈奧沉默不語。清清把紅茶杯放在餐桌上，然後從桌上取過教科書。

「〈東科克〉裏還有下面這一節。我預計今天會進展到第三節，便提前練習了。就朗讀那裏吧。奈奧非常精通英語，可是長江先生，就請你像往常那樣繼續朗讀西脇的譯文。

I said to my soul, be still, and wait without hope
For hope would be hope for the wrong thing; wait without love
For love would be love of the wrong thing;

我對自己的靈魂說，靜靜地、不懷希望地等待，
因為希望經常是對於錯誤事物的希望；不懷愛情地等待，
因為愛情經常是對於錯誤事物的愛情。

朗讀完譯文後，古義人說道：

「我對繁的感情，在你們來說，有點像是愛情那東西。」

三人一同發出了笑聲，緊接著又同時停了下來。

5

佛拉季米爾沉重的腳步聲一下子終結了正在覓餌的白臉山雀那乾巴巴的驟雨一般的嘈雜。他是來恢復電話通訊的。電話剛剛無法使用那陣子，古義人曾經考慮過，如果電路只是被拔去插頭什麼的，就自己動手恢復通訊。然而，就連房屋外面的線路都遭到徹底破壞，古義人當時由此看出了佛拉季米爾的另一面。

聽到屋外傳來工作的動靜後，奈奧起身把佛拉季米爾迎了進來。拆下的電話機和傳眞機被安裝回原處後，奈奧與「怪老頭」之家的清清相互收發了對方的傳眞，以確認恢復工作的成果。因此，古義人也走下樓來，和佛拉季米爾一起喝起了咖啡。

雖然這期間經歷了很多事情，佛拉季米爾卻沒有辯解什麼。這種不拘一格的作風，使得古義人回想起他當初前來借用別墅相關文件時的寒暄方式。儘管如此，古義人內心裏還是理解他說的那些話的確觸及了問題的核心。

「繁先生一旦轉換方針，就很敏捷俐落，所以呀，他想見見我以三島問題爲基礎而見過的那些人。」

「前天我見到他的時候，卻是一副不像是繁這個人的鬱悶神情。」

「那人低頭服輸的時間決不會達到三天甚至四天。

「而且，繁先生現在正一張張地親手繪製設計圖。無論在聖地牙哥的研究室裏還是在紐約的辦公室中，這都是他讓那些年輕的研究者做的工作。」

「那些工作我也看到了。當時我就在想，或許繁原本就是獨自繪製那種精密而且漂亮的設計圖的類型的人。我還因此想到，信口開河的繁竟長期從事他那建築師的工作……」

「如果你看了他在教室裏發表的議論，還會因爲那人的教育思想而有新的發現。

「當自己所推動的計劃被駁回後，繁並未執著於此，而是把他的關注點轉移到我的計劃上來。我這個計劃可是慢性子計劃呀……」

「我不知道你那個慢性子計劃。不過，繁本人或許也並不確切地瞭解吧。慢性子年輕人的計劃與急性子老人的構想相重合，將在現實中製造出事件。如果眞是這麼一回事的話，好像就要發生什麼有趣的事了。」

「這種靈活特性正是長江先生和繁先生這二人組的妙處。」清清說：「當繁先生用鷹架把你家圍起來並在上面鋪了鐵板，讓木庭他們開始進行戰鬥訓練的時候，我曾擔心長江先生會感到不愉快。」

「你認爲那是什麼樣的戰鬥訓練？」

「說是若是警察搜查這裏，登上『小老頭』之家鷹架的那些人就開槍狙擊警察隊伍以爭取時間，然後從『怪老頭』之家乘車逃脫。

「一九七二年，淺間山那一側曾發生聯合赤軍武裝據守事件。繁先生讓我們觀看了當時特別報導的電影，是他讓奈奧找來、並編輯加工的片子。

「這樣做的原因，是在我們以此爲根據地而進行準備的階段，防備因人密告而導致警察前來搜查……

「『考慮到這個情況，要儘快搭建用於戰鬥訓練的堅固鷹架！』這種說法，就是繁先生的作風。」

「發生了槍戰，登上這座房屋的鷹架進行抵抗的那些人，不是毫無勝利的希望嗎？」

「即使只有三十分鐘，發生的這場槍戰，也是這個國家三十年來所不曾有過的。」奈奧說：「現實中發生的這個事件，作爲涅恰也夫式的、在整個國家引發動亂的其中一環，也不是毫無意義吧。繁先生也曾說，這個事件完全有可能同那些與我們方向相同、卻是各自獨立策劃的第二、第三波大爆炸相銜接。」

「不僅僅是爆炸這種程度的事件，你們的『日內瓦』還駁回了更大的計劃吧？」

「這次被認爲是不合時宜的大決戰，與繁先生以方法論的方式精心安排的配套措施，以及與因此而產生的系統，其維度各不相交。」佛拉季米爾繼續冷靜地說道。

「繁先生的構想，本來是想讓人數不多的游擊隊在建築師的理論和情報的引導下，對超高層大樓中的脆弱部分進行破壞。而且，在曼谷的會議上，只是對於被選定的目標大樓是否經過充分研究表示懷疑而已。

「這並不意味著繁先生的構想在原理上已經無效，尤其是繁先生新製作的小型化模型……我用彩色影印機複製了那些設計圖及施工方案草圖，把它寄給了留在曼谷的活動家。

「在他們之中，有人知道作爲建築師的繁先生的成績，他發表過叫作『Drawings to Unbuild』[5]的專事破壞建築物的建築論。據對方在 e-mail 中說，將其小型化了的手冊很有意思。繁先生的設計圖，今後大概會在意想不到的場所接二連三地發揮作用吧。

「曼谷會議結束之後，繁先生即使情緒低落，也很快就恢復精神並投入到工作中。他之所以能夠這樣，是因爲他相信自己的設計圖將來所發揮的作用。只是即使如此，他還是持有異議，認爲已經沒有多少時間了！也就是 time no longer。」

6

這一天，也是在早晨，木庭再次出現。古義人本以爲工作服樣式的裝束是上屋頂工作時穿用的，但今天並沒有安排那種工作，可是從停在建築用地入口處的汽車上獨自下車的木庭，卻正是一身那種風格的裝扮。他一面從坡上往這邊走，一面環顧著他們搭建的鷹架全貌。由於他走到陽臺下並站在那裏，古義人便走了出去。

木庭揚起像是不高興的臉，開口說道：

「自己過日子的房屋，被掛上如同甲冑似的玩意兒，眞教人難以忍受啊。

「由於繁先生這麼說了，所以從明天開始就拆除這架子，因爲，屋頂的修理工作大致已經結束。早先還說是好不容易搭建起來的鷹架，要用來進行戰鬥訓練。

「確實呀……身子閒躺在別墅的二樓讀著艾略特，頭頂上卻在被迫接受城市游擊隊的戰鬥訓練……」

木庭再次挺起下巴，用眼睛描畫著鷹架的整體結構。古義人想起前一陣子木庭以威嚴的態度支使著都是約莫三十出頭的年輕人時的模樣。或許，那並不是木庭把現場原有的工作人員都集中起來了，而是他率領著戲劇演員或舞蹈演員等伴有體力訓練的表演團體在打工。這種修理屋頂之類的力氣活兒，也是他們兼顧鍛鍊的一種臨時工作吧。

「我們昨天出遠門了，卻收到繁先生發來的 e-mail，說是此前的準備活動全部終止。我們要求他說明原因，但他沒有回覆 e-mail。昨天很晚的時候，清清打來一個電話，說是繁先生由於明天一大早要去輕井澤和東京會見什麼人，已經入睡了……於是，剛才就去後面那座屋子露了露面，說是已經出門了……

「雖然清清說繁先生正在著手新的工作，要我們不要打擾他，但我們根據繁先生的計劃做了各種各樣的準備，現在卻不知所措了。

「也就是說，我們爲了做好準備，就連危險的橋也已經走了過來。因此，有必要請求支付相應的經濟津貼……長江先生能爲我們向繁先生說說嗎？清清並不理解我們的心意，佛拉季米爾也是，好像他就在寢室裏，卻連面也不露一下……

「還有呀，至於大武和小武嘛，我們是一起幹的。請轉告他們，他們感興趣的那部分——當然，這麼說並不是要避開繁先生——如果有什麼問題想要直接問我們，就同我們聯繫。」

木庭說完這些話後正要返回汽車時，被古義人叫住了。

「木庭君，繁好像是對你說了那些話，但我本人並不那麼討厭繁掛滿我家四周的鷹架。或許，是存心想要觸犯大學村第二代和第三代居民那種保守的氣氛吧……

「那麼沉重的東西好不容易才搬上去的，就用不著急慌慌地拆除了。繁本身說不定會回心轉意，還想要訓練青年諸君。」

古義人並未注意到停下腳步的木庭半信半疑的神情，也沒多說什麼就走進了「小老頭」之家。奈奥似乎一直站在窗邊偷聽，這時她像是懲罰調皮的孩子似的，揮動著舉到腦袋兩邊的拳頭。

---

1 用日文片假名標示的英語單詞 anticlimax，虎頭蛇尾之意。
2 英語，意爲互不關聯的城鎮。
3 英語，意爲他的愚行。
4 英語，意爲他們的愚行。
5 英語，意爲拆毀流程圖。

第十章　突如其來的虎頭蛇尾（二）

1

深夜，樓下的電話響了起來。古義人只是聽著那裏的動靜，覺察到奈奧拿起話筒後的應答聲起初還比較沉穩，卻很快就透出了緊張。一個想法閃現在古義人的腦海裏——小明那厲害的癲癇發作了！然而，奈奧並沒過來呼叫古義人，卻用壓低了的聲音對好像同時起床的大武和小武說著什麼。

古義人穿好衣服下樓來的時候，已不見兩個年輕人的蹤影。電話機前，奈奧身穿像是女中學生的睡衣，垂著頭將雙臂抱在胸前。

奈奧抬起沒有血色的扁平面龐，喃喃低語道：

「繁先生出車禍了，但好像沒有受傷……說是已經是那樣的老人了，眞是不可思議。

「聽說是從淺間山腰往坡下行駛的，在草原擴展開來的地方，衝到山那一側的斜坡上去，車子翻了一個滾後停了下來。在電話裏，警察是這麼說的。已經建議他對頭部作精密檢查，但目前無論看那模樣還是他自己的陳述，都沒有什麼問題。總之，已經被救護車收治了，但他說自己想回來，讓我們前去接他。

「繁先生讓他們看了美國籍的護照，說是住在北輕井澤朋友的別墅裏……好像說到了長江先生的名字。警察確認了這裏的確是長江古義人的電話號碼後，就問起了叫作 SIGE TUBAKI[1] 的第二代日裔客人的情況。繁先生大概是用英語和他們交談的。由於現在正是輕井澤的旅遊旺季，因此巡邏車上載了一位會說英語的女警官。」

古義人再度換好衣服下樓來時，奈奧已經發動了車子在等他。

古義人回想起，當時還比較年輕的千樫告訴他，當繁以美國作風高速駕車時，千樫既覺得刺激又感到害怕。千樫是乘坐繁的車子前往那個草原採擷山野花草香青的。那時，繁去美國還沒有多久，每當回到日本，就會順便過來看看。

「剛才聽到『叫作SIGE TUBAKI的人發生了車禍』時，我覺得繁先生眞可憐……」逐漸顯得昂奮起來的奈奧說道：「那個繁先生說呀，假如因爲身受重傷而死去的話，將是多麼可怕呀……」

「那個繁先生說？……這是怎麼一回事？」

「相反，我覺得倒是長江先生不明白了……那是因爲，你的事存在於繁先生的意識裏……」

古義人只得任由能說會道的奈奧用低沉的聲音嘮叨不休。

「繁先生呀，無論是爲自己提出的大決戰而四處奔忙，還是遭遇軟禁風波，其實他對長江先生安安靜靜地讀書非常在意。你們是從孩童時代就開始競爭的對手，現在兩人都已經是老人了，但繁先生覺得，長江先生沉穩、從容，走到了自己的前面……

「這個夏天，長江先生一直在讀書並記卡片……這有別於魯賓遜小說的創作筆記……你如此閱讀的是晚年的艾略特，這事一直沒有離開過繁先生的頭腦。

「自從半個世紀前在四國的森林裏邂逅相遇之後，繁先生就一直認爲，當自己處於危難的時候，你就是那個能夠爲他而死的替身。這個人現在正要以那樣一種態度面對最後的年月，但自己卻在爲一個奇怪的計劃而奔走……那也可能只是在白費力氣罷了。這麼想起來，就感到惱火了吧。

「昨天也和那個人談了話，就有了這種感覺。清清昨天對木庭說是繁先生早早睡下了，但很晚以後，我聽到後門口有動靜，就悄悄看了看，原來是繁先生正站在那裏。

「他說呀，直到軟禁之前，每到這個時間，古義都會在壁爐前喝酒，咱的酒喝完了，就過來想和他說一聲……於是，我就把長江先生的威士忌和水拿了過去，在粗齒櫟樹下陪著他。當時月光非常明澈……

「繁先生現在爲什麼要回到這個國家來呢？在他的動機之中，確實存在著佛拉季米爾和清清的誘惑。而且，一旦開始建造根據地，他就以超越佛拉季米爾他們的勢頭幹了起來。這就是繁先生的生活方式。

「然而，昨天夜晚在繁先生單純、天眞的話語中還有另一個動機，那就是最重要的，是想要和長江先生一起生活。

「繁先生在美國得知長江先生遭遇不測時，因受到衝擊而感到畏懼。『就想到了自己的生，也想到了自己的死，而當時的參照對象就是古義。平常也總是在參照著古義，認爲那傢伙還活著哪……然而，現在自己卻被古義給撇下了，就要在毫無心理準備的情況下，只能獨自一人去死了。』他說當時就是這麼想的。

「可是呀，長江先生卻活了下來。得到這個消息後，繁先生決心回到日本來。而且，還要在和古義時常會面的情況下度過晚年。聽說他就是這麼考慮的。

「繁先生在加州大學的工作本來比較順利，卻遇上了那個問題，其後又是這事那事的，終於被送進了精神病院。當時，由於大量服用了超短效的『酣樂欣』安眠藥的緣故，每天都早早醒來，不知該如何熬到天亮。『雖然感受到了巨大的恐怖卻不曾上吊自殺，是因爲考慮到有一個人會替代自己去死。這話說起來很不中聽——那傢伙自己一人任性地死去了，眞可惡！

「『在年近七十歲的現在，並沒有考慮那替身的事，即使想讓他替代自己去死，那也還需要兩、三年呢。可是，』繁先生說：『哪怕比自己稍微早那麼一點點，也期待古義死在自己的前面。而且，還想站在他臨終的床前，想聽聽古義的最後感想，想以此爲略微死在他後面的自己提供參考。援用古義引自於沃雷·索因卡的《死亡與國王的侍從》的話，就是咱要把古義作爲自己死亡之時的侍從……

「『因此，能夠在北輕井澤相鄰的家裏如此生活，就是求之不得的好事了。而且，古義熱中於《四個四重奏》是意味深長的。因爲對自己來說，《四個四重奏》是關於人們如何接受死亡的研究。比如說，貝多芬後期的絃樂四重奏好像就是這樣的。』

「在粗齒櫟樹下，繁先生一口氣說了這麼多話。我覺得繁先生很可憐卻又無可奈何。作爲建築學教授，同時作爲建築師，他可是一個曾受過那麼多好評的人，卻在死的問題上被如此單純的不安所困擾……」

古義人悄悄看了一眼沉默下來的奈奧，只見寬大得不可思議的面龐在微暗中浮現而出時，卻顯出一種智慧，淚水就從這面龐上流淌下來。

已經看到對面車道上縱向停放在路邊的巡邏車和救護車。奈奧帶著靜靜的威嚴坐正了身子，把車子謹愼地靠了過去。

令人吃驚的是，在古義人他們的車燈照出的那些人影中，上前一步指揮車子掉過頭來停車的人，正是剛剛經歷了車禍的——雖然脖子上纏著白色絲綢圍巾的立姿有些不勝涼意——繁本人。

2

奈奧隨即走近繁，古義人則對負責北輕井澤的當地警察署的人說，自己是近四十年來一直在大學村度夏的會員。古義人還說，發生車禍的這位美國籍的大學教授，是自己的多年老友，自己現在正住著的房屋就是這位建築師朋友設計的。目前，他確實住在自己地界內的另一棟屋子裏，事實上，那是已經轉賣給他的房屋。

幾步開外，與奈奧站在一起的繁剛才大概一直只用英語進行交涉，此時便對古義人所說的話做出一副聽不懂的模樣。儘管如此，繁的身分還是得到了證明。由於還有幾個事務性問題需要處理，古義人因而被告知可以留下繁他們而獨自回去。最初與古義人談話的那個警察還表示可以把他送回大學村的別墅。

但目前雖說是夏季，也不好在深夜裏把繁留置在這山風吹拂的露天公路上。古義人決定回到和奈奧同來的那輛汽車上等候，直到所有手續辦理完畢。繁的車子傾倒在國道和山坡之間那條寬溝裏，令人感到滑稽的是，那車子竟然沒有損傷，古義人一直眺望著被月光映照著的那輛汽車。

不久之後，當古義人坐在駕駛車輛的奈奧身旁、繁則躺在後座上往回行駛時，無論是同向車道還是對面車道都不見其他正行駛著的車輛。奈奧非常緩慢地開著車子，甚至讓人擔心，倘若有汽車從後面趕上來的話，反而有被追撞的危險。

起初，古義人以爲奈奧是在考慮繁遭受巨大衝擊後的身體——比如腦部的內部器官因衝擊可能造成的異常——狀況，然而他很快明白，這其中自有奈奧自身情感上的原因。

把汽車安靜地、非常安靜地滑行到超市前院那株巨大的栗樹下後，奈奧用雙手捂住臉開始哭了起來。

「最先接到車禍通知的是奈奧，好像還因爲昨天夜裏很晚了還在聽你講述生死觀的緣故，奈奧在心理上已經承受不了啦。」古義人勸解道。

胡亂動彈著坐起身來的繁調整著身體的姿勢，同時說道：

「奈奧說出要找古義取代咱作心理諮商了吧？」

「奈奧說了繁你一面喝酒一面說出的生死觀。那也是我這一時期正在思考的問題。我們不也曾實際討論過這個問題嗎？這並不表示奈奧洩漏了你的秘密。」

「奈奧告訴了你吧，咱考慮著的那件厚顏無恥的事，也就是咱希望到場見證你的死亡。」

「我聽說了，而且沒有異議！

「因爲，在我的朋友中，還活著的已經很少了。監護我的最後時刻的醫生如果問起要喊誰來時，千樫會和你聯繫的。」

繁沉默不語。

「儘管如此，奈奧還是爲繁你想了許多啊。」

「不，現在佔據奈奧內心的，是大武和小武。她在非常認眞地考慮他們的前途，同時也在盤算對此具有影響力的咱和古義你。就是這麼一回事！」

3

如果只從表面上看，繁的這番話語是無情的回擊。然而，奈奧並沒有予以反駁，而古義人也想接著聽繁下面的話。繁本人感覺到了這一切。

「現在呀，咱感受到了有關生死的體驗，希望向古義討教關於艾略特的問題。眼前咱想要猛烈地述說，這種心情就是——聽說有一種『徹夜躁狂症』，咱要說的是與其有些相似的——『車禍躁狂症』。

「總之，關於艾略特，咱有話要說。如果說到起因，那也是因爲古義在『小老頭』之家持續閱讀艾略特的緣故。

「……首先咱要爲這場車禍辯解幾句。古義，咱在美國開了三十來年汽車，此前從沒有發生過車禍。開始時是惦記著在取得美國籍之前不能被吊銷簽證，後來就一直這麼開車了。那麼，今晚是因爲什麼情況而發生車禍的呢？其實，咱並不認爲這是車禍。爲了讓古義和奈奧理解這句話的意思，就涉及到了艾略特……

「當然，這種解釋也需要放在古義對艾略特的閱讀這一光環之下。咱不得已只好接受經由佛拉季米爾傳達的『日內瓦』的決定，雖說繞著彎子，也親口對古義你說了。而且，在你返回『小老頭』之家以後，咱還是無精打采，再沒有心情去繪製新的設計圖。

「咱零亂翻閱著從古義你那裏借來、清清卻根本不想閱讀的那本研究專著。在《四個四重奏》那本書裏，有第四篇〈小吉丁〉最初那一節的解說。咱認爲呀，這一部分對於古義你來說比較有趣。死去的那些人回到此界來與自己說話，那可是古義你所關心的內容……

「所謂研究專著，指的是海倫．加德納的書。書中有一段引自於艾略特筆記的記述（古義人點了點頭），是關於死去的人與其他類型的存在之間可以進行意志的傳達……作者以其中一個共有的思想交流爲例，也就是地上的教會的代表與天上的聖者及煉獄中的那些魂靈所共有的思想交流。在那裏，大家發出的聲音匯集到了一起，形成朝向聖靈的 invocation。說是艾略特就是這麼寫的。

「咱呀，被這個叫作 invocation 的單字給刺了一下。如果置換成日語，那就是希求這個辭彙，古義，在森林裏的新制中學，你從剛剛頒佈的教育基本法中學到的希求！

「距現在大約三個小時前，在往回返的路上咱一面開車一面考慮著那個問題。從孩童時代起，古義你的身上就一直有那種自始至終的、令人可憐且單純的專一，實際上，也是越想著可憐就越覺得可憐。咱在這麼思考的同時，意識到自己身上沒有那種東西……

「接著，從通往東京大學的地震研究所的道路向上去的岔路口，咱就一直向坡下駛來。直至那時爲止，咱可確實是在此界。因爲，證據就證明了咱是在往下行駛的。

「然而，一個想法突然出現在腦海裏——那條道路是通往極高處的飛機跑道！假如繼續踩油門，咱就會呈直線狀地被推送出去。在前方，那些被選擇的人組成了一個圓陣。

「他們每個人都發出自己的聲音，隨後匯集到了一起。包括吾良、篁、六隅先生等人在內的圓圈，是在痛苦中希求得到救贖的、煉獄中那些魂靈的圓圈。向著與那光芒的連接處，咱的車子以時速一百英里被直線推送了過去……

「然後，當咱回過神來時，發現自己被安全帶吊在翻倒在寬溝中的汽車裏。儘管如此，咱還是隔著發暗的車窗東張西望地打探那個光圈現在正處於哪個方位……」

說完，繁便沉默下來，古義人和奈奧也都沉默不語。這時，手機的來電鈴聲響了起來，三人全都打了個寒顫。

下車接聽手機的奈奧走了回來：

「是清清打來的電話。」奈奧說道：「說是佛拉季米爾和她都請繁先生儘快休息，就不過來探視了。大武和小武在客廳裏鋪好繁先生的被褥後就去了『怪老頭』之家，這邊就只剩下我們了。」

「想讓亢奮的神經鎮靜下來，眞對不起，想請古義陪咱一會兒。準備好酒水後，奈奧就去睡覺吧。

「如果現在還沒有感受到的疼痛發作起來的話，就只能叫你起床了。上午，警察署的人還要過來……」

奈奧把車子開了出去。早先還少見往來車輛的國道上，長途運輸的大卡車已經開始通行，因而奈奧把車子開上在高大樹叢間亮著淡淡燈光的街道，靜靜地行駛著。在樹叢的連接空隙裏，大片的捲心菜田擴展開來，排列著難以計數的、微微映出光亮的、圓溜溜且成群成片的捲心菜。

「已經算是昨天的事了。咱請羽鳥先生領著，參加了很久前就從自衛隊退下來的那些幹部的聚會。

「從市谷那座建築物的陽臺上，三島向集合在下面的自衛隊員發表了演講。在那期間，建築物內的人們則在堅持工作的同時，用他們自己的話來說，就是黯然和發怒。咱見到的就是這些朋友。

「咱取代佛拉季米爾，向他們提出這麼一個疑問：『三島問題對於他們的直接部下、也是現役的自衛隊幹部們具有號召力嗎？』

「然而，那些朋友並不理解三島問題這個爭論點的立論。咱懷疑，他們原本就不可信，這才做出那副姿態來的吧。因此當時咱就在想，不會給佛拉季米爾添加麻煩吧？咱隨即把話題轉到日本各地自衛隊基地裏的小團夥上。這些小團夥正在謀劃再度掀起三島問題。

「在沖繩，一些並不謀求正式工作的青年組成小團夥，說是要用自殺式攻擊對當地的美軍基地加以襲擊。那裏的自衛隊基地裏鬱悶的年輕人比其他任何地方的都更為謹慎，能夠看出這些年輕人與小團夥之間的交流。

「然而，這些計劃全都告吹了。羽鳥先生不辭辛勞地試圖活躍沉悶的氣氛。即使對於咱來說，這也是毫無意義的、勞役的一天。翻車就是在這種狀況下發生的！」

「小老頭」之家的前院和屋裏亮著燈光，奈奧把車子開進地界範圍裏。看到再度躺下的繁艱難地想要支起身子的模樣，古義人伸過手去想幫上一把，卻被繁推到一旁，從他身上傳來一股難聞的味道。這種氣味儘管充斥車內，但是當繁下車後站在被露水濡濕了的綠葉之間時，卻再也感覺不到……在那氣味之中，凝縮著被突然的虎頭蛇尾打垮了的氣餒和疲勞，甚至還有車禍造成的負荷吧。

倘若果真如此的話，我自己身上的老人氣味又當如何？由於沒有真心參與繁的大決戰，也就沒有被突然的虎頭蛇尾所打垮，老人的氣味當然會比較輕微。大概就是這樣吧。

繁依靠自己的力量調整好姿勢後下了車，非常仔細地注視著陽臺周圍，然後對古義人招呼道：

「咱不是詩人中原中也，但看到凌亂撒在黑暗之中的白色物體，就不禁想問：『那是咱的骨頭嗎？』是搭建鷹架時用剩下的碎料吧？把它們拾起來集中到一起，再放在壁爐裏燒，因為這會兒還冷了起來。」

4

在古義人點燃涼冰冰、濕漉漉的碎料期間，奈奧把繁領去浴室並照料他。看樣子，是在周到細緻地檢查繁的身體上是否有摔傷。

大武和小武已經在客廳東側的窗子與壁爐之間爲繁準備好了就寢的地鋪，古義人也從二樓抱來了毛毯。他打算坐在扶手椅上，陪著地鋪上的繁說話。奈奧在餐廳的餐桌上備下威士忌酒瓶、麒麟瓶裝啤酒和罐裝黑啤及酒杯，然後就回自己的房間去了。

繁把用攝影機攝影時坐在屁股底下的那塊木板放在自己的被褥和扶手椅之間。接著，在古義人爲使火焰持續燃燒而調整開始燒起來的木板碎料期間，繁也開始調製酒水。爲了方便前去洗手間，只留下了廚房的燈光。繁的調酒方法非常精細，首先把啤酒各分一半，然後極爲細心地將威士忌注入其中。這時也還是先爲古義人調製，然後在自己的杯子裏注入更多一些的威士忌。

古義人和繁默默無語地喝著杯中之酒。接著，由於兩人的臉緊挨著面對面的緣故，繁很自然地用比剛才更壓低了的聲音說道：

「古義，有一件事要和你探討。之所以這麼說，是因爲現在看來，還是死去顯得更自然，咱覺得就是這樣一個車禍。警察用酒精檢測器對咱進行了檢測，但酒精含量近似於零。就這一點而言，咱是在精神正常的情況下，在筆直的國道上開飛車的。

「也就是說，咱想到自己該不是在下意識地想要自殺吧？古義，你是怎麼想的？」

「奈奧說了，繁先生是不會自殺的人。」

「那只是咱自己的分析。而且，現在咱懷疑眞的是那樣嗎？吾良自殺時，咱和你正處於絕交之中，就給千樫寫了信……當時，說是小眞會把寄給千樫的郵件首先送到你那裏檢查。」

「因爲那時有一些嚴重的中傷……我讀了你的信，」古義人的額頭感受著壁爐中呼啦啦飄忽著的火苗傳出的些微熱度，他回答說：「你在信中表示吾良不是自殺，你還說，吾良曾拍攝黑社會非法從事垃圾處理產業的現場電視報導，該不是因此而被殺害的吧？……」

「你無視那封信，是千樫給咱寫了回信。她在信中說：吾良以前說過古義人不會自殺；現在回想起來，吾良本人卻從不會說過自己不會自殺。」

「……是這麼一回事：那還是很年輕的時候，當時的文壇好像在謠傳我可能會自殺。被剛剛出版的全集收錄在內的三島信函中，就有文壇夥伴間的相互詢問，說是長江企圖自殺卻好像失敗了。千樫所說的就是當時那件事。

「那時是出版社所屬周刊雜誌的高潮期，出版了三島全集的那家出版社的記者就來到我這裏，百折不撓且賴著不走地逼問傳言是否當眞。於是，千樫就和吾良商量，那時他還是演員，就在附近的電影製片廠工作，因此就代替我來應付那位記者。

「吾良的論旨是這樣的：長江古義人不會自殺，因爲，他害怕在但丁的地獄篇第十三曲中的自殺者森林裏被變成樹木！當時吾良還說，對於自殺，自己倒是沒有什麼禁忌。這些都在千樫的記憶之中。」

「也就是說，自殺身亡者將去地獄，是這樣吧。」繁說道：「吾良之所以加入咱幻視到的那個圓陣中，是和篁、六隅先生他們一起……作爲將要得到救贖的痛苦靈魂而棲身於煉獄，就是這麼一回事。也就是說，即使咱在無意識狀態之下，也還是相信吾良不是自殺的。」

「如果這麼說的話，繁，你也不是試圖自殺而把車子加速到一百英里的。因爲，你自己也想要加入煉獄裏那些靈魂的圓形陣容中去。」

雖說繁似乎並沒有毫無保留地認可這番話語，卻是沉默不語。於是，古義人也閉上了嘴巴，這次則是由自己來往兩人的各半啤酒裏注入威士忌了。調製好以後，古義人和繁又喝了起來。

然後，繁開口說道：

「咱透過艾略特還想起另一個與但丁有關的話題，這仍然是煉獄裏的故事。

「艾略特不是寫了斯塔提烏斯這個詩人嗎？當斯塔提烏斯意識到正要通過煉獄的是維吉爾時，長久躺在那裏的斯塔提烏斯就要去擁抱老師的腳。」

「山川的譯文是這樣的：兄弟！無需如此，汝為魂靈，汝所視者亦為魂靈。從而遭到了呵斥。雙方都是亡靈卻還如此，就顯得假惺惺了。」

「就是那一處，古義！在用鐵管把這座屋子圍起來之前，咱經常站在對面那株粗齒櫟樹下喝酒，眺望著古義你在這個客廳裏或陷入沉思，或在和誰攀談，或傾聽對方的回答。

「對於正在和你談話的那些死去了的老師和朋友，你只是沒有摟抱對方的腿腳，態度卻很鄭重。透過黑暗注視著你的咱呀，現在總算明白了，你是在迎候著哪位返回來的死者。那可眞是津津有味啊！那就是：古義如同對待實體一般對待靈魂。」

接著，繁推開墊放在後背的墊子，躺倒在被褥上面。古義人爲了壓下壁爐裏的火頭，長時間地把灰燼覆蓋在紅彤彤的炭火上。即使繁已經就寢，古義人也打算就那麼坐著，用毛毯把自己從胸部以下包裹起來。

壁爐東側的細長窗子由於上端爲三角形，尖尖的頂部便露在窗簾之外，只見伸到那裏的鐵管映現出微弱的光亮。天際開始泛起些微白色，古義人把頭部仰靠在扶手椅的上端。

「你讀但丁，讀艾略特，」繁說道：「但你依然沒有信仰。而且古義，對你很重要的人之中，有人或許悄悄地皈依了宗教並有了信仰，你卻並不知道。咱也是如此。六隅先生、篁，還有吾良，他們都是……

「因此，在咱高速行駛的前方，就有了他們共同組成的圓形陣容……

「當咱被倒吊在顚倒過來、引擎平穩震動著的車體上時，就在想呀，究竟是什麼在保佑咱還活著呢？現在，咱在微暗中和你說話，就像森林裏發大水的那個夜晚一樣，咱們呀，古義，沒有任何確切的東西可以抓住，就這樣活到了將近七十歲這個年齡上。

「你呀古義，難得在眾人環顧之下因意外而死去——也就是說，不會被人說爲：『那傢伙終究還是自殺了』——卻又以足以讓你哭喊起來的痛苦爲憑依回到了此界。而咱呀，也是在肯定被認爲是意外之死的情況下得以生還的……咱記不清楚了，大概是豁出命地敲打那車子的緣故吧……然後就活了過來，身心疲憊，被睡意所壓倒、躺在了這裏。

「咱們倆該不是仍然爲了幹點兒什麼，才在這裏如此黏黏糊糊的吧？而且，咱們擁有的時間已經不多了。即使把兩人那不多的時間匯合到一起，如果不能幹上一件什麼事的話……不是太過分了吧？說是你在住院期間，曾在深夜裏模仿哭泣，咱也想模仿你學那哭泣……」

話未落音，繁便「啊——啊——」地發出哭泣的聲音。然後說道：

「古義，現在你是在哭泣嗎？咱可是聽到那哭泣了。即使你是在模仿哭泣，也是過於逼眞了，因此讓咱嚇了一跳！」說完這話後，便開始在睡眠中發出粗重的呼吸聲。

---

1 用羅馬字母標示的椿繁的日語發音。

第二部

我們必須靜靜地、靜靜地開始行動

老人理應成爲探險者
現世之所不是問題
我們必須靜靜地、靜靜地開始行動——T・S・艾略特

第十一章 「進行破壞」的教育

1

小武給成城那邊家裏的電話留了言，告知「小老頭」之家的電話和傳眞已經恢復功能。當天晚上，眞木就掛來電話，詢問「能否回東京幾天」，而媽媽則認爲東京持續著異常暑熱，因而在猶豫是否該說出來，其實她本人染上的熱感冒還沒有痊癒，精神狀態比較消沉，卻又遇上加重這種狀態的事情，應該是想和爸爸直接商量……

爲了向繁說明這件事，古義人再度造訪了那個工作間。繁爲處理車禍的善後而前往輕井澤警署，並在綜合醫院接受詳細檢查數天之後，又投入到描繪設計圖中，沒有在「小老頭」之家露面。工作間的書架和牆壁自不必說，就連地板上也鋪滿了設計圖和草圖。「小眞打來這個電話，表示千樫的憂鬱症有了某種程度的發展。」古義人剛說出自己的這種想法，正在設計圖和草圖之間工作的繁隨即就贊成他回去。不僅如此，還提出一個新建議。

每當在東京辦事時，繁都會抽空順便去成城那邊的家。於是就聽千樫說起，這座屋子建起三十年了，目前已出現一些狀態不好的地方。就在車禍發生前不久，聽千樫說起房屋中鋼筋混凝土部分還很結實，只是與增建的木結構部分之間產生了縫隙，繁便讓千樫領著自己去了二樓。

所謂增建部分，就是古義人的寢室和書庫。但映現在繁眼中的，卻是堆疊在那裏的書籍的數量和極爲龐大的體積。倘若眞如報紙最近頻繁警告的那樣、直下型地震襲擊東京的話，這裏坍塌後很可能會壓碎千樫和小明的房間。需要立即著手去做的，就是處理掉其中的大部分書籍。繁做了如此判斷。可是，千樫卻要求暫時不要對古義人說起此事，繁也就尊重了她的意思。現在，就讓古義人前來用自己的眼睛看看那寢室和書庫如何。如果以進行大幅度處理爲原則的話，看待那書山的態度也會相應發生變化的……

古義人翌日起身前往東京。在新幹線上，佔據他頭腦的，全是如何處置那批書的問題。

在書庫北側的三分之一範圍，裝入瓦楞紙箱的書籍一直堆放到天花板附近。大學畢業那一年，古義人決定就此開始繼續當作家的生活，在報告裏表示自己爲了結婚而作此選擇，因而斷了升入研究所的念頭。六隅先生便告誡前來遞交這份報告的古義人，要他每隔三年確定一個主題，集中進行閱讀。如果只是一味寫小說的生活，說起來，自己並不認爲有這樣做的必要，最主要還是因爲沒有其他可做之事的緣故吧。因此，六隅先生才會說「每三年閱讀某一主題的書籍；由於並不是要成爲專家，所以三年後就轉向另一主題；半途而廢的研究者＝作家，倒也算不上不負責任之人。」……

古義人就這樣做了下來。包括像目前閱讀艾略特這樣重新回到某一主題的書籍，每當三年課程結束之時，古義人就要對排列在書架上和裝入貼有書名清單的瓦楞紙箱中的書籍進行遴選。而不在此列的書籍，則讓朋友開的書店前來取走。每一次整理，都會有大約三個瓦楞紙箱被堆放上去。

原本以爲，對這些書籍的處理應該放在自己死後進行。然而，處理了北輕井澤工作間那些因漏雨而損毀的書籍後，認識到這對老年的自己正是一項合適的工作……

在做如此考慮期間，古義人身體中那個有著怪異之處的年輕傢伙在並不很大的壓力下冒了上來。

「好啦，那就做吧！最近這一陣子記憶力衰退，處理那些書籍就等於忘卻了閱讀它們的那些歲月。不過，就由我來承擔這一切。做吧！」

看到古義人精神抖擻的神情，在車廂內往來販賣的小姐顯露出期待被招呼的表情，終於還是失望地走了過去。

2

古義人經由比北輕井澤更為鬱暗、繁茂的庭院走入靜謐的玄關，只聽見空調裝置發出的微弱聲響。小明坐在餐廳的餐桌旁面對五線譜稿紙，全然無視古義人的出現，用橡皮細心地擦去樂譜中的某一處。千樫和眞木似乎不在家。

古義人選擇只要小明一抬頭就能進入視野的位置坐下來，取出顧爾達那套十張一組的CD，這是他在與新宿那家大書店同在一座大廈裏的CD專營店選購的。自從十多年前透過FM第一次收聽到他的曲子以來，小明就一直在收集這位鋼琴演奏家的錄音。如今，一起行走在街上時他已經不會嘎噔一下猛然站住，從而給挽著手的古義人造成衝擊了，不過也有例外，那就是聽到顧爾達演奏的曲子之時。

古義人把貼有頭戴毛線帽照片的立方體小盒放在膝頭，拿掉上面的玻璃紙。再度看去，小明正用鉛筆在剛才擦淨的地方塡寫著，側臉卻開始現出了紅暈。古義人移坐到小明正對面的餐桌旁。離家外出的這段時間裏，家裏的氛圍發生了一些變化。理髮後身著天藍色夏令短袖毛線衫——應該是眞木採取的措施，以防他因吹空調而感冒——的小明也略微消瘦了一些，顯得整潔、俐落。

「繁叔叔來過了吧？他說小明正在創作大提琴組曲中的快步舞曲……從樂譜上看起來，快速的地方接二連三呀。」

「……是庫蘭特舞曲。」回答過後，小明好像在四處打量。

如果眞木在家的話，就會說明這是組曲中的第二支曲子，以此來補充小明的話。

「小眞和媽媽買東西去了嗎？」

「小眞與梅子舅媽的稅務代理人戰鬥去了！」

塙吾良的未亡人還在繼續電視劇及劇場公演的工作。不過，她的稅務代理人和眞木戰鬥？

「這個顧爾達，還是第一次看到吧？」古義人轉換了話題。

雖然沒有抬起頭來，小明的手指卻已經觸摸到了CD盒。他漸漸擺脫自閉狀態，一張張地查看那些CD，然後開始播放舒伯特的即興曲。無論在住院期間還是在北輕井澤，古義人都不曾聽過令人內心感到如此溫柔的鋼琴曲。

這時，都穿著正式服裝且滿身大汗的千樫和眞木回來了。她們回到各自的房間後，最先出來的是眞木，蒼白的面龐上顯現出倦態。古義人雖然爲此放心不下，卻還是遞過也是在新宿那家CD專賣店發現的、由BBC製作的《荒涼山莊》DVD。

「在北輕井澤，一直閱讀艾略特，當記憶含混不清時，就對照艾略特的評傳來閱讀。看著那些用紅鉛筆做了標記的地方，就那麼讀了下去。書中寫道，晚年的艾略特在和秘書結婚前不久，把狄更斯的《荒涼山莊》作爲禮物，贈送給未婚妻以外的、在社交方面一直幫助他的另一位女性。於是，我用了一個小時的時間出聲朗讀。小眞，能幫我看看嗎？看看其中是否有什麼地方能讓我理解那種不可思議的關係。你讀《荒涼山莊》，是因爲喜歡這作品吧？」

眞木從體積同樣很大的紙袋中取出其他CD並拿給古義人看。

「是從梅子舅媽那裏拿到的，」眞木說：「稅務代理人把吾良舅舅的電影全都拿來了。」

「小眞根本沒有工夫仔細觀看DVD，可是……」回到這裏來的千樫坐在眞木身旁，「你休息得像是很好，看起來比較健康。我也擔心在東京這麼熱的時候讓你回來是否合適，可是，還算不錯。這個問題今天已經解決了，你只要聽聽就可以了……

「由於是外婆名下的銀行帳號，必須請吾良的幾個孩子在放棄繼承的文件上蓋章，因爲有這種必要。」

「是這麼一回事呀。所謂梅子舅媽的稅務代理人……聽小明說了後，我就在想，這是怎麼一回事呀？那麼，問題都已經解決了吧？

「比起這個來，我還有一個問題。繁考慮到東京的直下型地震……他是unbuild的專家，也就是說，是毀壞建築物方面的專家……說到這座房屋二樓的書。他最初是和你說起的吧？因此，我決定把書庫中瓦楞紙箱部分的書全都處理掉。」

千樫看上去因消瘦而小了一圈，面部皮膚前所未有地開始轉暗，她低下頭像是在思考一般。

「……即使不用再去閱讀，但那都是年輕時讀過的書……以後會感到寂寞吧？我也認爲繁叔叔的診斷是正確的，可是……」

「高中時曾說過自己死後的寂寞，卻被吾良不客氣地搶白了一通，說是『自己』那時肯定早已不存在了。我原本考慮或許存在著亡靈能夠感受到的寂寞。大概有與此類似的感覺吧。然而，這已經是決定好的事了。

「小眞，請給不識書房打個電話。你在讀小學時，曾經上過家庭理財的課，課上講授了公司的薪水呀蔬菜店的營業額等內容，當時你就對不識書房的叔叔說『請付錢吧』……」

「一直以來，爸爸就是這樣把家裏的經濟問題當作滑稽的話，從而讓自己拉開距離的吧？」眞木說道：

「我知道自己說的話很滑稽，但那不是說謊，我是在努力回答的。

「爲了塡寫申報資料，媽媽每年都工作到很晚。一旦算出應繳納的所得稅金額後，就給蘆屋的外婆掛電話借錢。雖然媽媽如此辛勞，但爸爸不還是買了足以壓塌二樓的那麼多書嗎？」

「確實如此，胡亂買了許多當時還很昂貴的外文書。那倒不是因爲具有學力，而是正好相反。每隔上三年，或閱讀但丁或閱讀布雷克的研究書籍。在最初那一年裏，由於沒有選擇合適書籍的眼光，在丸善書店和北澤書店裏，只要看到同一主題的新書，就會全部買下。」

「在那過程中，逐漸形成了選擇能力，不到三年的時間內，就把買下的那些書處理掉了一些。」千樫說：「這樣一來，有很多書都只是前半段加了注，小眞和我就用橡皮把那些地方擦得很乾淨，然後請不識書房過來取走。每當收到賣書款，小眞也好我也好……就連爸爸都會顯出幸福的神情，小明雖然感到不可思議，卻也露出了笑臉……

「裝在瓦楞紙箱裏的書呀，都是挑選剩下來的，處理起來不容易吧。」

眞木轉而顯出閉鎖般的神情，其中含有針對古義人的一些痛苦回憶。她並不理會母親的調停：

「梅子舅媽到醫院探視外婆時，爲那間非常漂亮的病房感到吃驚，大概以爲住院費和看護人費用全都出自於外婆的財產。

（「吾良舅舅說了：『如果費用有問題的話，就告訴我。』」千樫提醒道。）

「但在這十年間，媽媽什麼也沒對吾良舅舅說。硬撐著爲爸爸的隨筆集畫了插圖並獲得二分之一版稅，隨即就存到外婆的帳戶裏，用以支付相關費用。

「後來，外婆剛一去世，梅子舅媽就派來稅務代理人，說是要看看外婆被凍結了的銀行帳戶。媽媽對此感到膽怯。爸爸把這種有關金錢的事務全都推給了媽媽。」

「小眞，接下來由我向你爸爸說明。晚餐的時間已經遲了，在那之前你先去睡一會兒。小眞要尋找這十年間收入的資料，還要拿去讓稅務代理人過目，比誰都要緊張和疲勞……」

「小眞和梅子舅媽的稅務代理人戰鬥去了！」小明直勾勾地看著古義人，口中反覆說道。

千樫讓眞木上床後又折返回來，古義人聽了她的一番說明：與稅務代理人的交涉已經結束，從下周開始，外婆名下的銀行帳戶將被解凍並可以使用，因而眼前的生活費將從中支出。

「是這麼一種狀態啊！小眞對我的口吻感到焦躁也是自然的……就我來說呀，早先聽小眞說，繁購買北輕井澤的土地和建築物的款項，至少可以供我們開支兩、三年……稅金的事情暫且不論，當時我也就放心了。」

「從繁叔叔那裏得到的只是訂金。你的住院費的不足部分，就是用那筆錢支付的。」

「後來催促繁了嗎？」

「經過仔細考慮後，小眞給他發了e-mail，很快就收到了回應的郵件，說是當然要支付餘下的金額，只是自己的帳戶和根據地的經費已全都交給清清管理。是否可以先行緊急支付當前急需的費用？於是，我就和小眞商量先請他支付多少。這時，圍繞讓吾良幾個兒子蓋章一事，和稅務代理人達成了一致。小眞至少可以鬆一口氣的是，眼前不用再麻煩繁叔叔了。」

3

晚餐後，眞木和小明在客廳裏觀看吾良的電影《靜靜的生活》的ＤＶＤ。

爲了扮演好以小明爲原型的主角伊耀這個角色，吾良和年輕演員好像去了殘障人機構參觀，以觀察過動性的自閉兒的行爲舉止。然而，那孩子與小明的行爲舉止全然不同，因爲小明是舉止溫和、行爲安靜的人。吾良也知道這個情況，或許考慮到如實進行拍攝不算是電影藝術的緣故吧，便採用其他類型作爲模型了。

儘管如此，當古義人、千樫和小明前去觀看現場拍攝時，坐在導演座位旁邊的小明湊過上身，對吾良耳語道：

「那個人，就是我呀！」他指著演員說道，喜悅中帶著純眞。

攝影完成那天，在攝影棚舉行的記者招待會上，當《藝能周刊》雜誌的女記者要求小明就電影中飾演自己的演員說說自己的感想時，父親、母親和吾良都很緊張，就在這種緊張氛圍中，小明從內心裏說道：

「伊耀，戴著很好看的帽子！」吾良於是顯現出更爲純眞的喜悅……

正在觀看DVD的小明把盒子放在膝頭。古義人注意到，盒子上貼著的那個鋼琴家照片上的毛線帽與演員的帽子非常相似。小明已經沒在關注演員的演技，當然也包括那帽子在內，而是入神地傾聽著由自己創作、被電影原樣引用的音樂。

或許是不能讓小明太晚睡的緣故吧，眞木使用了快轉功能，跳過好幾個鏡頭後再讓小明觀看。在這過程中，來到了即使再度看到也還是覺得唐突、確實有些陰暗的鏡頭處。一個與伊耀毫無關聯、大概是高中生的年輕人，把女孩逼進了道路旁邊稀疏的樹林裏。眞木想要在此處關掉DVD，卻注意到古義人正在觀看電視畫面，便領著小明去他的寢室了。

古義人獨自繼續觀看。年輕人把女孩按倒在斜坡上的草地裏，在他與拚命抵抗的女孩廝打過程中，女孩突然處於假死狀態，年輕人絕望地站在旁邊。一個中年男子從路邊的公車裏下來，他感覺到昏暗的樹林裏的異常情況便去調查，發現了年輕人及露出內衣並曲起一條腿仰面躺倒的女孩……

男子走近年輕人，對他嚴厲呵斥道：「幹下了這種無法挽回的事，卻還沒能幹成嗎？」從中年男子的口吻上，猜測他是附近高中裏那個年輕人的教師。「包括這一切在內，全都由咱來替你承擔！」男子剝下躺倒在地的那位女孩的內衣，強姦後掐死了她。姑娘下肢的蠕動被逼眞而生動地表現出來。

圓溜溜的黑色公車從漆黑的道路折返回來，從車上湧出用鐵鍬和鐮刀武裝起來的人群。中年男子在他們的追趕下奔逃，於黑暗中登上梯子並爬到上面的鴿子棚裏。然後，在周圍猛烈的振翅聲中，男子把繩圈套在脖子上跳了下去……

回來好一會兒的眞木把DVD置於暫停狀態。

「因爲，這一段聲音讓小明覺得討厭，」她對古義人說道：「要一直快轉到最後那段。」

畫面再次開始播放，就出現伊耀與襲擊了妹妹的那個暴力型游泳教練打鬥，最終救出妹妹，在下個不停的雨水中抱著妹妹的肩膀走下去的鏡頭。這時，小明創作的長笛和鋼琴合奏的曲子開始奏響。眞木於是說：

「小明一定是上了床在聽那支〈畢業，就是改變〉的曲子，請把聲音調小一些，以免影響他休息。」

「我覺得剛才片子裏晚間樹林的情節很可怕。幹下無法挽回之事的年輕人不是突然得救了嗎？電影沒再拍攝被救下的年輕人，只拍了那個替人承受無法挽回之事的男人死去的可怕鏡頭。可是……

「我不明白，這一段情節爲什麼非要不可呢？我懼怕的是這件事。媽媽也說，作爲故事來說，現在這一段情節既不自然，又不能融到電影整體中去。」

「……那一段呀，看了電影後我也不明白。而且，現在即使再看上一遍也還是不會明白。我的原作裏確實有這一部分。毋寧說，這是很久以前就已經存在的主題，卻一直沒能融到一個故事中去。是說就這樣吧……還是說就這樣過去吧……在寫這個後來被改編成電影的中篇小說時，就把這個主題產生的印象給摻混進來了。那是爲什麼呢……

「然後，吾良就將其作爲自己電影中的一段情節而原樣採用了。而且，在他的電影中，製作成了讓我最受魅惑的鏡頭……倘若果然如此，這或許就是吾良在攝製電影時送給我的私人性致意。而且，看了好幾遍我也不知道其中的意思。」

「媽媽曾經說過，說是爸爸無論陷入怎樣的痛苦，都有一種樂天派的個性，從而巧妙地借助樂天個性恢復精神狀態。

「現在說是不明白吾良舅舅致意的意思，就將其擱置一旁，這種處事方法就含有樂天個性吧？」

晚餐前被千樫催促到寢室裏去時，眞木的面頰附近如同石塊一般，現在那裏則現出了斑塊狀血色。古義人意識到，以前經常將其作爲孩子看待，但現在自己則把她視爲具有抵抗感的、已經自立了的女性。

眞木喘了一口氣，緩慢而明瞭地做了這樣的總結：

「當我知道吾良舅舅從大廈的平臺上跳下來時，就想起在鴿子棚把帶子纏在脖子上跳下去的鏡頭。然後我就在想，吾良舅舅是爲了誰才做出這種事來的呢？

「那一陣子，周刊雜誌刊載了把吾良舅舅的自殺寫成醜聞的報導。爸爸買了很多這樣的雜誌——至於讀過與否就不得而知了——堆放在書庫的床邊，我讀了那裏的雜誌。當時我在想，吾良舅舅承受了別人幹下的無法挽回之事，也許這些雜誌就寫著那人的情況呢……

「那時我什麼也不明白，自己總是在爲小明而感到恐懼……想起了很久以前的事情。因爲，在任何一篇報導裏，性方面的隱諱暗示都如同骯髒的秘密一般被寫在其中……

「這部電影剛開始時，主角伊耀家附近發生了小女孩遭到襲擊的案件，妹妹就擔心那犯人不會是伊耀吧？

「我也曾爲這事害怕過。若說起我爲什麼而害怕，那是害怕小明做了案，而知道了這情況的爸爸結果把小明幹下的無法挽回之事當作自己的事而自殺。」

千樫換上短睡衣返回到這裏有一陣子了，她想要分擔古義人正在承受的衝擊。

「小眞之所以擔心那種事，是因爲在大學的福利社團活動中認識的一位殘障人士曾受到流氓的侵害……是那時候吧？剛好那一陣子爸爸尊敬的一位哲學家在文章裏提到，對於孩子，你如果強姦了她，你就必須自殺。小眞發現了這段話，還對我們說起這件事……」

「……確實是樂天性格，關於那天讀了這報導的印象，我必須說上幾句。」古義人說：「那個哲學家在更早以前還寫過這樣的話語：性問題是人生的巨大重荷。進入老境後，這個問題將自行消失，這實在是件快樂之事……（隨即意識到自己現在已經是老人，徹底變得快樂了。剛想要接口說出來，終於還是閉上了嘴巴。）」

「那時，小眞讀了新翻譯的岩波文庫版《西遊記》，就說起了黑風山那地方的黑熊妖怪。」千樫說道：「說是由於三藏法師的袈裟被盜並難以取回，孫悟空就去向觀音菩薩求助……觀音菩薩取回袈裟並收服黑熊後，打算將其作爲僕人使用便帶走了他。」

「是黑熊怪。」

「小眞當時說，最好能請觀音菩薩現身，把男孩子身體中的黑熊怪全都帶走……」

「……我覺得那時在考慮問題時強烈地以自我爲中心。」眞木說：「因爲小明是個有智力障礙的人，所以或許會發生問題。在社團聽說了這種毫無根據的事，我就感到害怕了……」

「不過，我覺得反而是小明犧牲了自己體內的那種東西，比健康的常人提前度過了危險的年齡……媽媽曾經說過，一想到青春這麼早就逝去，便感到寂寞。我雖然不很清楚……但我還是認爲，小明所守護的，是我，是媽媽，是爸爸。」

隨後，三人都默默無語地坐在那裏。剛才的談話使得眞木顯出鑽牛角尖的趨勢，古義人的話語中則含有要把眞木的思路加速引往深刻方向的因素——他自覺到，歸根結柢，這也是樂天性格的另一個側面——，但只要千樫也在這裏，就能夠把話題轉向別處。她目前由於熱傷風而消瘦，從整體上看顯得比較有精神，將短睡衣穿在外面，把頭髮梳攏到腦後，一副彷如古印度女武士的模樣，這時她摟過了眞木的肩頭。卸妝之後和摘下遠近兩用眼鏡後因晃眼而眯縫起眼睛的神態，使得千樫最近越發與吾良相似，她那美麗的面龐看起來全然就是一個女武士。

4

古義人在書庫裏工作了五天。他首先把瓦楞紙箱搬運到一樓。如此一來，也就不好不打開紙箱以確認箱中之書了。於是，在新幹線車廂裏抖擻起來的精神和決心很快便開始動搖。結果，他把再度送往北輕井澤的書籍，分裝在看上去比較結實的十個瓦楞紙箱裏。

還有一個問題，那就是自己的那些書該如何處理？也就是屢屢加印時的樣書及版權代理人送來的外文譯本。能閱讀多種外文的年輕編輯也已經不再有往來，於是古義人用細繩將堆放著的外文譯本捆紮起來，讓眞木在收集可再生資源垃圾的星期一分批處理掉。也曾有一段時期，小明擅長於這種力氣活兒，但現在他的腿腳軟弱，甚至不時絆倒在從玄關至門口之間那塊放鞋的腳踏石上。

剛一回到北輕井澤，就見「小老頭」之家唯有鷹架顯得有些異樣，卻仍然令人感懷地聳立在已有秋意的淡藍色天空背景下。陽臺前已經成爲白花敗醬的白色世界。就像與古義人走下計程車進行替換似的，一輛上門送郵件的車子開了出去。那是前一天從成城寄付的瓦楞紙箱已經送到。大武和小武正小心翼翼地分開白花敗醬的花萼，毫不費力地把紙箱抱往可以遮風擋雨的內裏那間廢屋。繁從「怪老頭」之家來到正注視著搬運情形的古義人身邊。

古義人打開寬底旅行提包，取出千樫託付的幾種乳酪和生火腿及三瓶紅葡萄酒放在陽臺上。繁打量著葡萄酒瓶上的商標，說「這可是在納帕河谷也算是上品的種類」，他的行爲舉止在整體上顯得活潑、俐落，表情也充滿了活力。

「醫院的診斷好像還不錯吧。」古義人詢問道。

「也有這個原因。」繁以很有力度的聲音回答說：「另外，還因爲咱正熱中於新的計劃。迄今爲止，你儘管對於是否能夠實現而心存懷疑……似乎也就是作爲老人的愚行而陪著咱。但現在這個計劃，卻具有了高度的現實性。

「由於是以大武和小武爲中心進行考慮的，與此前完全不同的方向性就顯示出來了。目前正集中性地和他們對話。咱也需要對他們加以觀察，希望能夠充分瞭解他們。假如他們不是咱所預期的年輕人，不妨在他們從咱身邊離開時從其背後推上一掌。

「咱決定支付給他們和在北輕井澤打工的店鋪裏相同的薪水，以鞏固一同工作下去的方法。

「那麼，有件事想要託你。古義，你能爲大武和小武授一門課嗎？咱在『怪老頭』之家爲他們辦了建築學基本講座，尤其是大武，對建築設計的直覺非常好。此前我也說過，他對繪圖細部的解讀是正確的。」

「我可不懂建築學的知識。」

「咱想請你舉辦的講座，是關於魯賓遜小說的，希望你能夠讓他們知道魯賓遜小說具有的意義。咱們已經接近魯賓遜小說中那兩個人物，重新把握了咱們互相的、相對於我們互相的意義；咱那時試圖讓你把大決戰的來龍去脈作爲魯賓遜小說而同步寫作；而小說中的重要配角，曾是佛拉季米爾和清清。

「現在，佛拉季米爾和清清的角色將由大武和小武來承擔。因此，咱希望大武和小武能夠知道魯賓遜小說是怎樣的作品。咱已經讓他們閱讀了你放在這裏的《茫茫黑夜漫遊》的翻譯本。可是呀，那兩個人好像進入不了塞利納。也是因爲兩人目前需要學習的東西太多了。如此一來，古義，請你講授魯賓遜小說不就是一條捷徑嗎？」

繁和古義人坐在陽臺的木架上交談時，大武和小武已經將書箱搬運完畢，並順手整理好了廢屋的堆柴場。眼下，這兩人透出好兄弟的感覺，正肩挨著肩的在休息……

「那就幹吧，反正我也不忙。」古義人說道：「由於翻譯本比原著還要陳舊，因此對於現在的年輕人來說，閱讀塞利納是比較困難。可能也是因爲這個原因吧。不過，大武和小武認眞閱讀過杜斯妥也夫斯基，所以呀，透過閱讀《白癡》來說明魯賓遜小說如何？『小老頭』之家有全集版的《白癡》，今天晚上他們就可以預習。沒有必要重新閱讀全部作品。」

繁舉起手來對大武和小武發出信號，兩人隨即站起身往這邊走來。對於由繁主導的教育，這些年輕人顯然持積極態度。現在，大武和小武也將頭部周圍剪得很短，只有中心部位的頭髮留得較長，是頭頂沖天而立、狀若雞冠的髮型，這像是在表現一種自由感情，從法國餐館的侍者這一角色中解放出來的那種自由感情。

5

在針對大武和小武制定的講義中，古義人首先從繁來到北輕井澤後很快便提起魯賓遜小說，而且回憶起很久以前古義人說過的話並充分予以引用等處開始：「自己一生中雖說沒有有趣之處，卻也有一個奇特之事，那就是有關出身的來龍去脈。此處已然與繁相關。從那以後，繁便出現在有關自己身世的各種場合，總之，將自己捲入到了既痛苦又有趣的變故之中。此類事例，今後也還會發生吧。把這些經歷連接起來，繁和我相互纏繞的生涯也就浮現出來，於是就將成為這樣的小說……」

小武隨即應答道：

「從繁先生那裏也聽說了出身的來龍去脈。毋寧說，是繁先生本人出身的來龍去脈。說是繁先生的母親和一個即將前往商社駐上海分店工作的人結了婚，很快就懷有身孕並感到不安，便叫來了自兒時起就是朋友的長江先生的母親，然而自己卻流產了，還不能將這個消息報告給丈夫的雙親，更糟糕的是，身體今後再也無法受孕了。於是，就請長江先生的母親，用現在的話說，就是代理受孕和生產。在這種情況下，自己就出生了……繁先生還說，長江先生的父親前來接回長達一年沒有回家的妻子，就是因爲這個原因……」

的確，古義人爲之啞然！

「那並不是繁先生的斷定，」大武立即接過話頭說道：「只是他自己相信事情是那樣的。他也說了，父親並沒有把一切都講出來。他還說，自己是在戰敗之際被母親拋棄的，一回到日本就受到長江先生的母親的珍愛，因此，或許就這樣開始相信這件事了。」

不安之餘，古義人說道：

「能夠泰然說出這種夢想的人，就是繁了。到目前爲止，繁帶到我的生活中來的那些既難堪也有趣的變故，無一不是從這種假話開始的。在制定『小老頭』之家的計劃時，建築公司的負責人對我說，建築師在自我介紹時說自己是長江古義人的異母弟兄。不過，我們還是放下繁的這種癖好而開始吧。」

古義人把塞利納和杜斯妥也夫斯基的翻譯本放在餐桌上，三人圍坐在一起。此外，古義人用傳眞機附帶的複印裝置，複印了這些文本中以前劃下幾重紅線的書頁，並分發給了大武和小武。

「爲什麼要選擇魯賓遜小說呢？因爲，我聽說圍繞那位魯賓遜，繁建議你們讀一讀《茫茫黑夜漫遊》。是從剛開始的、在深夜的戰場上圖謀當逃兵的那個不可思議的配角出場處開始閱讀的吧？

「那種奇怪的男子，深入到並無起色的作家的生活中來，要把他捲入奇特的變故裏去。這其中的來龍去脈，就由那位長年作爲小說家生活過來的作家進行寫作。而且，較之於自己，更要把焦點集中在那個男子身上，作爲事件整體的故事來寫。這就是魯賓遜小說。深入到我生活中來的男子，則是魯賓遜。

「具體說來，就是繁從聖地牙哥遷回到日本，把一位老作家……也就是把我捲入到奇特的冒險中去。最初的構想，你們也從繁那裏聽說了。出面照顧病後老作家的繁以佛拉季米爾和清清爲主要人員，在北輕井澤的根據地開始生活。情況就這樣發展下去。

「接下去，將要寫『日內瓦』的部隊負責實施的、繁策劃的大決戰。繁把我作爲登場人物爲我準備了從不曾幹過的重大任務……」

「長江先生，你爲什麼要接受那個任務？」大武問道：「奈奧也說，她認爲你除了接受外別無選擇……」

「我只能說，那是我和繁的魯賓遜小說。」古義人回答道。

於是，大武和小武也都立刻回到聽魯賓遜小說講義的態度上來。

「然而，繁的構想卻在由佛拉季米爾擔任聯絡員的上級組織的會議上被駁回了。不過，並不是連同支撐繁的構想的那個新方法也給否定掉。好像是認爲時機尚未成熟。

「因此，佛拉季米爾要回到自己早先的構想。他是爲關注三島問題而來的，說是要傳播肯定還存活於其中的火種，從而在這個國家發動政變。但是，從繁和自衛隊老隊員談話的情形來看，那好像是不現實的構想。佛拉季米爾似乎也一點點地明白了這個情況。據清清說，佛拉季米爾甚至好像在向上級組織探詢，是否需要從設在日本的根據地撤退？

「但是，繁產生了新的構想。關於這個新構想，即使你們不知道整體，也應該知道其根本架構。繁以大武和小武爲主要人員，提出了新的魯賓遜小說，要求我立即著手寫創作筆記。我接受了他的提議。現在我這樣對你們講述這件事情，你們明白了吧。

「不過，我並不知道你們打算和繁去幹的那件事，所以只能對你們講授魯賓遜小說的原理。繁說了，要我藉此讓你們知道此前他和我一直試圖去幹的事。因此，我打算把你們所知道的杜斯妥也夫斯基的小說，把《白癡》，作爲魯賓遜小說的範例來講述。

「我認爲，《白癡》人物裏的羅戈任發揮著魯賓遜這個角色的作用。在塞利納的小說裏，魯賓遜出現在戰場上的夜霧之中。而在杜斯妥也夫斯基的小說裏，對身處接近首都的彼得堡．華沙那趟列車上的羅戈任所做的描繪，尤其吸引了小武吧？

「羅戈任帶著十萬盧布闖入慶賀納斯塔霞命名日的晚會，納斯塔霞將其扔進火裏並讓充滿野心的青年從中取出，冷眼觀看這一切的羅戈任因此而把自己放在了與梅什金公爵平等爭搶納斯塔霞的位置。『……羅戈任，好了，我們出發！再見，公爵，有生以來，我還是第一次見到真正的人！』

「然而，羅戈任此後繼續受到納斯塔霞的愚弄，甚至對公爵產生了殺意。與此同時，公爵卻在尋求與他的友誼。儘管羅戈任一度予以拒絕，卻不得不說出以下這番話：他舉起雙手，用力抱住公爵，喘著粗氣說道：『如果那是命運的安排，你就把她拿去吧！讓給你了……忘掉這個羅戈任！』

「糾葛越發深了。終於，梅什金公爵也被捲了進來。然後就是悲慘的結局。納斯塔霞遭到殺害。公爵在同一個房間裏和殺人者羅戈任並排躺著度過了一夜。『此時天色剛剛放亮，公爵終於完全失去了力氣，好像被絕望打垮一般躺倒在墊子上。然後，他把自己的臉貼靠在羅戈任那慘白的、凝然不動的臉上。淚水從他的眼睛流到羅戈任的面頰上。然而，他這時恐怕已經沒有氣力感受自己的眼淚並絲毫不記得與此有關的情形……』」

小武讓內心裏洋溢著明朗的感覺，同時開始萌發鬥志。

「繁先生說：『假如長江先生引用這段文字以圖結束有關《白癡》的講述，你們就注視著古義的表情！如果他把自己比作梅什金公爵的話，那就是滑稽。而且，咱在農場雖曾傷害過同僚，還不至於犯下殺人的罪過……』」

「那只是繁先生的笑話。」大武責備著小武（兩人間的這種角色分工，就連古義人也已經知道），「繁先生說：『兩人都知道彼此已經陷入困境之中，決定一起幹下去，這其中也包括長年如此生活下去的關係……』他還說：『要將其作爲魯賓遜小說的故事來聽！』」

「就繁來說，我覺得他大致就是這樣的。」古義人說：「思維方式與繁未必一致的人物，也就是我，就在你們想要實施的計劃的近旁，你們難以放心，對這個傢伙難道不需要戒備嗎？你們是這樣考慮的吧？佛拉季米爾和清清也曾把我軟禁起來……

「因此，一如你剛才所歸納的內容，就是讓你們從我這裏聽有關魯賓遜小說的故事。

「但是，如果繁把我想像成將自己比照爲梅什金公爵的人物的話，即使是我也是要生氣的，所以，你們就告訴他，我引述的是《白癡》中的其他場面。引自於《創作筆記》。

「被憎惡他的母親稱之爲『白癡』的男子，用暴力手段強行侵犯了整個家族非常珍惜的朋友、那個叫作米廖的女孩。他甚至在家裏放起火來……這是一個與梅什金公爵完全相反的『白癡』。而且，在直至今日的現實生活裏，我並不是全然不曾考慮過這種類型的人物。

「大武和小武在成城我的家裏也曾見過小明，當小明到達一定年齡時，我的老師六隅先生告誡我，決不可忽視他有關性的衝動。在我的一生中唯有這一次，我對老師動了怒氣。然而，對這個問題感到擔心的似乎遠不止六隅先生一人。

「即使在塙吾良以小明爲原型攝製的電影裏，吾良也介入了這個主題，塞進相當於父親年齡層的男子爲承受少年性犯罪的罪行而自殺的情節。而且，這段情節還是我將其與小明分隔開，相對隱諱地寫在小說裏的。吾良像那個男子一樣看穿了這一切。

「前幾天我回到東京，偶爾看了那部電影的ＤＶＤ。與吾良血緣相通的眞木說是懼怕那段情節。然後，她就從那裏說了起來，表明早在孩童時代，她就擔心因爲小明的性犯罪，作爲父親的我會因此自殺，她懼怕這種發展趨勢……有關小明的這個擔心是杞人憂天了。

「因而我就思考了這個問題。假設實際發生了此類事件，無論朋友還是家人都認爲我會對此負責並引咎自殺嗎？那麼，誰會把我視爲作家這種社會性存在呢？

「可是，由於自己同時還是長江古義人，所以，當眞的發生這種事件時，毋寧說，我或許會寫出幫助小明的作品。而且，也許會把社會良知及其他東西全都視爲自己的敵人。毋寧說，那才是作爲作家的自我……」

「當問及『爲什麼決定加入繁先生的大決戰』時，被告知『是因爲魯賓遜小說』。這次也是，隨著事態的進展，我覺得長江先生被捲入了醜聞之中。」小武說道。

對於這番話語，大武在古義人回答之前就說道：

「『事情一旦到了那種地步，古義是不會讓他們自己碰壁的』，這是繁先生的看法，『這是因爲古義上了年歲，經歷過身受重傷的磨難，與以前長年交往的古義不同了。而且，這原本就是那傢伙的稟性』……」

「或許，繁是爲讓我對大武和小武說出現在這樣的事，才請我準備魯賓遜小說講義的。

「也就是說，今天我所做的，應該是繁的『進行破壞』的教育之一環，我的身分並不是什麼客座講師，而是接受這種教育的……在美國的大學體系中，就連走進教室參加討論也是被許可的，只是不能獲得學分。當然，也相應沒有被要求發表成果的義務，也就是那種叫作旁聽生的……學生。」

小武彷彿得了一分似地顯示出天眞的興奮，而大武反而像在反省一般。儘管如此，兩人那朝氣蓬勃的臉上都現出紅潮，指向頭頂中心部位的那些剪剩下的黑髮的火苗正升騰而起。

第十二章　怪異之處處於優勢

1

下午較晚時分，繁帶著清清過來邀約古義人同去散步。「為大武和小武講授魯賓遜小說的故事後，聽說還承認自己在接受『進行破壞』的教育。清清好像也知道。」

古義人為兩個年輕人開設的講座，與此前和清清閱讀艾略特的時段相同，從上午開始，到正午結束。和沒吃早餐的古義人一起用完已是午餐的那頓飯後，大武和小武便興匆匆地前往「怪老頭」之家的繁的工作室。猜想繁早已充分聽取了年輕人的彙報。

這一天，北輕井澤商店街的煙火大會將在鎮邊緣的運動場舉行，往那個方向去的別墅住客的身影引人注目。古義人把繁和清清領往相反方向，腳下的道路通向可以俯視熊川峽谷的臺地盡頭。從這條未鋪柏油、中間突起的道路迎面而來的人群中，也有一些人面熟，在那場藉由古義人獲得外國獎項、小明發行CD的機會舉辦的演講會／音樂會上見過面。然而，大家誰都不向古義人打招呼，顯然，是因為豎立起模樣怪異的鷹架和在此出入的那些施工人員而得罪了大家。而且，現在和古義人走在一起的，是像似第二代日裔老人的繁，以及刻意顯示自己是出身於中國的美國人清清。

當開始與別墅住客們斷斷續續地錯肩而過時，先前因感覺到那種氛圍而默默走著的繁回到了早先的話題：

「咱很開心地聽了大武和小武所說的那些話。不過，清清卻嘟嘟囔囔地說：『對長江先生如此不加提防，這合適嗎？』於是咱就告訴她：『那麼，你就對古義說說你的擔心吧。』便把她給帶來了。毋寧說，古義呀，清清似乎是想確認你目前的社會觀和政治觀點。」

「至少，事到如今還想向你們隱瞞的社會觀和政治觀點，是不存在的。」古義人只得說道。

「我一直希望你能坦率地回答我的問題。」清清隨即便開始了詢問：「長江先生出版《廣島之書》[1]已大約四十年了。在那以後還寫過許多隨筆，在國際會議上也提出了相同主張。

「你反對現有核大國繼續持有核武器，既反對中國的核武器，也反對法國重新開始的核子試驗。

「因此，你相信過核武國家會自發地向著廢除核武器這一目標而努力的進程嗎？」

「科學家們有關『核冬天』的警告，影響了冷戰中的兩個陣營，然後蘇聯解體了。那個時期，我懷有實際的希望。」

「但那是徒然的希望。」

「正如你說的那樣。」

「你懷有這樣的希望嗎？也就是說，在你有生之年，將在世界範圍內廢除核武器。你會說，即使對此不抱希望，也還是要繼續自己反對核武器的言論嗎？當然，那是你的自由。

「聽佛拉季米爾說，你經常從六隅教授的著作裏引用以往的法國人的言論：『人終究要滅亡。或許就是這樣。然而，會是一邊抵抗一邊滅亡的吧。』那也是你的自由。

「我曾對佛拉季米爾說：長江先生不是那種一邊抵抗的類型，而是屬於艾略特的『靜靜的，不抱希望地等待！』那種類型。但佛拉季米爾卻說：因為那個人現在就像繁先生所說的那樣，正處於大病過後的恢復過程中……

「我在想，長江先生既不抱有希望、又不進行抵抗地等待著的，該不是自己的死亡吧。

「而且，這對於老年人來說也是很自然的。像繁先生那樣總是精神十足，總是想要惹發事端的人畢竟是例外。我覺得，長江先生其實認爲今後自己將活不過十年。你認爲核武器會在這十年內被廢除嗎？」

「我不這麼認爲。」

「那麼，你覺得這十年內，在國際政治領域，廢除核武器的動向會實實在在地成爲趨勢嗎？」

「在冷戰結束後的數年間，我所抱有希望的，是猜想那個動向會出現。然而，現在我放棄了這個希望。目前任何一個大國，包括蘇聯解體後的俄羅斯在內，都不考慮廢除自己的核武器。」

「在和長江先生閱讀艾略特的過程中，我感覺你不是基督徒。」

「我沒有信仰。」

「那麼，你也就不把願望寄託在死後，是嗎？」

「也有人雖然不信仰基督教，但對自己死後的社會發展寄以了願望。然而就我而言，已不再考慮在自己死後，世界的毀滅和核武器的廢除這兩者誰更可能。

「據說，在病房裏陪護我的女兒曾告訴千樫，說是我在夢中哇哇地哭泣。我只記得其中一個夢境。不知怎麼回事，在得知當天是自己死去之日的那個早晨，我閱讀了報紙的每一個角落，都沒能發現廢除核武器的跡象，便傷心絕望地哇哇哭了起來。就是這樣一個夢。而且，哭泣中的我知道，和走向死亡的肉體上的痛苦相同，這種心理上的痛苦造成的失望感，也將在數小時後因自己的死亡而消失。毋寧說，我是在安心感中哇哇大哭出聲的。」

2

又是一個別墅家庭的成員走近了。古義人沉默不語，清清也是如此，讓過好奇地打量著自己這一邊的孩子們。

「古義，剛才清清向你確認了的，是這麼一回事。」繁再度提起話頭，「基本上呀，你是希望站在非暴力一方的人。而且，你知道現在的世界趨勢，現今最大的暴力裝置、也就是核武器的廢除和縮小規模這樣的趨勢都沒有出現。你還知道，自己將在看不到廢除核武器這一前景的情況下死去……毋寧說，你甚至不再說自己對此還抱有希望……是的，你不再抱有希望。清清想要確認的，就是這些。

「聽了古義的這一番話後，咱也在思考一個問題。對於廢除現代世界中的、實際上也是由美國佔據絕對優勢的暴力裝置，你已經不再抱有希望。既然如此，咱對古義闡明計劃的具體細節又何錯之有？卻被清清和佛拉季米爾告誡要出言謹愼。

「咱在考慮的是，讓大武和小武以他們這個兩人小組組成暴力裝置的一個單位，以對抗極大的暴力裝置。一個單位，這個概念非常重要！因爲它是單位，是可以無限繁殖的最初的那個一。而且，其本身就是提示增殖方法的單位。

「他們的這個暴力裝置，在咱透過佛拉季米爾向『日內瓦』提交的大決戰構想中，原本是作爲構想整體的基本模式而製作和應用的。該構想遭到了駁回，意味著目前失去了把那種基本模式予以擴展的途徑。然而，也僅此而已。

「於是，咱就逆向而行，把基本模式轉向小型化並以多種方式予以應用的方向。咱繪製了很多『進行破壞』技法的繪圖。咱已經開始這方面的工作。在大決戰的前景逐漸遠去之後，咱回到了多年來所做的——如果用古義的話語來表述，就是——人生習慣的手工作業。

「一直在繪製那種設計圖，一直在用彩色鉛筆繪製那繪圖。大武和小武被吸引了，這就是事情的開端。

「大武和小武要求咱講述如何實際運用你也看到過的、咱繪製的繪圖之一……也就是對其進行解讀的方法。這件事也曾對你說起過吧？咱就像給建築系本科生講課似的，爲大武和小武進行了解說。然後，就發現他們是非常優秀的學生。說起來像是在多愁善感，大武和小武或許將會是咱最後的也是最好的學生。而且，他們還是實行家。

「咱的『進行破壞』設計圖和繪圖呀，簡單說來是這樣的：只要在建築系找兩個以上的本科生認眞解讀，並把那裏標示出的爆炸物定量搞到手，就能把大樓的一個樓層給炸飛。

「就原理而言，則是把被『日內瓦』駁回的方案進行小型化處理的產物。只是這麼點兒隨機應變。很少幾個人就可以實施。

「首先，簽訂合約把大樓中一個乃至兩個房間弄到手。此前需要研討大樓的整體設計圖，選擇位於大樓最脆弱處的房間。對爆炸物有所限制，也就是在哪裏及如何安裝爆炸物。

「爲此而繪製的繪圖、自製起爆裝置的方法、安裝之時的步驟等等，將全部寫在實施爆破的手冊裏。還要結合儘量多的具體例子製作成若干冊，所以把那些分冊綜合起來後，就會合訂爲『進行破壞』建築技法的巨著。不過，首先還是從單個具體例子的分冊著手。

「說了這個構想後，大武呀，提出是否可以開設網頁，然後經由網站擴散開去。」

「但是，在九·一一之後的世界上，這種原理和技法的手冊，能夠公然通用於可以自由登錄的網站嗎？」

古義人不好再不插嘴。

「是有這個問題。」繁承認道，「利用網路，世界的各個角落都觸手可及，咱們知道，那裏有非常危險的東西。利用兒童製作的色情玩意就是其中一例。『進行破壞』手冊的網頁，更會被嚴加防範吧。但正因爲如此，網路才更有魅力。大武說了，要設法尋找到某種方法。

「如此一來，小武也開始表示，假如用正面進攻的方法無法建立『進行破壞』手冊的網頁，不妨採用游擊方式，把咱已經完成的分冊用更爲穩妥的手法一點點地送出去。而大武的思路，則包括將其作爲網頁電子告示牌的插注傳送出去，進而尋求有效方法。

「但是，大武使用網路的方法固然是一個方法，另一方面，在推進這個構想的同時，小武——他在這個問題上更是勁頭十足——提出實驗性地實施第一次爆炸，再以攝影資料做成詳細報告，然後運用游擊戰術把資料塞入網路去。咱們如果將其合二爲一，就將成爲實實在在的教學手冊。

「而且，這種樣式是這個兩人小組的獨特之處。大武和小武決心由他們倆成爲首先以這種樣式進行思考並第一個啓動的暴力裝置單位。」

對此，古義人毫無應答之法。可是，繁像是匆忙地進一步說道：

「如此一來，對於大武和小武的上述策劃，從設想的出發點就開始收集資訊並用於寫作魯賓遜小說，就是古義的工作了。今後你也要處於可以與大武和小武進行對話的關係。當初制定的計劃就成功了。」

從後方極高的高度上，傳來了煙火的爆炸聲響。即使回過頭去，也只見天際明亮，雖然聽到聲響，卻無法判斷發射到了哪個空域。黃昏時分的藍天安詳地舒展著。

「就是這麼一回事。怎麼樣，古義？」繁對正仰視著天空的古義人問道。

「魯賓遜小說的、新想法嗎？」

「說得對，關於大武和小武將要開始的那個策劃本身。」繁顯現出煩躁的神情說道。

古義人沒有回答這個問題，而是轉向清清說道：

「從這裏稍走不遠，就到了大學村東端的懸崖邊，再往北側繞過去，就是面向西方且視野開闊的地方了。天一黑下來，眞正的煙火大會就將開始。那麼，我們去那裏觀看吧。中國的煙火和日本這個國家的煙火或許會是全然不同的印象……」

走上古義人提議的那條道路後，清清對繁說道：

「長江先生剛才說，他不認爲在他的有生之年，能夠廢除核武器。我覺得這是誠實的回答。如果有人說美國和中國將要就廢除核武器開始談判，並會在未來十年內取得成果，那麼，會有美國人相信這一切嗎？對於中國人來說，情況同樣如此。

「繁先生作爲擁有美國籍的人，我作爲中國人，當然會這樣考慮問題。可是，長江先生則是作爲日本人來思考這個問題的。我在想，那時候最爲深切地體味到無力感的，該不是日本人長江先生吧？繁先生你曾經說，長江先生之所以寫《廣島之書》，並不是擁有希望，而是正好相反，那是自己對長江古義人進行再認識的理由，認識到他和自己是互補的二人組中的一半。現在，我覺得自己好像明白了這句話。（古義人小聲對繁說起剛想起的往事：『耶魯大學的佛雷德里克．詹姆遜引用了貝克特本人的話語，將其稱爲pseudo-couple。也就是奇怪的二人組吧？』）

「我之所以要說那樣的話，是因爲我實際上在爲是否要立即把這次的新策劃告訴長江先生而感到猶豫。但繁先生卻說，對於魯賓遜小說的寫作，這樣做無論如何也是必要的……

「因爲我還想起，假如對長江先生和盤托出以大武和小武爲中心的新計劃，就會和錄影帶事件時那樣，佛拉季米爾和我肯定會疑神疑鬼……不過，剛才聽了繁先生詳細地對長江先生說的那番話，就覺得這樣做也行，何況繁先生本人也有這種需要。」

「清清，咱和古義呀，是魯賓遜和巴爾達繆式的『奇怪的二人組』，儘管彼此是完全不同的人，但也有非常相似的地方。咱現在抱著一個幻想，那就是大武和小武式的微小單位或許會在全世界擴展開來。也就是說，咱認爲只能是如此。那是因爲，在咱死亡前的這數年間，美國不可能發生變化，咱因此而感到灰心失望。

「那麼，如果說到覆蓋全世界的核武器的狀況在自己的有生之年不會有任何改變，爲此越想越苦惱，古義也是很有可能去做自暴自棄的愚行的老人的，而要壓制大武和小武的決心，則是不可想像的。你與他們又有什麼不同？」

轟的一聲傳來了煙火的聲響，這次三人都仰視著正面的上空，卻還是什麼也沒看見。古義人略微瞥見清清呆若木雞的表情，從中感覺到某種滑稽。那大概就是繁的強烈質問在某處蘊含著分歧，而這分歧就如同那煙火的轟然聲響一般，讓清清難以捕捉。

「可是呀，」古義人對兩人說道：「你所說的『你與他們又有什麼不同』這句話，或許對繁也是一句合適的話。」

繁對此未作回答，清清也沉默不語。古義人向清清說明眼下正走著的道路。古義人的家位於大學村盡頭的所謂新開發地區，從那裏走下去，就是與深谷相連接的高臺的盡頭了。經由高臺盡頭的那條南北相通的寬路，是大學村的主幹道，在道路兩側排列著寬敞的地塊兒，古義人和千樫都與那裏的別墅客沒有來往。清清被緩坡上那幢時髦的別墅所吸引，古義人告訴她，那是與他年歲大致相同的詩人的別墅。清清於是表現出了興趣，說是此人即使在中國也是廣爲人知。

一條細細的小徑穿過高臺邊緣後便是通向西邊的上坡道。在那個峽谷旁，可見一處明顯帶有昭和初期時尚風格的別墅，別墅正面是高大而繁茂的樸樹。清清拾起確實很大的落葉，自從與她認識以來，古義人還是第一次在她身上看到女孩本色的舉止。

「從這家背面的書房裏，老前輩女作家呀，好像告訴過編輯，說是經常看到我和小明蹲在溪流岸邊的草場上。我每天要在那個深度釣上一條鱒魚讓小明吃，而小明則在那裏收聽ＦＭ的古典音樂節目。從上面看下來，就像是受了挫折的年輕父子。」

「在這個國家特有的座談會上，評論家迂藤就說呀，六隅先生去世後，古義就出入於那個老前輩家，對上流社會之家充滿憧憬呀。」

「無論是前輩還是同輩，我不曾對那些小說家或者詩人有過任何私人性的拜訪。」古義人說道：「我沒有去過那座房屋，即使在東京的住宅，也只是爲了新年計劃而被報社拉去過一次。迂藤呀，在持續戰前那種上流意識這一點上，他與三島是同類。」

「即使在四國的森林間的峽谷裏，不也有某種階級感嗎？」

「確實如此。就這一點而言，繁的母親位於石牆之上的家，屬於上流。我母親則是河邊密集搭建的房屋裏其中一家的女兒。」

清清像是在偷看繁的神色。在繁對大武和小武講述奇怪的身世時，她大概也在一旁聽了吧。古義人也看著繁，然而，繁卻只是俯視著道路左下方繁茂的樹叢間變幻不定的光亮。

這時，從這條道路的岔路口轉而向左下方走去，就到了用鐵柵將開裂處進行加固的空地。這裏就是古義人想到的觀看煙火的地方。不過，下午的陽光還很強烈，即使傳來煙火的爆響，開闊的視野裏卻什麼也看不到。

「古義，要在這裏一直等到天黑觀看煙火嗎？」繁問道。

古義人注意到繁的聲音和語調裏顯露出不愉快，這種不愉快早已深深地隱藏在此前的說話語氣中。

「你究竟是不是認眞的？那附近的麝香萱雖然開始綻放，但現在還是大白天。轟轟的聲響，只是在預告天黑下來後煙火大會才開始。僅此而已。如果在這裏等到天黑後觀看煙火，那麼回去時，清清那鞋子怎麼走漆黑的山路？

「古義，你已經到了這個年歲，現在卻還這麼misfit[2]。咱從上海去你那個森林期間，咱倆的關係之所以很快就不和睦，並不僅僅因爲咱那邪惡的行爲舉止。對古義你那misfit的模樣，咱那時實在無法忍受。

「迂藤和三島之所以厭煩你，不也是這個原因嗎？在這樣的地方長時間地等待，觀看了煙火之後，再在一片漆黑之中摸索著走回去。對於這樣的事情，咱對不起了！」

面對繁的這番突然發作，清清不禁目瞪口呆。繁轉向一旁，就連脖子上的青筋都變成了暗紅色。緊接著，更是獨自一人先回去了。

清清穿的皮鞋墊著一個雖不很高卻還是有點兒高度的後跟，古義人把胳膊遞過去讓她攙扶，隨即踏著確實難以行走的上坡沙路往回走。繁搖晃著寬寬的肩膀站在前面，像是上了年歲的猛男二世的姿勢，使得古義人想起了少年時代的繁的走路姿勢。

「繁先生怎麼了？」清清壓低嗓門問道。

「大概是看我對他新近熱中起來的構想不太積極，所以在不好走的道路上生起氣來，更有可能對我反問的『你與他們又有什麼不同？』這句話記恨在心。」

「今天，繁先生已經生過一次氣了，在和奈奧談話時發出很大聲音。這件事本身，也會對那人造成傷害。

「對於這個新構想，佛拉季米爾和我都很感興趣，是僅僅依靠我們的根據地本身就可以實施的規模。而且，如果在東京獲得成功的話，就能夠向整個世界發出資訊……

「然而，奈奧卻表示反對。早在繁先生、佛拉季米爾和我進行研討的階段，奈奧就覺察到大武和小武是實施這個構想的核心人員。自從大武和小武把繪圖帶回『小老頭』之家並說對此感到新奇，奈奧就開始反對了。

「佛拉季米爾和我對此不放心，擔心她要把兩個年輕人當作機會主義者。這也是繁先生的擔心，因而才爲了眼下這些小事而突然發怒的吧。繁先生今天是有些奇怪。」

古義人在想，清清從青島到內陸、還是女學生那陣子，就已經形成這種縮短步幅，用鞋尖在沙地上輕輕觸碰般的行走習慣了吧。她挨近古義人述說著，腦袋彷彿挨上了古義人的肩頭。雖然說話的指向正好相反，卻與剛才女檢察官一般的訊問方式相同，古義人從中感覺到畢竟和日本人的行爲舉止相異的其他東西。

道路開始平坦，來到了將大學村縱橫區分開來的棋盤孔目的南端的大街。繁在這裏站定，顫動著他的肩頭。

「從『小老頭』之家二樓的煙囪旁，可以看到綻放在樹叢上方的煙火。」三人並排走動起來後，古義人說道。

「那麼，就請讓我們順便到『小老頭』之家去看煙火。」

「不，沒那個時間了。清清，今天晚上的會議非常重要，」繁說：「有必要做好相關準備。」

三人各自沉默著走在開始昏暗下來的兩側樹木的繁枝綠葉之間，就在這時，煙火的發射音響逐漸縮短間距，甚至讓人感覺到了險惡的跡象。

3

以往散步之後，繁會照例要求在陽臺上小酌一杯。但今天即使回到了「小老頭」之家，繁也沒有提出這個要求。清清緊跟在繁的身後，步履匆忙地消失在那條從這裏看過去宛如幽暗隧道般的枹櫟樹叢中。

古義人獨自回到家裏，在扶手椅上坐了下來，奈奧像是在等待著似的站在他身旁。

「清清提到大武和小武什麼事了嗎？」

「說是擔心這兩人會被你說服，成爲機會主義者……還說繁也是這麼想的。不過，你如果眞想把大武和小武從繁的影響下拉過來的話，佛拉季米爾和清清就會像那時懼怕我一樣，有充分理由擔心你會把繁的新計劃向警察密告。我是這麼想的。清清和佛拉季米爾爲使你無法告密，會將你或軟禁……」

「『或殺死吧。』」奈奧接過了話頭，「說到佛拉季米爾，他很有可能這麼做。不過，我不會爲那兩人而去告密。關於這一點，大武和小武非常清楚。

「我思來想去，暫時得出這樣的結論。如果說，大武和小武如願以償地實施了這次計劃，然後被送進監獄若干年，各自的個性即使在那裏也得到發展，刑期結束後再回來，那麼，我可以接受。

「我不知道監獄裏的獄友是否能夠互通書信，但由於我在獄外，可以爲他們中轉書信。而且，等兩人被釋放到外面時，他們已是壯年男子……我認爲，從那時起，他們就會從事眞正有趣的工作。

「前不久，原自衛隊幹部來到這裏，說起有一個關於三島的計劃。我就是在那之後產生這些想法的。

「現在，大武和小武在這個國家裏作爲年輕人而活著，他們就這樣涉及危險而自我毀滅，所以，我認爲有必要不讓他們去幹危險的事情並再活上大約十年。爲此，自己想要守護在他們身旁，於是一直做到了現在。

「再重複一遍，如果說，大武和小武即使進了監獄，也可以像羽鳥先生提及的那些人所策劃的那樣，在監獄裏度過暫緩期後再回來，那麼，我可以接受。

「然而，聽了那兩人非常令人著迷的計劃後，我卻害怕在實施的時候，兩人都要死去……甚至是被殺死。如果兩人都死去的話，那就一切都完了。

務。

「大武和小武究竟要去幹什麼樣的工作？按照繁先生的繪圖所示安裝炸藥，並且要負責實際爆破的任務。

「如此重大的工作，兩個年輕人能夠勝任嗎？

「作爲繁先生的大決戰而彙報給『日內瓦』的計劃，也曾期待長江先生發揮作用，以便最終不殺一人而達到目的。大武和小武也想效法於此，決心不出現犧牲者。

「不過，由於這不是繁先生的大決戰那麼大規模的爆炸，所以，NHK的臨時新聞節目不會願意播放讓建築物內所有居民全部撤離的轟動性新聞。大武說，猜測實際上不至於造成如此局面。說是當準備階段結束後，在實施爆炸以前，會要求將要爆炸的那個樓層及猜測會受到影響的上下樓層的居民撤離。然後才是『轟！』的一聲。

「但是，日本的安全官也好警察也好，眼下正以驚人的規模展開反恐行動。他們一旦得到『三十分鐘後將要爆炸』的情報，首先就會考慮強行衝入已成爲爆炸中心的房間。負責爆炸任務的大武和小武，將使用遙控裝置？還是定時炸彈？如果附近那些人的疏散進行得不順利，那麼需要返回現場重新安排的，不就是他們兩人嗎?!

「我現在只是這麼一個印象：大武和小武在成功實施爆炸以前，就受到衝進去的機動隊槍擊，兩人都被打得亂糟糟的。我不願意他們落到那麼可憐的境地。長江先生，請你考慮考慮這件事。」

說了這些話後，奈奧離開古義人身邊，走到由廚房透過來的光亮中去。她在那裏回過頭來，確認浮現在已開始暗下來的室內的古義人面部後，便把手指放在自己的腦袋旁敲著。古義人在想，奈奧做出的這種看似眼熟的動作，也許是她在年幼、無力的時候用以嚇人，後來就沿用下來的姿勢。奈奧大聲喊叫著說：

「今天晚上召開的，是繁先生向佛拉季米爾正式提出行動計劃，然後請他用 e-mail 提交給『日內瓦』

──大武和小武相信，這次不可能再被駁回──的會議。說是要預先取得長江先生的同意，繁先生帶著清清來請你出去散步了吧？因爲，如果那些人在這裏說事，我肯定會湊上前去。

「長江先生，希望你接受剛才講述的內容，並請你作出負責任的發言，就說是『難道可以讓這些年輕人陷入如此絕境嗎？』……」

4

深夜，古義人在一片黑暗中用手電筒照著腳下前往「怪老頭」之家時，煙火開始綻放，在枹櫟樹叢對面的一大片範圍內，亮光不斷閃現，爆炸聲接連傳來。然而，與此相呼應的觀眾的喊叫聲卻沒有傳來，使得再度降臨的黑暗似乎更濃厚了。

繁正在積極主持會議，說是爲了提供一個範例，將要在東京實施爆炸，這是一個把「進行破壞」手冊送往世界的事件；希望透過這次成功，建立起使得『進行破壞』手冊的設計圖和繪圖能夠被認眞接受的基礎；倘若能夠找到利用網路的方法，情況或許會因其乘數效應而產生飛躍性變化。

進入質疑階段後，佛拉季米爾提出，關於獲取炸藥的途徑，手冊裏沒有作任何表述。繁在回答這個問題時，強硬的口吻與他下午對古義人表現出的攻擊性一般無二：「當前，在世界每一個地區──日本這個國家和美國、歐洲及非洲，直至中南美洲的邊境──裏，而且還不是因爲戰爭，不都在消費著大量的TNT炸藥嗎？在現在這個世界，要想搞到一定量的炸藥並貯藏，該是多麼容易呀！關於這個情況，佛拉季米爾應該非常瞭解。」接下去，繁的矛頭便指向正默默聽著的古義人：

「古義，獲獎五年之後，你在『今後肯定不會再寫小說了吧』的猜測中出版的長篇小說──也就是《翻觔斗》[3]──裏，有這樣一段插曲，說的是原理主義的宗教團體，用一對一教學方式招收理科研究生的方法開辦了科學班，進而過激地佔領核電站。

「一旦作戰開始，就必須在盡可能短的時間內把核電站轉變為核武器，而且必須以此來抑止權力的介入。至於具體技法，就是製作出用汽車可以運輸的那種小規模『製造原子彈的成套工具』，並將其運入核電站。

「最初咱是從吾良那裏聽來的，說是古義一度決定封筆，但現在又開始寫起小說來了。咱在吾良那裏還聽說，對於古義來說，具體描繪這個成套工具是很困難的，似乎因此而陷入了苦惱之中。這是吾良在洛杉磯開設製片事務所時的事。

「這時咱作為『進行破壞』的專家已經有了一些名氣，在與物理系合辦的宴會上開玩笑地說，日本的小說家正為這麼一件事而苦惱。那天是星期六。等到了星期一，一個男子就帶著『製造原子彈的成套工具』繪圖來到咱的研究室，對咱進行了說明！

「咱在那份草圖上附加了說明的概要，就用傳真機傳給了吾良。他則用傳真機轉發給了古義你。當小說的英譯本以"Somersault"[4]為題出版時，咱首先翻動書頁查看，發現確實出現了『製造原子彈的成套工具』，但是，若以那份繪圖為素材就必然會表現出來的奇異的現實性卻不見蹤跡。

「咱就在電話裏發起了牢騷，吾良就說呀，他自己也讀了《翻觔斗》，可是『製造原子彈的成套工具』那些玩意卻是絲毫沒有出現。他還批判說，這是古義在斯德哥爾摩獲得文學獎以後的自我約束，說是《廣島之書》的作者寫實性地描繪把核電站改造為原子彈的技術秘密，將會成為醜聞，因而沒有把那一段寫進去。

「不過，由於古義你有軟弱的地方，因此，在經由吾良得到的、附有說明的繪圖上嗅出咱的介入後，就在送給美國譯者的文本裏，寫上收到了那份繪圖，其實這是在向咱打招呼。說中要害了吧？

「但是你呀，古義，如果在那個長篇小說裏寫入『製造原子彈的成套工具』的詳細介紹，肯定也會和咱現在想要借助網路傳送出去的『進行破壞』手冊共同產生乘數效應！」

古義人唯有默然。「如果眞那麼寫了，到底會是怎麼一回事呢？」此前一直和古義人一樣只是聽講的大武和小武——雖然開口說話的是大武，但發出的顯然是兩人組合的聲音——發言了：

「交給我們的設計圖和繪圖，是按照繁先生以辦公室用途爲名簽下合約、我們也已經預先查看過的那個房間的眞實情況繪製出來的。辦公室取名爲Unbuild Model No.1[5]（小武發出充滿稚氣的笑聲，大武卻無視他的笑聲）。

「由於整幢建築都處於地區性特別警戒之中，就連夜間，大樓的保全人員也四處巡視。合約書上明文寫著，每周將有幾個白天允許保全人員進入警戒線內巡查。因此，爆炸要選在辦公室實際開設不久，而且保全人員不會巡查的日子實施。只有我們倆從清晨到傍晚進行準備，如果需要進一步解釋的話，那就是我們作爲辦公室的工作人員往來進出，將在繁先生那裏接受這樣的訓練。

「然而，今天奈奧對我們說，有一個情況要請繁先生、佛拉季米爾和清清研究一下。奈奧說，我們無論怎樣反覆訓練，要想在保全人員和附近其他辦公室的人員的視線下非常匆忙地進行準備，她很擔心能否在不發生意外的情況下完成所有工作。

「進一步說，一旦開始行動，就有各種工作需要處理，比如現場拍攝要在網路上傳送的『進行破壞』手冊配套的錄影；勸告周圍其他辦公室的人員疏散；等等。奈奧感到不安的是，在緊急情況下，我們果眞能夠處理好那些極爲複雜的事務嗎？關於這一點，你們是怎麼想的？」

繁和佛拉季米爾都沉默無語。清清一個人顯現出焦躁的神態，她高聲說道：

「但大武和小武是在從一開始就知道其中困難的情況下接受這個任務的，說是透過訓練是能夠完成的……

……而且，這個問題已經由奈奧直接對繁先生說了。」

在古義人的內部，有著怪異之處的年輕傢伙開始躁動起來。古義人豈止不打算予以制止，甚至想到要幫助那個傢伙。

「繁這個構想的目標並不是大武和小武要去爆炸的那座建築物本身，而是意在向世界宣傳自己的方法如何有效吧？」古義人說道：「想要拍攝爲這個目的服務的錄影，以證明年輕人實際上只要接受短時間訓練就能夠勝任這一工作。

「那麼，你們有必要特地冒著危險爆炸東京都中心的那座大樓嗎？如果你們想要解讀繁的草圖並學習爆破方法的話，不是可以破壞這個『小老頭』之家嗎？原本這就是繁建起來的屋子。我覺得 build 和 unbuild 在同一位建築師的指揮下進行倒也合乎邏輯，尤其是想到繁的建築思想時更是如此。」

大武和小武也顯出強烈興趣注視著繁。繁低下視線，然後用罕見的優柔寡斷的聲音說道：

「咱建起，再由咱來破壞這事，可沒有什麼值得一提的意義。賈利．古柏的電影中就有這樣的玩意兒，那是因爲存在倫理方面的原因吧？」

繁沒有繼續說下去，於是古義人接過話頭，面對大武和小武說道：

「那還是說說在不毀壞原型的前提下改建這座房屋時的事。內人說呀，室內取暖的方法出現很多新樣式，壁爐可以不要了。當時我也贊成這個意見。不過，承包改建工程的那位年輕建築師卻認爲，這個壁爐作爲建築物的縱向軸線顯得很有情趣，要拆去這個如同碉堡一樣堅固的混凝土塔將耗費相當費用。因此，壁爐就保存下來了。現在，將其作爲破壞鋼筋混凝土高層大樓的練習，不正好合適嗎?!」

可以看出大武在猶豫，但小武卻浮現出無憂無慮的微笑。

「繁先生的草圖上顯示著『小老頭』之家的破壞方法。」他說：「看到圖上的標示後，我就在想，如果這樣的話，就眞的可以幹了。自己所熟悉的房屋內部，被原樣表現出來……就連長江先生的扶手椅也被畫了進去。與現在的『小老頭』之家的不同之處，只在於房屋外面的鐵管。那種玩意兒，拆去也沒關係……即使原樣進行爆破，也不會有什麼障礙。」

「那可不一樣。」繁顯出教師本色提醒注意，「那些鐵管及夾具假如四面八方飛散開來的話，『怪老頭』之家首先會遭受損失。還是原樣保留鷹架，同時在周圍掛上篷布爲好……」

「不過，古義，千樫會怎麼想？」

「……這，就說是地震造成的損害，只好在事情發生之後再告訴千樫。就這樣吧。」

「那麼，就這麼決定了！」活躍起來的繁說道：「小武，你去一趟輕井澤，用彩色影印機把破壞『小老頭』之家的設計圖和草圖各複製十頁！」

接下去，會議洋溢著古義人從不曾經歷過的生動和活潑。現在，自從來到北輕井澤之後，他本人也第一次實際參加了繁他們的計劃。

5

第二天清晨，奈奧興匆匆地侍候著下樓來到廚房的古義人。她說：

「長江先生的提案，比其他所有設想都要好。多謝了……可是，你爲什麼那麼輕易地提供這座房屋？」

「最爲坦率的說法就是，」古義人說出了會議之後自己在二樓的黑暗中思考很久的眞實感受，「我覺得，對於自己來說，對物質的所有欲或是執著心……好像變得淡薄了。也許，這就是年近七十時出現的基本變化……」

「但對於你的家人來說，情況就不是這樣了。」

「比起那個來呀，清清曾說，對於繁所考慮的大決戰，我還有一個態度是她所不瞭解的。我覺得正像她所說的那樣。

「繁和他那些年輕朋友共同策劃的內容，我並不認爲毫無意趣。因爲，繁所說的那些也不知是否有根據的大話般的計劃確實有趣。清清和佛拉季米爾是各自具有非同尋常的背景——在成長過程和實際生活中，全面接受了世界史般的轉換——的人物。大武、小武及奈奧本身，也都不是尋常之輩。

「然而，繁的大決戰故事卻在虎頭蛇尾之中終結了。其後浮現而出的三島問題，佛拉季米爾早在和我見面之初就提了出來，我認爲，倘若以他爲中心，這會是一個可以推進下去的計劃，只是我懷疑，實現的可能性究竟有多大。

「細說起來，來自於美國的俄羅斯青年怎樣才能和自衛隊內部的小派系建立聯繫呢？我曾表示，佛拉季米爾提出的自衛隊政變提案即使有希望，也需要漫長的年月。清清指責我的態度不眞誠，該不是聽了我所說的這句風涼話吧？繁在這個問題上也很認眞，去和前自衛隊幹部們見了面。而且，繁好像也因此而消極起來了……

「但是，這一次的計劃，也就是把繁爲『進行破壞』教育而不斷繪製的設計圖和圖紙傳向世界的計劃，卻有很大的不同。我開始感覺到了這其中的現實性。而且，繁的另一個設想——用年輕人成功實施爆炸的錄影配合『進行破壞』手冊——也很有說服力。這就是理由。」

「這樣一來，就不再存在大武和小武被機動隊射殺的危險，也不會存在來不及從自己安裝的爆炸裝置中脫身而出的危險。可是，爆炸之後他們將會如何呢？」

「昨天晚上，他們說的是這麼一回事。兩人對繁的『進行破壞』教育具有興趣。那是繁的大決戰構想被否決後提出的、有關以更小規模進行爆炸的實際方法的學習。然後，繁提交了實際爆炸東京一座大廈的計劃。

「大武和小武被選爲實施者的這個計劃被推進，他們對此也極有興趣，只是奈奧強硬地表示了反對意見。於是，我就提出了新的提案，並且被大家所接受，那就是用『小老頭』之家來檢驗學習的成果。雖然爆破的規模很小，卻是嚴格遵循了繁的『進行破壞』手冊。爆炸的實際過程將會用攝影機拍攝下來，以便靈活運用於『進行破壞』手冊。

「但是，沒有任何資格和許可證的人卻用爆破方法把房屋解體了，這種作法本身就是違法行爲，因此，大武和小武大概會在消防署或警察局遭到訓斥。或許會被追究罪行，在監獄裏待上幾年。不過，與其無所事事地生活在挫折感之中，倒是這個計劃甚至可能給他們帶來獲得教育的好機會。雖說我順從了奈奧的意見，卻也參與了繁的計劃，已決定提供『小老頭』之家，……

「那麼，這個計劃既是爲了大武和小武的教育，在繁來說，也是值得一做的實習，於是就成爲帶有樂趣的事件了。對於我來說，則會爲魯賓遜小說增加富有魅力的一章。爆炸過後，我還有一個工作，那就是爲失去北輕井澤的家而向家人加以解釋……」

「長江先生竟能如此清晰地記住談話的詳細內容。」

「因爲有個非常重要的魯賓遜小說……眞的，昨天夜晚上了床後，自從身受重傷以來，還是第一次想要認眞地寫小說……我覺得，寫作所需要的精神和身體的狀態正在恢復。」

「對於長江先生這次提出的提案，我不勝感激，但還是因爲將要發生的事，也就是你的家將要被你所認識的那些年輕人炸毀這件事，覺得給你帶來了麻煩。而且其後不久，拍下這次爆炸的錄影資料和繁先生的『進行破壞』手冊透過網路傳送到全世界去。對於長江先生來說，恐怕會成爲醜聞吧？

「不過，長江先生，因爲那部魯賓遜小說，你或許會發表震撼日本文壇的作品吧。繁先生回到國內來的目的——至少也是目的之一——就是讓一生中『奇怪的二人組』裏的另一半寫出比較特別的後期作品。

「一切都協調得很好，但我卻無論如何也無法從不安中獲得解放。因此，我要一直住在這裏，在一旁注視著大武和小武他們的行動。」

1 一九六五年六月，大江健三郎出版長篇隨筆《廣島札記》。
2 英語，意爲不適應環境。
3 指大江健三郎曾於一九九九年出版的長篇小説《空翻》。
4 英語，意爲空翻。
5 英語，意爲「第一號拆毀模式」。

第十三章 「小老頭」之家被爆破

1

繁給予大武和小武他們這個爆破隊伍的準備時間是一個星期。這個短暫的時間，是『進行破壞』手冊所指定的。

爲了適應進度，不僅繁和那些年輕人，就連古義人也必須開始行動起來。『小老頭』之家將遭到整體破壞。在超過三十年的年月裏，古義人和千樫、小明及眞木一直在這個家裏度夏。在破壞之前想預先取出的東西各式各樣都有，尤其在千樫的房間裏，排列的都是在此前歷次整理中經過嚴格挑選而留下的東西。廚房碗櫃裏的物品也都是千樫喜歡的特別之物。

不過，古義人覺得，與其把那些東西放在床單上轉移到「怪老頭」之家，還不如告訴千樫因「意外」而失去了所有一切，唯有如此，自己應付千樫的說辭才能夠通順。古義人在想，不久前對奈奧所說的、自己的佔有欲開始淡薄——因用語言對其進行表述而再度理解了——這句話，即使對千樫來說又何嘗不是這樣。於是他決定，只把被隔爲三層的低矮書箱——裝有艾略特參考書、詞典類工具書、卡片、筆記和文具——及六隅先生遺下的兩幅水彩畫、一直作爲文件夾使用的旅行箱，送到後面的「怪老頭」之家去。

這樣一來，古義人便注意到他本人對「小老頭」之家的東西並不留念。也就是說，在不遠的將來，自己行將消亡，這已經浸潤到自己的生活感覺中來了。此外，繁還下了這樣的指示：爲應付爆炸之後將要進行的搜查，需要留下掛在牆上的時鐘及音響裝置等足以證明家中此前的生活一切正常的東西。他還說，爲了防止爆炸引發火災，要預先用完兩個丙烷大氣罐。他早就知道，這兩個大氣罐很快就要用完，已經到了必須前往丙烷氣站灌充的時候。

在這個準備階段，繁讓負責寫作魯賓遜小說重任的古義人一一瞭解事態的進展，其中一件很重要的事，就是準備階段的最後一日，木庭運來炸藥的到手途徑。

「是佛拉季米爾透過一個長期來往的途徑備下的。」繁說道：「向你介紹佛拉季米爾時，不是說過他和清清往聖地牙哥的教室裏吹進了一股新風嗎？當然，他還有一段前史。

「古義，你知道嗎？奧姆眞理教利用蘇聯解體後軍隊系統的混亂購進各種武器，由於此前已爲該專案建立了基地，因此當地的信徒也得以獲得了這些武器。這是一九九三年的事。當時，等候奧姆眞理教的幹部，在他們面前操縱和表演了可在東京大量散布沙林毒氣的軍用直升機的那人，聽說就是佛拉季米爾！」

在這個準備期間，說到的這位佛拉季米爾不曾出現在「小老頭」之家，那是因爲他在向「日內瓦」報告新計劃，並圍繞問題點進行調整。這一切都是透過 e-mail 進行的。

「可是這一次呀，不可能在最後階段予以取消。」繁說：「在提出你那個方案以前的、也就是以市中心的大廈中一個房間爲舞臺的計劃，在堅決執行的階段，其本身就是恐怖行爲。

「而你那個新計劃，在各國發行分冊呀合訂本呀，如果順利的話，在借助網路開始宣傳之前，就可以爲其賦予意義。

「至於如何展開這一行動嘛，佛拉季米爾正用 e-mail 製作好幾個試行方案。」

第五天下午較晚時分，木庭和他指揮下的那些三十來歲的男人出現了。他們堆放在大型卡車的車廂裏的，是甚至可以用作馬戲團帳篷的、染上草黃色和茶色迷彩的大量苫布。雖然已是用舊了的東西，但看起來還很結實，一個念頭隨即佔據了思緒——使用時將會很困難，而且需要相當的體力。這輛卡車是木庭開來的，佛拉季米爾本人則坐在助手席上。男人們站立在車廂上的苫布堆裏。把車子開入地界內的操作小心翼翼，甚至可以說得上是靜悄悄地，而從車廂上敏捷跳下的男人們則引導著車子前進。

在此期間，佛拉季米爾走近迎出來的繁，向他細緻地彙報。繁一面聽著，一面向古義人若無其事地示意苫布堆下面的東西，裝模作樣地做著什麼。

繁目送佛拉季米爾走向「怪老頭」之家——佛拉季米爾也向這邊揮舞著手臂——後，來到古義人的身旁。

「由於卡車到得比較晚，今天僅僅卸貨就已經夠忙的了。其後往『小老頭』之家蒙上苫布的工作，由木庭和他的夥伴們完成。

「因此呀，古義，咱們離開現場的時候到了。明天和後天，咱要用車子把古義你領到一個地方去。

「出發定於明天上午。因爲大武他們開始作業的時間已經比較晚了……咱們可以在此之前動身。你將要帶走的旅行箱裏，放上魯賓遜小說的創作筆記和鋼筆是絕對必要的。因爲在那裏住下後，要向你講述迄今爲止的整個經過。

「由於前一陣子出的事，你會覺得咱開的車子靠不住吧……總之，讓清清向連鎖店租來了Land Rover新車。到了目的地後，你仍然會得到最好的款待。爆破之後，還得請你必須非常勞神費心地應付媒體。」

「如果繁決心取代大武和小武以應付消防署和警察的追究，那就很可能是困難的工作了。」

「最重要的是，你還需要負責向千樫說明的重責大任。」

2

當天晚上一直做到很晚，一樓堆滿了搬運進來的東西，連插腳的地方都沒有，古義人很早就在千樫的寢室裏躺了下來，卻聽到大武和小武在廚房裏圍著奈奧在議論著什麼的聲音。古義人甚至覺察到，尤其是這幾個年輕人的說話聲之所以激昂起來，是因爲他們在對三人之外的某人進行批判。

看守望樓般的三鋪席房間裏被雨水濡濕了的書已經全部銷毀了，但每個夏天都會帶到這個別墅來閱讀、其後就放在這裏的書，則被原樣擺放在樓梯和樓梯平臺的牆邊。很快就要被堆埋於瓦礫中的那些書上透過來的、熟悉的文字，浮現在閉上眼睛並躺下的古義人的腦海裏。在這期間，他爬上樓梯到了樓梯平臺，聽到奈奧的招呼聲傳來：看你那急迫的模樣，就下到廚房來吧。穿著睡衣的古義人便走了下去。

「繁先生和佛拉季米爾要把這次計劃引往與大武和小武他們的思路相悖的方向。」奈奧這樣說道，她的臉型輪廓顯得有稜有角，面部本身卻比較扁平。剛一停下話頭，她就抬起發脹的眼皮，開始催促背靠水池站著的另外兩人。

「繁和佛拉季米爾告訴我們，這是最終的決定。不過，這可是與一直託付給我們幹的那個方向不同呀。」小武說道。

「並不是說要中止爆破。」大武補充道：「也預先檢查了炸藥。在繁先生的指導下，還確認了安裝的具體步驟。

「明天，繁先生和長江先生從這裏出發後，佛拉季米爾和清清也將前往曼谷，因此，其後要和木庭他們共同作業……接下去就是我們的工作了。由於繁先生的分鏡頭腳本已經準備妥當，所以小武預先做了現場錄影攝影的練習。」

那後來呢？注意到古義人的這種反應後，奈奧顯出焦慮的神情。小武便敏感地開口說道：

「爆破工作將按照繁先生的手冊實施，然後就是問題了。事到如今，繁先生還在把我們當作小毛孩子看待。正因爲如此，佛拉季米爾也好清清也好，對我們的態度也是這樣，因此我感到不滿。」

「這是怎麼一回事呀？」古義人向奈奧問道，她卻沉默不語。「能向我說明事情的整個經過嗎？無論是我已經知道的抑或我還不知道的部分，要從最初說起……」

「你說是從最初講起，如果這麼說的話，長江先生不也很清楚嗎？」小武反駁道，但大武卻極具忍耐精神地主動負責起說明的工作。

「我們起初之所以參與繁先生的大決戰——那才是作爲小毛孩子呢——計劃，是在奈奧介紹過後的連續性行爲。即使在那個階段，對於我和小武來說也是非常有趣的，但那計劃最終卻成了繁先生所說的虎頭蛇尾。自那以後，繁先生反而把自己的想法更爲詳盡地告訴了我們。

「就我和小武的理解而言，那是起義，是抗拒世界巨大暴力的微小暴力發動的起義。繁先生說，支配著世界的暴力，也包括長江先生思索著的核武器暴力，是非常巨大的。而計劃中的活動，則是要製作抗拒這種巨大暴力的、以個人爲單位的暴力裝置，並由零散的個人來承擔。繁先生並不只是口頭上說說而已，他爲此寫出了含有技術秘密的手冊。從繁先生的角度來說，這是建立在他這位建築師多年來的理論〝build / unbuild〞之上的。大決戰也是要使這個理論適用於東京的超高層建築，卻被『日內瓦』以目前我們還不具有這種實力爲由駁回了。

「在那以後，繁先生就把思考的焦點集中到剛才所說的以個人爲單位的暴力裝置這一點上，決心完成手冊的編寫工作。他讓我們看了手冊的草稿，我們因而被吸引了。繁先生爲我們直接講解了手冊的內容，而且製作了在現場具體試爆的計劃。然而，那個計劃卻因爲奈奧提出異議而難以實現。結果，長江先生提供了自己的別墅，作爲可以進行爆炸實驗的場所。」

「是呀，如果說，我參加了什麼決定的話，那也就是這麼一個。」

「從那時起，他們的決定就開始與我和小武所理解的方向產生了差異。我也好小武也罷，最初並不是基於政治上的考慮才參加繁先生那個大決戰計劃的。在那個階段，我們只是覺得有一件好像很有趣的大事。然而計劃卻被中止了，在那之後，我們對繁先生讓我們看的『進行破壞』的設計圖和草圖產生了興趣。

「繁先生在向我們說明時，將其表述為『與世界的巨大暴力進行對抗的、以個人為單位的暴力裝置』。即使閱讀《附魔者》，裏面也不曾寫著為發生大動亂而使用的手段及技術秘密。然而，繁先生從一開始就交給了我們手段和技術秘密……

「我們原本打算，爆炸之後，當我們被警察——因為，不至於只在消防署被問問情況就沒事了吧——帶走時，就告訴他們，我們對『進行破壞』手冊產生了興趣，就開始學習並進行實際試驗。由於這些並不是謊言，因此如實交代就可以了。我們是這麼考慮的，直到現在也是這麼準備的。

「繁先生說，他本人認為，事件一旦成為新聞，我們的爆破是因為學習了繁先生的理論啦，為此而使用的房屋是繁先生老朋友的家啦等內情大白於天下的話，就很可能成為醜聞。如果自己出問題的話，他是能夠度過這個難關的，而長江先生也應該是有了相應的思想準備後，才提出這次新方案的。

「而且，過了一段時間，即使使用游擊式手法，只要開發出使用網路的手段，就有可能面向整個世界發出最為有效的資訊，小武拍攝的錄影資料也包括在內，如果一切得以實現，就進入下一階段。那時，雖說我和小武處於什麼狀態還不得而知，但是，用『進行破壞』的理論和方法武裝起來的、以個人為單位的暴力裝置第一號，無論如何也只能是我們……雖然這是孩子氣的話語，但我們倆就是這麼說的。

「然而到了今天，也許是受了佛拉季米爾和『日內瓦』商議結果的影響，說是爆破之後，我和小武在跟警察談話時要限制自己的言論。

「我們並不是懷著自己的想法爆破了『小老頭』之家，原本應該由木庭他們那些專業人員爆破那座難以拆毀的壁爐，我和小武卻獨自行動，根據兩人自己的判斷，在沒有得到許可的情況下進行了爆破。由於是外行，在計算炸藥的藥量時出了誤差……要我們按照這個意思向警察招供。」

「繁先生的『進行破壞』手冊之事，在這個階段就不會浮現到表面上來，」奈奧說道：「長江先生本人，則是這些年輕人的冒險精神的犧牲品。事情可能會這樣了結……果眞如此的話，我覺得倒也不壞。

「只是大武和小武會感到不愉快，因爲自己所幹的事業，將被視爲小毛孩子的炸彈遊戲。如果他們從這個角度看待問題的話，大概就會這麼認爲吧。」

「那麼你們自己準備怎麼辦？打算抵制明天和後天的行動嗎？或是選擇我來向繁通報此事？」

「根本沒打算進行抵制！」小武說：「決不從如此有趣的事業中脫逃，這是我們的盟約（雖是一副愁容，奈奧也隨之點著頭）。如果有什麼需要對繁先生說的事，我們會直接去說的。今天晚上的話說得也很重，結果就受到了威脅，說是如果我們不接受繁先生和佛拉季米爾的方針，這次就將由我們來承擔使計劃淪爲虎頭蛇尾的責任……」

「你們向我述說的動機是什麼？」古義人問道。

「長江先生是負責把根據地所發生的事情寫成魯賓遜小說的人，」大武說：「既然如此，我們希望你知道，我們在接受繁先生和佛拉季米爾轉變了的方針時是怎麼考慮的。奈奧也說了，如果我們是作爲玩弄炸彈遊戲的小毛孩子而被寫入小說的話，那將讓我們感到噁心。」

大武的態度顯示出，他要對古義人說的話到此結束。小武也不像要補充什麼的模樣。古義人覺察到，唯有奈奧的心裏似乎還有未盡之言。

當大武和小武在「怪老頭」之家進行如此麻煩的協商時，奈奧原本已經上床休息，卸妝後把顯得發紅的頭髮一圈圈束在脖子後面。平日裏看不出奈奧是否化了妝，但現在暗淡的皮膚本身，卻突出了隱於日本人相貌之下的混血特徵。奈奧好像還有一些難以釋懷之事想要和古義人商議，但直至古義人喝完沒有摻水的威士忌後回到二樓時爲止，大武和小武都不曾離開奈奧身邊半步。

3

Land Rover和木庭的卡車並排停放在陽臺前，在和繁一同乘坐這輛車子出發之際，古義人打算最後再看一眼這座房屋的全貌，然而願望卻沒能得到滿足。包括鷹架在內，「小老頭」之家被硬邦邦的迷彩苫布完全覆蓋起來，在走出這個家之前，古義人一直待在亮著燈的室內。汽車剛剛駛上國道，繁就說起了在此行目的地奧志賀的飯店正等候著的款待。

早在大武和小武負責實施的計劃剛一得到佛拉季米爾的同意之時，繁就給東京的千樫掛了電話。當時，古義人從他的話語中聯想到的，是繁大概想藉此打探自己是否把「小老頭」之家的爆破計劃洩漏給了千樫。儘管古義人已經對繁表示不會這麼做，但繁還是懼怕自己沒能守信，於是做了這番偵察吧。

據繁轉告說，千樫表示自己還算有精神，只是小明似乎比較憂鬱。前年，住在同一街區的世界級指揮家伊澤保爲訓練那些年輕演奏家而在志賀高原辦了一次集訓，當時，小明、千樫和古義人曾前去觀看。前不久，千樫領著小明在牙科醫院遇見了那位伊澤先生並略微交談了一會兒。伊澤先生還提出了邀請：今年夏天的集訓也在那裏進行，已經預定了集訓結束後的彙報演出。長江先生如果已經出院的話，可否請三人一同去聽音樂會？千樫當時雖然眞心實意地表示如果可能的話就一定去，但並沒有與北輕井澤這邊聯繫。然而，小明卻深信不疑地認爲母親已經接受了邀請……

「碰巧，集訓的最後一天和音樂會分別是今天和明天。很快就要讓千樫付出重大犧牲了，因此就提前給予補償吧。咱就是這麼考慮的，於是急急採取了措施。千樫和小明乘坐新幹線到達長野。而咱和你爲製造不在現場證明而遠出的目的地也選在了奧志賀。說起來，那裏飯店的音樂演奏廳，咱也參與了設計，儘管這麼說有些牽強。

「這個想法進行得很順利。古義，咱們目前正路過萬座，還要繞行白根的山腳前往奧志賀。咱在掛念著北輕井澤的購地款還沒支付，所以呀，咱要款待你們……另外，咱還有一件事想對古義你說。咱對千樫說讓她和小明一起到奧志賀來，就在打這個電話的過程中，咱在頭腦裏細微調整了這次構想。

「千樫的說話聲和語氣之中呀，體現了這個年齡應有的威嚴，與吾良不高興時的聲音和語氣有些相似吧？同她一說話呀，咱們以『小老頭』之家爲舞臺要幹的那事就無法說出口來了。即使如此，咱也覺得需要仔細檢查計劃，重新考慮是否可以更愼重地實施。

「過上一段時間就公開『進行破壞』手冊，其執行人將在即將開始的第一號爆破中發揮作用。不過，目前沒必要暴露他們的眞實身分。因此，昨天晚上對大武和小武作了說明，在爆炸之後，咱們的發言要愼重。他們對此有牴觸情緒，甚至懷疑是否遭到了『日內瓦』的干涉。其實是因爲剛才說到的原因。總之，說服他們要執行新路線。也希望你能夠瞭解這一點。

「老實說，這次行動自從採用古義你的方案後，咱的心情一直很黯淡。北輕井澤一旦出事，大學村的辦公室隨即就會向成城通報。聽到這一切後，即使只是一閃念，千樫也會擔心古義你是否也在爆炸中受到影響。她的這種不安，會徹底傳給小明吧？只要一想到這兒，就會感到很殘忍。

「不過，就像剛才說到的那樣，飯店已經預訂好了，新幹線的車票也到手了，小明的身體狀況似乎也有了好轉，咱嘛，心情也開始好起來。

「明天，首先是奈奧接通咱的手機，彙報大武和小武實施爆破的情況。再過上兩、三個小時，飯店的電視上將報導北輕井澤發生的事情。因爲這是當地的事件嘛。長江古義人在發生爆炸的這個家裏度過了夏天，現在無法與他取得聯繫……大概就是這種程度的評述吧。不過，在電視上看到這條消息的千樫和小明身邊卻還有古義。然後就給小眞掛去電話，說是自己平安無事……」

古義人和千樫曾領著小明和小眞——在他們還很幼小的時候——在北輕井澤的原始森林裏漫步。千樫熱中於在這個高原的草地上採擷囊蘭似的蘭類花草，以及以籃盆花爲首的、花兒比較顯眼的山野花草，但在被繁茂的樹木遮住日光的原始森林裏卻沒有任何可做之事，她只是因爲古義人喜歡觀賞大樹才伴行來的。可是她很快就看出來，古義人即使覺察到那些巨樹的稀罕之處，也並沒有當眞喜歡。生長在那裏的樹木，與古義人平日在心裏描繪的四國森林中的樹木是不一樣的。

眼下，汽車正上行在與那片原始森林相連接的地域，古義人在此期間也是如此，即使車子從新開發的別墅區旁通過，穿過枝椏繁盛的綠葉叢轉而往山下一直駛去，他也只是注視著前方。當標高不斷降低，房屋周圍的植物分佈與自己兒時的環境相近時，古義人才開始向窗外眺望。

繁集中精力開著車，剛一駛上出現「淺間白根火山路線」標示的高速公路，他就恢復了曾讓千樫懼怕的、在美國養成的駕駛風格。在連續如此高速行駛了兩個多小時的期間裏，繁和古義人都沉默不語。然後，汽車駛入通往奧志賀的道路，一會兒是陡坡一會兒是急彎，繁在忙於駕駛之際，再度開口說起另外一個話題：

「古義，剛來到北輕井澤，咱就對你談起魯賓遜小說的計劃……

「把場所設定在『小老頭』之家。從大病中恢復過來的老人坐在扶手椅上，膝頭鋪著軟墊，軟墊上面再放上一塊木板，看那模樣像是要寫什麼東西，但並不是他獨自一人在寫。在他身邊，另一個老人躺在沙發上。這個老人基本上沉默無言，但也有饒舌的時候……這兩個老人是在用記錄對話的方式進行寫作……

「不過，這種方式已經難以實現了。咱曾經想到，比起炸毀小老頭之家，這個舞台設置更難辦到。不論是你還是咱，將要出事時，就會變得無話可說。一旦那事實際發生，不就更是無話可說了嗎?!

「大體說來，貝克特的創作方法則是把重點放在什麼事都不會發生之後，難道不就是這樣嗎？因爲這是過於理所當然的文學論，你即使沒有心情回答……」

4

古義人在飯店服務台收到千樫的留言，說是她和小明正在吃午飯。房間在從主樓往西突出的別館裏，因而古義人決定讓服務人員只把旅行箱送過去，自己則去千樫她們的餐桌旁。繁也收到一個留言，他說必須用電話回覆，要先去房間處理此事。

午飯時間——古義人和繁在途中去了一家蕎麥麵小店。若說繁還能顯示出對日本傳統事物的執著的話，也就只有這蕎麥麵了——早已過去，只見小明和千樫坐在空蕩蕩的大餐廳深處。窗子面對的草坪呈現出緩緩向上的坡度，千樫在窗邊面對著一個身材高大的女性。在千樫的這一側，身穿灰色立領上衣的小明正入神地看著攤放在眼前的那本大部頭書，那一定是古典音樂的樂譜。

即使古義人走到近前，小明也照例沒有抬起頭來。古義人挨著他坐了下來，向千樫身旁的那位女性寒暄招呼。

「這是在柏林照顧過我的廣子君。」千樫也隨之應和道：「她是浦君的朋友，幫助過我們的托兒所。」

古義人也覺得那位女性眼熟。

「很高興見到長江先生。我曾有幸在柏林自由大學聽過您的課。我的研究報告提交得太晚太晚，最後就郵寄到東京去了。但您很快就批改了，讓我得到了學分。謝謝您！」

「大學那邊辦公室的負責人和德國一位哲學家結了婚，她是里昂人……由於是用法語聯絡，事情就順利多了。」古義人如此回答道。

眼前這位女性雖然剪短頭髮並將其染成了栗色，古義人還是回想起她在教室裏把顯得沉甸甸的烏髮盤起來的模樣。在把課桌排列成圓形陣容的學生們中，就像是一個不合時宜的裝飾物品被放置在那裏。

「你丈夫是柏林交響樂團的大提琴手吧？」

「長江先生上課時，每次都會把在很多地方用過的英語演講稿分發下來，讀上一段然後再作說明（轉向千樫說了這段話後，她繼續說下去）。有一天，他高高興興地把附有小明所作插圖的傳真連同那講義複印件一起發給大家……因此，就提起了我丈夫。」

「小明，」古義人說：「你畫了自己和媽媽乘坐噴射客機的畫，然後就寄到柏林我那裏去了，是嗎？」

小明那又大又長的腦袋依然俯在藍色封面的樂譜集上，同時回答了這個問題。他緩慢地、一字一句地用力說著……

「我想去聽柏林交響樂團。施巴爾貝和安永先生都是非常優秀的第一小提琴手。我要帶千樫去柏林。」

「小明大致都記得自己寫過的信件和傳眞發送的文章。」千樫說明道。

「柏林交響樂團的情況，你知道得很清楚呀，小明。施巴爾貝先生和安永先生，都是我丈夫從學生時代起就尊敬的人物。」

「這次集訓，就是與學生們一起組成絃樂四重奏樂團演奏貝多芬。從下午三點開始，讓我們去觀看演練。剛才看到伊澤先生，就過去打了招呼，說是他自己也要前往演練現場，囑咐『小明也一起來聽聽吧！』。」

「是要演奏十五號的A小調作品第一三二曲。」第一次抬起頭來的小明說著，用手指在樂譜上指出正在閱讀的部分。

古義人、千樫和小明走在主樓背後的草坪上，他們這是要去千樫她們和古義人及繁的房間所在的別館。箱型通道把主樓三層和觀景塔連接起來，一架鐵橋則從瞭望塔伸向音樂廳那座建築物。

從下面穿過時，小明提醒古義人注意草坪上四處綻放的小黃花。這是千樫從廣子那裏聽說的。昨天晚間結束練習回來吃晚飯時，她發現白日裏就像現在這樣爭奇鬥豔的黃色小圓花，卻驟然褪去了色彩，那種感覺讓人覺得不可思議。

蹲下去仔細一看，白天的那些小黃花全都如同鉛筆筆芯一般捲成又細又硬的形狀。

「還聽廣子說了一件事，說是生活在柏林的日本女性都有各自的工作，她們對於生孩子一事並不猶豫……結了婚的自不必說，即使離婚的和尚未結婚的……聽說，我們開設的托兒所生意很好，還說要搬遷到新地方去，浦君要在那裏爲我和小明備下居住的房間，說是即使半年在柏林半年在東京的方式也想請我們過去。她還說呀，我是那麼喜歡托兒所的工作，而小明也可以增加前去聽音樂會的機會……

「理當和繁叔叔一起吃晚飯……怎麼樣？在北輕井澤相鄰而居的生活……」

「各種事情都有存在的可能，」古義人吞吞吐吐地說：「繁老來倒是越發活躍了。就是來到這裏，也有事情要和北輕井澤的新弟子商議，就去了他一個人的房間……」

在主樓的西面，客房沒有窗戶，白色牆壁一直延伸到高高的屋檐下。岩燕在黑漆漆的木質構建的屋頂下築了巢，此時正頻繁地飛進飛出。再仔細一看，只見在主樓和音樂廳之間的上方開闊的湛藍天空，若干群岩燕正在往來盤飛。

「爸爸看上去非常健康，」這時小明正蹲在黃色小圓花的圍擁之中，千樫一面拉他起來，一面仰視著正抬頭看著天空的古義人說道：「不過，好像也不能因此就說明爸爸的心情也很愉快……」

5

離被指揮家伊澤選定的學生絃樂四重奏樂團的、還有學生管弦樂隊的——「明天的演奏會上還有布拉姆斯的曲子。」小明像是在直接告訴古義人——公開演練只有三十分鐘了。

其實古義人自己也很想聽聽。較之於由林道爾·戈登這位專業研究人員撰寫的《艾略特評傳》，古義人更喜歡詩人史班德（Stephen Spender）的作品。這是一部充滿男子漢熱情的、由同時代人撰寫的書。生活在柏林的史班德曾在信中詢問「是否聽過在貝多芬去世後出版的四重奏曲」，後在書中引用了艾略特對此問題所作的回答。

艾略特針對e小調的四重奏曲這樣寫道，作爲研究對象，在貝多芬那些令人覺得無窮無盡的後期作品——他說那是some of later things——中，有著超越人的爽朗、快活和高興的因素。在自己的想像裏，那是作爲難以計數的苦惱之後的和解與安心的成果而體現出來的，自己則想在有生之年將其中一些內容引入詩歌裏去……

淋浴過後換穿夏用上衣的過程中，古義人留意著被繁安排好的鄰室——另一側那間向西望去視野開闊的角屋裏住著千樫和小明——的動靜。然而那裏卻沒有任何聲響，去前臺詢問時也不見繁的留言。與千樫和小明再度會合後，三人便向與音樂廳方向相反的那一側平地上的演練場走去，古義人問起千樫在房間裏可曾接到繁打來的電話。

「沒有一個電話！」小明回答說。

小明沒把曾經攤放在大餐廳的那部藍色封面的大部頭書帶在身邊，剛一問及此事，小明便回答道：

「因爲，那個樂譜集太大了。」

「即使沒有那個樂譜，你也全都記得嗎？」

「不是全部。」小明謹愼地應答道。

「吾良舅舅去世時，在《紐約時報》上看到這個消息後，瓦蒂君發來的傳眞呀，除了悼念吾良舅舅之外，還開列了一個清單，列有推薦你當時去聽的音樂，而e小調的四重奏曲呀，就是其中之一。因此，原本想和繁說，一起去聽這個曲子的演練，即使出席明天的演奏會……」

「大概是有緊要之事需要處理吧。」千樫回答說：「假如預定好了，那就要和對方說一聲。在那個時間之前就一直不露面，這也算是他繁叔叔的作風吧，可是……」

「瓦蒂推薦的CD盤是布許絃樂四重奏樂團的作品第一三二號。」小明說：「由於是一九五〇年的錄音，很遺憾，是單聲道……」

「是瓦蒂一直從事的、有關藝術的『後期工作』的分析對象，跟我也有一些關係。」古義人補充道。

演練場毋寧說更像是集會大廳，在集中起來的學生背後，是倒翻過來堆積而成的金屬管座椅小山。在大廳中央那個平坦的臺面上，絃樂四重奏樂團的成員們正在稍事休息。

「剛才聽到的，是第一樂章的結尾部分。」小明說。

等候在入口處的廣子把古義人他們引領到學生座位中還空著的座席上。

「漢斯非常高興，他說，小明君的大提琴曲將放在明天演出中作爲幕間曲演奏。」

這個漢斯是一位比較顯眼、既高且瘦的青年，像是被壓在頭蓋骨上的那團縮在一起的灰色頭髮，不禁讓人聯想到了綿羊。他搖擺著手持大提琴琴弓的長長手臂往這邊做了個手勢。演練再度開始。第二樂章剛開始那段曾經聽過的優美主題，被極爲簡潔地演奏著。

給古義人留下深刻印象的，是那些看起來如同孩子一般的學生們顯現出的年輕。他們都是佼佼者，是從音樂系經過嚴格訓練的畢業生和在校生中選拔出來的，這確實讓人覺得不可思議。說起來，在古義人的眼裏，比他們年長約莫二十歲的小明，一直就是一個比任何人都要年輕的人。

漢斯突然制止住演奏……這裏是中間部分的開始，本來大提琴和中提琴正在休息，但也轉而正面朝向拉第一小提琴的女生……像是在述說著自己的不滿。

「在瓦蒂推薦的ＣＤ上，這裏聽起來彷彿風琴或蘇格蘭風笛一般。」古義人對著小明耳語道。

「因爲是A弦和Ｅ弦。」小明用古義人並不理解的術語說道。

漢斯讓第一小提琴進行糾正，兩次、三次地重新練習那大約十小節的內容。拉中提琴的男生放下手腕休息，同時沉入深深思考，卻依然沉默不語地注視著正在提醒著的漢斯和被提醒的小個子少女。

注視的時間在延長。少女那宛若撲了粉的白皙圓臉上架著銀色的圓形眼鏡，頭髮被筆直地紮到脖頸的高處，顯然是一個不可貌相的倔強人物。如此一來，漢斯也如同發了脾性的綿羊一般毫不退讓。在他的英語中，有一種古義人在柏林自由大學的學生中經常聽到的語調，少女的英語則似乎是從英國回國的子女所說的那種。少女顯現出聽不懂對方英語的神態，但古義人卻感到她能夠理解對方語言的意思，只是不願服從而已。

此時，身著與學生們相同T恤衫和棉布工作褲的伊澤從學生的座席中起身走到近前，雖然沒有說話，卻做出鼓勵漢斯的姿勢。漢斯從女生的身後，用毛茸茸的大手覆蓋了正持著弓的白皙的手並動了起來。

於是，從剛才那地方開始的演奏順利通過了出問題的地方。當再度從樂章開頭處完整演奏時，充滿表現力的強勁音樂便奔湧而出……

此前一直站立著的伊澤回首面向這邊，做出讓小明過去的姿勢。小明敏捷地起身而去，伊澤隨即直接和小明並肩坐在學生座席前的地板上。包括現在那個問題之處已被加工爲有魅力的部分，伊澤和小明優閒地確認著第二樂章作爲整體在演奏時是否妥當。

不一會兒，經理引人注目地出現在集會大廳入口處，他緊挨在千樫椅子後面說了幾句話，千樫便經由堆積如山的金屬管椅子間的狹窄峽谷隨經理出去了。

確認第二樂章完成後，就是喝咖啡的休息時間了。在休息時間臨近時，千樫出現在入口處，面部特別僵硬地看著古義人這邊。古義人環顧著學生們蠕動著的人群，只見小明正從廣子手裏接過咖啡和點心。千樫面對獨自走向出口處的古義人說道：

「小眞來電話了，她正處於非常不安的狀態。在北輕井澤……就小眞的感受來說，好像發生了很嚴重的事情。也許正因爲這個原因，繁叔叔才返回北輕井澤的。」

「我也回房間去，給小眞掛個電話吧。現在就去把小明喊回來……」

「接下去就是第三樂章了吧？小明說，爸爸曾向他詢問第三樂章，他因此而查閱了樂譜，請廣子君翻譯了樂譜中的德語，說那是病後康復者表示感謝的歌曲……

「既然如此，你最好在這裏和小明聽這演練並做準備，以便出席明天的演奏會。由於小眞目前似乎也只知道剛才說過的那些內容，因此我去打電話以獲取新的資訊。」

古義人於是被留了下來。他感到第三樂章同樣很出色地完成了。小明也曾兩度回過頭來，向古義人露出高興的笑臉。古義人覺得，小明的這些肢體語言及表情，好像使得他身旁的伊澤感受到一種愉快。

然而，在進入第四樂章之前，古義人還是向伊澤招呼過後便領著小明走了出去。薄暮降臨了，飯店前方的高山已是一片漆黑。古義人感到了威懾。小明剛才還沉浸於演奏的激昂之中，但現在也感受到了古義人內心的不安，如同提心吊膽地探出觸手一般伸過手來。在相互握著手急急趕路的古義人和小明背後，強有力的重音節奏的主題追趕而來……

從便門繞行到別館大堂的古義人發現，轉播國際足球比賽的液晶電視畫面下，插播的臨時新聞的字幕正以跑馬燈方式播出：「長江古義人在群馬的別墅爆炸。發現因意外而死亡的青年屍體。」古義人在小明尚未將目光轉到那條新聞以前便通過了那裏。

第十四章 「奇怪的二人組」之合作

1

別館的電梯位於東端，距另一端的千樫的房間就有了一段距離。小明以平常速度沿走廊前行，便落在了古義人之後。古義人並不等待小明，推開千樫房間的房門後，隨即站在門口確認電視機是否被打開了。房間裏並排放置兩張床鋪，千樫坐在裏面那張床上正面向放著電話的桌子，此時她回過頭來看著古義人說道：

「廣子君送來的柏林交響樂團新演奏的布拉姆斯的錄音已經收到了，就讓小明在你的房間聽吧。」

古義人拿起放在面前床上的CD包裹，向剛巧進門的小明轉述了這個意思。

「交響曲的全集，我有卡拉揚指揮的。」小明說道，一副很開心的模樣。

兩人來到隔壁房間，小明從三張一套的CD中抽出e小調的交響曲。在此期間，古義人要求飯店的電話總機把撥到這個房間裏的電話全都轉接到千樫的房間去。就像每次進入陌生房間總要做的那樣，小明去確認洗手間的位置，接著開始以小音量播放交響曲，然後在沙發上坐了下來。古義人從冰箱裏取出低熱量飲料易開罐給小明，告訴他自己就在隔壁的房間裏，說完便回到千樫那裏。

「我看了電視快訊，」千樫說：「詳細情況好像還不瞭解。據小眞第二次打來的電話，曾到成城家裏去過的兩位年輕人中年紀小的那位小武好像死了。

「我對小眞說，在鎮定下來之前，把電話設定成自動答錄狀態，無論哪兒打來的電話都不要接聽，然後服用感冒藥去睡覺。還告訴她，睡醒後給這邊打個電話……小眞哭了，說是她和那個叫作小武的年輕人很合得來。」

關於大武和小武爆破「小老頭」之家的時刻，據繁告訴古義人，是明天的下午。當長野的電視臺作爲臨時新聞播放剛發生的事件時，應該是明天晚間比較晚的時候了。即使古義人和家人出席伊澤先生的演奏會，那時誰也不會知道已經發生了爆炸事件。從後天開始，古義人也要面對由媒體帶來的事件的餘波。在此之前，則可以讓古義人享受演奏會。這就是繁進行招待的意圖吧……

「在電話裏對小眞說了意外情況的，是在北輕井澤照顧兩個年輕人和爸爸飲食的……叫作奈奧的姑娘。繁叔叔之所以剛到飯店就不見了身影，就是收到意外通知後，隨即返回北輕井澤去了。當地的報社和電視臺的人都趕了過去，因爲大學村的辦事處發佈了消息，說是長江古義人的別墅發生了爆炸，於是繁叔叔替代你會見了他們。然後，他好像追著小武的遺體似的，被傳喚去了輕井澤或是長野原的警察署。他是在對奈奧囑咐不要說出爸爸和我們在奧志賀的飯店後離去的。

「從小眞那裏聽到這些情況後，就往北輕井澤打了電話。在『怪老頭』之家……奈奧接了電話，她敘說了發生的事情。爆炸並不是從外部扔進炸彈而引發的，是已經死去的小武和另一個年輕人（『是大武。』古義人說。）有計劃地實施的。聽說，繁叔叔在會見記者時表示，這次爆炸的理論和實踐方法，融合了自己長年來在建築領域所作的研究和教學的內容，而那些年輕人，則是自己的學生。

「……如此說來，這件事對你也算不得事出突然吧？」

乘坐繁駕駛的汽車前來志賀高原的途中，古義人也曾就「小老頭」之家的意外而在腦袋裏準備了事後如何向千樫解釋。寫長篇小說時，一旦人物某種程度地開始活動起來，自己就只考慮那一天寫作篇幅中的細節問題。其實不僅在寫作期間，即使乘坐輕軌列車、前往泳池、開始游動、以及在做那些事情的時候，也都在思考文章的每一行。這是長久以來養成的人生習慣。

然而，現在所發生的卻和事先的準備正相反，是千樫通知自己「小老頭」之家被炸、小武在爆炸中死去！在用自己的語言準備妥當的說明中，原本並沒有小武之死。因此，在有些亂了陣腳的自己面前，千樫如同與人身等大的岩石一般屹立在那裏。

當千樫前來書庫的行軍床前通知吾良自殺的消息時，古義人任由自己陷入不安之中，未能考慮到自殺者的妹妹的內心感受。那時也同現在一樣，千樫的聲音和陰鬱、緊蹙的表情中，有一種類似岩石般的實體……

「最初，我擔心是否發生了火災並給周圍的人帶來了麻煩。

「奈奧卻說了一些令人不可思議的話：『小老頭』之家已經完全毀壞，『怪老頭』之家南面的窗玻璃也全都碎了，但兩邊都沒有發生火災，因爲繁先生是爆破專家。她還說了一些不可思議的話，說是小武雖然知道安全範圍，但爲了拍攝錄影而過於接近炸點……

「小眞感到最難以接受的，是小武的被殺……小眞沒說是死。而且，她說自己上高中時曾受到屬於政治派系組織的大學生邀請，爸爸你聽了她和我商量此事後便表示反對，現在她想起了那句話。

「但爸爸本身，卻突然接受那個政治派系及與其對立的派系組織或前來會見或夜間掛來的電話，然後便被叫出去，在其中一方爲原子彈被炸者第二代建造醫院的運動中，爸爸還曾捐獻一些錢並在集會上講了話，不過也僅此而已，其他什麼也沒做。因爲，在這兩個派系組織之間，開始因『內訌』而殺人了。

「自己即使因爲政治派系的『內訌』，即使因爲近似於戰爭的恐怖，只要殺死對方一個人，殺人者就必須有心理準備，因爲他自己也將被殺。派系組織的報紙甚至被送到家裏來了，報紙上批判說，長江的感傷式倫理性，就是自己既不直接殺人也不被人所殺且能繼續幹下去，於是便心安理得。小眞，你如果作爲少女鬥士出手幫助殺死對方一個鬥士的話，你就只能等待某一個人來殺死自己！小眞於是感到畏懼，參加派系組織之事便隨即終止。

「小眞之所以再次感到畏懼，是因爲她深信那個年輕人被殺之事與爸爸有關。」

「……你們必須回到東京去。」古義人說。

「已經叫了計程車，聽說從這裏一直下坡行駛到長野，還能趕上九點半開往東京的那趟車。不能讓小眞獨自一人出現在媒體面前，從現在起到明天上午，媒體將會越來越多。只要一想到吾良出事時的情況……無論如何，這次將會是極度誇張的、你的醜聞。

「小明，打消明天聽演奏會的念頭吧。因爲小眞感到害怕，必須要去鼓勵她吧？」

古義人剛才雖然打開了隔壁房間與這個房間之間入口處門扉上的楔子，但發現小明靜靜地走進來聽著談話後，他還是嚇了一跳。小明浮現出微微的笑意說道：

「布拉姆斯的交響曲、剛才是第三十九分到四十分。我帶著千樫、回東京！」

千樫卻沒有顯出笑容，她說道：

「我從明天早晨開始回答媒體的電話。不會說出伊澤先生的名字，但會說，原本應該在這裏聽演奏會的長江，接到有關意外的通知後就回北輕井澤了，並告知『怪老頭』之家的電話號碼。這也是沒辦法呀。假如你有什麼責任的話，自己如果不說出來……

「我們的家被炸毀了，一個年輕人死去了。聽說繁叔叔已經向警察自首，說是自己負有責任。即使你說自己什麼也不知道，但誰也不會相信……我想，既然是意外，就不會是繁叔叔和你使那年輕人死亡的，可是……關於發生的這件事，還是由你來善後處理吧。」

2

千樫和小明離開飯店之際，古義人沒有出門送行到大堂的前臺處。因爲，在千樫他們回到家裏之前，必須考慮到尚未睡去的眞木可能掛來電話。晚餐也是選擇了送來房間的服務，古義人一直待在自己的房間裏。

正在看九點的NHK新聞時，門鈴響了起來。古義人打開房門，眼前出現一位遠比現場採訪記者年長的、神情穩重的紳士。雖說已是很久以前的事了，但古義人記得曾接受過此人的採訪。

「長江先生，了不得的大事呀（說話的同時遞過的名片上，印著長野電視公司董事的頭銜）。已經有二十年了，曾請你協助我完成報社的採訪，就在這次發生意外的房宅……別墅裏，採訪到那裏去的人物。由於大多是政治家和企業家，就寫成了別有趣味的報導。

「那時也是如此，建築家椿繁先生出現在那裏。前往現場的年輕同行就說呀，也不知是怎麼回事，椿氏在長江先生的別墅裏，怎麼說呢？是那種長年交往的關係。那位椿先生會見了聚集在那裏的媒體人。拍下那個場面的錄影帶已經送到了，不過，在如何處理這個錄影帶的問題上，我們還有一些難以判斷的地方。能請你看看這個錄影帶，並說說你的想法嗎？」

古義人請來人進入房間。對方在遞過裝有錄影帶的信封的同時，也把另一個很薄的信封交到古義人手裏。

「這是實施爆破的那些人交給媒體的犯罪行爲聲明。我們電視臺呀，已經以跑馬燈形式播出了『長江先生的別墅發生爆炸事件、一人死亡』的簡短新聞。更爲詳細的內容，肯定會在明天早晨穿插表演的新聞節目裏播出。爲了準備這個節目，我想請長江先生事先觀看錄影帶中可能成爲問題的部分。

「這些內容如果被公佈出來，長江先生就不僅僅是過激派恐怖行爲的受害者了，其他相關情況倒是更有可能被大書特書。因爲有這些因素的存在……

> 我們在作家長江古義人氏的別墅（位於群馬縣北輕井澤大學村）實施了爆破，並獲得了成功。我們的爆破技法，得益於建築師椿繁氏的設計圖和草圖。椿繁氏因「unbuild／進行破壞」這種建築理論，尤其在美國更是廣為人知。
>
> 面對現代世界的巨大暴力構造，「unbuild／進行破壞」的理論和技法，將把對抗暴力的手段從自由的個人團體中解放出來。都市的超高層建築所具有的脆弱性，正是巨大暴力構造本身所具有的脆弱性。在不遠的將來，掌握了「unbuild／進行破壞」理論和技法的、數以萬計的小團體，將會證實這一切。
>
> 我們用來學習的這種理論和技法的手冊，將與第一次爆破的詳細過程，一起透過網路向全世界傳送。

在古義人閱讀聲明時，董事選擇著錄影帶上應該讓古義人觀看的地方。屋頂瓦塊、壁爐煙囪的混凝土塔、似曾相識的房梁等眞實的破壞現場。堆積起來的體積龐大的苫布旁，還排列著鷹架的鐵管。

接下去，就映出了繁確如「小老頭」般並攏兩膝、坐在建築物消失後如同小島一般突出的陽臺上的石質構件上。古義人在想，就這種神態而言，在整個身體的表情上，與自己所熟知的人物比較相似。他隨即還覺察到，這個形象與他自身也有幾分相似。五、六個記者身穿似有些寒意的襯衫圍在繁的面前。

起初，繁以大學教師講課的語調講述著「進行破壞」的建築理論與九．一一恐怖主義。較之於繁正在講述的內容，古義人更專注於看上去顯得老態畢露的形象。因爲記者的提問中出現了自己的名字，古義人便轉而側耳傾聽。

3

「……爲什麼、長江古義人會參與這種事？爲什麼，他爲了示範爆破而提供自己的別墅？這座別墅的原型，是我將其作爲約三十歲的長江的文學形象而現實化的……剛開始時我就說到了這一點，請大家回憶一下這個過程。

「對於長江來說，從艾略特的前期詩歌裏，把某一建築物形象化，是文學中的一個發展。但如果僅僅如此的話，那就只能停留在夢想層面上，我通過建築使這一切得以實現，他第一次經歷了現實性體驗。

「我認爲，在長江的文學生活中，這可是一個很大的轉捩點。在此以前，他始終只存在於語言構築的世界，而這次則進入了有實際感受的世界。在那以後，長江每逢開始構思長篇小說，我便在他的構思與現實世界之間架起橋梁方面給他出主意。

「不久後，把長江的作品……雖然在四國的森林裏有原型……統合起來，並將其歸類爲想像性地形學的，是建築師荒博。是我介紹他們認識的。

「荒君閱讀了長江截至那時的所有作品，在他從事這項工作的過程中，由於我和少年時代的長江曾一同生活在森林裏，瞭解村莊的地形以及與代代相傳的故事相關的場所，便爲荒君扮演了提供資訊的當地人這一角色。由於荒君穿越了被提示的想像性地形學，長江的小說世界因此而被再度統合。從那裏開始，再次幫助長江進行文學創作的，也是我。

「儘管給了他契機，然而將其在小說中作具體化處理並予以充實和潤飾，還是要靠長江他自己的才能。不過，如果從寫作的整體而言，可以說，我就是長江的合作者吧。」

「因此，這次你就向長江古義人演示奇怪的爆破計劃，試圖讓他將其作爲小說來寫，是嗎？」記者提問道。

古義人感覺到，在這樣的場合，若是站在中立立場上的新聞記者，就會稱呼長江先生。

「長江長年陷入寫作低谷。剛剛成爲作家時，嗯，自然發生般地就寫起了小說。不過，寫作的狀態也持續低迷，爲了抵抗那種重壓，就只能繼續寫小說。

「就在這種時候，在故鄉森林的地形裏，荒君把長江小說中的神話範例一一組合起來，並從整體上予以構造化。對於長江來說，這就成了自己的作品世界的示意圖，使他得以把作品中那些人物放在應有的位置上。於是他在持續創作的同時，讓那些人物也再次登場。可是，二十年、三十年以來他就一直這麼不斷地寫著，因此而走到盡頭也是理所當然的。

「怎麼應對這個『走到盡頭』呢？在與之進行頑強搏鬥的過程中，由於迫不得已，長江甚至一度回到四國的森林裏生活。他大概是想藉此把自己與神話性構造的根源重新連接起來吧。在那期間，長江參加了再現自己曾於六〇年代體驗過的示威遊行，並在那個奇怪的活動中受了重傷。至於其中的來龍去脈，想必大家都已經知道了。

「此前我一直在美國工作，之所以在這個年歲上還來到日本，是受到長江家人的委託。長江試圖超越『走到盡頭』，做出了超越常規的行爲。我們對此感到擔心。不過，首先必須讓他從重傷中康復過來。讓長江的身體和精神得以康復，還要讓身體和精神之綜合的創作活動得以康復。就在這個北輕井澤，在這個年輕時和他共同建起的家裏……」

「你說得過於高尚了，具體的邏輯已經顯現出來了。」另一個記者插嘴說道：「是這麼一回事吧？長江古義人爲了擺脫低迷，這次同樣決定依靠椿先生。讓那些年輕人對這個家進行爆破。爆破的方法很快就會傳播到全世界。你從原理開始進行製作。那些年輕人向你請教了這一切。從製作工具階段直至設置炸彈，他們都按照你的設計圖進行爆破的準備工作。除此之外，還要錄製爆破的實況。加上這個實況錄影，爆破手冊將傳播到全世界。

「而長江古義人則需要同步觀察和瞭解整個過程，並將其加工為小說。試圖藉此得以康復並擺脫低迷。已經幹了若干非法之事……以這種想法來進行文學創作難道合適嗎？這些話實在是難以理解。總之，其結果是一個年輕人的頭部，被鐵管從眼睛貫穿進去。情況就是這樣吧？」

「……是這樣的。長江知道我的『進行破壞』的建築原理，這我已經說過了。不過，他卻不知道相關技法，也不知道實際進展情況。只是在學習的收尾階段，為那幾個年輕人提供了實際爆破的試驗場所。

「而且，一個年輕人死去了，那也是事實。不過，卻不能把這個意外和長江直接聯繫在一起。大致說來，即使長江是這個國家為數不多的優秀小說家之一，他也不可能想像出這樣的場景：在爆破現場，實施爆破的一個年輕人扛著攝影機往爆點走去……」

「那麼，誰該為那個年輕人因爆炸而死負責呢？」

「是我。」繁說道：「提出原理和手法並加以傳授的那人，湊巧沒在爆破現場，其責任是不容逃避的。我沒想到自己的手冊及其實施方法，竟然存在著這樣的缺陷……」

「炸藥是如何弄到手的？外行人是不可能得到許可以便進行這種爆破的。倖存的那位年輕人將被追究這個責任吧。此外，你已經承認了自己的責任，是吧？」

「我承認。不過，長江古義人所做的，僅僅是明知要進行爆破還提供了他自己的房屋而已。對媒體澄清這一點，正是這次會見的目的。」

錄影放映到這裏就結束了。電視公司的董事沒有倒帶就直接取了出來，裝入盒裏後擱置在自己的膝頭。

「情況就是這樣的……的確，椿繁先生試圖把長江先生從這個麻煩中解救出來，可是……可是，你認為自己會因此而被無罪釋放嗎？」

「……總之，我不會要求你不使用這個錄影，繁就是那麼認為的，」古義人說：「我認為椿繁所說的話很主觀。不過，我多次聽到他的構想，打算把繁和他那些年輕朋友寫成小說，這些都是事實……

「椿繁說，我作為作家『走到盡頭』……我確實有過多次這種經歷。今年夏天，我出院後來到北輕井澤，實際上當時並沒有任何新小說的構想。在這裏聽繁敘說那些事情的過程中，創作小說的力量似乎已經恢復……椿繁所說的那些內容不是無中生有。

「我不知道椿繁今後會怎樣（古義人這麼說著的同時，聯想到自己何嘗又不是如此），正因為如此，他在這個錄影裏所說的那些內容，如果你們能夠用的話，那麼就請使用吧。」

4

電話響了起來，這時已經是深夜一點鐘了，古義人正躺在沙發上睡覺。剛拿起話筒，聲音柔和起來的千樫便說道：

「由於臨近十一點時到達了大宮，認為時間已經很晚了，猜想高速公路也會很順暢，就從那裏坐計程車回來了。我們猜對了。小眞已經……香甜香甜的……睡著了。大門和玄關的燈都沒有打開，因此報社和電視臺的人也都沒有等在那裏。剛才聽了電話留言，全是那些熟識的記者打來的，說是要去北輕井澤探望那個家。全都是這樣的留言。

「你沒有喝醉，我也就放心了。繁叔叔那邊有電話來嗎？」

「唯獨繁呀，好像沒這個空閒時間了。至於其他的聯繫，以前就認識、後來當了電視臺董事的人來這裏見了面，讓我看了繁會見記者時的錄影……要說電話嘛，只有廣子打來一個電話，說是她丈夫及伊澤先生都在那個已經很晚了的晚餐上，邀請我也過去。我拒絕了邀請，說是要在房間裏等候家裏打來的電話。她好像知道了北輕井澤的事件，詢問能為我們做點什麼。我就說，小明已經有了布拉姆斯的交響曲，還想聽聽絃樂四重奏曲的ＣＤ。於是，很快就送了過來。

「如果小明惦記我目前所做之事的話……你就說在聽捷克作曲家史麥塔納（Bedrich Friedrich Smetana）四重奏作品第一三二號。極為悲痛的演奏，我感到很吃驚。」

「吾良出事時，你喝了很多白蘭地，我經常在想，你在最後時刻會去聽音樂吧……我不會再從這裏給你打電話了，你休息吧。迷你酒吧裏有啤酒吧？或是威士忌什麼的……如果是那種小瓶的話還不至於喝醉，你就喝上一點再上床吧。」

古義人前去打開冰箱，取出兩個威士忌小酒瓶和兩罐啤酒後便返回沙發。古義人在想，千樫剛才之所以說起真木香甜香甜地睡著了，大概是腦海裏浮現出三十年前發生在尚未改建的「小老頭」之家的往事了吧。

當時，真木熱中於從《小紅帽》改編而來的「香軟娃娃」的故事。最初創作出這個角色的，就是她本人。自那以後，讓千樫敘說故事的最新進展，就成了她的樂事。在入秋後的北輕井澤一個陰雨霏霏的日子裏，千樫為買些東西帶回東京而去了輕井澤，感到無聊的真木便罕見地來到古義人那裏說道：

「『香軟娃娃』香甜香甜地、香甜香甜地睡著了……」

古義人全然沒有來由地發起火來，接著真木的話頭說道：

「狼來了，咚咚、咚咚地惡狠狠毆打著，把『香軟娃娃』給打壞了！」於是，真木便徹底崩潰了。

這就是真木特殊心理症狀的最初表現吧。雖然千樫和古義人都不曾說出口來，卻是經常想到——當兩人中的任何一方想到時，另一方隨即就感悟到——這個問題。

古義人再次來到冰箱前，又取回兩個小酒瓶和兩罐啤酒，而喝酒的速度則比先前要慢了許多。接著，他決定打個電話試試，卻又只得承認，當年吾良可以打電話給篁先生和金澤君，但自己現在卻沒有一個可以在深夜掛電話去的朋友。或者，繁從警察那裏已經回到了「怪老頭」之家也未可知……

電話裏的待接聽長音連續響了十次，古義人感到對方——並不是繁，而是有了幾分醉意的奈奧——像是在數著響聲的次數似的拿起了話筒，然後緩慢地回答說：

「是長江先生呀……繁先生還沒回家……意外剛發生，佛拉季米爾和清清就坐上早已備好的車子裝上行李後離開了……大武在爆破之後幫我做了不少事，後來接過繁先生回來時的那輛車子也走了。就我一個人……留在『怪老頭』之家。

「小武就那樣死去了，鐵管刺入他的一隻眼睛，從後腦勺穿了出來……像是伸展開的六隻手腳……就那麼原樣給運走了。要進行解剖……我知道，這樣做並不是要讓他生還……我問了，如果拔去那根鐵管，從臉上到後腦勺的破損之處還能復原嗎？但他們認爲這是蠢話。

「大武藏身於地下那間小庫房時，我們兩人一面說著小武一面等待著，可是……啊，請稍微等一等，我還要斟上一杯酒。」

奈奧返回後雖然拿起了話筒，但在開口說話前，傳來的卻是液體流入喉嚨的聲響。古義人呼出一口氣後問奈奧，在電視報導中，收看有關爆破事件的內容了嗎？奈奧告訴他，天線被爆炸的衝擊波給吹跑了，什麼也播放不了。

「我和大武一面說話一面等待著。」當奈奧再次這麼說時，古義人終於問她是在等誰。

「並不是在等誰，」奈奧說：「而是在等待天亮。因爲害怕黑夜……

「長江先生，小武的右眼看不見了，你知道了嗎？還不知道？小武也沒有特別保密，他曾和大武一同借閱過長江先生的早期短篇小說集吧？他讀了那作品，有一處寫著敘述者被孩子們用石頭砸傷從而失去了一隻眼睛，因此，他覺得難以對長江先生說出這一切。

「小武一隻眼睛的視界比較窄吧？鐵管筆直地飛向另一側那黑暗的正中央，因而無法躲閃。（古義人原本想說，另一隻眼睛當時正看著攝影機吧？但他卻控制住自己沒說出這句話來。）至於爲什麼是右眼受到了傷害？那還是他上中學時的事了。在體育課上他參加了棒球比賽，加入對方陣營的老師的球棒斷裂後往他這邊飛來，就刺中了他的眼睛。

「球棒碎片輕飄飄的軌跡，向三壘手的自己這邊飛來，但老師卻說球馬上就要飛到這裏來了，要仔細看著！於是他就那麼看著，揮動球棒的時機過於遲緩了……

「小武死了，大武則因爲膽怯而躲起來了……或許就連長江先生也沒有機會再見到他了。因此，我想請教長江先生，我記得曾有一位英國或美國女作家經歷過與此相似的事情，你知道嗎？」

對於奈奧這個毫無把握的詢問，古義人並沒有確切的線索，只是被奈奧因著那塊向少年小武輕飄飄飛來的球棒碎片所吸引的心緒而喚醒，也是爲了回應那心緒，古義人說道：

「我覺得與你記憶中的並不相同……維吉尼亞．伍爾芙在日記中寫道，少女時代尚不能從水窪上跨越過去，終於開始思考自己存在的意義究竟是什麼？她補寫道：由於有了這種記憶，準確地說，人生非常奇妙，在我所做的這種事情中，存在著現實的本質。從少女時代開始，經過大約五十年後，有一天，維吉尼亞．伍爾芙跳入自家門前的小河中死去了……」

「就是那樣的！」奈奧用恢復了朝氣的聲音喊叫起來，「我試圖回想起來的，就是維吉尼亞．伍爾芙的那件事。大武離去時，對我說了這些話後就離開了。或許是認爲我不太清楚這個情況，便前後說了兩次，說是小武可能預見到了會因意外而死亡，因爲小武曾經表示，從當年被球棒碎片刺中眼睛那天起，人生就開始了。死亡之時也是如此，另一根球棒……這次是鐵管……將飛過來，在這兩個意外之間，就是自己的人生……

「維吉尼亞．伍爾芙也是這樣，存在於不能從上面跨越過去的水窪直至她俯視著、並決心跳入其中的小河之間的，不正是她那刻苦勤勉的人生嗎？

「大武在離開之前，疑惑小武爲什麼要說肯定會因意外而死？大武該不會是懷疑小武或許並不是因爲意外而死吧……我也有這樣的想法。

「昨天很晚的時候，大武和小武才從『怪老頭』之家回來，對繁先生改變方向表示不滿。由於是繁先生委託長江先生把大武和小武所做的工作全都記錄下來，我就表示，即使只是大武和小武的意圖，也要請長江先生在寫作時不要將以矮化。然後，就請長江先生下來聽取了我們的意見，但那兩人還有其他事情在期待長江先生，說是想請長江先生對繁先生說，要明確界定大武和小武的作用。他們認爲，長江先生爲了這次作戰提供了一座別墅，因而猜想繁先生也會聽取長江先生的意見的……

「然而，說完這些話後，長江先生剛走上二樓，那兩人隨即也回到他們的寢室，雖然在與繁先生和佛拉季米爾商議時定於兩天後斷然實施爆破計劃，但這兩人卻要改爲明天——指的是今天——進行爆破，而且，要趕在繁先生前往警察局說明之前，把自己的犯罪聲明送達媒體。他們決心透過這樣的做法，讓繁先生和佛拉季米爾上一個大當。我服用了安眠藥後就睡著了，這是因爲，爲了從明天早晨就要開始的勞動，我想積蓄體力……

「接下來的話，是在爆炸之後，小武的屍體——頭上就那麼插著鐵管，眞可怕——被搬運出去之後，由大武告訴我的。

「昨天夜裏，在長江先生當時正在那裏睡覺的二樓房間的燈光熄滅後，小武對大武說，事情既然已經這樣，就乾脆把實施爆破的時間再度提前，連同正在睡覺的長江一起，把這座別墅給整個炸掉。咱們的爆破也應該包括對那些自以爲非暴力手段總能行得通的民主主義者進行批判。這個思路是合理的，而且，只要長江被炸死，繁先生也就不能無視咱們的呼籲！

「於是大武就說了下面這番話，據說表示了反對：自己也認爲這不失爲一種方法，可是奈奧怎麼辦？如果把她叫起來外出避難，她一定會反對炸死長江先生。聽說大武還這樣說道：長江先生去年彌留之際，好像自認爲把以塙導演爲首的死去的朋友和老師都帶回到生界來了。說是每到夜晚，他們就來和長江先生說話。難道要把那些幽靈也全都給炸飛嗎？

「雖然最後那部分像是年輕人的玩笑話，但小武還是撤回了自己的主張。在危險時刻撿了一條命啊，長江先生！

「然後，就按照大武和小武他們的意思，今天過了正午就實施了爆破。以前一天夜晚要把長江先生捲進去一事爲契機，小武可能開始考慮，爲了呼籲爆破不妨死上一個人。即使今後自己不存在了，如果因此能夠強化大武的行動，小武也就在所不惜了。

「於是，大武在安全處按下開關的那一小段時間裏，小武扛著攝影機拉開架式，搖搖晃晃地往前走去。死亡或生還各占一半，緊密相連！我認爲，大武由於比小武要大一些，因而後來想到了那個可能性並感到膽怯……」

在如此連續述說的過程中，奈奧的聲音再度低沉起來，並像是被打垮了一般，回復到那個年齡的女性所常有的語音，其後又發出不成熟的驚叫：

「啊，是地震！非常強烈……啊，還在搖晃……長江先生，是地震！我來廚房檢查，因爲鍋裏還在燒著開水。因爲，再釀成火災的話，那就越發沒法看下去了……啊，還在搖晃……太可怕了，這個地震，是小武聽到了我剛才所說之事的象徵吧？

「啊，實在可怕……還在搖晃……假如我不全力以赴地防止發生火災的話，眞不知道大武還能回到哪裏去……即使小武作爲死人歸來之時！」

古義人也感覺到了搖晃。雖說這裏位於規模龐大的飯店之中，卻還是處於可以同時感受到同一個地震的位置。古義人在想，東京的情況會怎樣？小明如果還沒睡著的話，就會起床打開電視瞭解地震強度吧。自從神戶大地震以來，小明每當感覺到地震時就會這樣做。古義人仍然把聽筒貼在耳朵上等待著。電話雖然還連接著，卻再沒傳來奈奧的聲音。

在等候前往東京的計程車期間，就在千樫和小明他們那間朝西的、視野非常開闊的房間裏，三人默默地坐下來之前看到的、染紅了大半個天的火燒雲，好像被奈奧所說的失火這句話給喚了回來。古義人體會到了徹底的無力感。奈奧所說的爲了從明天早晨就要開始的勞動，必須積蓄體力的人，原本卻是古義人這老夫子自身。古義人在自己衰弱的身體內摸索那個有著怪異之處的年輕傢伙，卻絲毫不見蹤影。

終章 「徵候」

1

繁給眞木發來一個e-mail，說是自己曾參加舊金山總領事館改建工程，當時與一位前外交官結交爲友，現在，由於這位原外交官朋友的奔走努力，自己將有望進入日本。繁還說，因爲要出席在泰國第一次召開的世界規模的建築學會，歸途中想造訪古義正在隱居的四國的「森林之家」……

下一封e-mail是從曼谷發出的，繁通知了自己從曼谷飛往新關西機場、然後轉飛松山機場的航班。古義人坐公車前往鄰鎭，在那裏轉乘輕軌列車，然後在松山車站又坐上了開往機場的公車。自從回到故鄉以來，古義人就一直閉門不出，此時竟感受到許久不曾有的做了大事的心情。由於眼鏡被打壞後沒再配，加以頭髮完全白了，也清瘦了許多，相貌變化很大，因而沒人認出古義人就是那個作家，當時因那個事件而被周刊雜誌登出照片的作家。

儘管如此，當古義人爲確認繁乘坐的航班的抵達時間而走近航空公司服務台時，那裏的人還是招呼著古義人，把他引領到繁已經到達的貴賓室。繁一個人僵直地坐在房間最裏面，他身著暗藍色的雙排扣西服，裏面穿著一件絲綢襯衣，還是以往看慣了的那副打扮，只是從整體上看起來瘦了不少，西服的肋下等處顯得肥肥大大。繁說，由於回美國的航班也是這家航空公司的頭等艙，因此對方不僅提供了這種禮遇，還從連鎖租車公司預約了左方向盤的賓士四〇〇E型車，此時正等著市內的總店把這輛車送過來。

繁還說，在曼谷期間，他在泰國王室也出席了的全體會議上發表了演講，還見到了從上海趕過來的佛拉季米爾和清清。他們兩人現在都是成功的企業家，說是自從那件事以來一直沒和古義你聯繫，要我一定代爲問好……

「在你們那個世界裏，沒有把事件視爲問題吧？」古義人問道。

「因爲發生在日本嘛……在那之後，自從『進行破壞』手冊的設計圖和草圖的大合訂本問世以來，咱就經常被邀請到大學去演講。」繁說道：「不過，咱可是讓他們見識了『老人的愚行』的那個魔術師式的文化英雄。在咱來說，已經是第二次經歷這種事情了。這次之所以邀請咱，也肯定是考慮到了吸引聽眾的目的，不過，能藉此機會見到歐洲那些老朋友也是挺有趣的。」

然後，繁便沉默下來，隨著運送行李的工作人員經過特別通道來到車前，開始駕駛車輛穿行在擁擠的道路上，在此期間，他都是一副性格孤僻、略有神經質的老年人神態。

車子行駛到山間長長的坡道之後，繁這才開始圍繞汽車的話題開口說了起來：

「現在這條通往林中峽谷的路呀，無論是寬度還是路面鋪的柏油，都和六十年前咱去你那裏時完全不同了，不過路線還是一樣的。當時，父親透過軍方門路弄回國的卡車，也是賓士牌。你只顧目瞪口呆地傻看著。」

「不過，當時與其說我是看到德國製汽車吃驚，不如說我對所有汽車都感到很驚異。這麼說起來，將近半個世紀前，我去了『人民公社好』時代的中國，被領到農場一看，卡車竟是老舊的賓士。

「或許，當看到你從駕駛室下來站在這裏……想到從上海到長崎上岸、再來到這裏的漫長路途……才目瞪口呆的吧。在你到之前，我和妹妹阿朝曾在地圖上查看過，當時很驚異地說，會有一個從那麼遠的地方來的孩子呀……」

2

「當時，古義你家裏有一種實在很鬱暗的感覺……你外祖母去世後不久，就像是與咱替換似的，你家老爺子搬到了鍛鍊道場……確實是一個很鬱暗的家。」

「對於母親來說，外祖母是一個特殊人物……她們兩人一同守護著青面金剛小祠，還是村裏傳說故事中的守門人……母親一直依靠著的這個人死了，而且在母親看來，外祖母的死亡方式也很不自然。你所感受到的，就是這一切帶來的鬱暗。

「母親之所以對外祖母的死一直無法釋懷，是因爲外祖母臨死時，母親就睡在她的身旁，深夜裏聽到了外祖母的大聲喊叫。當時母親被吵醒，坐起身往外祖母的被褥那邊看，卻發現外祖母用兩隻手掌捂住耳朵死去了……

「母親把這些情況告訴父親時，我也聽到了。再後來，我就去東京了。回村省親期間，母親又對我說起了這件事，像是長期以來一直思考並把找到的結論告訴到了上大學年齡的兒子。

「那也都是和死去的外祖母爲什麼要捂住雙耳有關的問題。母親就是那種一旦開始思考——或是一旦開始放在心上——就不能再從那個問題轉移開，最終甚至會服用頭痛藥的人。

「難道外祖母是因爲過於痛苦而喊出來，卻又嫌惡自己的聲音過於吵鬧，從而堵塞住耳朵的嗎？如果是這樣的話，母親在這個階段理應聽到外祖母連續不斷的喊叫，並因此而醒過來。外祖母也許不是因爲自己的喊叫聲，而是因爲聽到了『巨大的聲音』而堵住耳朵的吧。由於睡在她身旁的母親並沒有聽見，所以不應該是響徹峽谷的那種聲音，而是從外祖母身體內部湧現而出的聲響。由於那種聲音越來越高，因此儘管已經捂上耳朵，但那聲音並不見減弱，外祖母感到異常恐懼，自己也發出『哇——』的叫喊聲，就這樣死去的吧。

「母親去世時，只有阿朝守護在她的身邊。你也知道的，我母親有一側的耳朵明顯很大，因此，即使在病房裏她也要包上頭巾。我問阿朝：『母親隔著頭巾捂住耳朵嗎？』她說：『是那樣的。』阿朝還說，母親沒有『哇——』地大聲喊叫。我覺得，母親是個有膽量的女性，所以沒有大聲喊叫，不過那『巨大的聲音』終究還是在她的體內響起了吧。」

「『巨大的聲音』呀……這麼說來，當千樫趕到書庫的床前通知吾良自殺的消息時，你正在聽吾良送給你的錄音帶。你是這麼寫的吧？在那個錄音帶中，吾良剛說完咱要動身前往彼界了，隨即就傳來『咚——』的鈍響。如果那是吾良下了『要從辦公室樓頂跳下去』的決心之後錄製的錄音帶，那就是他確實想讓你感受跳樓時的情景，因爲，吾良是個善於使用音響效果的導演。吾良在思考死亡時也曾一併考慮了『巨大的聲音』之事。這和你現在正說著的話題有所關聯。」

「就是那件事：最近呀，每天凌晨天還沒亮時我就醒過來，在黑暗中一動不動地睜著眼睛……經常在想，我該不是已經死去了吧？這種時候，接下來我又會這麼想：不，自己大概還活著吧，因爲，還沒有聽到『巨大的聲音』從身體內部湧出來……」

「如果你還住在東京，就不會爲這個問題煩惱了。荒君曾經分析過你小說中的地形學，咱還幫你對其進行解讀。你作品中的所有人物——當然也包括叫作古義的那個人，那是你的寫法——都在森林和峽谷這樣的地形中產生。然後離開森林和峽谷，遭遇種種苦難，但是他們不會死在大城市裏，因爲他們的死只能是在返回這個地形之後。

「而你現在就返回到了這裏……」

「是這個道理。今後每當在黑暗中醒來時，我都有必要回想一下夜間是否聽到過『巨大的聲音』，有必要藉此確認自己是否仍然停留在此界……

「而且還有一點，不過，這是醒過來以後的事了。現在，我在『森林之家』生活，感覺時間流逝得很快。那不是在時間過去一段之後才意識到，而是現在感受到時間正在流逝。當年還是生活在峽谷裏的小孩子時，半夜醒來，掛鐘正好打十一點。那之後再也無法入睡的時間，的確是漫長而難熬。

「不過，現在如果是在醒著時死去的話，我可以把時鐘放在身邊，無論是五個小時還是六個小時，都能夠注視著時針的移動。時間在流逝……」

「然後，就是『巨大的聲音』從身體內部出現這個問題了吧？」繁說道：「咱的『進行破壞』手冊中，安裝定時炸彈的傢伙注視著時間的到來。」

「被炸彈所殺害的那一方——這裏說的是，假如繁不把避免殺人這個條款寫入手冊中去的話——卻沒有等待時間這個問題。外側和內側一起，突然響起『巨大的聲音』。不過我是明明知道這個『巨大聲響』將會破壞自己這個有機體，卻還是把時鐘放在面前等待。時間在流逝！我再度感佩不已……」

3

「古義，自從魯賓遜小說的計劃告吹以來，你一直沒有發表小說。或者，你還在寫小說，只是自從那個事件以來，沒有文藝雜誌願意刊登你的小說，是這樣嗎？咱一直在想，如果從一開始就以書的形式交由小出版社發表的話，也並非不可能吧。該不是古義你本身失去了繼續寫小說的心情吧？」

「正是後面那個原因。而且呀，我顯然已經無法寫出小說語言了，無論是筆記還是別的什麼。不寫小說，已經很久了……這也是我在某一天突然意識到的。而意識到這件事，也並不是想到了小說的事情，而是突然在想自己曾用來寫小說的那支鋼筆被丟到哪裏去了。這就是契機。當時，我還在成城家中的書房——話雖如此，那時已經不怎麼在那個書房認眞讀書了——裏，就想把鋼筆找出來，卻突然察覺自己的身體卻在往右擰，試圖看見後面。透過這個動作，我想起來了。

「我在北輕井澤『小老頭』之家的換鞋處坐了下來，準備穿上鞋子。旅行箱已經裝上你的汽車。你先前問我，是否已經帶上筆記本等文具。於是我折回去取文件包，卻在坐下來之前，將其隨手放在角落裏那張木雕靠背椅上。

「然後，就那麼空手走出正門離去了。幾個小時之後，我的鋼筆和文件包一起被炸上了天……」

「咱知道，你在覺察到鋼筆丟失之前，從不曾打算用那支鋼筆寫些什麼。可是，發現它不見了的時候，你卻很想把它找回來。」

「是的，那也是因爲這麼一個緣故，眞木曾向我提出一個建議，或許她事先已經和千樫商量過此事，因爲那些日子我一直什麼也不幹，陷於鬱悶之中。

「大學畢業後，眞木曾在母校的圖書館裏工作過一段時間。她向圖書館原先的同僚學習了可以印出與明體鉛字相同字體的文字處理機的使用方法，還請教了進口紙張的店鋪，是進口以往印製好書的那種厚紙的店鋪，並買來各種紙張。

「說到裝訂技術，眞木也學習過。因此，說是要印刷出來，製作成印數不多的私家版本。千樫也很有興致，說她可以在印出的每本書上都繪上水彩畫。然後她問我，是否可以寫出剛成爲作家時那種文風的短篇小說來，她說自己和眞木都很喜歡那種風格……

「於是呀，我又有了寫作欲望，所以尋找鋼筆。因此，想到無論如何也要先弄到一支鋼筆，然後練習寫作。但一旦面臨要寫什麼的問題時，卻感到自己沒有任何可寫的素材，就對眞木她們說了，雖然想要練習寫作，但目前就是這麼一個尷尬狀態，即使勉強恢復寫作能力，恐怕連找到新素材的時間都沒有了……

「在此期間，千樫應邀去了柏林，對方在邀請時說：『不來看看托兒所的現狀嗎？』那所托兒所是千樫和她在柏林結識的幾個年輕人一同創立的。如此一來，由於她是那麼一種性格，在那裏發現了若干問題後，就要與夥伴們重新做起。於是，她索性去那裏工作，這次把小明也給帶過去了。當地有一個機構，向那些雖有智障卻也有音樂和繪畫能力的孩子提供教育。小明被推薦爲該機構的一名助手。這件事激勵了千樫，使得她甚至學起了開車。

「在接送小明的同時，千樫最想做的事情，就是照顧曾是吾良女朋友的那位小姐的孩子源太，於是就在托兒所工作了。另一方面，眞木則和上大學時就開始戀愛的男朋友同居了。

「這樣一來，東京的家裏就只剩下我一個人，那個事件以來，批判及其他事情的電話連續不斷，我便放棄了已使用多年、存在於小明記憶中的電話號碼。千樫的信件首先發到眞木的電子信箱——繫這次的聯繫之所以能夠傳到我這裏，也是透過這個途徑——中去。然而，每當門鈴響起，我就會感到緊張。已經是這個年歲了，卻還是這樣，太痛苦了。

「於是，我處理掉成城的房子，開始打算家庭各位成員將來的生活。其結果，我就搬到『森林之家』來了。阿朝在這塊土地上還算精神，我的飲食和其他方面，都由她來照顧。

「……這就是直至目前的經過。我把眞木離開家時留下的文字處理機和紙張都帶來了。此外，在出售房子前整理了書庫，只留下千冊圖書，也一併帶了過來。小明收集到的ＣＤ，則全部……

「就這樣生活半年之後，不知不覺間竟擺弄起眞木那台文字處理機了。」

「還是要寫小說……寫在筆記上之類？」

「就像剛才說過的那樣，沒在寫小說！你在北輕井澤說過，我只有魯賓遜小說了，這個看法是正確的。而且，我的魯賓遜呀，自從那個事件以後，就一去不返了……」

「突然銷聲匿跡，即使再次出現，等待著的也未必是苦苦期盼。但是魯賓遜卻不一樣。」

古義人注意到，如此說著話的繁，在這兩年期間頭髮完全變白了，雖然紅臉膛還是原來的模樣，卻整整小了一圈。古義人還感覺到，自己容貌的變化，同樣也讓繁看到了。

「……即使如此，我還是每天都使用那台文字處理機……眞木爲我買來的那些可以替代卡片的厚紙一旦用完就和她聯繫，她很快就會大量地給我補充過來。現在，我自己也會訂貨了……

「不過，我的寫作並不是以原本應該讓眞木裝訂的那種小書爲目標，而是正相反，如果裝訂成書的話，應該就是非同尋常的大厚書了。我沒有考慮做成書的形式，只把用文字處理機寫成的東西整體裝入箱裏並排放在書架上。阿朝的丈夫是前中學校長，他定期爲此做好木箱以滿足我的需求。」

「是什麼內容的東西啊？」

「作爲整體的名稱，叫作『徵候』。」

「choko[1]？是自傳嗎？」

「自傳？……是啊，長年以來，我一直以圍繞自己展開敘述的形式進行寫作……毋寧說，我要徹底擺脫圍繞『自己』展開敘述的煩惱，對於那樣的寫作，我已經失去了興趣。這些便是在那之後產生的記述。」

「聽到“choko”這個發音，咱的腦海裏只浮現出你的姓。細想起來，自從那個事件以來，咱與日語的緣分也是越來越遠了，與小眞和奈奧之間的往來e-mail，用的也都是英語……」

「眞木說繁來了一個通知，說是要『在曼谷演講之後的歸途中，順便來看看你在四國的生活』。在那之後，收到眞木列印後傳眞過來的通知，我就在考慮如何說明。

「剛才所說的『徵候』，首先就是sign，即表現、標誌、徵候……然後則是indication，好像也含有跡象、證據、疾病的症狀等語意……也可以理解爲symptom，作爲預兆和標誌，用於不希望出現的負面事態……還有作爲微弱徵候的hint……除此之外，還有用於表示異常的標誌和徵候的stigma……

「我現在不讀書……倒是經常躺在床上，用看歌劇時使用的雙筒小型望遠鏡一直看書架上的標題……讀的只有報紙，日本的各種報紙、美國的《紐約時報》和法國的《世界報》，讀遍這些報紙的每一個角落。

「若要問這樣做究竟想要解讀出什麼來？是『徵候』！剛才列舉的英語單詞中的任何一個單詞所適用的……表現、標誌、跡象、證據、症狀。從大小報導中解讀出表示異常的『徵候』並加以記述。我持續做著的，就只是這些。

「在我們這個還倖存著的世界上，正在發生什麼？關於環境自不必說，但問題遠遠不止於此。早在我剛開始從事寫作那陣子，曾有一位前輩鞭策我：『要寫全體小說。目前，我要解讀出那些正是全體小說要素的、包括人事在內的所有一切的、微小的、甚至有些奇態的『徵候』，並將其記述下來，包括日期和地點。如果知道的話，還要顯示證人的姓名。每天，都會發現兩三個這樣的事例。

「有時候，會發生我覺得是決定性的事件。於是，各種解說就會鋪天蓋地而來，說預兆是這樣的，或者說，這些過程積累起來，就演變成了那個事態等等。而我要做的工作，是在某些事件發生之前，就收集其細微的前兆。在那些前兆堆積的前方，一條無可挽救的、不能返回的、通往毀滅方向的道路延伸而去。如果說到對昭和前期的日本走過的道路進行回顧的分析書，長期以來，無論是我還是繁都讀了不少。而我所要寫作的『徵候』，則是要以世界的規模，預先摸索出它前進的方向。」

「古義你打算透過出版該書，最終獲得預言家這一評價嗎？」

「**做下那種事，究竟想幹什麼?!**」古義人發出憤怒的吼叫。

繁在古義人的呵斥之下沉默了，什麼也沒有反駁，這一態度是古義人所沒有意料到的，古義人用像是爲自己辯護的口吻說道：

「對於出版來說太厚了，剛才不是說了嗎？即使拆解成若干分冊出版，也必須尋找合作者，必須編製數目龐大的索引。我是沒有那個時間的。每天解讀那些標誌並將其記述下來，就已經讓我盡了全力……」

「古義你有沒有透過這個工作……在進行這項作業的同時，才有可能實現的……構想或打算？你應該有吧？」

這種吞吞吐吐的說話方式越發不像是繁的風格了。古義人對自己感到厭惡，因爲，明明是自己提起了「徵候」的話題，卻在繁做出理所當然的反應時突然發火。在一陣更爲強烈的自我厭惡中，古義人再次回想起六十年前的那件往事。就在眼下兩人正驅車前往的森林中的峽谷裏，古義人用石塊砸傷了繁的腦袋，而當地的孩子是決不會幹這種事的。

古義人剛才明顯無理的反駁使得繁頹喪下去，甚至連開車也溫順起來。古義人也好一陣子沒能對繁說話。

繁平靜地說道：

「你的話才說了一半，但從山的形狀看來，好像已經進入峽谷了。咱呀，想在日頭正高的當兒去掃墓……順便想去看看『自己的樹』。

「處理完這些問題後，能讓我看看『徵候』的箱子嗎？我想至少可以估計出最終會寫成多大的規模。」

4

古義人走在繁的前面，往小路深處走去。小路東側是鬱鬱蔥蔥的日本扁柏林，西側則是橫跨山谷的竹林。一株老柯樹伸展開樹枝，彷彿要把裏面完全掩藏起來似的。在樹根處陰暗的空間裏，孤零零地兀立著兩塊墓石。這是兩塊形狀相似的自然石墓石，就連生了青苔的地方也完全相同，只是雕刻在其中一塊墓石上的文字痕跡還比較新。那是母親的墓石。爲使苔蘚的狀態完全相同，母親在修建外祖母的墳墓時，就預先把自己的墓石也放在了一旁。

「你家墓地位於可以環視峽谷全貌的斜坡高處。墓地深處有一株樅樹，那是你在孩童時代就認定的『自己的樹』……」

「馬上就會繞到那邊去。」

「那塊明亮的場地上明明有墓地，但你家爲什麼要把這兩人孤零零地埋葬在這種地方？」

「母親說是『因爲這裏有外祖母的墳』，但早先把外祖母的墳墓修建在這裏的，正是母親……她有好些事都沒對我們說。」

古義人在母親墳前鞠躬過後就把位置讓給了繁，自己則用力地把墳墓後面的裏白踩踏得東倒西歪，以便通風更爲順暢。繁壓低嗓音再三祈禱，聲音包含痛苦地喊叫道：

「媽媽！」（古義人懷疑起自己的耳朵。）

昏暗的小道延伸到面向河流的斜坡上時豁然明亮起來，在與大道交會的地點，古義人說道：

「從那個橋頭往上走到這裏，我正要前往『自己的樹』所在的地方，繁跟著我來到了這裏。最近，在向小眞說這件事的時候，曾經想起這個情景。當時，我對於一個人去感到猶豫。因爲有一種傳說，說是在『自己的樹』下會遇見上了年歲的自己。此前我並未介意此事，那時卻突然害怕起來。於是，繁爽快地表示要和我一同前往。那是我們關係還很好的時候的事了。

「在敘說的時候，我想起了更爲詳盡的細節。繁把木棒插在腰上的皮帶裏，往上衣口袋內塞了很多小石頭。那是戰爭結束的前一年，我也穿著上衣，但母親說是軟塌塌的不成形了，就把厚紙放進口袋，從外面給縫了起來。也就是說，我本人沒有帶著小石頭。

「繁你對我說，那木棒是用於自衛的，而小石頭則用來攻擊或許正在樹下等著的那個上了年歲的傢伙。

於是我呀，也撿起一根大小合適的木棒。我家祖傳的行業是黃瑞香加工，有些皮的根部牢牢附著黑色的皮，難以剝除——這些無法製成白色眞皮——的部分會被切下來，我和阿朝把這些收集起來，再撕成小片，用來製作皮帶。我記得，當時把木棒用力插進了這種皮帶裏。

「那麼，用木棒來自衛尙可理解……但是，繁想要攻擊等候在鬱鬱蔥蔥的大樹下的老人、也就是上了年歲的我，這又是怎麼一回事呢？」

「哎呀，古義在這裏的記憶可能有誤吧。因爲你要去尋找『自己的樹』，想遇見來到那裏、上了年歲的自己，咱就想到要在咱『自己的樹』下做同樣的事情。於是，就把木棒插進皮帶，往口袋裏裝上小石頭，精神抖擻地出發了。」

古義人陷入沉默之中。聽了繁說的這番話，他承認，繁挖掘出了正確的記憶。

「咱以爲咱『自己的樹』肯定在古義你那棵『自己的樹』的近旁。」

「在那近旁嗎？」

「至少，咱固執己見地硬說是在近旁。當時你就站在那棵樅樹下，即使在我那小孩子的眼裏，那也是一棵很漂亮的樹。樹的周圍並沒有上了年歲的老人，於是咱就沿著坡道往深處攀爬而去了。

「接下來，咱就發現了自以爲一定是咱的那棵『自己的樹』。那可是一棵樹枝全都垂掛下來的大樹呀，咱就在想，如果眞是這棵樹的話，就比古義發現的那棵樹強多了。咱就大聲喊了起來，你隨即就趕來觀看，說：『這也屬於樅樹類，叫作馬利斯冷杉！』

「聽了你這話後，咱想到了兩個問題。其一，是古義眞的知道環繞著這個峽谷的山上所有樹木的名稱。「另一個，則是古義你呀，似乎並不認爲這棵樹就是咱的『自己的樹』。因此，咱就要絕對堅持說那棵大馬利斯冷杉就是『自己的樹』。

「『那個上了年歲的人如果來到這裏，就用這個砸他！』說著，咱還從口袋裏掏出小石頭讓你看。」

古義人想了起來。

「是的，繁你是這麼……不過，繁你怎麼想到要用小石頭來砸傷害來到『自己的樹』下的、上了年歲的老人的自己呢？」

「……與其說是傷害他，毋寧說是想殺死他。從咱那棵『自己的樹』低垂下來的樹枝對面，那個老頭兒似乎渴望得到些什麼似地轉了過來，竟然想要遇見六十年前的自己？那必定是一個讓人極端失望的傢伙。而且，那傢伙竟然是上了年歲的咱！

「咱期待有著更爲美好的未來的咱，爲此，咱想到殺死現在出現在這裏的、六十年後的自己。」

「……我記得，十一歲的你和九歲的我確實經常圍繞這個問題在爭論。」

「而且事實證明咱是對的，因此咱決不會忘記。

「古義當時是深山裏的孩子，無論說到什麼都顯得很幼稚，只是一旦涉及有關樹木的知識，就會把咱給徹底壓倒。所以呀，咱就焦躁不安，想要拉開與古義你的距離，以使自己處於優勢地位。

「於是，咱的頭腦裏閃過一個念頭，那就是好好地教訓你一頓，決不善罷甘休。

「現在說來是十一歲——當時說的都是虛歲，應該說的是十二歲，不過就這麼說吧——的咱要扔小石頭殺死七十歲的那個無精打采的咱，十一歲的咱不會因此而受到任何影響，今後六十年裏咱能夠自由自在地生活，能夠成爲更出色的老人……」

「我想起來了！」古義人說道：「我和繁頂了嘴，說是從馬利斯冷杉後面走出來的那個傢伙雖然上了年歲，卻仍然是力量強大的大人，也許會把那石頭再扔回來；那石頭砸在孩子的頭上，十一歲的繁的人生將就此結束；如果是這樣的話，那又該如何？」

「在那個瞬間，把石頭扔過來的老人也將隨之立即消失！」

「當時，我醒悟到繁要比我聰明。然後，看著正在搖晃馬利斯冷杉垂掛下來的樹枝並大笑著的繁，我就在想，從上海來的這位少年具有自己無法與之相比的膽識。」

「……不過古義，這是你作爲小說家——儘管你現在已經不寫小說，但作爲多年來的小說家——應該考慮到的問題。現在所說的『自己的樹』的話題，還可以有另一個版本。

「是這樣的：現在咱們實際上就在森林裏。你就站在這棵大樅樹下面。咱走進深處——已經過去六十年了，那棵馬利斯冷杉樹一定長得更繁茂了——站在那樹下面。這裏和那裏都將出現一個孩子。而且，會向咱們扔來石頭。

「哎呀，比現在的古義年輕六十年的小孩子呀，是不會扔石頭過來的吧，因爲他是長江古義人少年嘛。但是，出現在咱面前的椿繁少年呀，卻從口袋裏掏出小石頭高高地舉在頭頂之上。接著，現在已經成爲老人且沒有任何前途沒有任何作爲的咱呀，突然間便倒了下來。就在那個瞬間，另一個咱隨即站了起來。一個新的椿繁老人，十一歲就殺了老人，將要度過與咱這六十年全然不同的人生的椿繁老人！

「……爲了試試這是否只是夢中之夢，咱要爬到馬利斯冷杉上去！」

但是繁並沒有這麼做，因爲一群孩子大聲喧嚷著、笑鬧著，沿著那條細長的小道——乾結而堅硬的土壤中凸起長年來踩實了的小石頭和隆起的樹根——走下山來（孩子們像是在進行理科實習）。古義人立即想起艾略特的一節詩歌。繁也從小道踏入斜坡上較高那一側的草叢中，與自己站在一起，以避讓孩子們，他好像也想起了那一節詩歌。

隱藏的笑聲傳來
快呀，來吧，此地，立即，始終——

5

搬來「森林之家」半年之後，配合「徵候」寫作的進度，古義人將寢室兼書房加以整修，把西側和北側用書架圈了起來。書架從上段到中段放滿了從東京運來的書籍，下段的三分之一作為放置木箱的場所，木箱則用以存放「徵候」的材料。在配置時，將目前正在寫作的最新材料放在前面，以使列印好的厚紙便於取出。排列著書籍的那部分書架早已塞得滿滿的，可放置木箱的這一側，即使連續寫上五年也有充足的存放空間。

「『徵候』的基本形式就像日誌一樣吧，即使只是今年的部分，也是涉及相當多的領域。正如你所說的那樣，如果編製索引的話，那工作量可就太大了。」

「目前這個階段呀，爲了編製索引，每做十天就要在材料中插入一份整理清單，這清單上只摘錄項目，但還是在不斷增加，好在放置存放材料的木箱的空間還有很多……可是，這些東西不僅僅是爲了保管，所以考慮到讀者的方便，把放置木箱的書架高度給降低了。」

「你預先設想會有讀者直接來到這裏閱讀？」

「如果不是這樣的話，那爲什麼還要寫？」

「這樣說來，古義你所做的工作就可以理解了。」

繁從箱中取出一份清單，在書架前方的空處攤開來看了一下之後，又把文字處理機列印的那些紙張礅齊並放回箱內。

「不僅僅是文字，還有貼著照片的呢。是放入照片的底稿嗎……」

古義人摘下寫作時戴的老花眼鏡，確認被繫指出的那一頁。

「這位攝影師年輕時曾與我一同工作過，後來辭職專門拍攝世界規模的現場報導。或許是想安慰一下我的隱居生活，而寄來的……不過，都是些內容讓人痛苦的報告……從中整理出的『徵候』。

「戰後，這個國家出現了數目龐大的失業者。當時，一些人被送到了南美移民，就在我們二十剛出頭那陣子。這就是前往多明尼加的移民分配到的原野的、現在的照片。如此全是石塊的——都是當年還是孩子的我們無法扔得動的大傢伙——非常荒蕪的原野。

「據說，當移民申訴『這裏無法耕種』時，外務省的官員卻說什麼『石頭漚三年，也能成肥料』……這種話，首先就是我要收集的『徵候』。

「被這種做法遺棄的那些被稱爲拋棄民的人，已經無法恢復，並將保持毀壞的狀態。可是較之於此，我在『徵候』中所發現的，卻是說出剛才那種話來的年輕官僚也將毀壞並無法恢復。對，就是這麼一回事！只要看了分項而立的『已毀壞的那些人的話語』及『無意願恢復的那些人的話語』等部分，繫你也是會理解的。」

「因爲在古義你的身上，有著六隅先生教育出來的道學家的特質。你對大武和小武曾說過叫作『小船鋪裏的打工者』類型的話題吧？與那不是有關聯嗎?!」

「道學家式的人所作的批評，應該是針對還沒有完全毀壞……還有恢復意願的那些人的。我記錄在『徵候』上的，並不是處於這一層面上的人。

「我所記錄的，是某人不再考慮恢復之事，超越這個分界點後在彼界說出的話語。剛才的話語已經是五十年前的舊話了，但現在依然不時可以聽到。」

「嗯，古義，從社會動態直至氣象異常，你一直以個人的感受方式來認識和理解……一直以『我』這一敘述方式寫成小說……」

「現在所寫的並不是小說……所以更爲私人化，有些『徵候』，居然是從奈奧寄來的信件中引用的。當然，如果有意願去領會的話，這種東西將有可能轉變爲正面的『徵候』。

「奈奧現在寫信來，還會說到大武和小武。就小武而言，他是一個已經難以改變現狀的、已毀壞的人，一個不會發生改變的『徵候』。但是，透過奈奧的描述，小武卻變成了一個新青年，有些地方讓人認爲，他只能如此毀壞掉。」

「即使對咱，奈奧也是一直在代替大武和小武給咱寫著信。奈奧是潛入地下的大武和已經死去的小武的靈媒。她甚至想說自己就是言靈。

「尤其是奈奧有時說話直接又執拗，哦，她對你也是同樣如此吧？

「她說，大武和小武是一對特殊的二人組，不同於繁先生和長江先生的『奇怪的二人組』。這就是奈奧想要主張的東西。奈奧首先這樣說：某人不惜捨棄生命要幹點什麼，那時，誰都肯定會有一個牽掛。比如說三島，他就想知道全世界在把他視作爲了信條而捨棄生命的作家時是如何讚美他的。他肯定有想要看到那一切的牽掛。

「對於大武和小武的事件，情況也不例外。特別是小武不惜捨棄生命所幹的事情究竟被如何評價？他也是想要知道這一切的，他的留戀其實是很大的。於是在這個事件之前，大武和小武之間就已經有了默契。

「大武和小武中的其中一人在爆破作業時死去……如果兩人都死去的話，則是最爲糟糕的情況，他們倆最最懼怕的莫過於此了，無論如何也要避免出現這個不幸……那時，倖存下來的那個人，則要全面繼承死去夥伴生前所做、所見、所聽、所讀的一切。透過這種作法來替代死去夥伴重新開始新生。

「怎麼樣？古義，自從在北輕井澤和你共同生活以來，他們借助倖免於被『小老頭』之家的漏雨淋濕的那些初版書開始對你進行解讀，甚至有了相當的深度。正因爲如此，他們才接受了那些影響。這不是在照搬你母親對曾是森林中的孩子古義你說過的那傳說嗎？

「如此一來，他們相互間就構想出了在自己死後，對方能替代自己活下去的二人組。兩人中的任何一人都不會因爲或意外爆炸致死或被機動隊射殺而感到懼怕。奈奧是這麼說的。她還說，這個構想較之於繁先生和長江先生的構想——假如繁先生面臨死亡威脅時，長江先生將取而代之——似乎要實在一些。

「奈奧這樣說道：而且現在我覺得呀，活著的大武正全力調整自己的人生以替代死去的小武；自己現在感覺到大武和小武已經合而爲一了；自己之所以與繁先生保持聯繫，是因爲相信如果微小的暴力裝置在世界某個地方開始運作的話，那個報告就會送到繁先生這裏來，而自己則想把這資訊轉發給大武。

「古義，咱自身也知道咱有這種期待，所以呀，即使在海外旅行，咱也是手提電腦不離身，每天清晨和晚間都要瀏覽咱的網頁上的留言。

「由於大武和小武的那份作案聲明，咱不好再像原先計劃的那樣透過網路向全世界發送『進行破壞』手冊了。不過，借助出版物，咱的設計圖和草圖正在廣爲流傳。學了那些知識的傢伙如果在世界某處啓動其中一個微小暴力裝置，咱那搜集情報的網址就一定會接收到相關資訊。

「咱最爲急迫的事情，是等待來自大武的留言。咱眼下正做著一個異常鮮明的彩色的夢。假如古義和咱一同觀看咱那夢境的話，也許會認爲這正是那眞正意義上的積極的『徵候』……」

古義人第一次感覺到要把存在於自己內心裏的某種東西告訴繁的衝動。

「『徵候』的書架被調到適當的高度，以便十三、四歲的孩子任誰都能打開箱子閱讀其中資料。因爲，唯有他們才是我所期待的閱讀者。而且，有關『徵候』的我的寫法，也都是試圖喚起他們顛覆記錄於其中的所有毀滅的標誌的想法。

「生長在這片森林中的孩子將來到『森林之家』——即使那時我已不在人世，阿朝表示她也會在白天爲他們打開大門。在我家的譜系中，男人都很短命，而母親和外祖母卻都活到百歲，所以阿朝能夠長久地持續這一工作吧——翻出箱裏的『徵候』並開始閱讀他們認爲有趣的內容，我正在想著這樣的孩子們。也就是說，他們就是我今後的讀者。

「如此一來，不就有可能把一個孩子全力抵抗從『徵候』中解讀到的一切並持續思考和生活的情況寫入一本書之中嗎?!少年決定從事寫作，並將終生修煉寫作技巧，然後，便開始了自己的寫作。就是這麼一回事！而且，那本書難道不會帶來具有現實意義的成果嗎?!

「我也每天記錄著『徵候』……這其中有一些和繁相似的地方……與此同時，並非不去構想在此基礎之上的逆轉。」

「咱從上海來到這片森林時你還只是一個孩子，古義，雖然你還只是孩子，卻會閱讀所有『徵候』，直到今天你這個年歲上，也許已經寫成了與此相對抗的書。如果說，你從最初就接受了一些方向性很明確的教育……古義，因此你是那種要把業已開始的工作一直幹到底的類型。」

「當然，現在對你說起的這一切只是夢中之夢，或許在那過程中我就被『徵候』之山所掩埋，從而聽到『巨大聲音』吧。不過，在那之前我可是要繼續這作業。因爲，除此之外再也沒有其他值得一做之事……」

6

「『事件』發生之日，繁你到警察那裏自首，就那麼被拘留了。這次能夠進入日本，肯定是確實有力量的人提供了幫助。」古義人說道：「託大家的福——包括被拘之前的記者招待會，你不辭辛勞地周旋，還有奈奧和大武、以及在奧志賀飯店發現了我卻默不作聲的那些人提供的幫助——當天夜晚，我才得以獨自待在旅館的房間裏。

「因此，直至夜靜更深，我一點點地喝著酒，聽著音樂——雖然其間也有為事件而來的訪客——甚至還和想要與之通話的人藉由電話進行了交談，得以安靜地度過那個夜晚。一想起翌日回到東京後將要遭遇的騷動，就更慶幸能有那樣一天。

「就那麼分別之後，由於一直沒能見面，也就沒有談話的機會。這還是那天夜晚在電話裏聽奈奧說起的，猜想繁也不會知道相關情況吧。

「你把『小老頭』之家的爆破申報為意外，政治性意味的宣示一經擱置，就變更了原先的方針。知道這個情況後，大武和小武感到很生氣，於是搶在你的計劃之先提前一天實施爆破，他們甚至還發表了作案聲明。因此，繁的困境自不必說，此前就已經遭到各種批評的、我的『戰後民主主義』及『和平主義』也都成了笑料。儘管如此，還是設法活了下來並出現在這裏，彼此都超過了七十歲。

「不過，從奈奧深夜的那個電話裏，我得知大武和小武的計劃中還有一個方案。在那個方案中，他們要把爆破進一步提前到我和繁出發前往奧志賀的前夜，把我連同『小老頭』之家一起炸個粉碎！

「可是，小武的這個提案卻被大武駁回。很多人都知道，我每天晚上喝著酒，在壁爐前的扶手椅上消磨時光，而那也是我與死去的老師和朋友交談的時間，有幾個人知道此事。大武和小武也曾聽奈奧說起。

「如果要把身受瀕臨死亡的重傷卻又脫險生還的我領回來的——嗯，在深夜裏的酩酊大醉期間，也就相信了——六隅先生、吾良、篁先生、金澤君等靈魂一起炸掉的話，不就too much[2]了嗎？據說大武如此說服了小武。於是，即或是很小一段餘生，我也得以活了下來……」

「是的，即或是很小一段餘生……去探望在那次重傷中活下來的古義時，咱就在想呀，就這樣把古義作爲沒有任何積極意義的自殺未遂放置起來，這合適嗎？咱還對小眞說出了心裏的擔心。於是，就想要幹點什麼，那就是前往北輕井澤那個一同生活的地方，直至事件發生……

「然而，事件之後這次終於再度相逢時，咱感到現在的古義不同於住院時的你。事實上，你當時認定自己絕不能和六隅先生的靈魂一同被炸掉，是這樣的吧？

「在前來這裏的車子中，咱目睹了古義你那相違已久的激昂。咱回想了你喊叫的話語後意識到這麼一件事，那是古義你在北輕井澤說起的一個笑話，是關於三島四處說你自殺未遂的笑話。不過，那也是無風不起浪吧。咱從千樫那裏聽說，小明出生後，你被扛進了醫院，出院後就被六隅先生給叫了過去，他對你訓斥道：『做下這樣的事，究竟想幹什麼?!』在車子裏，你喊出了這句話。

「現在，古義正收集那些已然邁出無可挽回的一步並完全毀壞了的人的『徵候』，卻並非爲了在世界進入毀滅階段後被人們吹捧爲『那傢伙是預言家』。因爲，這一切完全緣自於『做下這樣的事，究竟想幹什麼?!』

「古義在記述之中試圖探索一些逆轉的預兆，即使自己不能發現，也希望閱讀你的記述的後代能夠從中解讀出來，你就這樣從事著看似無益的勞動。

「如果是這樣的話，古義，閱讀你的『徵候』的人呀，就不能指望他們在成爲老人之後再來從事這一切。必須鼓勵他們年輕時就自己來寫作，年輕時就要開始行動！已經沒有時間了，若說起咱呀，也就是幾年時間了，咱可不像古義你那樣從容不迫。」

「……你自身的勞動怎麼樣了，繁？」古義人用確實遺憾的語氣詢問道。

「咱嘛，古義，已經很早就開始行動了。而且，與不久後將要結束潛伏、或在東京或在聖地牙哥出現在咱面前的大武一道，守望著大螢幕的電腦吧。螢幕上顯示著用細細的輪廓構成的世界地圖，地圖上四處閃亮著紅色小光點。那就是報告！是接受了“build / unbuild”構想的夥伴——即使各自都還處於很小的規模——在世界各處從事『進行破壞』工作的報告！」

「在那一天到來之前，但願巨大的暴力——不管是一國抑或數國聯合起來的暴力——還沒把世界地圖上用細細輪廓表示出來的東西給消滅掉。」古義人回敬道：「那麼一來，就連放置你們電腦的那個小小空間都很難找到了吧。」

7

「古義，咱在你的『森林之家』期間——從今天算起，只剩三天時間了——曾想到此後要做的事，」繁說道：「由於一直受到小眞的關照，也想以此作爲禮物送給她。

「在咱前去探視你的那家醫院，你說自己曾翻譯過年輕的納布可夫在臨離開柏林之前寫下的小說中如同詩歌一般的結尾，是吧？」

「再見，我的書！猶若必死之人的眼睛那樣，／想像之眼遲早也必將閉合。」

「既然筆下的人物得以存活，寫出那本書的作者就必須離去……作者普希金被如此對比於其締造出來的奧涅金。

「古義也到了必須與自己寫出的書告別的年歲了。話雖如此，卻不知道何時終結，便寫起了有別於小說的作品。

「因此，咱決定爲你寫的書做善後處理。歸根到底，咱這是爲了小眞。而且，千樫目前已經在柏林招收了三十個幼兒，他們不久也將需要日語輔助讀本吧。

「在古義收集『徵候』這一作業的空隙間，就讓咱使用小眞選擇的、可排版的電腦。除了小眞那份之外，咱做出三十份相同的東西並加以裝訂，然後請小眞按最初的構想製成小開本書，爲了記憶眞實的古義，哪怕一冊也可以的那種小開本書。

「藍本已經選好了，那就是你有生以來寫出的第一部小說。當時也是年輕人的咱呀，在透過銀杏樹的綠葉灑下的光亮中，打開五月祭專輯版的東京大學校報，發現了在四國的森林中被拋棄了的古義你的名字。氣喘吁吁地回到租住的房間後，就抄寫已經讀完了的短篇小說……這難道是打算借此與你進行替換嗎？

「總之，由於做這件事時非常熱心，現在還能背誦最後那個段落……咱認爲，善於記憶，是我們從母親那裏繼承的特技。你作爲獲獎演說題目中的『曖昧的』這一表達，早已經出現在那部短篇小說中了。看著從斯德哥爾摩播放的電視轉播，恍若是自己在演說一般。」

火燒雲開始出現在天空，一條狗高聲吠叫起來。

「我們原本打算殺狗，」我用曖昧的聲音說道：「但被宰的卻是我們幾個。」

女學生皺起眉頭，唯有聲音在笑著。我也疲憊至極地笑了。

「狗被殺了就會一下子倒下來，被剝去狗皮。但我們即使被殺了也還能四處走動。」

「不過，皮理應是被剝去了呀。」女學生說。

所有的狗都開始吠叫起來。狗的叫聲相互擁擠著升向黃昏業已降臨的天空。在此後的兩個小時內，狗的吠叫應該會一直持續下去。

「這裏還有一個引用，是在使用資訊處理機時順便爲你備下、擬用於『徵候』最後一頁的引用。像你這樣終生寫作小說的作家，一定會在寫作中不知不覺地爲自己打上句號。不過，如果你在打上這個句號之前就聽見『巨大聲音』的話，咱就打算在你瞻清的那些厚紙的最後一頁附加上這些內容。

「古義，你該不會以爲咱選擇的那行是〈東科克〉的第一行？因爲，就在剛才，在咱爲你最初的短篇小說而作、紀念你『最後的第一次』的演說的字句中已經有所表示。

「也就是『在我的開始之中有我的結束』……不過並不是這一句，也不是〈東科克〉最後一行：『我的結束之中有我的開始。』咱所選擇的，是在它們之間的三行。這裏所說的咱們，是指咱們這對『奇怪的二人組』。」

老人理應成為探險者
現世之所不是問題
我們必須靜靜地、靜靜地開始行動

---

1 在日語中，徵候和長江的發音相同，均爲 choko。

2 英語，意爲太多。

大師名作坊107

再見，我的書！

作　　者—大江健三郎
譯　　者—許金龍
副總編輯—葉美瑤
編　　輯—邱淑鈴
美術設計—王小美
責任企劃—黃千芳
校　　對—邱淑鈴、陳錦生

董 事 長—趙政岷
總 編 輯—林馨琴
出 版 者—時報文化出版企業股份有限公司
108019台北市和平西路三段二四〇號三樓
發行專線—（〇二）二三〇六—六八四二
讀者服務專線—〇八〇〇—二三一—七〇五・（〇二）二三〇四—七一〇三
讀者服務傳眞—（〇二）二三〇四—六八五八
郵撥—一九三四四七二四時報文化出版公司
信箱—10899台北華江橋郵局第九九信箱
時報悅讀網—http://www.readingtimes.com.tw
電子郵件信箱—liter@readingtimes.com.tw
法律顧問—理律法律事務所　陳長文律師、李念祖律師
印　　刷—勁達印刷有限公司
初版一刷—二〇〇八年八月二十五日
初版二刷—二〇二三年三月二十日
定　　價—新台幣三五〇元

時報文化出版公司成立於一九七五年，
並於一九九九年股票上櫃公開發行，於二〇〇八年脫離中時集團非屬旺中，
以「尊重智慧與創意的文化事業」為信念。

ISBN 978-957-13-4904-6
Printed in Taiwan

國家圖書館出版品預行編目資料

再見，我的書！／大江健三郎著；許金龍
譯. -- 初版. -- 臺北市：時報文化, 2008.08
面；　公分 . --（大師名作坊；107）

ISBN 978-957-13-4904-6（平裝）

861.57　　　　97014924